27 avril 2005

A Marc Welsch,

La Dernière Impératrice

Cette chronique d'une Chine oubliée. Très cordialement.

J. de St Pierre

Isaure de Saint Pierre

La Dernière Impératrice

ROMAN

Albin Michel

« Le char de feu hurle, s'ébranle en rugissant
En partant, il siffle, prisonnier d'une ornière.
Ondulant, ce dragon semble encor' mugissant
Que l'on atteint déjà l'entrée de sa tanière.

Étendue sur mon lit, j'ai vu en tracé flou
Les montagnes et les plaines et les villes et villages
Derrière mes yeux clos s'étend mon destin fou
Toute ma vie s'étale et se perd en nuages. »

Poème écrit par Tseu-hi sur son éventail
en janvier 1902, après que le train l'a déposée
devant la « porte du Soleil à son Zénith »,
devant la Cité interdite pillée, ravagée.

Avertissement de l'auteur

Ma préoccupation principale en écrivant ce livre était de faire la part des médisances véhiculées par la violente propagande antimandchoue. Lorsque le dernier Empereur Pu-Yi, désigné comme son héritier sous le nom de Xuantong par Tseu-hi peu avant sa mort, dut abdiquer, il n'était encore qu'un enfant et ne pouvait décemment être tenu pour responsable des nombreuses calamités qui avaient accablé l'Empire. Ce fut donc Tseu-hi, impératrice mandchoue, une étrangère pour les Chinois, qui fut considérée comme responsable de tous les maux de la Chine. A la fin de l'Empire, une violente propagande antimandchoue se répandit dans les écrits. Les premiers ouvrages qui lui furent consacrés ont été influencés par cette seule source d'information – ou plutôt de désinformation. On fit de Tseu-hi un monstre sanguinaire qui avait assassiné son « époux » – l'Empereur ne l'avait en fait jamais épousée –, son fils Tung Chih, sa belle-fille A-lu-te qui était sa propre nièce et que Tseu-hi avait pourtant choisie elle-même, les princesses Jung An, Tseu-an et, bien sûr, l'empereur Guangxu. La légende voulut aussi que Tseu-hi, insatiable sexuellement et cruelle, fît amener chaque soir dans son palais un nouvel amant avec qui elle passait la nuit avant de le poignarder. Si Tseu-hi pouvait se montrer à l'occasion impitoyable, elle ne fut pas l'assassin que l'on a peint car ce n'était en aucune façon son intérêt d'éliminer ainsi tous les membres de sa famille. Une folle aurait peut-être agi ainsi, mais à l'évidence, folle, Tseu-hi ne l'était pas. Pour la comprendre, mieux vaut donc se fier aux témoignages d'un homme qui l'avait bien connue – l'Écossais Robert Hart par exemple, le directeur des douanes – qu'à la rumeur populaire colportée par le mouvement antimandchou.

Tous les personnages mis en situation ici sont donc rigoureusement historiques, sauf les deux servantes de Tseu-hi, madame Wang et madame Wi, l'histoire ne retenant généralement pas les noms des plus humbles. En revanche, le nombre d'eunuques et de dames de cour dans la Cité interdite est bien connu, ainsi que leurs modes de vie et leurs charges. Les orthographes des noms propres chinois une fois traduits différant beaucoup d'un auteur à l'autre, j'ai pour ma part choisi chaque fois la simplicité, la difficulté étant encore amplifiée par le fait que les appellations des personnages officiels changent souvent au cours de leur existence, selon la fonction qu'ils occupent.

1

Lan Kuei, Petite Orchidée, jeta un coup d'œil furtif à sa mère qui se tenait très raide devant le porche à colonnes de bois de leur maison. Celle-ci n'avait jamais été une grande sentimentale. Comme toutes les femmes appartenant à l'élite de la société, elle s'était peu occupée de l'éducation de ses enfants, préférant les confier aux serviteurs de la maison et aux diverses nounous du *yamen*, leur demeure. Sa famille était de race mandchoue. Depuis le déferlement sur Pékin de ses sauvages cavaliers, en 1644, les Mandchous avaient pris le pouvoir dans tout l'immense empire chinois des Han. Ce jour-là pourtant, Lan Kuei sentait sa mère plus émue que d'habitude en regardant ses deux filles s'approcher du palanquin qu'elle avait loué pour l'occasion, les ressources de la famille ne lui permettant guère d'avoir sa propre chaise à porteurs.

Lan Kuei, l'aînée, venait d'avoir seize ans. Elle s'inclina devant sa mère sans émotion excessive, sachant bien qu'elle n'avait jamais été sa préférée. Puis elle pénétra lestement à l'intérieur de l'étroite chaise reposant dans leur jardin de la rue de l'Etain, dans la cité tartare, non loin du canal. Sa mère ne s'inquiétait probablement pas trop pour son aînée.

Ne prétendait-elle pas que Lan Kuei avait son caractère et trouvait toujours un remède à ses mélancolies dans ses livres, même si ce n'était guère l'usage pour une jeune fille mandchoue de tant étudier ?

Tsiann au contraire, plus jeune de deux ans, plus tendre et plus timide, semblait bien démunie pour quitter si tôt le *yamen*. D'ailleurs, elle retenait à peine ses larmes en prenant congé de sa mère, puis de son frère Kouei Siang, qui avait un an de moins qu'elle. C'était pour encourager Kouei Siang à poursuivre des études qu'il n'aimait guère que la mère avait autorisé Lan Kuei à profiter avec lui de ses précepteurs.

Le capitaine de la Bannière Bleue, celle où servait leur père, Hui-cheng, issu du prestigieux clan des Yehenara, venait en effet de leur faire un redoutable honneur en mentionnant les noms des deux jeunes filles sur la liste des soixante Mandchoues susceptibles d'être présentées, peut-être, à l'Empereur. Deux cent cinquante ans plus tôt, ce clan des Yehenara avait donné une épouse à l'empereur Nurhaci, le fondateur de la dynastie. Bien sûr, depuis lors, le puissant clan des Aisin Gioro avait peu à peu éclipsé le leur. Cependant, Lan Kuei n'oubliait pas que le sang royal du premier grand empereur mandchou coulait dans ses veines et dans celles de sa sœur. Et si sa famille était pauvre, ce que sa mère ne cessait de déplorer, c'était parce que son père était resté honnête, qualité bien peu répandue parmi la classe dirigeante du *Ch'ia-ch'ing*, l'empire de la Grande Félicité que les Barbares appelaient aussi la Chine. Cet empire immense régnait sur l'Annam, le Laos, le Siam, la Birmanie, mais aussi le Népal, le Tibet, la Corée, les îles Ryukyu et Suluy, la Mongolie, la Mandchourie et le Turkestan. C'était bien le centre du monde.

Tsiann venait de monter à son tour dans l'étroite chaise et se serrait contre elle. Lan Kuei lui prit la main et ne la lâcha pas. Tout bas, elle suppliait l'esprit du grand Confucius et les mânes de leurs ancêtres pour que sa jeune sœur ne fût pas choisie. Elle lui semblait bien peu armée pour une vie sans doute difficile au sein de la Cité interdite. Peut-être seraient-elles même séparées ? Alors, Petite Orchidée ne pourrait veiller sur sa sœur comme elle l'avait pourtant promis à sa mère.

La Cité interdite, à l'abri de ses immenses murailles violettes, était un monde à part, terrible et régi par des lois si strictes que même les dames de cour ne s'y promenaient pas comme elles voulaient. Pourtant, c'était à l'abri de ces murailles qu'était concentré tout le pouvoir mandchou. C'était là que Lan Kuei voulait être et elle trouvait finalement son sort plus enviable que si elle avait contracté un mariage ordinaire, bien sûr organisé par ses parents, avec un époux inconnu. En ce cas aussi, elle aurait été séparée de sa famille pour toujours. Dans le *yamen* de son mari, elle serait devenue la servante de chaque femme de son nouveau clan et, en particulier, de sa belle-mère qui aurait eu sur elle tous les droits et probablement cherché à exercer enfin son autorité en brimant la jeune épousée, comme elle-même l'avait jadis été.

Les quatre porteurs soulevèrent le palanquin d'un seul coup. Il tangua un peu puis reprit son équilibre tandis qu'ils trottaient sur leurs pieds nus d'une allure souple et régulière. Un autre serviteur, qui courait devant eux, leur frayait la voie comme il pouvait, écartant du chemin les éternels mendiants, repoussant les étals qui débordaient trop sur la route pierrée, quitte à en renverser quelques-uns, pressant les matrones de leur faire place. Lan Kuei, agacée par les pleurs incessants de sa sœur, avait tiré les rideaux du palanquin pour contempler l'incroyable spectacle s'offrant à ses yeux – une jeune fille mandchoue n'était pas censée s'aventurer trop souvent hors de son *yamen*, ce n'aurait guère été convenable.

A perte de vue, ce n'était qu'un inextricable lacis de ruelles tordues, malodorantes sans doute, mais si vivantes. Tous les commerçants officiaient en plein air. Le barbier dégageait bien au rasoir le contour du visage, comme l'avaient exigé les dominateurs mandchous, pour ne laisser libre que la longue natte descendant parfois plus bas que la ceinture. L'arracheur de dents tentait d'attirer sa pratique par de volubiles boniments. Les cordonniers réparaient les sandales de paille tressée des *coolies* les moins pauvres ou les bottes de feutre des soldats. Un artisan recollait la vaisselle brisée, un autre vendait des ustensiles de fer-blanc. Des étals regorgeaient de légumes et de fruits parfois bien avariés. Le poisson séché dégageait une odeur forte, moins désagréable pourtant que celle des eaux usées et des pots de chambre qu'on versait par les fenêtres ornées d'un simple papier huilé. Assis par terre, des tailleurs cousaient sans relâche des vêtements matelassés pour l'hiver. Les plus riches avaient même de curieuses machines, vendues disait-on par les colporteurs, des « diables étrangers ».

Tout à coup, une fumée lourde parut s'enfuir de sous une porte close. Elle étourdissait un peu, donnait presque mal au cœur. Lan Kuei savait qu'il s'agissait de la fumée des dieux, la fumée de l'opium. Sa mère n'avait jamais permis que la drogue répandue dans l'empire du Milieu par les marchands et les pirates barbares ne franchît le seuil de son *yamen*. L'un de ses précepteurs lui avait pourtant expliqué ce qu'était l'opium, la sève de vie ou de mort recueillie en scarifiant les grandes tiges des fleurs de pavot. Il avait ajouté que l'opium pouvait aussi bien être un fléau réduisant le peuple à un état d'hébétude ne lui permettant plus ni de s'alimenter ni de travailler, qu'une médecine puissante et salutaire, propre à venir à bout des plus fortes douleurs.

Sa sœur, qui avait oublié ses pleurs pour se griser elle aussi du spectacle, lui désigna soudain des hommes à la tête prise dans des carcans de bois. Un autre avait été emprisonné dans une cage trop étroite pour qu'il pût s'asseoir, trop basse pour qu'il fût capable de se tenir debout. Des lames de rasoir, fichées dans la planche supérieure de la cage, l'empêchaient en outre de laisser reposer son menton sur le bois quand il était trop las pour le soutenir.

– Qu'est cela ? demanda Tsiann en se détournant.

– Ce sont des malfaiteurs que l'on a condamnés à subir ces peines. Ces carcans, qui se nomment des *cangues*, emprisonnent deux mois durant un voleur qui ne pourra donc survivre que grâce à la charité des passants.

– Et le pauvre homme dans sa cage ?

– Celui-là a tué. Il finira par mourir d'épuisement, mais ne le plains pas trop puisque lui-même a pris une vie. Si le tribunal avait été moins clément, il aurait eu la tête coupée. Alors, si aucune bonne âme n'avait veillé à l'enterrer avec sa tête, il serait devenu à jamais un esprit errant. Tu ne sens pas cette odeur et tu ne vois pas les mouches ?

– Si.

– Regarde ces innombrables petites cages pendues aux

murailles de la Cité interdite. Elles contiennent les têtes coupées de tous les malfaiteurs exécutés ce mois-ci.

– C'est affreux.

– Oui, mais nécessaire. Leurs exemples feront peut-être réfléchir d'autres criminels.

Un groupe de mandarins, vêtus de robes de soie richement brodées, la tête rasée, à l'exception de la natte, couverte d'un petit chapeau noir et conique, agitant leurs éventails devant leur nez pour chasser les mauvaises odeurs, refusa de céder le passage au palanquin en dépit des cris répétés du serviteur. Ils continuaient de marcher comme en procession et se dirigeaient d'un pas lent et solennel en direction de la porte *Shenwu-men*, la porte du Génie Militaire, celle située au nord de la Cité interdite et la séparant de la ville tartare. Devant s'élevaient les grandes murailles violettes. En se retournant, Petite Orchidée voyait se profiler l'artificielle colline de Charbon qui donnait quelque relief aux environs de la Cité interdite. Les flancs de la colline étaient couverts de pins luxuriants, de toutes les espèces imaginables. On distinguait, au-delà des murailles, les formes incurvées des toits des pagodes couvertes de tuiles jaunes, la couleur impériale.

La porte *Shenwu-men* ouvrait sur un autre monde qui serait peut-être un jour tout l'univers de Lan Kuei. Vite, elle se pencha à la portière pour garder en mémoire l'image de cette immense cité grouillant de plus de quatre millions d'âmes, la plus grande du monde, dont le cœur était la Cité interdite.

Il n'y avait que trois ans qu'elle était arrivée à Pékin avec sa mère, son frère, sa sœur et leurs domestiques. Son père les avait rejoints peu après, lorsqu'il avait été nommé à la

Bannière Bleue de la capitale. On lui avait raconté que, lorsqu'elle avait deux ans, son père était un jeune mandarin du Bureau des registres civils, à Luhan, dans la province du Shanxi. Il avait ensuite été promu intendant du Sud dans la ville de Anhwei, puis à Wuhu. Elle ne se souvenait que de cette dernière ville et de leur vaste maison située sur les bords du fleuve Yangste. Le paysage était grandiose, formé de profondes gorges et de forêts très denses. Sa plus grande récompense était de suivre son père à cheval lorsqu'il consentait à l'emmener pour une tournée d'inspection.

Quand elle l'attendait, des heures durant, Lan Kuei pouvait rester assise au bord du fleuve, les yeux perdus au loin, seulement occupée à regarder couler ses eaux jaunies par les alluvions, sur lesquelles passaient les barques de pêcheurs jetant dans le courant leurs vastes filets ronds. Parfois aussi voguait un convoi de jonques aux voiles triangulaires de couleurs vives. Elle avait aimé d'amour les eaux vives du Yangste, si différentes de celles de leur canal, mortes et chargées d'immondices quand ce n'était pas de cadavres d'animaux ou des corps de pauvres *coolies* qu'on y avait jetés, faute de savoir qu'en faire.

Lan Kuei se regarda une dernière fois dans le petit miroir qu'elle avait tiré de sa manche. Elle avait toujours préféré s'habiller en garçon pour chevaucher avec son père et ne se souciait guère de sa toilette quand elle passait ses journées à étudier avec son frère le *Tong Houa-lou*, le *Recueil des Fleurs d'Orient* où étaient consignés tous les actes officiels de l'Empire. Elle avait aussi lu et commenté les *Textes historiques* ou, ce qu'elle préférait, les poèmes à l'ancienne ou poésie *Gu-ti-shi*. Parmi les poètes qu'elle admirait le plus, il y avait l'incomparable Du Fu, le maître Tiao, Baozhao ou encore Bo Ju-yi. Toujours, cette poésie de l'ère Jian-an, située à la fin des Han, période que les Barbares nomment le IIIe siècle après leur Christ, lui avait semblé la plus belle, la plus sensible et la plus inspirée de toutes.

Aujourd'hui où elle était tourmentée par son avenir, même si elle affichait d'être impassible devant sa jeune sœur pour la rassurer, Petite Orchidée se redit tout bas, afin de ne pas perdre courage, ces rimes désabusées de Li Bo :

Si le jour d'hier m'abandonne,
Si je ne puis le retenir,
Oui, le jour d'hui me donne
Bien des tourments sans y tenir.

Le vent pousse les oies sauvages
Sur bien plus de dix mille lis.
Prisant de l'alcool les ravages,
A l'ouest où s'alignent les lits.

Immortels génies de Jian-an
Dont les vers célèbrent ces lieux,
Hommes libres de l'ère des Han,
Vos rimes montent vers les cieux.

En caressant soleil et lune
Moi, l'amoureux Xie Tiao,
Je gravis la plus haute dune
Pour cueillir l'astre tout là-haut[1].

1. D'après le poète Li Bo célébrant le pavillon du maître Xie Tiao, poète du Ve siècle.

Les siècles avaient passé, effaçant larmes et chagrins, rasant les murs des plus superbes palais, mais on se souvenait encore de Li Bo, tant la beauté reste immortelle quand son créateur a depuis longtemps disparu...

Son miroir rassura Petite Orchidée, lui renvoyant une image d'elle qui ressemblait davantage aux portraits d'autrefois qu'à la véritable Lan Kuei. De l'emplâtre blanc recouvert de poudre lui faisait une peau blafarde et lumineuse. Ses noirs sourcils épilés avaient pris, sous le pinceau qui les avait redessinés, un arc parfait. Ses yeux à peine bridés, ourlés de khôl, brillaient d'un nouvel éclat. Deux touches de carmin marquaient ses joues. Sa bouche, seulement fardée au centre, portait sur la lèvre inférieure une tache incarnat semblable à une cerise. Ses cheveux avaient été tirés en un chignon raide et compliqué où tremblaient des papillons montés sur de longues épingles. Deux rangées de perles erraient parmi les conques sombres.

Elle ressemblait à une poupée, une précieuse figurine de porcelaine que l'on aurait actionnée grâce à des ficelles. Mais qui ferait se mouvoir le nouveau pantin qu'elle était devenue ? Cette image n'était plus tout à fait elle. Engoncée dans sa lourde robe de soie vert amande et ses pantalons de même teinte, rutilantes étoffes toutes rebrodées de couleurs vives et chamarrées d'or, elle était obligée de se tenir très droite sous peine d'en froisser le haut col dur. Un collier de cristal et de perles lui tombait jusqu'au nombril. On pouvait à peine deviner les formes de son corps sous le rigide vêtement d'apparat. Sa sœur, fardée de même façon et vêtue de rose pâle, semblait plus irréelle encore tant les riches brocarts paraissaient peu appropriés à son jeune âge.

– Tu sais, grande sœur, dit alors Tsiann en pouffant de rire car elle ne pouvait longtemps être triste, j'imagine qu'il fallut respecter le deuil du précédent empereur, le Fils du Ciel Tao-kuang. Aussi le nouvel empereur, le maître des dix mille ans, Hieng-feng, qu'on nomme également Universelle Abondance, n'a pas vu de femmes depuis vingt-sept mois. Le temps a dû lui sembler long et il sera indulgent à notre encontre...

Tsiann eut, derrière sa main, un rire léger que Lan Kuei jugea aussi charmant qu'inconvenant. Elle crut donc bon de la morigéner. Tsiann était encore une enfant joyeuse et impulsive, autant de défauts que l'on aurait difficilement pardonné à une future dame de cour, et pas du tout à une possible concubine impériale.

– Tais-toi, petite sotte, l'Empereur ne nous verra même pas. Ce sera sa mère, l'impératrice douairière, l'épouse de feu l'empereur Tao-kuang ainsi que le chef de ses eunuques qui nous recevront, et eux seuls.

– Alors, je n'ai en effet aucune chance, moi qui ne suis ni très belle ni aussi cultivée que toi, moi qui n'ai que mes rires à offrir.

De nouveau, elle avait envie de pleurer. Lan Kuei, qui la trouvait en effet encore trop enfant pour être choisie, tenta de parer une éventuelle déception en lui expliquant :

– Sur les trois mille dames de cour résidant en la Cité interdite et ne côtoyant pour la plupart que les trois mille eunuques accomplissant leurs tâches dans la journée mais ne pouvant dormir là, bien peu approchent en effet l'Empereur. Encore plus rares sont les élues d'une nuit. Crois-tu, petite Tsiann, que le souvenir d'une seule nuit passée avec l'Empereur suffise à faire le bonheur d'une femme ? Combien de beautés oubliées, de femmes intelligentes et talentueuses se fanent-elles sans que nul n'en sache rien, à l'ombre des murailles violettes de la Cité interdite ? La Ville Pourpre, comme on l'appelle aussi, n'est pas toujours un lieu de joie.

– Quelle honte, pourtant, si j'étais refusée...

– Mais non, père te trouverait alors un riche mari. Tu aurais ton palais et tes parures, tes servantes et tes propres eunuques. Tu serais bientôt choyée et très aimée si tu avais la chance de donner un fils à ton époux. Nous voici arrivées. Que c'est beau ! Pour seulement contempler tant de beauté, ne crois-tu pas, Tsiann, que ce jour vaut d'être vécu ?

On avait traversé le Jardin impérial et passé la *Kunning-men*, la porte de la Tranquillité Terrestre. Les porteurs les avaient déposées dans la grande cour intérieure au centre de laquelle se dressait le palais de la Pureté Céleste. Devant elles s'érigeaient les tours à étages de la *Qianqing-men*, aux toits mollement incurvés couverts de tuiles jaunes. Les servantes, portant les paquets des jeunes filles, s'en allaient sous la conduite des eunuques vers d'autres palais. Beaucoup pleuraient en regardant s'éloigner les jeunes maîtresses auxquelles elles avaient souvent servi de mères mais qui n'étaient pas autorisées par l'immuable étiquette à montrer leur chagrin. Lan Kuei, toujours curieuse de tout, regarda autour d'elle les innombrables palanquins d'où émergeaient d'autres beautés parées de leurs plus éblouissants atours.

Elles étaient soixante jeunes filles mandchoues, choisies parmi les plus illustres clans, à suivre en marchant à petits pas les eunuques qui les avaient saluées avec déférence. Ils les précédaient à présent parmi le méandre de cours, d'escaliers, de pavillons, de jardins intérieurs et de terrasses constituant l'ensemble du Palais impérial. Un édit de l'Empereur avait jadis interdit aux Mandchoues ce que l'on nommait « les pieds de muguet ». Certaines d'entre elles regrettaient encore cet édit. Dans les palais secrets de la capitale de l'Empire, les minuscules pieds bandés des Chinoises qui leur faisaient une démarche fragile et vacillante étaient en effet considérés comme un suprême signe d'élégance et d'appartenance à la haute société. Les filles de paysans, d'ouvriers, de *coolies* ou de simples commerçants ne pouvaient bien sûr s'offrir ce luxe qui les aurait empêchées de marcher normalement.

Naturellement, il était interdit aux jeunes filles de fouler les degrés du maître escalier du *Yunnan*. En marbre blanc, il était sculpté en son centre de dragons. Seul l'Empereur, le Fils du Dragon, était autorisé à le gravir. Elles devaient se contenter, à la suite des eunuques, des passages latéraux, mais que de merveilles en ces temples, ces pagodes, ces pavillons, ces palais et ces jardins ! Petite Orchidée se souvenait des lacs artificiels semés d'îles et de kiosques reproduisant une nature parfaite et policée qui s'étendaient à l'ouest de cet ensemble de palais, au-delà des murailles pourpres et des douves. L'herbe y étincelait de ses plus beaux verts. Pas une feuille n'en déparait l'harmonie. Partout, des chrysanthèmes de printemps multicolores, la fleur impériale, ruisselaient de leurs vasques. Elle éprouvait jusqu'au vertige la nostalgie d'une ultime liberté à laquelle il ne fallait plus songer...

Dans la Cité interdite, de multiples sculptures, dragons, lions-chiens ou *ch'ling*, protecteurs tutélaires des mânes des ancêtres montaient la garde un peu partout. Après avoir traversé encore deux cours, le cortège atteignit le palais de l'Harmonie Suprême ou *Taihe-dian* abritant la salle du trône. Cet élégant bâtiment tout de marbre blanc s'étirait en longueur. A gauche, comme le précisa un eunuque, s'élevaient les bureaux de la Maison impériale, un autre palais presque aussi somptueux.

Ce fut là que l'on fit entrer les soixante jeunes filles. Ce fut là aussi que des dames de cour qui leur étaient inconnues s'empressèrent soudain autour d'elles pour replacer une mèche de cheveux envolée d'un chignon, repiquer une précieuse épingle à sa juste place, rectifier une touche de rouge qui avait un peu coulé, remettre un nuage de poudre de riz. Les jeunes filles devaient se tenir debout et parfaitement immobiles, les mains rentrées dans leurs manches en signe de respect, légèrement courbées en avant comme si elles saluaient une invisible présence. Il faisait trop chaud, l'attente se prolongeait. L'une d'elles éclata soudain en sanglots et fut sans pitié refoulée hors de la salle. Une autre, épuisée, s'évanouit et fut également entraînée au-dehors.

Lan Kuei surveillait Tsiann du coin de l'œil. Elle ne pouvait rien lui dire, sinon la regarder parfois pour l'assurer que tout se passerait bien, ce dont elle n'était nullement convaincue. Quelle inutile torture que de les faire attendre si longtemps ! Cette interminable attente n'était-elle destinée qu'à miner le peu d'assurance qu'elles avaient encore ou à finir de les convaincre qu'elles n'étaient guère plus importantes que des vers de terre soumis à la volonté impériale ? Lan Kuei aurait eu fort envie de tout planter là, de prendre la main de sa sœur et de s'enfuir loin de ce lieu inhumain. Or, elle ne le savait que trop, sa mère n'aurait pu supporter ce déshonneur et se serait aussitôt suicidée en avalant une feuille d'or ou une boulette d'opium. Leur père l'aurait bien sûr tenue responsable de pareil affront, prouvant assez qu'elle n'avait su élever dignement ses filles. Il fallait donc attendre, attendre toujours, légèrement courbée, un sourire figé errant sur des lèvres tout aussi peu naturelles que l'attitude de soumission ou le reste du visage fardé.

Le temps passait pourtant, avec son infinie et insupportable lenteur. Une autre jeune fille s'était évanouie, une quatrième avait eu une crise de rire nerveux. Elles aussi s'en étaient allées... Les dames de cour passaient parfois à nouveau parmi elles, veillant à ce que les fards ne se fussent pas trop dilués avant la venue de l'impératrice douairière et du chef de ses eunuques.

Ses précepteurs avaient conté à Lan Kuei la triste histoire de ces mutilations sauvages subies par les eunuques. Vers l'âge de cinq ou six ans, ces gamins volés à leur famille ou vendus par elles quelques *taëls* d'argent subissaient une opération aussi violente qu'irrémédiable. Avec des ciseaux ou un rasoir, le castrateur effectuait le sinistre geste pour trois *taëls*. Un peu d'opium rendait le gamin moins sensible et presque inconscient. Ensuite, des tourniquets posés à l'endroit des blessures l'empêchaient de se vider de tout son sang. Mieux valait, pour subir cette douloureuse humiliation, être accompagné par un parent ou un ami afin de récupérer ensuite les trois « précieuses parties ». Sa vie durant, l'eunuque devait, en effet, les conserver sur lui dans un bocal pour être capable de les montrer lors de chaque inspection au Grand Eunuque. Son principal souci était d'être enterré avec, donc « entier ». Les rites de Confucius ne permettaient pas que l'on ensevelît avec honneur un corps qui n'aurait pas été intact. Après avoir été ainsi castré, trois jours durant le mutilé ne pouvait boire car sa blessure n'aurait pas supporté l'acidité de l'urine. Il fallait d'ailleurs qu'une paille fût introduite dans l'urètre pour éviter que le canal ne se refermât ensuite. Au bout des trois jours, on enlevait la paille. Peu à peu, tout le système pileux, si l'opéré était déjà adolescent, disparaissait. Quand les plaies hideuses avaient bien cicatrisé, le castrat arborait un sexe presque aussi lisse que celui d'une petite fille.

– Ces malheureux, lui avait expliqué son précepteur, ont bien sûr ensuite de nombreux problèmes urinaires et certains deviennent incontinents. C'est pourquoi on les appelle le « peuple puant ». Mais toi qui seras bientôt introduite au Palais impérial, Petite Orchidée, souviens-toi qu'ils forment la principale puissance de la Cité interdite, puisqu'ils y vont et viennent librement. Ce seront le plus souvent les seuls contacts que tu auras avec l'extérieur. Certains vivent d'ailleurs en ville avec leurs concubines et ont le droit d'adopter des enfants, pour « sauver la face », bien sûr. D'autres, castrés plus tardivement dans leur vie afin d'assurer des ressources régulières à leurs proches, étaient auparavant mariés et pères de famille. Ceux-là risquent leur vie en s'offrant au couteau castrateur mais la misère est si grande à Pékin qu'ils n'ont guère le choix. Montre-toi bonne et compatissante envers ceux du « peuple puant », ils te le rendront à satiété, car ils sont pour la plupart d'un naturel doux et aimant. Prends pourtant garde à leur susceptibilité d'un genre bien particulier. Ne leur montre jamais un chien sans queue ou une théière sans bec, ils prendraient cela pour une allusion blessante à leur infirmité. Ensuite, ils te haïraient avec passion, sans que tu puisses comprendre pourquoi.

– Je croyais, vénérable, que l'opération n'était pas irréversible. Ne raconte-t-on pas que l'un des membres les plus puissants de la « fraternité puante », l'honorable Nei Chung-hsien, Grand Eunuque et favori de l'empereur Ming Hsi Tung, parvenu au comble des honneurs et devenu riche à foison, n'avait qu'une obsession : recouvrer sa virilité pour enfin engendrer un fils ? Un puissant lama du Tibet lui assura qu'il retrouverait tous ses attributs virils s'il mangeait la cervelle de sept hommes vivants. Ainsi fit-il, si fort était son besoin d'enfant.

– Penses-tu vraiment que ce soit une conversation convenable pour une jeune fille ? Sois donc réaliste, une jambe coupée ne repoussera pas avec un peu de magie, si ignoble soit-elle. Et les « trois nobles parties », une fois séparées du corps, n'y peuvent revenir[1]. Puisque nous parlons des eunuques, voyons donc si tu as bien retenu les règles du *Li*[2] en usage à cet égard.

– Oui, vénérable. Dans notre précieuse dynastie, les princes impériaux ont chacun droit à trente eunuques, les princes héréditaires à vingt. Vingt aussi pour les neveux de l'Empereur, dix pour ses petits-fils, six pour ses arrière-petits-fils et quatre pour ses arrière-arrière-petits-fils[3].

---

1. L'anecdote, bien réelle et affreuse en effet, est contée par Sterling Seagrave (voir bibliographie).

2. Le *Li* est l'ensemble des règles de l'étiquette qui régissent les rapports de l'homme avec la Nature, donc l'Harmonie Universelle si prisée de Confucius. Même si ces règles ont beaucoup varié au cours des siècles, leur connaissance précise était essentielle à qui allait vivre dans la Cité interdite.

3. Les privilèges de la noblesse, s'ils étaient héréditaires, s'amoin-

Alors que la plupart des jeunes filles qui l'accompagnaient s'étaient détournées avec dégoût des eunuques dont certains sentaient en effet très fort l'urine, Lan Kuei s'était souvenue des conseils de son précepteur. Elle leur avait souri avec gentillesse sans paraître le moins du monde affectée par leur odeur.

Une agitation soudaine, comme une brise courant au ras des eaux d'un étang et agitant herbes et joncs, parut soudain saisir les eunuques et les dames de cour. Ces dernières s'éclipsèrent sans un bruit, marchant vite sur la pointe des pieds de cette démarche aérienne qui était en usage à la Cour. Les eunuques se rangèrent sur deux rangs. Ils avaient mis de l'encens et des fleurs coupées à brûler dans les brûle-parfums pour dissiper les effluves acides de leurs misérables corps. Les portes s'ouvrirent en grand, alors qu'elles ne s'étaient qu'entrouvertes pour laisser le passage aux jeunes filles.

Un palanquin surchargé d'or, aux rideaux de soie jaune, venait de s'arrêter devant les portes massives que deux eunuques maintenaient larges ouvertes. Une imposante femme en descendit. Elle pouvait avoir la quarantaine, mais son beau visage très fardé ne présentait pas une ride. Maintenant que le deuil de la Cour était officiellement terminé, elle avait quitté ses vêtements blancs et arborait à nouveau le jaune impérial. N'était-elle pas l'impératrice douairière, la mère de l'empereur régnant, la femme la plus puissante et la plus écoutée de l'Empire, celle qui pouvait recevoir les ministres et assister aux séances du Grand Conseil,

---

drissaient à chaque génération, si bien que l'appartenance au clan primait toutes les autres distinctions autrefois obtenues.

dissimulée par le fameux rideau jaune tiré derrière le siège de l'Empereur ? C'était elle qui avait la charge de former le nouveau harem de son fils et de choisir la concubine avec laquelle il passerait la nuit. L'une des concubines impériales concevrait alors peut-être un enfant et donnerait un Fils du Dragon à l'Empire céleste, incroyable honneur.

Sans un sourire ni un geste de bienvenue, mais l'étiquette du *Li* le voulait ainsi, l'impératrice douairière traversa la double rangée des eunuques, puis des jeunes filles, avant d'aller s'asseoir sur son trône. Deux de ses dames de cour se tinrent à ses côtés, l'une portant un éventail de plumes de paon avec lequel elle lui offrait quelque rafraîchissement car il faisait trop chaud dans le palais, l'autre la pipe à eau de son narguilé.

L'impératrice douairière avait la haute coiffe mandchoue toute rehaussée d'or et de perles, qui dissimulait sa chevelure, hormis au sommet du front. Sa longue robe jaune était brodée de phénix et de dragons, les symboles du pouvoir impérial. Un collier de perles laiteuses, chacune de la taille d'un œuf de perdrix, tombait sur son ventre. Elle avait croisé l'une sur l'autre ses longues mains fines et blanches. Les deux derniers doigts de chaque main s'ornaient de protège-doigts finement ciselés, d'or pour la main droite, de jade pour la gauche. Lan Kuei trouvait que cela lui faisait un peu comme des serres de rapace. Son Grand Eunuque, un homme d'une cinquantaine d'années de belle prestance quoique un peu gras, se tenait immédiatement derrière elle. Il fit signe à deux autres eunuques de s'approcher du trône. Auparavant, ils accomplirent par trois fois le *Kow-tow*, le profond salut de cour supposant que l'on s'agenouillât devant la personne impériale en frappant le sol de son front. C'était une tradition immuable datant de la nuit des temps à la cour des Han, tradition que la dynastie mandchoue avait ensuite reprise à son compte.

Ses livres d'histoire avaient appris à Lan Kuei que c'était pour avoir omis d'accomplir le *Kow-tow* devant l'Empereur que l'ambassade de lord Chamberlain avait jadis échoué. Puisque le *Li* le prescrivait, pourquoi refuser cet hommage si naturel au Fils du Dragon ? Ces Barbares venus d'au-delà des mers étaient décidément bien bizarres...

L'un des deux eunuques encadrant leur chef, que Lan Kuei réussit à observer sans en avoir l'air, était un bel homme mince, grand et musclé, glabre bien sûr. Sans doute avait-il été castré dans son âge d'homme fait ? Ce devait être la raison pour laquelle il avait conservé sa belle stature. Tous deux portaient des rouleaux de soie qu'ils déroulèrent et l'on commença l'appel des noms des jeunes filles.

La première nommée fut une certaine Li Fei, du puissant clan des Aisin Gioro, alors particulièrement à l'honneur. Son père appartenait à la Bannière Jaune, la première des bannières. C'était une ravissante créature d'une quinzaine d'années qui semblait à peine sortie de l'enfance et en conservait encore les joues veloutées, la bouche gonflée. Même si elle n'avait pas été si jolie, Li Fei aurait bien sûr été choisie à cause de son clan. Or elle était délicieuse et Lan Kuei l'avait tout de suite remarquée. Toutes deux s'étaient souri. Le sourire de Li Fei ressemblait à une offre de paix ou d'amitié. Cette enfant aimait plaire et séduire, mais elle ne devait rien savoir des intrigues de cour. Sans doute n'avait-elle non plus jamais éprouvé l'appétit du savoir qui taraudait toujours Lan Kuei sans qu'elle pût deviner où cette soif de connaissances allait la mener et si elle la conduirait jamais quelque part.

A l'appel de son nom, Li Fei s'approcha du trône de sa démarche d'elfe dansant et accomplit sans effort, avec une grâce que Lan Kuei lui envia, les trois *Kow-tow* réglementaires, tandis que l'un des eunuques lisait son thème astral à l'impératrice douairière. Celle-ci se laissa aller à la gratifier d'un sourire, insigne privilège. Tout de suite, elle la nomma concubine de premier rang. Ce fut à cet instant évident pour toutes les jeunes filles présentes : Li Fei serait la première appelée dans le lit de l'Empereur.

Quand ce fut enfin le tour de Lan Kuei de s'avancer jusqu'aux marches du trône, elle se tira honorablement de ses *Kow-tow*, toutefois sans la grâce si particulière de Li Fei. Le bel eunuque lut son horoscope qui, elle le savait, comprenait par bonheur cinq heureux présages. Tandis que deux autres dames de cour tournaient autour d'elle pour l'examiner, un peu comme on l'aurait fait d'une jument, pour voir ses dents, sentir son haleine, palper son cou et étudier ses mains, le bel eunuque lui posait des questions en chinois comme en mandchou, lui demandant si elle savait ses *Classiques*. Lan Kuei les connaissait sans doute mieux que la plupart des jeunes filles ici présentes. Pourtant, son maître lui avait expressément recommander de ne pas trop briller. Cet examen insultant l'irritait si fort qu'elle ne put tout à fait retenir sa réponse :

– L'« homme de bien » ou *junzi*, disait maître Kong dans les préceptes de son *Lunyu*, livre établi après sa mort par ses disciples, doit attacher tous ses efforts aux exercices de tenue rituelle qui permettent la parfaite maîtrise de ses gestes, de ses sentiments comme de ses actions. Parmi les qualités qui rendent un homme accompli, la plus importante est le *ren*, c'est-à-dire une permanente disposition d'esprit affectueuse et indulgente. Quant à la sagesse véritable, elle ne peut être acquise qu'au terme d'une existence contrôlant les moindres détails de sa conduite, l'observation précise des règles de vie en société ou *yi*, le respect d'autrui et de soi-même, le sens de la réciprocité ou *shu*.

Tels étaient les principaux préceptes que maître Kong – les missionnaires jésuites l'avaient appelé Confucius et le nom lui était resté – avait tenté d'inculquer sa vie durant dans son école de lettrés ou *rujia*. Des siècles plus tard, ces règles dominaient encore la vie des Mandchous comme des Chinois. Si l'impératrice douairière respectait à la perfection les préceptes de contrôle de soi, Lan Kuei jugeait pourtant qu'elle négligeait par trop le *ren* et le *shu*. Peut-être l'impératrice douairière trouverait-elle sa réponse impertinente ? Dans ce cas, Lan Kuei serait rapidement reconduite dans son *yamen* et ferait le désespoir de sa famille. L'impératrice douairière eut un mince sourire et Lan Kuei caressa un instant l'espoir que sa réponse avait plu, puis les lèvres fardées en forme de pétales de rose laissèrent tomber cette sentence comme un couperet :

– Trop savante. Mais ton père nous a bien servis sous la Bannière Bleue. Par égard pour lui, tu seras donc Honorable Personne, c'est-à-dire concubine de cinquième rang ou *Kuei Jen*. Désormais, ton nom de cour sera celui de concubine Yi.

La nouvelle concubine Yi s'inclina profondément sans répondre. Elle était donc élue, quoique au dernier rang... Une fois de plus, elle n'avait su se contrôler. Quel besoin avait-elle eu d'étaler ainsi sa science mais aussi, pourquoi ce bel eunuque lui avait-il posé tant de questions en chinois, alors qu'il avait à peine interrogé Li Fei ou les autres jeunes filles ? Ce fut enfin le tour de Tsiann et ce que sa sœur avait tant redouté se produisit. Le *Kow-tow* fut exécuté avec une telle maladresse que la petite en perdit tous ses moyens et ne put que balbutier d'inintelligible façon quand le bel eunuque l'interrogea.

– Trop enfantine, dit l'Impératrice d'un ton sans réplique.

C'en était fini pour Tsiann qui retournerait dans son *yamen*. Sans doute était-ce préférable pour elle, mais quand les deux sœurs se reverraient-elles, si elles devaient jamais se revoir un jour ?

Enfin, l'interminable présentation était terminée. Les jeunes filles refusées, dissimulant leur chagrin sous le maintien digne imposé par le *Li*, quittaient la salle à reculons. Elles reprendraient le même chemin, retrouveraient leurs servantes, leurs porteurs et leur palanquin et dormiraient cette nuit dans leur lit de jeune fille. Yi, quant à elle – il lui fallait s'habituer à cette appellation, son unique nom désormais –, n'avait même pas eu le droit de presser la main de sa sœur. On ne s'embrassait jamais en public en Chine, pratique impure réservée aux seuls étrangers. Elle ignorait quand et où elle dormirait. La salle se vidait peu à peu. Seules vingt-huit jeunes filles avaient été retenues sur les soixante présentées. L'Impératrice venait aussi de sortir.

Li Fei s'avança vers Lan Kuei, s'inclina légèrement en signe de bienvenue et lui proposa avec cette spontanéité qui faisait tout son charme :

– Nous serons amies, n'est-ce pas, grande sœur ? Tu es bien savante et je le suis si peu. Consentiras-tu à m'apprendre une parcelle de ton savoir ?

– Tu seras sans doute l'élue de cette nuit, Li Fei. Gageons que le Grand Eunuque incitera bientôt l'Empereur à retourner la plaquette de jade portant ton nom. Tu l'as vu, le savoir indispose l'Impératrice et sans doute ne verra-t-elle pas d'un œil favorable que tu me fréquentes trop.

– Elle n'en saura rien !

Et Li Fei disparut sur un dernier sourire. Déjà, les dames de cour s'empressaient autour d'elle, ayant compris qu'il s'agissait selon toute vraisemblance de la prochaine favorite.

Quant à Lan Kuei, elle se disait qu'avoir été nommée concubine du cinquième rang [1], ce n'était vraiment pas beaucoup...

Ce jour était le 14 juin 1852, comme auraient dit les Barbares...

Elle avait donc à tout jamais perdu son prénom de Lan Kuei, ce qu'elle regrettait. Il était tout de même plus poétique que concubine Yi ou Yi tout court. La salle paraissait triste tout à coup, une fois l'Impératrice et ses dames de cour disparues, une fois les jeunes filles rejetées et surtout sa chère Tsiann reparties. Yi et les vingt-sept autres élues se regardaient en chiens de faïence, ne sachant que faire d'elles-mêmes. On ne s'était occupé que de Li Fei. Ce fut alors que le bel eunuque revint dans la salle. Il portait un autre rouleau de soie et commença de lire les nouvelles

---

1. Certains auteurs présentent la concubine Yi comme une concubine de troisième rang, mais telle n'est pas la signification du terme de *Kuei Jen*, qui signifie bien Honorable Personne, donc concubine de cinquième rang, le moins élevé...

appellations des jeunes filles restantes. Quand elles étaient nommées, elles disparaissaient par la petite porte située derrière le trône. Yi fut appelée la dernière, sans doute parce qu'elle était concubine de cinquième rang et elle en conçut quelque amertume, mais le bel eunuque s'inclina en souriant devant elle et ce sourire était délicieux.

– Je m'appelle Li Lien-ying, expliqua-t-il, et je puis dire sans me vanter que je jouis de l'entière confiance du Grand Eunuque que tu as vu tout à l'heure, An Te-haï. Ce qui nous a probablement rapprochés, lui et moi, est que nous avons tous deux eu une vie d'homme avant d'être castrés. Il a même femme et enfants dans la ville chinoise.

– Tu n'avais donc plus de travail pour avoir accepté ce traitement affreux ?

Il n'y avait pas de mépris dans la voix de Yi, mais une compassion triste. Même si son père appartenait à la Bannière Bleue, la dernière et la moins prestigieuse des bannières mandchoues, elle faisait partie de l'élite. Son *yamen* n'était sans doute pas le plus luxueux de la ville tartare, située au nord de la Cité interdite, il s'en fallait même de beaucoup, mais les vivres, les serviteurs, les meubles et les vêtements confortables n'avaient jamais manqué. Pour les Mandchous, ancien peuple de guerriers, l'organisation sociale continuait d'être militaire. Même si l'on avait réussi ses examens de lettré pour devenir mandarin, comme c'était le cas de son père, on restait avant tout un soldat servant sous une bannière. En cas de guerre, l'on était tout de suite réquisitionné. C'était pour cette raison que son père était reparti pour Anhwei avec les hommes de la Bannière Bleue car des soulèvements avaient eu lieu dans la région. Li Lien-ying la regarda avec attention avant de lui faire remarquer :

– Tu n'es pas comme les autres jeunes filles qui ne se soucient que de parures et de séduction. Tu penses aussi aux autres et tu ne méprises pas la « fraternité puante ». Tu as étudié, tu es même peut-être érudite. Qu'as-tu lu au juste ?

– J'ai beaucoup lu, mais sans tout retenir, hélas ! Je connais *Les Treize Classiques du confucianisme*, *Le Livre des entretiens de Confucius*, le *Behung-yung* ou *Voie du Milieu*, le *Meng-dze* ou *Les Ecrits de Mencius* et plus particulièrement *Les Cinq Classiques : Le Livre des Mutations, de la Musique, des Rites, des Documents*, le *Tchun-tchin* ou *Les Annales des Printemps et des Automnes*. Je voudrais maintenant aborder *L'Histoire de la Fondation de la glorieuse dynastie Qing*.

– Connaître les *Classiques* est en effet un bagage utile à qui veut s'élever dans la hiérarchie de la Cité interdite et c'est bien que tu aies tant étudié. Quand tu seras installée dans ton palais, je te fournirai tous les livres que tu pourras désirer, mais il serait également judicieux de connaître l'histoire des autres nations et un peu de géographie.

– La Chine n'est-elle pas le centre du monde ?

– Si l'on veut, répondit Li Lien-ying en riant. Tout dépend du point de vue que l'on adopte. Connaître les us et coutumes des autres pays, une connaissance qui ne fait hélas pas partie des examens exigés par l'académie de Hanlin, celle qui délivre tous les titres de mandarins, est indispensable aujourd'hui. Il faut aussi s'intéresser à leur civilisation et à leurs étranges machines.

– Mon père a toujours prétendu que les Barbares

n'étaient là que pour affamer la Chine avec l'opium et qu'il fallait les repousser sans faillir.

– On ne le pourra pas éternellement, concubine Yi. Viens que je te conduise au palais où tu résideras. Là t'attendent quatre eunuques et quatre servantes qui n'auront d'autre charge que de t'être agréables. S'il te manque quoi que ce soit, fais-moi demander.

Elle s'inclina en lui souriant, puis elle ne put retenir sa question :

– Pourquoi te soucies-tu de moi, alors que je ne suis que concubine de cinquième rang ?

– Ton savoir a agacé l'impératrice douairière, qui n'en connaît pas autant que toi, mais moi, il m'intéresse. Et si jamais tu approches le Fils du Ciel, tu pourras ainsi le conseiller utilement. Ses précepteurs l'ont enfermé dans un système ancien où les règles de l'étiquette et des préséances importent plus que les connaissances véritables, où le culte des ancêtres est si primordial que l'on ne remet jamais rien en cause de la politique de ceux qui vous ont précédé.

– Tu as des idées bien novatrices pour quelqu'un qui vit dans un si vieux palais.

– En effet, et je ne les confie pas volontiers à n'importe qui, mais j'ai confiance en toi et en ton étoile.

– L'élue est Li Fei et je n'ai aucune chance. Peut-être même ne connaîtrai-je jamais l'Empereur ?

– Ce n'est pas ce que disent les cinq présages heureux de ton horoscope. Attends simplement ton heure. Li Fei n'est qu'une délicieuse enfant dont l'Empereur se lassera un jour, comme il se lasse d'ailleurs de tout.

– S'il vient à me distinguer, il se lassera de moi aussi, alors ?

– Demain, je viendrai te voir et t'apporterai les livres demandés ainsi qu'une étrange invention des Barbares : une boule sur laquelle est représenté le monde. On appelle cela une mappemonde. Ce sera mon cadeau de bienvenue.

– Sois remercié pour tout. Pourrai-je écrire à mon père et à ma famille ?

– J'acheminerai ton courrier, mais cela ne doit pas se savoir. Quant à ton père, il recevra à Anhwei les cadeaux traditionnels offerts par le Palais impérial au géniteur d'une concubine de cinquième rang, des rouleaux de soierie, des boisseaux d'or et d'argent, un cheval et deux selles incrustées d'or, un service à thé de la porcelaine la plus fine.

– C'est vrai, il aura tout cela ?

Yi rayonnait. C'était la première fois qu'un peu de bien-être allait parvenir grâce à elle à sa famille.

On arrivait devant son palais, charmante construction de marbre blanc faisant partie des six palais de l'Ouest et plantée devant une cour qui l'isolait un peu du reste de la Cité interdite. Après de nouveaux saluts et vœu de bonne santé et de prospérité, Li Lien-ying s'en fut. Yi pénétra dans son nouveau domaine. Ses appartements se composaient de trois pièces. Dans des jarres fleurissaient roses et pivoines répandant dans l'air du soir un parfum grisant. La première pièce servait de hall d'entrée, avec le traditionnel autel des ancêtres, un banc pour les visiteurs et des petites tables amovibles, en bois laqué de rouge, très ouvragées. Là l'attendaient ses huit serviteurs qui s'inclinèrent trois fois jusqu'à terre à son arrivée. Elle répondit à leur salut par un petit sourire – le *Li* ne recommandait-il pas de savoir toujours marquer une certaine distance avec ses inférieurs, quoique sans leur manifester pour autant du mépris ? Une belle tenture de soie rebrodée d'animaux fantastiques séparait le hall de la chambre proprement dite. Sur un lit de briques chauffées par le sol était éparpillée une profusion de coussins de soie et d'édredons matelassés. Un grand coffre sculpté servirait à ranger ses vêtements, une coiffeuse contenait tous les objets d'argent raffinés et indispensables à la beauté d'une femme.

Par bonheur, il y avait aussi une petite écritoire posée sur une table, des chaises aux hauts dossiers sculptés, aux sièges garnis de coussins, des niches ménagées dans l'épaisseur des murs où elle pourrait ranger vases et livres. Dans la dernière pièce, réservée à la toilette, se trouvaient une grande baignoire de bois, des brocs et des seaux, un petit fourneau destiné à faire chauffer l'eau de la toilette ou du thé, mais pas de vraie cuisine. Une belle orchidée blanche reposait dans un vase, au chevet de son lit.

Toutes les fenêtres étaient fermées par un papier huilé bien ajusté, qui ne laissait passer aucun courant d'air. Quelques-uns de ses livres avaient déjà été rangés dans leurs niches. Ses brosses, ses poudres, ses fioles de parfum et ses fards avaient été disposés avec soin sur les tablettes de la coiffeuse, ses robes de soie serrées dans le coffre, sa toilette de nuit, composée d'un pantalon de soie et d'une tunique mi-longue toute plissée, étalée sur le lit. Elle eut un sourire d'assentiment envers ses servantes et tout spécialement pour la vieille femme vêtue de coton bleu qui semblait les diriger.

– Tout me semble parfait et joliment arrangé, merci de vos soins. On dirait pourtant qu'il n'y a rien ici de prévu pour préparer les repas, comment procède-t-on ?

– Les eunuques ont la charge d'aller chercher aux cuisines impériales les restes des repas de Leurs Majestés. En fait, on cuisine ici pour six mille personnes ! Ce seront eux aussi qui vous approvisionneront en tabac, eau et autres vivres que vous pourriez désirer. Pour les robes, bijoux, fards ou crèmes de toute sorte, je vous accompagnerai demain aux magasins des concubines impériales où vous pourrez faire votre choix. J'ai demandé d'apporter de l'eau chaude avant qu'on ne vous donne votre souper. Cela vous convient-il ?

– A merveille !

La vieille femme, qui lui dit se nommer madame Wang, claqua dans ses mains et les eunuques disparurent pour se rendre aux cuisines après une ultime courbette. Deux servantes commencèrent de s'affairer dans la pièce réservée à la toilette, tandis que la troisième la déshabillait sous l'œil vigilant de madame Wang.

D'ordinaire, Yi prenait son bain avec sa sœur pour économiser l'eau, car il n'y avait pas beaucoup de serviteurs au *yamen* familial. Depuis longtemps, elle savait prendre soin d'elle-même et pouvait se passer des services de ses femmes, mais après cette journée éprouvante, si importante pour elle, Yi trouvait délicieux de s'abandonner aux mains expertes de ses servantes. Elle était plus lasse qu'elle ne l'aurait cru. Le sol de sa chambre était chauffé aussi et c'était agréable de s'y promener nu-pieds, à peine frissonnante, puis elle passa dans l'autre pièce. Un linge blanc recouvrait la baignoire de bois afin qu'elle ne pût s'y blesser. Dans l'eau, chaude et parfumée, flottaient des pétales de roses. Elle s'y laissa glisser avec un soupir d'aise. Ainsi, elle se trouvait enfin dans la Cité interdite, mais parviendrait-elle à devenir l'élue du Fils du Ciel ou bien sa jeunesse se fanerait-elle dans ce palais à l'opulence sans doute dorée, quoique isolé du reste du monde ?

Comme il l'avait promis, Li Lien-ying revint la voir dès le lendemain matin, apportant avec lui les livres désignés, mais aussi un atlas du monde et cette curieuse boule ronde dont il lui avait parlé. En la faisant tourner du bout de son doigt, Yi n'était plus tellement sûre que la Chine fût vraiment le centre du monde. C'était évidemment un très vaste empire, qui avait soumis de multiples autres royaumes. Or son père lui avait expliqué d'un air soucieux qu'il était précisément devenu bien trop grand à contrôler ou à administrer. Si les troupes des bannières se massaient régulièrement vers le Nord et le Nord-Ouest où des hordes musulmanes encore insoumises déferlaient parfois, comment savoir ce qu'il se passait vraiment dans des provinces aussi lointaines que le Qinghai, au nord du mystérieux Tibet, ou le Sichuan, situé à l'est du même pays ? Même au Nord, vers la Corée et la Mongolie, des cavaliers venus de la mystérieuse Russie déferlaient parfois pour tout piller et razzier. Et maintenant, c'était le Sud qui s'agitait. C'était la raison pour laquelle son père avait été rappelé à Anhwei. Il y avait plusieurs mois déjà qu'il n'avait pas donné de ses nouvelles. Sans doute voyageait-il beaucoup par de mauvais chemins, sous la pluie, sous la neige, et l'acheminement du courrier n'était jamais bien sûr ? Enfin, si Li Lien-ying savait en quel lieu il se trouvait, Yi se sentait un peu rassurée.

Ils sortirent du palais où ils venaient de prendre le thé tous les deux et elle lui demanda avec candeur :

– Suis-je libre d'aller et venir dans la Cité interdite ou suis-je surveillée ?

– Ici, concubine Yi, tout le monde surveille tout le monde, mais tant que tu restes avec moi, tu ne risques rien et nul ne s'aviserait alors de rapporter en les critiquant tes faits et gestes. Quand tu es seule, puisque tu n'es assujettie à nul travail hormis ta présence auprès de l'impératrice douairière lors des cérémonies officielles ou des offrandes aux temples, tu peux te promener librement par les cours et les jardins. Tu verras par toi-même que l'entrée de bien des palais te restera interdite, des eunuques y veillent.

– Si tu m'appelais Yi tout court, je n'apprécie guère le mot de « concubine ». D'ailleurs, le serai-je seulement un jour ?

Il s'inclina en souriant et lui proposa :

– Viens faire avec moi le tour de la Cité interdite, du moins des endroits où nous pouvons nous promener librement, les jardins et palais de l'Empereur comme de l'Impératrice restant bien sûr protégés. Tu verras, c'est si vaste que tu ne t'y sentiras pas prisonnière. Et puis, je suis là pour te donner des nouvelles du monde extérieur et de ta famille. Voici d'ailleurs une lettre de ta mère, mais ne la montre pas. Tu la liras plus tard, lorsque tu seras seule. Trouve-lui une cachette sûre.

Il fit prestement sortir de sa manche un rouleau de papier de riz scellé qu'il lui tendit. Elle l'enfouit à son tour dans sa large manche munie de petites poches où l'on pouvait garder mouchoir, miroir, peigne, fard ou précieuses missives.

– Dans quelques heures, tu subiras l'examen médical auquel sont soumises toutes les concubines impériales. Ce sera bien sûr une femme qui officiera. N'aie crainte, ce sera vite passé.

– On désire s'assurer de ma virginité, n'est-ce pas ?

– Oui, mais on veut aussi être sûr que tu n'as pas de maladie de peau ou autre, que tu es saine et ne risques pas de contaminer l'Empereur lorsqu'il te choisira.

Elle eut un petit soupir en regardant Li Lien-ying. Si seulement le Fils du Ciel, Hien-feng, pouvait être aussi beau que lui, sa nuit d'initiation ne serait pas trop pénible...

– Comment l'Empereur se comporte-t-il avec les femmes, le sais-tu ?

– Ce n'est pas de mon ressort, petite Yi. J'ai vu que Li Fei semblait avoir quelque affection pour toi, tu iras la trouver dans quelques jours avec un présent de bonne chance. Peut-être te fera-t-elle ses confidences.

– Tu peux tout de même me dire si l'Empereur a connu beaucoup de femmes avant son deuil.

– Beaucoup de femmes, certes, surtout dans les maisons de fleurs et les fumeries, les cabarets et les théâtres de la basse ville. Il y va souvent avec ses eunuques. Dans les théâtres, il s'agit à vrai dire d'hommes travestis en femmes.

– S'il a déjà tout connu, tout expérimenté, que pourrais-je lui apporter, moi qui ne sais rien des choses de l'amour ?

Elle eut un petit rire et ajouta en rougissant :

– J'ai pourtant lu quelques ouvrages licencieux qui plaisaient davantage à mon jeune frère que les *Classiques*, c'est pourquoi notre précepteur nous en apportait parfois en secret. Je connais le *Manuel des mystères féminins* et *Le Code secret de la chambre de Jade*. Nous avons bien ri, Kouei Siang et moi, en regardant les peintures représentant les différentes postures de l'amour, le « tour du dragon », « le bond du tigre blanc », « les poissons mêlant leurs écailles » ou « la fille de jade jouant de la flûte »[1]. Je n'ai pas compris grand-chose au « lapin grignotant les cheveux » ou au « saut périlleux du papillon ». Il faut au moins être acrobate pour exécuter pareilles figures...

– Tais-toi, Yi, tu ne dois jamais dire à quiconque que tu as lu pareils ouvrages. Ils sont réservés aux hommes ou aux prostituées.

– Ne suis-je pas destinée à être la prostituée de l'Empereur, du moins si j'y parviens ? Oh, Li Lien-ying, pourquoi ne pas appeler les choses par leur nom et admettre que l'on m'a vendue à l'Empereur ? Et mon père a laissé faire...

– Ta présence ici est censée être un honneur pour toi et ta famille. Tu as une façon si directe de dire les choses, Yi, que tu me fais peur. Dans la Cité interdite, il va te falloir t'initier à l'art de la dissimulation et du secret. Il y va de ta vie et de ta réussite.

– Je ne saurai jamais.

– Je t'apprendrai.

Il la regarda longuement. Elle lui semblait si jolie, si naïve et en même temps si cultivée qu'il se demandait ce qu'il pourrait arriver à cette Petite Orchidée soudain introduite au sein d'un monde cruel et trop policé, régi par des lois millénaires dont elle ne savait rien, hormis ce qu'en

1. Toutes les positions de l'amour sont codifiées et représentées dans ces manuels. La première évoque tout simplement la posture dite du missionnaire, la seconde représente une femme prise par-derrière, la troisième évoque la femme chevauchant son partenaire. Pour la quatrième, il s'agit évidemment d'une fellation.

disaient ses livres. Il avait tout à lui apprendre et tout à y gagner, s'il parvenait à la hisser jusqu'au sommet. Etait-ce par ambition personnelle qu'il voulait tant pour elle ou parce qu'elle l'avait ému avec cette confiance totale qu'elle lui offrait et cette grâce si spontanée dont elle ne paraissait même pas avoir conscience ? En cet instant, il n'aurait su avec exactitude démêler ses sentiments, mais il était certain qu'avec son aide cette femme irait loin. Il se disait que leur sort, depuis leur rencontre, s'était lié pour toujours. Il ne put résister au plaisir d'effleurer la peau soyeuse des joues de Yi, puis sa main s'éloigna, comme vaincue.

– Je te fais horreur, n'est-ce pas ?

– Comment le pourrais-tu ? Tu es très beau, Li Lien-ying, le plus bel homme que j'aie jamais aperçu.

– Mais non, je ne suis même plus un homme.

– Viens, marchons, ne sois pas triste, puisque je t'aime.

C'était dit d'une façon si simple et si sincère qu'il la crut.

Ils avaient contourné par le sud le gros bloc presque cubique du Palais impérial près duquel s'élevaient aussi de nombreux pavillons. Là s'étendaient encore de beaux jardins et l'on voyait, derrière la porte nord, s'élever la colline de Charbon, ses trois sommets inégaux coiffés de ses cinq pagodes et sa forêt. Même si elle avait été construite par les mains des hommes, elle offrait un relief charmant et brisait un peu la platitude des multiples cours et esplanades du reste de la Cité interdite. Li Lien-ying aurait voulu montrer à Yi, qu'il préférait nommer dans l'intimité par son nom plus poétique de Petite Orchidée, cette succession de lacs, de bois et de jardins qui bordait presque tout l'ouest de la ville impériale et lui offrait comme un souffle de liberté. Là, rien n'était plus géométrique, même si tout avait été également créé par des jardiniers de génie afin de reproduire exactement la nature chinoise dans sa délicieuse diversité. Il y avait des petits lacs mollement incurvés, semés d'îlots où s'élevaient des pavillons, des rochers plus abrupts plongeant brutalement dans les eaux bleues. Or il fallait demeurer à l'intérieur des murailles pourpres...

Dans les poétiques jardins entourant le palais de la Gloire Littéraire, les forsythias formaient des buissons d'un jaune d'or, toujours la couleur impériale, tandis que les pivoines arborescentes distillaient leurs senteurs. On avait l'impression que la nature avait été laissée à l'état sauvage alors que pas une branche ne dépassait hors du cadre qui lui avait été assigné. C'était féerique. Yi riait en battant des mains, ivre d'un plaisir qu'elle ne songeait pas à dissimuler, comme la très jeune fille qu'elle était encore.

Ils marchaient doucement le long de la rivière serpentant sur deux côtés entiers de la Cité interdite et gagnèrent l'un des ponts de marbre permettant de la franchir. De multiples balustres lui conféraient une grâce aérienne et Yi, le sourire aux lèvres, contemplait l'eau que ridaient les cygnes et les canards. Elle émietta un biscuit qu'elle avait gardé et fit tomber des miettes dans l'eau. De multiples carpes, aussi dodues que de gros mandarins, vinrent se disputer les restes du festin.

– Parle-moi de mon père et des événements du Sud qui semblaient tant l'inquiéter mais dont je ne sais rien, car il n'a pas voulu m'en dire plus, Li Lien-ying.

– Il est bon que tu saches ce qui se passe dans l'empire du Milieu. Si tu parviens un jour aux plus hautes destinées, comme je l'espère, n'oublie jamais de te tenir précisément informée de tout, recoupe les nouvelles qu'on te donnera et ne permets pas qu'on te mente.

– L'Empereur fait-il ainsi ?

– L'Empereur n'a pas un courage très solide. Il est désespéré de l'état dans lequel son père lui a laissé un empire autrefois si florissant. Il n'y a plus d'argent dans les caisses du Trésor, la révolte gronde au sud comme au nord et à l'est. Même si je trouve bien présomptueux de qualifier de « Barbares » ces étrangers venus des mers qui en savent plus long que nous dans bien des domaines, c'est vrai qu'ils ont ruiné la Chine et qu'ils sont à présent occupés à la dépecer.

– La guerre de l'Opium, n'est-ce pas ?

Ils s'étaient assis côte à côte dans le renfoncement d'un grand massif de roses. Nul ne pouvait les voir. Pourtant, Li Lien-ying scrutait de temps à autre l'ombre des feuillages et parlait d'une voix feutrée, ce que perçut Yi qui se mit aussitôt à l'imiter.

– Raconte, Li Lien-ying.

Elle lui avait pris la main et s'y cramponnait, blottie contre lui, à l'abri enfin contre cet homme si ouvert et si intelligent, rassurant, même s'il n'était en réalité qu'une « moitié d'homme ».

– De tout temps, expliqua-t-il, l'ampleur de l'Empire fut une cause de désordre, mais il était alors assez fort pour se défendre et toujours ramener la paix, par la force s'il le fallait. Les populations aborigènes du Sud, encore mal connues et mal intégrées, sont aujourd'hui la proie de sociétés secrètes. Tu as sans doute entendu parler de la *Sanhelui* ou Triade et de ses nombreuses ramifications, si omniprésentes que même le gouvernement s'y perd. Il y a en outre la population musulmane toujours aussi indocile de l'ouest du Xinjiang et les Tibétains difficilement maîtrisés du Kokonor, qui continuent de se soulever pour un oui ou pour un non. Il y a aussi les Yaos du Guizhou qui sont tout, sauf civilisés, mais cela ne serait que très banal dans notre empire...

– Tu penses aux « Barbares », n'est-ce pas ?

– Qualifions-les plutôt d'étrangers. L'ouverture sur les autres nations que nous connaissons si peu n'est pas seulement négative. De remarquables hommes saints que l'on nomme des Jésuites sont venus en missions en Chine dès le XVIe siècle, pour parler comme eux. Les contacts lentement établis furent d'abord bénéfiques. La Compagnie des Indes orientales, qui avait le monopole du commerce avec le port de Canton, a commencé par importer chez nous coton et laine, ce qui ne fut pas très lucratif car nous avons du coton plus qu'il ne nous en faut. Aussi passa-t-on bientôt à l'opium, ce qu'on appelle en pharmacologie le *Bencaogangmu*. Nous connaissions cette drogue depuis longtemps et nous nous en servions seulement pour soigner. Pour notre malheur, la Compagnie des Indes orientales avait développé cette culture dans ses colonies indiennes du Bengale et du Bihar, puis au Malwa, en Inde centrale. Désormais, sa principale ressource fut le trafic clandestin de l'opium. Sais-tu que l'année dernière, cette maudite Compagnie n'en importa pas moins de soixante-huit mille caisses contenant chacune environ soixante-cinq kilos de drogue ? Voici comment notre empire fut infesté par l'opium [1]...

---

1. Ces importations d'opium en Chine n'ont cessé de croître durant le XIXe siècle. Pour une moyenne de 4 228 caisses de 1817 à 1819, on en arriva à 68 000 caisses en 1850, pour atteindre le chiffre

– Mais la Compagnie n'existe plus, m'a dit mon père.

– Certes. Ce n'est pas pour autant que les importations d'opium ont cessé, bien au contraire. Or le thé que nous leur vendons ne compense pas les sommes dépensées pour la drogue. L'argent ne cesse de fuir la Chine. Le peuple devient veule, incapable de travailler, de se nourrir. Même les dirigeants sont à leur tour contaminés. Le pays est exsangue, bien que l'on affecte de l'ignorer encore.

– Il faut donc interdire la drogue, comme mon père le préconisait !

– Ce fut tenté, lorsque le gouverneur Lin Zexu fit saisir et détruire, il y a un peu plus de quarante ans, vingt mille caisses d'opium à Canton, mais les Anglais n'en sont pas demeurés là. Dans ce pays puritain où l'on n'oserait même pas parler de drogue, encore moins d'opium, la Couronne a pourtant envoyé des renforts sous le mauvais prétexte de sauver ses ressortissants menacés. Ils ont ainsi occupé Xiamen, Ningbo, Dinghai et la vallée du bas Yangzi jusqu'à Nankin. Les troupes anglaises, avec plus de deux mille hommes et des canons, ont attaqué Canton il y a tout juste dix ans alors que nous n'étions pas armés en conséquence. La dynastie des Qing dut alors céder. L'empereur Daoguang,

---

record de 96 000 en 1873. Le déséquilibre de la balance commerciale chinoise eut pour autre conséquence catastrophique la dévaluation de la monnaie chinoise et de la monnaie de cuivre, la seule utilisée par les classes pauvres. Par exemple, le liang d'argent qui équivalait à 1 000 pièces de cuivre en 1820, en valait 2 000 en 1845. On peut donc affirmer que l'importation massive d'opium en Chine eut pour directe conséquence une misère extrême dans tout le pays et la terrible insurrection des Taiping qui prit naissance en 1850 en Chine tropicale du Sud.

confiné à Pékin, mal informé, indécis, passait sans cesse des tentatives de conciliation à la reprise de la guerre. On fondit des canons, on construisit de vrais bateaux de guerre, on fortifia les ports, on créa partout des milices paysannes. Ce ne fut pas suffisant et l'Empereur dut céder encore. Et ce fut le malheureux traité de Nankin, signé en 1842, il y a neuf ans. Puis on continua de céder sur tous les fronts. L'empire du Milieu donna à la Grande-Bretagne l'île de Hong Kong avec une « indemnité de guerre » de vingt et un millions de dollars d'argent. On ouvrit au commerce, autant dire à l'opium, les ports d'Amoy, Shanghai et Ningbo, en plus de celui de Canton qui l'était déjà. L'association des marchands de Canton, qui réglait avec sagesse depuis 1720 l'ensemble des opérations commerciales avec l'étranger mais qui gênait les Anglais, fut par malheur dissoute. De plus, les Anglais avaient imposé à l'Empereur de n'être pas soumis à la loi chinoise. Enfin, ils eurent l'autorisation de créer les premiers *zujie*, ce qu'ils nommaient des « concessions ».

– Si je te suis bien, Li Lien-ying, nous ne sommes plus vraiment chez nous sur le sol chinois.

– C'est un peu cela, Petite Orchidée, mais je pressens que le mouvement ne va pas s'arrêter là. Notre pays se délite. Il est trop vaste, trop difficile à administrer, les différences sociales sont trop grandes, la masse des *coolies* trop pauvre et trop peu instruite. L'instruction, tout est là, Yi. Sur les quelque trois mille dames de cour vivant dans la Cité interdite, toutes mandchoues et certaines issues des meilleures familles, la plupart ne savent ni lire ni écrire. Même chose chez les eunuques... La tâche est immense, inhumaine...

Il semblait tout à coup si démuni, si découragé qu'elle promena doucement la main sur le beau visage glabre, à la peau aussi douce que celle d'une femme.

– Et le Sud ? souffla-t-elle enfin. Que s'y prépare-t-il donc de si terrible que mon père eût dû nous quitter tellement vite ?

– Tu as entendu parler de Hong Xiuquan ?

– Un fou, un illuminé gagné aux idées subversives des missionnaires, dit mon père.

Li Lien-ying eut un soupir avant de reprendre posément ses explications :

– Ce n'est pas si simple, Petite Orchidée. D'ailleurs, rien n'est vraiment simple en Chine. Disons que l'influence de Hong fut largement préparée par la misère existant en Chine du Sud, par le peu d'efforts déployés par les différents vice-rois ou gouverneurs mandchous pour comprendre une population qui leur ressemble si peu. L'opium, l'extrême pauvreté, la famine, la haine envers les Mandchous ont développé dans le Sud la formation de ces puissantes sociétés secrètes dont je t'ai déjà parlé. Elles sont devenues une force véritable et l'on doit dorénavant compter avec celle qui les coiffe toutes, cette fameuse société de la Triade. Elle est devenue l'unique réconfort d'une population réduite au plus extrême dénuement. Il faut comprendre ces malheureux, Yi. Quel espoir peut encore nourrir un misérable *coolie* du Sud qui n'a jamais mangé à satiété, qui voit mourir de faim ses enfants sans rien pouvoir pour eux ? L'une de ces sociétés vient soudain lui proposer son aide, elle donne du riz à ses petits et à lui la perspective d'un monde meilleur...

– Parle-moi de Hong Xiuquan.

– C'est un homme qui approche de la quarantaine, issu d'une famille pauvre de l'est du Guangxi. Il était ambitieux et voulait passer les concours pour obtenir le mandarinat, or il échoua, ce qui accrut sa haine et sa révolte. Il devint ami avec un missionnaire américain du nom de Roberts, ce que l'on nomme un protestant.

– Ce serait donc un étranger qui serait à l'origine de ce mouvement, autant dire de cette révolte ?

– Mais non, Yi. Sans doute le père Roberts ne fut-il même pas conscient de la graine semée dans l'esprit instable de Hong. Toujours est-il que ce pauvre fou, qui se prit rapidement pour le frère du Dieu chrétien que l'on nomme Christ ou Messie, commença de prêcher sa nouvelle foi dans le Guangxi oriental, une région frappée de plein fouet par le traité de Nankin et alors dans une misère indescriptible. Il fonda une nouvelle religion qu'il appela *Baishangdihui*, l'Association des adorateurs de Dieu. En trois ans à peine, il eut pour membres actifs de sa secte tous les bateliers et transporteurs en chômage depuis que les navires anglais assurent seuls le trafic de l'opium, les mineurs et les charbonniers sans travail car il n'y a plus personne pour acheter, les paysans chassés de leurs champs pour endettement, les déserteurs de l'armée rarement payés, tous les bandits de grand chemin qui, eux, prospèrent fort bien de nos jours partout de par le pays. Bref, il eut bientôt, tout à ses ordres et à sa dévotion, une troupe de trente mille hommes violemment antimandchous. Ils se donnèrent le nom de Taiping. En signe de rébellion, ils abandonnèrent la natte mandchoue pour porter les cheveux longs. Ils commencèrent par investir le village de Jintiancun l'an passé, dans le Guangxi oriental. Le mouvement gagne à présent les provinces du Guangdong, du moyen et bas Guangxi. L'affaire est sérieuse. C'est pourquoi on a rappelé dans le Sud tous les hommes ayant quelque connaissance de ces contrées sauvages et ton père est du nombre.

– Je comprends. Est-il en danger ?

– Avec les Taiping, comment savoir ? Ils massacrent sans merci ceux qui ne se rallient pas à eux. Ils confisquent les biens et les terres des puissants et les redistribuent aux plus pauvres, mais tout cela est fait dans le plus grand désordre et en favorisant bien entendu les leurs. Or ce n'est pas tout. Cette année même, Hong Xiuquan vient de fonder le Royaume Céleste de la Grande Paix, le *Taiping-tianguo*, comme il le nomme. Il s'est même proclamé roi du Ciel. Hong a su s'entourer de chefs militaires de qualité, dont ses deux seconds, Yang Xiuqing et Shi Dakai, un ancien général de l'armée régulière. Ses troupes grossissent sans cesse et avancent comme une irrésistible nuée de sauterelles vers le nord. Elles approchent de Nankin. Si jamais elles parviennent à prendre la ville, elles auront ainsi gagné une position inexpugnable.

– L'Empereur ne peut permettre une telle hérésie, un tel crime de lèse-majesté...

– L'Empereur ne permet pas, mais il subit. C'est pourquoi il se réfugie souvent dans ses rêves et dans une vie de libertinage. Ce qu'il doit supporter est trop lourd pour un homme seul, fût-il Fils du Ciel. Les appétits britanniques et leur traité inique l'ont mis en rage et humilié. A présent, Hong le défie. C'est à Hong et non à lui que le peuple de la Chine du Sud obéit...

– Et l'impératrice douairière, est-elle un réconfort pour son fils ?

– Elle n'est pas sa vraie mère, tu sais. Il l'a perdue quand il n'avait que neuf ans, mais la favorite l'a adopté, ce qui lui a permis de devenir impératrice douairière quand le défunt empereur choisit Hieng-feng comme successeur en inscrivant son nom dans la Boîte de Jade. Ses volontés ont été respectées. L'impératrice douairière est révérée par le Fils du Ciel qui chérit tout autant ses demi-frères. Les princes impériaux sont puissants et il te faudra sans doute compter aussi avec eux.

– Tout cela me semble si compliqué...

– Etudie, Yi, ne te lasse pas d'étudier. L'Empereur n'a pas tant besoin d'une jolie poupée de chair que d'un habile conseiller. Il a eu pour professeurs les vieux maîtres de l'académie de Hanlin, autant dire qu'il n'a guère été préparé à régner. Il a grandi parmi les eunuques en se souciant davantage d'explorer les plaisirs que les méandres de la politique. Au fond, il est très seul et déjà revenu de tout...

Elle se mit soudain à rire en considérant le beau visage impénétrable de Li Lien-ying et ajouta :

– Et gageons que tu serais volontiers ce conseiller dont il a tant besoin, à t'entendre !

– Nous le serions tous les deux, Petite Orchidée.

2

Hieng-feng n'avait que dix-neuf ans et pourtant, il était déjà veuf. On murmurait au palais que la mort de mauvaise fièvre de sa jeune épouse de quatorze ans ne l'avait guère affecté. Il l'avait si peu connue, elle ne lui avait même pas donné d'enfant. La défunte petite impératrice avait été enterrée avec honneur. La date de son mariage, puis celle de ses obsèques, c'était à peu près tout ce qu'il restait d'elle. Comme elle appartenait au puissant clan Niuhuru et qu'elle n'avait guère eu le temps de le servir durant les quelques mois qu'elle avait passés à la Cité interdite, sa jeune sœur reprendrait tout naturellement le flambeau. Ce serait elle qui serait la nouvelle dame Niuhuru, la nouvelle impératrice. La chose était décidée depuis longtemps par le Conseil du Clan, le Grand Conseil et l'impératrice douairière. Il avait juste fallu attendre la fin du deuil réglementaire après la mort de l'Empereur et la constitution du premier harem. C'était maintenant chose faite.

Là encore, Hieng-feng n'était guère consulté. Sa mère adoptive espérait qu'une nouvelle épouse et de belles concubines sauraient le retenir entre les murs de la Cité interdite et l'empêcher d'aller s'encanailler dans la ville basse. Bien sûr, elle ne pouvait le lui interdire formellement, juste soupirer de temps à autre en déplorant sa mauvaise mine et ses traits tirés par l'abus du plaisir. Les plans de l'impératrice douairière avaient en partie réussi, car l'Empereur semblait s'être attaché à cette Li Fei qu'elle lui avait choisie. Depuis qu'il l'avait mise dans son lit, il sortait beaucoup moins hors des murailles de la Ville Pourpre. Restait à Hieng-feng à assurer la continuité du trône en donnant un héritier mâle à l'empire du Milieu.

Tout était plus simple, bien sûr, si l'héritier naissait de l'Impératrice, mais les concubines impériales étaient honorées comme autant d'épouses secondaires si elles venaient à être enceintes. De toute façon, elles faisaient partie intégrante de la famille impériale, étaient riches et honorées leur vie durant. Leur fils pouvait aussi régner. La loi de primogéniture n'avait pas cours en Chine et c'était au seul empereur de décider de son successeur en déposant son nom dans la Boîte de Jade lorsqu'il se sentait prêt à rejoindre le pays des Sources Jaunes, la patrie de ses ancêtres. Un ordre de l'Empereur était sacré, en principe obéi, même si l'empire du Milieu avait connu quantité de meurtres inexpliqués ou de révolutions de palais quand se posait le problème toujours crucial de la succession.

Yi commençait à s'y retrouver dans ces usages millénaires jamais clairement écrits, mais qui dirigeaient si puissamment la vie de six mille personnes. Il valait donc mieux les connaître et ne pas se risquer à les transgresser. Tout le palais bruissait d'agitation. Les astrologues avaient déterminé avec soin le jour le plus propice à la nouvelle union de l'Empereur, comparant les thèmes astraux de Hieng-feng et de la nouvelle dame Niuhuru.

L'été finissait, apportant une brise exténuée sur la Cité interdite, mais les jardins ruisselaient encore de leurs plus belles fleurs. Les roses étaient à leur apogée. Les premiers chrysanthèmes d'automne, la fleur de l'Empereur, commençaient de s'épancher hors de leurs vasques. Dès trois heures du matin, le cortège nuptial était parti avec musiciens, danseurs et une impressionnante escorte de cavaliers de la garde et d'eunuques en grande tenue pour chercher la nouvelle épousée.

Jamais la Cité interdite n'avait paru si rutilante. Les jardiniers avaient travaillé comme des forcenés à tailler les bosquets, couper les feuilles et les fleurs fanées, curer l'eau de la rivière. De bonne heure le matin, une armée d'eunuques avait à nouveau balayé les cours, puis les avait copieusement arrosées afin que les belles dalles de marbre pussent dégager une agréable impression de fraîcheur.

Bien sûr, on avait rafraîchi le palais de la défunte impératrice. Il n'avait pas été besoin de faire de grands frais, tout était encore neuf. Il avait été si peu habité. C'était comme si la petite ombre s'était discrètement retirée sans faire d'histoire pour laisser la place à sa sœur.

Et si elle-même, la concubine Yi, bien sûr toujours vierge, mourait à présent, qui se souviendrait d'elle ? Elle n'avait même pas marqué de son empreinte la Cité interdite. En cet instant, tandis qu'elle mettait la dernière main à son chignon, Yi se représentait cette Cité interdite comme une entité terrifiante, qui se resserrait autour de ses victimes pour s'en nourrir et ne plus jamais les restituer au monde extérieur.

Dans sa lettre, sa mère, qui lui avait certes donné des nouvelles de la maisonnée, de sa vieille *momo*, sa nourrice, de son père, de sa petite Tsiann et du frère sur lequel elle avait veillé durant son enfance, s'adressait à présent à elle comme si elle avait été quelqu'un d'autre et non plus sa fille. Bien sûr, il n'y avait guère eu d'intimité entre elles, ce n'était l'usage ni en Chine ni dans les familles mandchoues. Enfin, n'était-elle vraiment plus pour sa mère que « la très honorable concubine Yi promise aux dix mille ans » ? Lui fallait-il l'assurance de tant de respect, de dévouement et de salutations, alors qu'un signe un peu tendre l'aurait comblée de joie ? Il lui semblait être morte pour sa famille et la Ville Pourpre, avec ses hautes murailles que l'on ne pouvait franchir, lui faisait un peu penser à l'enceinte d'un couvent. L'existence d'une concubine impériale y était, certes, plus facile et plus dorée que celle d'une nonne, mais elle y demeurait tout autant prisonnière.

Oui, si elle mourait maintenant, qui s'en soucierait, qui se souviendrait d'elle ? Peut-être Tsiann et Li Lien-ying verseraient-ils une larme sur sa sépulture avant de vite l'oublier ? Tsiann prendrait probablement sa place dans le harem impérial et tout serait dit... Elle songea tout à coup qu'elle ne savait même pas où étaient enterrées les concubines impériales qui « n'avaient pas servi ». Le terme était affreux quoique expressif. Sans doute rejoignaient-elles leur caveau familial ?

Les dames de cour attachées au service de l'impératrice douairière ainsi que les concubines se devaient d'être là pour accueillir au seuil du Palais impérial la nouvelle épousée. Tout le monde arborerait bien sûr la couleur rouge du mariage, symbole de fécondité, ainsi que des sourires de bienvenue. Yi se demandait si le sourire de Li Fei ne serait pas un peu crispé. Probablement n'était-elle même pas jalouse, sentiment impossible à concevoir pour une femme mandchoue – ou chinoise –, élevée dans l'idée qu'elle n'était rien ou pas grand-chose et que sa seule mission sur cette terre était de donner des héritiers mâles à son époux et de bien servir sa nouvelle famille. Li Fei pouvait pourtant redouter de perdre la faveur de Hieng-feng. On le disait si blasé, si inconstant... Et si elle était délaissée sans avoir enfanté, elle ne serait plus rien qu'une ancienne concubine impériale destinée à vieillir solitaire, oubliée au sein de l'immense et inhumaine Cité interdite. C'était sans doute stupide de penser ainsi à Li Fei alors qu'elle-même était bien plus mal lotie que la favorite, or elle ne pouvait s'en empêcher. Cette petite faite pour la joie et le plaisir, elle ne l'imaginait pas vieillie par les larmes et les regrets. Yi avait au moins l'amitié de Li Lien-ying, ses chers livres, ses poèmes et ses calligraphies. Li Fei, hormis un empereur qu'elle n'aimait peut-être même pas, qu'avait-elle ?

En tout cas, Yi allait la revoir à cette occasion, alors qu'elle n'avait pu jusqu'alors que la croiser rapidement dans les cours ou les jardins et échanger avec elle trois mots sans importance. L'Empereur la réclamait toujours et Li Fei n'avait guère de temps à elle. Chaque nouvelle parure qu'elle devait arborer pour lui plaire réclamait plusieurs heures de fastidieux préparatifs, Yi ne le savait que trop. C'était agréable, parfois, de se voir belle en son miroir, mais était-il nécessaire d'y consacrer chaque instant de la journée, même pour l'amour d'un homme, fût-il un empereur ?

Yi était allée choisir pour l'occasion une nouvelle soie au magasin de la Cité interdite, d'un rouge à peine un peu orangé, exactement assorti à la parure de corail bien poli dont elle accompagnerait sa toilette. Son visage, très pâle comme le voulait la mode, ses immenses yeux à peine allongés, les sourcils redessinés en arc voluptueux et cette petite touche fruitée sur sa lèvre inférieure lui faisaient ce visage parfait qu'elle ne reconnaissait pas. Dans la Cité interdite, les rires ne résonnaient guère, ils auraient été jugés inconvenants. On glissait sur les dalles de marbre plutôt qu'on n'y marchait. Aucun ordre ne résonnait. Dames de cour, servantes ou eunuques semblaient accomplir leur tâche en un éternel ballet silencieux et parfaitement ordonné. Quand on voulait prévenir autrui de l'arrivée d'un personnage important résonnait un simple claquement de mains. C'était tout...

Yi essayait de déterminer où en était le cortège impérial. Tout le chemin qu'il suivrait, du palais de la dame Niuhuru à la porte *Shenwu-men*, serait jonché de sable jaune, toujours la couleur impériale. Les portes, les fenêtres, l'accès aux cours et jardins donnant sur cette voie seraient interdits afin que nul ne pût contempler, ne serait-ce que le palanquin de la future impératrice. Tout au long du cortège, une double haie de gardes à cheval, armés du sabre et de l'arc mandchous, contiendrait la foule qui ne se risquerait d'ailleurs pas à tenter le passage. Quiconque, hormis les membres du cortège officiel, aurait foulé le sable d'or aurait encouru la mort. En prêtant l'oreille, il sembla à Yi reconnaître le son des tambourins, des fifres et des flûtes.

– Il est temps de vous rendre au palais, concubine Yi, fit remarquer madame Wang.

– Comment me trouves-tu ?

– Fort belle.

– Je te remercie. Mon palanquin est-il prêt ?

– Il attend vos ordres.

Ce qui était rassurant avec madame Wang, si elle parlait peu et allait toujours à l'essentiel, c'était qu'elle savait à merveille diriger, chez Yi, ses eunuques et ses servantes. Tout était propre, gai et parfait. Yi avait donc tout son temps de libre pour accroître ses connaissances, lire et s'exercer à la calligraphie ou au difficile art de la poésie chinoise, dessiner sans fin les fleurs des jardins et le relief tourmenté de la colline de Charbon flanquée de ses pagodes.

Un dernier coup d'œil au miroir lui montra un visage presque blafard où ressortaient le rose des joues et des lèvres, le noir intense des yeux et des sourcils. Sous le haut chignon où étaient piquées de grandes épingles de perles et de corail, le visage semblait encore plus allongé que d'habitude, presque trop sérieux. Elle se força à y mettre un sourire, qui la rassura.

Il lui fallait se hâter, car il était hors de question que son palanquin pût croiser celui de la future impératrice ou, pis encore, empêcher son avance. Yi ne pouvait non plus arriver après la dame Niuhuru. Elle monta dans sa chaise et fit signe à ses eunuques de faire vite.

Tous les palanquins des concubines impériales attendaient face à la porte sud du Palais, la *Wu-men* réservée aux seuls membres de la famille impériale. Yi se dirigea vers Li Fei qu'elle trouva plus pâle que ne le voulait le maquillage et à laquelle elle prit la main pour la serrer avec effusion.

– Mille ans de bonheur et de prospérité, Li Fei. Nous ne nous sommes guère vues depuis notre commune arrivée dans la Cité interdite. Comment te portes-tu ?

– Bien, je te remercie. Le service de l'Empereur accapare le moindre de mes instants, mais j'aurais dû te rendre visite.

Puis elle ajouta avec un sourire un peu crispé :

– Peut-être aurai-je dorénavant plus de temps à moi ?

Elles ne purent parler davantage. Les dames de cour de l'impératrice douairière les inspectaient avec leur habituel mélange de déférence et de familiarité. Le Grand Eunuque, An Te-haï, celui qui avait accordé toute sa confiance à Li Lien-ying, salua les concubines impériales et leur fit signe de le suivre. Il se mit en marche lentement. Le cortège s'ébranla, les concubines cheminant derrière lui selon l'importance de leur rang. Li Fei allait la première et Yi, toujours humiliée par la mauvaise impression qu'elle avait causée à l'impératrice douairière, marchait parmi les dernières.

Pour la première fois depuis son arrivée dans la Cité interdite, Yi allait être mise en présence du Fil du Ciel. Ce serait le seul homme qu'elle aurait le droit de connaître, d'aimer peut-être, le seul qui pourrait la rendre femme et elle espérait qu'il lui plairait. Bien sûr, il serait ce jour-là à la disposition de sa nouvelle épousée. Il n'aurait pas de temps à consacrer à ses concubines. Le contraire ne serait guère convenable et contraire aux règles du *Li*. Peut-être, tout de même, l'apercevrait-il parmi les vingt-huit concubines impériales ? Quand elles seraient devenues plus nombreuses avec le temps, les chances de Yi iraient diminuant. Or elle en avait déjà si peu...

A quoi bon être jeune, belle et cultivée si le Fils du Dragon ne devait jamais la remarquer ? Ce jour était peut-être sa seule chance. Où se trouvait donc Li Lien-ying ? Elle aurait eu tellement besoin de son appui, de ses conseils.

On aurait dit que toutes les splendeurs de la Cité interdite se trouvaient concentrées dans le Palais impérial. Yi avait cru jusqu'à ce jour avoir contemplé la quintessence du luxe et de la beauté, mais elle se rendit alors compte qu'il n'en était rien. Le reste de la Cité interdite n'était que le prélude à la découverte du Palais impérial. Là, tout était plus grand, plus beau, plus riche, plus somptueux que dans les autres parties de la ville impériale. Il y avait plus d'or, de sculptures exquises, de marbres, de pilastres, de balustres. Ce n'était qu'une succession de cours, de portes, de nouvelles sculptures réalisées dans les teintes dominantes de rouge et d'or, un véritable labyrinthe de beauté.

Enfin, elle aperçut Li Lien-ying qui se dirigeait vers le Grand Eunuque et s'inclinait jusqu'à terre pour le saluer. Ensuite, il lui adressa un long regard, puis lui sourit, l'assurant ainsi qu'il la trouvait à son gré, ce qui ne résolvait bien sûr aucun problème.

Li Lien-ying, qui faisait office de maître de cérémonie, aida les vingt-huit concubines impériales à gravir les degrés menant à la salle de l'Harmonie Suprême, le *Taihe dian*, l'édifice le plus spacieux et le plus somptueux de la Cité interdite, couvrant plus de deux mille mètres carrés. La double toiture de tuiles d'or, les dragons embusqués, les acrotères plantés au bout des tuiles pour repousser la foudre, les frises exquises où couraient partout des dragons, symboles de l'Empereur, étaient impressionnants. A l'intérieur, tout était trop vaste et semblait converger vers le ciel. Les six colonnes dorées délimitant la travée centrale et les colonnes latérales laquées de rouge formaient comme un écrin pour les trônes de l'Empereur et de l'impératrice douairière.

Yi n'avait d'yeux que pour celui de l'Empereur, surplombant de trois marches celui de l'Impératrice, à peine moins magnifique. Tous deux semblaient figés dans une posture immuable et Yi se demandait ce qui aurait pu les tirer de leur apparente léthargie. Elle n'avait jamais vu un tel déploiement de soieries, de broderies, de joyaux sur la longue robe cramoisie, toute chamarrée d'or de Hieng-feng. On ne devinait presque rien de son corps, engoncé sous tant d'étoffes, sinon que ce n'était pas celui d'un guerrier mais au contraire d'un jeune homme à la complexion délicate, au dos sans doute un peu voûté, même s'il se tenait très droit. De la lourde coiffe impériale émergeait un long visage encadré d'une fine moustache qui aurait été beau s'il n'avait semblé si fragile, trop fragile pour un homme, songea Yi. La bouche, mince et presque cruelle, ne souriait pas. Les yeux étaient vifs, impénétrables.

Après l'inévitable *Kow-tow* adressé aux deux personnes impériales, Yi et les autres concubines se tinrent dans la même posture d'extrême humilité, légèrement courbées, les mains rentrées dans les larges manches. Derrière le trône de l'impératrice douairière se pressaient douze dames de cour prêtes à intervenir au moindre de ses gestes, à satisfaire chacun de ses ordres. Derrière celui de Hieng-feng était massée la cohorte des eunuques attachés au service personnel de l'Empereur, ce qui faisait beaucoup de monde.

En dépit de l'étiquette qui interdisait formellement pareille impertinence, Yi tint son regard rivé sur celui de l'Empereur, ce qui n'était guère facile dans la position où elle se trouvait et qui lui vaudrait peut-être, si l'impératrice douairière la surprenait, d'être renvoyée à l'instant, mais tout valait mieux que cet insupportable anonymat. Sans doute le jeune homme sentit-il l'insistance du regard posé sur lui car, à son tour, il contempla Yi, qui ne baissa pas les yeux et esquissa même un vague sourire. C'était tout ce qu'elle pouvait faire, en priant le ciel pour que son chignon eût encore bonne allure et pour que ses fards ne se fussent pas dilués à la chaleur de l'été.

Il y eut soudain un bourdonnement feutré à l'extérieur du palais, signe pourtant d'une vive agitation dans ce lieu de silence. Tout à coup retentit la musique joyeuse du cortège nuptial. Le palanquin et l'innombrable suite de la nouvelle dame Niuhuru arrivaient Ils avaient passé la porte du Méridien et traversaient la plus vaste des cours du palais, capable de contenir quatre-vingt-dix mille mandarins civils et militaires, les jours de grandes fêtes. Or un mariage impérial demeurait une cérémonie privée ne concernant que les membres de la famille impériale – et les concubines en faisaient évidemment partie –, plus les eunuques dont on ne pouvait se passer tout au long du jour. A la nuit tombante, le gong annonçait les huit heures du soir, le *Xu-zheng,* qui les appelait tous hors les murs de la Cité interdite.

Tandis que les dames de cour de l'impératrice douairière se pressaient autour du palanquin pour aider la fiancée à en sortir et exaucer à l'instant le moindre de ses désirs, les autres acteurs de la scène demeuraient figés en leurs rôles muets. Il fallait afficher une impassibilité courtoise que personne ne ressentait vraiment. Qui était-elle, cette très jeune fille qui venait de quitter sa famille et sa maison pour n'y jamais revenir ? Saurait-elle séduire l'Empereur pour plus de quelques nuits et le retenir dans la prison dorée de la Cité interdite ? Lui donnerait-elle un jour l'indispensable héritier et jouirait-elle de quelque influence à la Cour ? Hormis l'impératrice douairière qui l'avait tout naturellement désignée pour succéder à sa défunte sœur dans le lit de l'Empereur et qui avait dû prendre ses renseignements, nul ne savait rien d'elle. Dame Niuhuru était si jeune, quatorze ans à peine, qu'il n'y avait probablement rien à apprendre sur elle, mais pourrait-elle marquer le gynécée impérial et la Cour de son empreinte ou ne serait-elle qu'une impératrice de complaisance, peut-être tout de même la mère d'un futur empereur ? Et si elle réussissait à s'attacher Hieng-feng de façon si durable et si profonde qu'il n'éprouverait plus le moindre intérêt pour ses autres concubines, quel serait alors le sort de Yi ? Sans doute celui de la plupart des femmes du harem impérial, destinées à être vite oubliées, à se flétrir doucement sans avoir été ni femme ni mère... Toutes ces pensées noires s'agitaient sous le joli crâne de Yi et elle se sentait bien prête à laisser le désespoir l'envahir. L'honneur et la prospérité de sa famille valaient-ils pareils sacrifices et la perspective d'être enterrée vive dans cette prison de luxe ?

Comme s'il avait deviné sa peine et son désarroi, Li Lien-ying ne la quittait plus des yeux, un vague sourire qui n'était destiné qu'à elle étirant à peine sa belle bouche aux lèvres pleines.

Dame Niuhuru avait un instant disparu au sein de la jolie cohorte rouge des dames de cour. Elles avaient veillé à rectifier sa coiffure, à mieux ajuster les plis de sa robe, mais on ne distinguait toujours pas son visage, entièrement recouvert par le grand voile des épousées, en soie incarnat toute rebrodée d'or. Deux dames la guidaient et l'aidaient à monter les marches. Nul ne devait en effet voir sa figure avant l'impératrice douairière et l'empereur Hieng-feng. Enfin, elle se trouva devant les deux trônes impériaux. Une dame lui releva son voile et le disposa bien sur les frêles épaules. On ne regardait qu'elle.

C'était encore presque une enfant, dont on devinait le corps gracile et androgyne sous la juxtaposition des lourdes robes de soie. Sans être parfait, le visage un peu rond avait gardé de l'enfance un air de candeur qui saurait peut-être émouvoir les sens blasés de Hieng-feng. Mais le corps si peu épanoui pourrait-il concevoir un enfant ? Ses hanches étroites, ses seins à peine formés n'étaient pas encore ceux d'une femme et elle ne résisterait peut-être pas à une maternité trop précoce. Tel avait d'ailleurs été le sort de la défunte impératrice. Yi reprenait espoir tout en se demandant avec épouvante pourquoi le destin devait en faire l'ennemie de cette enfant à l'évidence si peu armée pour les complots et les méchancetés de la Cour.

Dame Niuhuru effectua avec gravité, concentrée sur le difficile exercice, les trois *Kow-tow* usuels devant sa future belle-mère, puis devant son fiancé. Ce ne fut qu'alors que l'impératrice douairière se leva de son trône pour s'approcher de sa belle-fille et la conduire elle-même vers le trône de Hieng-feng. Celui-ci se leva aussi et mena sa fiancée vers une table chargée de deux gobelets d'or emplis de vin. Il en offrit un à sa fiancée, la regarda boire, puis elle prit le second et le lui tendit pour qu'il y portât à son tour les lèvres.

La cérémonie nuptiale était achevée. Ils étaient mariés. Dame Niuhuru était à présent impératrice ! Nul n'aurait su lire sur le visage impassible de Hieng-feng si sa nouvelle épouse lui plaisait ou si elle lui était indifférente. Yi avait entendu dire que la mort de la précédente dame Niuhuru ne l'avait guère affecté, qu'il n'avait marqué aucun chagrin à sa disparition et vite repris ses visites secrètes dans les bouges de la ville, toujours flanqué de ses eunuques.

L'Empereur et l'impératrice douairière quittèrent le palais, chacun rejoignant ses propres appartements. La jeune impératrice aurait le loisir de découvrir son nouveau domaine, de s'y détendre, de s'apprêter avec ses femmes et de prendre une collation. Ce ne serait qu'à la nuit tombée que les dames de cour et sa belle-mère la mèneraient jusqu'à la chambre nuptiale. Et Yi se prenait à espérer pour elle que Hieng-feng saurait se montrer doux et patient, qu'il la ménagerait et la rendrait femme avec douceur et prévenance, mais ce n'était pas la réputation qu'il avait. Aussi se surprenait-elle à redouter cette prochaine nuit pour cette enfant si brutalement arrachée aux siens. Quel effet cela faisait-il à la jeune femme de se glisser dans la couche de sa sœur morte – une sœur qu'elle avait peut-être tendrement chérie ? Qui, dans la Cité interdite, pouvait se soucier de sentiments si ordinairement humains ?

En apparence, le mariage n'avait guère changé les habitudes de l'Empereur. Trois jours après ses noces, Hieng-feng fit de nouveau demander auprès de lui, pour la nuit, la belle Li Fei. Souvent, Yi entendait le rire très frais de dame Niuhuru résonner entre les murs de sa cour et elle en conclut que la petite impératrice était peut-être soulagée de n'avoir plus à passer toutes ses nuits avec l'époux qu'elle n'avait su émouvoir. Du soir au matin, elle s'amusait avec ses jeunes cunuques qu'elle nommait « petites sœurs », selon la tradition. Ils l'avaient initiée au jeu de volants que l'on confectionne avec un sapèque du temps de l'empereur Qian Long et une pièce en cuivre datant du règne de Kang Xi. On attache les pièces ensemble et on les coiffe d'une plume de canard. C'est ainsi, ont toujours assuré les « petites sœurs », que l'on obtient le volant le plus stable et le plus aérien [1]. Or dame Niuhuru avait lancé le sien de toutes ses forces. Il avait franchi le mur et atterri aux pieds de Yi qui l'avait prestement ramassé. Elle ne savait plus très bien qu'en faire.

– Viens donc jouer avec nous, concubine Yi !

– Je ne peux, Majesté, mon maître m'attend à la bibliothèque.

– Tu étudies donc ? Tu sais lire et écrire ?

– Sans doute, dit-elle en remettant le volant à l'une des « petites sœurs » qui s'était précipitée jusqu'à elle.

– Eh bien, accepterais-tu de venir me conter une belle histoire de tes livres, ce soir, après ta leçon ? Les soirées sont si longues ici.

– J'en serai heureuse et honorée, Majesté.

Dame Niuhuru eut un petit sourire triste, désabusé, puis elle éclata de rire avec l'insouciance de son âge. A l'évidence, nul ne se souciait beaucoup d'elle au sein du Palais impérial. Le premier moment d'éblouissement passé, l'enfant s'était sentie seule et perdue. Aussi Yi était-elle heureuse à la perspective d'égayer un peu la vie de la recluse. Comment traiter en rivale cette femme-fleur si démunie ici ? Si jamais il venait la fantaisie à Li Fei de haïr la nouvelle impératrice et de comploter contre elle ou même d'en

---

1. Cette technique est racontée par dame He Rong Er, dame de cour de Tseu-hi.

vouloir à sa vie, Yi imaginait mal comment dame Niuhuru serait capable de se défendre. Sans doute ne voyait-elle même pas le mal là où il trouvait à se nicher, c'est-à-dire presque partout dans la Cité interdite...

Peu à peu, Yi prit l'habitude de venir le soir rendre visite à dame Niuhuru. A sa demande, elle avait d'ailleurs entrepris de lui apprendre à lire et à écrire. Même si ses visites à l'Impératrice n'étaient pas interdites, Yi avait jugé inutile de montrer ses livres qu'elle dissimulait donc dans les manches de sa robe. Elle avait aussi recommandé à dame Niuhuru de ne dire à personne qu'elle apprenait à lire. Il était si rare qu'une femme, mandchoue ou chinoise, fût instruite ! L'impératrice douairière elle-même était restée à peu près illettrée.

Comme il devenait évident que Hieng-feng n'éprouvait aucun penchant pour sa jeune femme, il ne la faisait venir dans sa couche qu'aux périodes où son médecin personnel jugeait que l'Impératrice pouvait être féconde, trois nuits par mois, ce qui était encore beaucoup trop au gré de dame Niuhuru.

– L'Empereur, se plaignait-elle à sa nouvelle amie, n'a jamais une parole douce ou attentionnée pour moi. A l'évidence, le « devoir conjugal » lui déplaît autant qu'à moi, même si je sais par mes « petites sœurs » qu'il a en revanche beaucoup de goût pour la concubine Li Fei ou pour les beaux acteurs des cabarets de Pékin. Et dire qu'il me faudrait être enceinte ! Enceinte de lui, quelle horreur ! Si seulement le médecin pouvait me déclarer stérile, je serais enfin débarrassée de cette répugnante corvée. Mon clan est trop puissant pour qu'on ose me répudier.

Décidément, Niuhuru apprenait vite et elle savait déjà les perversions de l'Empereur. Pourtant, la vie de cour ne l'avait pas encore gâtée, même si Yi la jugeait imprudente.

– Ne parlez pas ainsi, Majesté. Il y a tant d'espions autour de vous qu'il ne faudrait pas que l'on pût entendre vos confidences. Jugez un peu de ce qu'il arriverait si l'impératrice douairière venait à apprendre ce que vous pensez de son fils.

– Sans doute le pense-t-elle elle-même. Ma belle-mère n'ignore rien de la vie dissolue de son fils. Elle sait qu'il s'adonne à l'opium et aux amours homosexuelles.

– Tout de même, soyez plus discrète dans vos propos, Majesté, je vous en conjure.

L'Empereur était marié depuis trois ans déjà et Yi se résignait peu à peu à l'uniformité monotone de la vie dans la Cité interdite. De concubine, elle n'avait toujours que le nom et ne voyait pas pourquoi les choses pourraient jamais changer. Niuhuru avait été déclarée stérile par le médecin officiel et elle n'avait plus à subir les assauts sexuels qu'elle détestait et redoutait à la fois. Li Fei régnait toujours sur le cœur et les sens de l'Empereur, qui ne modifiait pas pour autant ses habitudes de débauche et ses visites de plus en plus fréquentes dans les fumeries d'opium de la ville basse. La drogue lui offrait du moins l'oubli, car tout n'allait pas pour le mieux, il s'en fallait de beaucoup, dans l'empire du Fils du Ciel.

Si la révolte des Taiping avait connu quelques déboires, en particulier au Shandong en 1855, les révoltés tenaient encore Nankin et conservaient le bas Yangzi, coupant toute communication sur le canal Impérial, ce qui avait achevé de désorganiser le commerce. Les Taiping avaient surtout révélé la faiblesse des armées chinoises traditionnelles et la pauvreté de leur armement. Ni les différentes bannières mandchoues ni les Bataillons Verts ou *Lüying*, formés de troupes régulières chinoises, n'avaient montré de vraies capacités à contenir la révolte, de même qu'ils s'étaient révélés impuissants à enrayer l'avance des Anglais lors de la guerre de l'Opium. Si bien qu'un peu partout en Chine, on s'organisait pour assurer sa propre protection.

Les riches propriétaires terriens et les principaux marchands levaient des corps francs, des divisions et bientôt de vraies armées qui formaient un pouvoir à l'intérieur du pouvoir. On vantait à l'envi les qualités guerrières des principaux chefs qui n'étaient pas vraiment des rebelles, mais ne servaient pas non plus précisément l'Empereur. On se contait surtout les exploits de Zeng Guofan, Zuo Zongtang et Li Hongzhang, des mercenaires audacieux aux troupes bien aguerries qui commençaient de se tailler de vrais empires à l'intérieur de l'Empire. Bien sûr, ils faisaient respecter une paix nécessaire – une paix armée. Pourtant, Hieng-feng n'appréciait guère leur popularité grandissante, même s'il n'y pouvait rien. Les caisses étaient vides, la balance commerciale largement déficitaire depuis que ces diables d'étrangers avaient introduit l'opium et toutes leurs marchandises modernes en Chine. Le *liang* d'argent ne cessait de se dévaluer, tandis que les chemins de fer grignotaient lentement et sûrement l'autonomie chinoise [1].

1. Le réseau ferroviaire chinois, qui n'était que de 7 700 km en 1840, avait déjà atteint 37 700 km dix ans plus tard, pour dépasser les 60 000 en cette année 1855.

Pour ajouter à toute cette misère, le fleuve Jaune avait largement débordé son cours et changé de lit dans la province du Shandong, se déplaçant du sud au nord. Il y avait eu des milliers de morts, combien, on n'aurait su le dire. La partie de la population rurale épargnée par les terribles crues avait dû fuir les terres inondées. Elle se retrouvait sur les routes, le ventre creux et sans travail. Dans ces conditions, l'impôt ne rentrait plus. Hieng-feng avait beau tempêter contre le général en chef de ses armées, Xiang Rong, et le menacer de le faire exécuter, au fond de lui-même, il savait bien que l'armement vieillot de ses troupes était le principal responsable des défaites. Que pouvaient des arcs et des flèches face à de bons fusils ou même des canons ?

La mort dans l'âme, l'Empereur avait dû lever une autre taxe pour financer les dépenses de la guerre menée contre les Taiping. Il n'ignorait pas que ce nouvel impôt, le *lijin*, achèverait de le rendre impopulaire et nuirait encore un peu plus au commerce intérieur, puisqu'il ne frapperait que les marchandises en transit en Chine. Il fallait donc payer un surplus d'une pièce de cuivre par *liang*, mais qu'y pouvait-il ?

Et s'il n'y avait eu que les Taiping, on aurait pu mobiliser toutes les forces impériales contre eux et peut-être finalement les réduire Or leur révolte avait donné le mauvais exemple. Dans le Nord, dans les provinces du Shandong, du Henan, du Anhui et du Jiangsu avait commencé quatre ans plus tôt une autre révolte qui avait tout d'abord semblé de peu de gravité. Voici qu'elle s'étendait depuis deux ans vers le Hebei, couvrant toute la région du Shandong au Henan. Les paysans chassés de leurs terres par les caprices du fleuve murmuraient qu'il s'agissait bien évidemment d'un avertissement du Ciel n'aimant guère les Mandchous, ces usurpateurs. Ils vinrent donc rejoindre les rangs des révoltés qui avaient pris le nom de Nian [1]. Ils avaient déjà tout perdu et ne craignaient plus grand-chose. Ce que redoutait tant l'Empereur finit d'ailleurs par se produire. S'alliant aux Taiping, les Nian se rapprochaient dangereusement de Pékin.

Le pouvoir impérial allait bientôt être pris dans une tenaille infernale, le trône menacé... Or si Hieng-feng était détrôné s'ouvrirait une ère de chaos, de guerre civile, de misère encore accrue. Le jeune homme le savait et ne pouvait que tenter de lever de nouvelles troupes et d'ouvrir çà et là des petites fabriques d'armement moderne. Cela bougeait aussi du côté de la population aborigène du Guizhou. Ses espions lui rapportaient également l'existence de troubles préoccupants chez les communautés musulmanes chinoises, dans les provinces du nord-ouest du Shaanxi et du Gansu, un conflit entre mineurs d'étain hans et musulmans ayant stupidement dégénéré. On commençait à parler beaucoup, beaucoup trop, du chef musulman, l'imam Ma Dexin, follement populaire auprès de ses frères de religion depuis qu'il avait accompli le pèlerinage saint à La Mecque...

Il semblait à Hieng-feng qu'il n'était né que pour voir s'émietter l'immense empire de sa dynastie dont son père avait été si fier. La rébellion couvait partout, les conflits succédaient aux conflits, attisés encore par les marchands et les pirates anglais. Il paraissait d'ailleurs au malheureux

1. Résurgence de la société secrète du Lotus blanc ou *Bailianjiao*, ces Nian, dont le nom signifie « tordre », espéraient bien porter un coup fatal à la dynastie mandchoue.

empereur qu'il n'y avait guère de différences entre les uns et les autres.

Prisonnier de sa cité dorée, il avait l'impression d'être toujours informé trop tard, quand le mal était déjà fait. La corruption régnait partout. Il n'avait pas grande confiance dans sa propre armée, encore moins dans son administration gangrenée. La tâche était immense, inhumaine. Un seul homme n'y aurait suffi, surtout si cet homme était considéré par son peuple comme issu d'une dynastie étrangère. La grande majorité des Chinois haïssaient en effet la dynastie des Qing, Hieng-feng ne le savait que trop. Aussi se réfugiait-il de plus en plus souvent dans la débauche et la drogue pour tout oublier. Pour ignorer que tout croulait autour de lui, que l'Empire vacillait sur ses bases et ne tarderait pas à l'entraîner dans sa chute. Dans la fumée jaune de l'opium, il oubliait enfin ses soucis et combien les nouvelles, dans quelque direction qu'il se tournât, étaient alarmantes, voire catastrophiques...

Sa mère, souffrante depuis l'été, ne lui était guère un soutien. D'ailleurs, elle ne s'était jamais vraiment souciée de politique et la misère du peuple lui semblait une chose trop abstraite pour devoir s'y intéresser. L'empereur de Chine n'était qu'un pauvre homme seul et désemparé, il écoutait craquer de toute part la membrure de son malheureux vaisseau. Il n'avait personne vers qui se tourner, nul confident, nul ami. Partout, ce n'étaient que complots et trahisons. Et dire qu'il n'avait toujours pas d'héritier mâle...

Un matin, Li Lien-ying, tout excité, fit irruption dans le pavillon où Yi, sa longue chevelure bien lustrée déployée en voile sombre derrière elle, était en train de se faire coiffer par madame Wang. Elle continuait de s'astreindre chaque jour à se vêtir, se maquiller et se parer avec soin, bien qu'elle n'en vît plus beaucoup la nécessité.

– Li Fei est enceinte, annonça-t-il tout à trac. La nouvelle est officielle aujourd'hui.

– Cela doit faire plaisir à l'Empereur, mais désoler Niuhuru. Enfin, je suis heureuse pour Li Fei qui le souhaitait tant.

– Enfin, Yi, c'est tout l'effet que cela te fait ?

Elle le regarda avec surprise, étonnée que cette nouvelle lui causât en apparence tant de joie.

– Yi, ne comprends-tu pas que Hieng-feng n'a plus le droit d'approcher sa favorite à partir de cette date jusqu'à cent jours après l'accouchement. Or l'Empereur n'a jamais supporté la solitude, en ce moment moins que jamais.

– Qu'y puis-je ? Depuis trois ans que je suis ici, que je le vois de loin en loin lors des cérémonies familiales, il ne m'a pas témoigné le moindre intérêt. Pourquoi voudrais-tu que cela change ?

– Tout a changé en effet, Yi, tu peux me croire. Sur ma recommandation, le Fils du Dragon, empereur des dix mille ans, t'a demandée pour cette nuit ! C'est ton nom qui est mentionné sur la tablette de jade qu'il a choisie.

– Même Li Fei n'a pas vraiment su le séduire, puisqu'il lui préfère la drogue, les bouges et les prostitués hommes.

– Disons les acteurs...

– C'est bien la même chose[1].

---

1. La plus célèbre des formes de théâtre, le *zaju* ou théâtre de Pékin, a connu un prodigieux essor à partir de la dynastie des Jin (1115-1234). Dans ce théâtre à plusieurs personnages consistant en

– Précisément, tes armes de femme ne te seraient pas suffisantes pour retenir l'Empereur. Ce qui lui manque le plus, c'est une personne savante et avisée à ses côtés, quelqu'un en qui il puisse avoir pleine confiance, sur qui s'appuyer. J'ai révélé à l'Empereur que tu continuais à étudier ici, sous la direction des plus éminents professeurs de l'académie de Hanlin, mais que tu t'intéressais aussi aux découvertes occidentales, à l'histoire de l'Europe. Lui qui en ignore presque tout a hâte de te rencontrer.

– Il pourrait trouver plus savant que moi en choisissant de bons livres pour compagnons, ce me semble !

Yi partit de son joli rire, car elle avait fort bien compris la difficile mission dont l'investissait Li Lien-ying. Même s'il n'était pas mandchou – aucun Mandchou ne devait subir la castration par ordre des précédents empereurs –, il savait qu'il perdrait tout si la dynastie des Qing s'effondrait. Peut-être serait-ce la fin de la Cité interdite, donc de son existence ? Ce serait sûrement l'avènement du règne du chaos et de la violence. Or que pouvait un « demi-homme » en ces conditions ? Partout ailleurs que dans la Cité interdite, il deviendrait un objet d'horreur et de commisération...

Par son intermédiaire à elle, la concubine Yi, Li Lien-ying avait la ferme intention d'aider l'Empereur à redresser

---

une combinaison de parties chantées, de danses et de récitatifs, tous les rôles, même féminins, étaient tenus par des hommes, tradition qui fut reprise dans les formes de théâtre plus tardives et plus romanesque, telle celle du célèbre Wang Shifu, l'auteur du *Pavillon de l'Ouest*. Ces acteurs masculins habitués à leur rôle de femme, souvent encore habillés et grimés en femme, même lorsqu'ils ne jouaient pas, n'avaient pas trop bonne réputation et nombre d'entre eux étaient en effet aussi des prostitués.

la barre. L'eunuque était intelligent, érudit et calculateur. Dans les méandres de la politique chinoise, traversée d'intérêts si contraires et d'un ouragan d'événements inquiétants, lui seul semblait en apparence s'y retrouver. Si quelque chose pouvait encore être sauvé dans l'Empire, Li Lien-ying y parviendrait. Oui, il fallait secouer de toute urgence cette terrible apathie dans laquelle sombrait Hieng-feng, l'aider à chasser les mauvais ministres et les généraux trop corrompus. Si, en outre, Yi pouvait lui plaire et lui donner un fils, assurant du même coup son avenir et celui de Li Lien-ying, tous les espoirs devenaient possibles...

Tout à coup, elle s'affolait et retrouvait ses préoccupations de femme. Etait-elle assez jeune, assez séduisante pour un homme qui avait tout vu, tout connu ? Elle avait déjà vingt ans, mais son miroir lui disait qu'elle était dans tout l'éclat de sa jeunesse, plus belle et plus épanouie que lorsqu'elle était arrivée dans la Cité interdite, trois ans plus tôt.

– Quel vêtement, quelle parure, quelle coiffure choisir, ô Li Lien-ying ? Conseille-moi, je t'en prie.

Il eut un sourire amusé sous lequel elle se sentit rougir. Elle avait parlé sottement, sans réfléchir.

– Oui, ajouta-t-elle d'un air contrit, j'avais oublié ce monstrueux usage du *beigong*[1]. Dans ces conditions, comment une femme peut-elle espérer plaire à son Seigneur ?

Par crainte des attentats, du poignard ou de la fiole de poison qu'une nouvelle concubine dont l'Empereur n'était pas sûr pouvait toujours dissimuler dans ses vêtements,

1. Ce mot difficile à traduire signifie littéralement « entrer sur le dos », sous-entendu : dans la chambre de l'Empereur.

l'eunuque qui en avait la charge devait la faire se déshabiller entièrement et dénouer ses cheveux. Ensuite, il lui fallait la porter sur son dos, enveloppée dans une couverture, jusqu'à la chambre impériale.

– Ce *beigong* est si humiliant, Li Lien-ying, que je n'ai confiance qu'en toi. Je n'aime que toi. Pourrais-tu me porter toi-même jusqu'à l'Empereur ?

– Tout est déjà arrangé en ce sens, Yi. Crois-tu que j'aurais laissé un autre eunuque que moi te prendre sur son dos ? Tranquillise-toi et ne pense qu'à être belle et spirituelle pour le séduire. Tu n'as pas besoin de parure pour cela. Baigne-toi, fais-toi masser, parfume ton corps et tes cheveux, pense à un poème qui lui plairait et, surtout, sois prête une heure avant le *Xu-zheng*. Je viendrai te chercher chez toi. Surtout, ne sois pas en retard, Yi, car l'Empereur n'attend pas et une autre concubine serait alors désignée.

Quoique Yi pensât qu'il pouvait être délicieux de se faire un peu attendre et désirer par un homme, fût-il l'Empereur, elle n'en dit rien à Li Lien-ying. Même s'il était fier d'avoir réussi à la faire désigner pour la couche impériale, elle le sentait triste également, presque jaloux. Elle se demandait aussi si elle pourrait aimer Hieng-feng, mais elle n'en était pas très sûre. Si la délicieuse petite Niuhuru avait trouvé tellement réconfortant de n'être plus astreinte à partager la couche impériale, c'était que son époux l'avait incitée à prendre en horreur tout contact physique entre eux. Il fallait pourtant à tout prix faire de cette nuit une réussite, surmonter ses propres peurs et rendre Hieng-feng heureux. Ce ne serait qu'à ce prix que son existence dans la Cité interdite prendrait un sens. Quand elle voyait la futilité des jeux et des occupations des dames de cour, qui seraient pourtant autorisées à quitter le palais au bout de six ans de service, elle était atterrée. Or c'était encore pire pour les concubines impériales, qui passeraient là leur existence entière.

Sa vie d'autrefois lui manquait tout à coup avec une acuité désespérée. Même si elle voyait sa famille une fois par mois aux portes de la Cité interdite et pouvait la couvrir de cadeaux, cela ne comblait pas le vide d'une existence sacrifiée. Rien ne remplacerait les longues chevauchées faites autrefois avec son père, ces espaces immenses qu'ils découvraient ensemble, le plaisir de la course et celui du vent dans ses cheveux. A vivre ainsi parmi des eunuques, même si Li Lien-ying, castré sur le tard, avait gardé son apparence masculine, elle ne savait même plus à quoi pouvait ressembler un homme. Tout, dans la Cité interdite, était faux et artificiel. Fausse la colline de Charbon et ses pentes escarpées, fausse la rivière Dorée, faux les jardins trop policés où ne poussait que ce que voulait l'Empereur. Cet ordre immuable de la Cité interdite lovée à l'abri de ses remparts violets, les bruits amoindris venus du reste de la ville, cette perfection douloureuse d'une nature trop disciplinée où rien ne pouvait blesser le regard, la main ou le pied lui étaient devenus insupportables.

Que n'aurait-elle donné pour accompagner comme jadis sa *momo*, sa nourrice au pouilleux marché de plein air établi contre les eaux souillées du Grand Canal ! Là, parmi les échoppes branlantes, dans l'odeur de la fumée grasse, de la friture et des excréments, elle avait prisé cette extraordinaire explosion de vie qui est le propre d'une cité chinoise et surtout de Pékin. Que c'était bon d'entendre des rires, des cris, des altercations, le boniment des vendeurs et même les glapissements des porcs que l'on égorge ! Elle n'en pouvait plus de ce silence, de cette courtoisie souriante qui dissimulait sans doute bien des haines, même si elle n'avait jamais cherché à percer les secrets des cabales de femmes, dames de cour ou concubines impériales. Elles lui semblaient si vaines...

Même les livres qu'elle continuait d'étudier avec opiniâtreté, même cette connaissance du reste du monde qu'elle avait décidé d'acquérir à tout prix lui semblaient de plus en plus souvent inutiles. Elle avait déjà vingt ans, elle n'avait encore jamais connu l'étreinte d'un homme. Les seuls enfants qu'elle voyait dans l'enceinte du Palais impérial étaient ces pauvres « petites sœurs » mutilées dès leur jeune âge et qui deviendraient bientôt de malheureuses créatures molles, adipeuses et incontinentes.

– Te voici tout à coup bien rêveuse, Yi, lui fit remarquer Li Lien-ying avec un sourire un peu crispé. Je te laisse à présent te baigner, te faire masser. Pense au parfum, au poème, pense à plaire et peut-être à aimer, ce que je te souhaite.

– Je t'aime déjà, toi, Li Lien-ying.

– Tu sais que cela ne se peut, murmura-t-il très vite en s'éloignant à grands pas.

Elle regarda longtemps sa longue natte tressaillir sur ses reins. Elle savait qu'il avait de la peine, mais elle devait d'abord penser à elle et à tout ce qui se jouerait pour elle en cette nuit, qui serait peut-être, si l'affaire tournait mal, une nuit unique, son seul souvenir d'amour...

Comme d'habitude, elle se laisserait aller entre les mains expertes de ses femmes, se faisant pétrir par les doigts experts de madame Wang, qui était la meilleure des masseuses.

– C'est parce que je masse d'abord l'âme, avait coutume de dire la vieille femme. Quand je pratique sur vous le massage *Chi-kung*, concubine Yi, je m'occupe surtout du *chi*, de l'énergie interne. Pour ce faire, je mets particulièrement l'accent sur le flux d'énergie ou « Petite Circulation », sa quantité et sa mobilité, indispensables pour prévenir les maladies. Pour que votre vie soit longue, heureuse et saine, concubine Yi, je m'efforce d'équilibrer en vous le *Yin*, la force négative, et le *Yang*, la force positive. Comme vous le savez, votre corps énergétique est *Yin*, et votre corps physique est *Yang*. Alors, pouvez-vous me dire à quoi il me servirait de m'occuper de votre corps visible en oubliant votre âme ?

Lorsque Yi rentra à l'intérieur de son pavillon, madame Wang, au moins aussi indiscrète et curieuse qu'elle lui était dévouée, lui dit avec un grand sourire semblant émietter tout son visage, aussi craquelé qu'une vieille porcelaine :

– Aujourd'hui est un grand jour, concubine Yi. Après votre bain, je pratiquerai sur vous le *Pu Tong An Mo*[1].

Yi n'avait pas besoin d'explications plus longues. Madame Wang l'avait donc jugée en pleine forme et en excellente santé. C'était pourquoi elle ne lui ferait qu'un massage général de relaxation.

Le grand baquet de bois, garni d'une soie blanche pour éviter les échardes, avait été tiré dans la chambre. Il était empli d'une eau chaude dans laquelle flottaient des pétales de roses

1. Pour en savoir plus sur l'art du *Chi-kung* et ses différentes formes de massages, le *Pu Tong An Mo*, le *Tui Na*, le *Dian Xue* ou le *Wai Qi Liao Fa*, on peut se référer à l'excellent ouvrage du Dr Yang Jwing-Ming, *Massage chi-kung, le massage énergétique chinois*, Noisy-sur-Ecole, Budo Editions, 2003.

dégageant une délicieuse odeur. Yi se laissa déshabiller, puis elle s'abandonna aux mains savantes de ses servantes.

Tandis que tout son corps se détendait et s'engourdissait sous l'effet bienfaisant de l'eau parfumée, tandis que deux servantes promenaient un gant de crin sur son corps, Yi tenait haut devant elle un de ses recueils préférés de poésie. Il ne faudrait pas sembler pédante devant l'Empereur mais elle pourrait, de préférence après l'étreinte, lui dire l'un de ces poèmes *Gu-ti-shi*[1] qu'il prisait particulièrement, prétendait-on. Elle adorait surtout la mélancolie désabusée de Du Fu, lorsqu'il avait été emprisonné pour écrits subversifs dans la capitale impériale de Chang-an. Elle le relut avec attention, puis le murmura à mi-voix.

Dans ma patrie brisée,
Fleuves et monts sont toujours là,
Arbres et fleurs foisonnent hélas
Dans ma ville irisée.

Mais le mal est partout
Et les plantes versent des larmes
L'oiseau te porte mes alarmes,
Ton messager surtout.

Les flammes de la guerre
Qui s'élèvent depuis trois mois
N'illuminent plus nos émois
Ta lettre ne vient guère.

1. Poèmes à l'ancienne.

J'en donne cent onces d'or
Mes cheveux blancs deviennent rares.
Reclus en ces cachots barbares,
Je te rêve et tu dors.

Toujours, ces songes tristes savaient l'émouvoir et elle avait déjà les larmes aux yeux. Si les mots de Du Fu avaient un tel effet sur son âme, qu'en serait-il de l'Empereur, qui pleurait chaque jour son pays ravagé par les guerres et les révoltes ? Décidément, son choix n'était guère pertinent et ce poème ne pouvait convenir à la situation... Il fallait trouver autre chose... Peut-être Hieng-feng saurait-il percevoir un double sens, un vrai message d'amour dans les mots inspirés de Qian Qi ? S'il prisait autant la poésie ancienne que le racontait Li Lien-ying, ce poème serait une offrande à cette première nuit et un vœu à la voir souvent se répéter.

Pluie sur la mer
Les vagues assaillent les pins noirs
Un vent amer
Semble creuser des entonnoirs.

Chemin de nuage
Les marins abattent les mâts
L'esquif sans âge
Roule et tangue sous ces amas.

Ville interdite
Où le créneau se fait violet
Couche inédite
Pour épouser ta chair de lait.

Yi n'avait modifié que le dernier quatrain pour en faire un vrai chant d'amour. C'était peut-être un peu leste, mais elle ne serait pas une marionnette inerte entre les bras blasés de l'Empereur. Si elle voulait l'intriguer, le séduire, le retenir enfin, il lui fallait oser ce que les autres concubines, sans parler de la timide Niuhuru, n'avaient jamais tenté. Puisqu'elle était vierge, condition essentielle pour être admise au sein du harem impérial, elle pouvait essayer quelques-unes des caresses décrites dans les livres érotiques de son maître et qui avaient tant scandalisé le pauvre Li Lien-ying. Peut-être avait-il d'ailleurs seulement regretté de ne plus pouvoir en tirer de plaisir ? Pourquoi avoir accepté cette horrible mutilation ? Le besoin et la famine justifiaient donc tout...

Yi avait souvent observé les « petites sœurs » lorsqu'elles croyaient se cacher pour uriner. Leur sexe, bien visible car dépourvu de tout système pileux, était exactement semblable, de prime abord, à celui d'une femme. Si l'opération avait été bien faite, les cicatrices disparaissaient peu à peu, mais quelle horreur que de changer si cruellement sa nature[1]...

Yi aurait bien aimé pouvoir jouer du luth et chanter pour l'Empereur ces vieux poèmes dont elle avait mis certains en musique. Ce serait pour une autre fois, lorsque le ridicule cérémonial du *beigong* lui serait enfin épargné, lorsqu'elle pourrait user aussi avec lui de ses armes de femme...

---

1. Dans le livre *L'Œil du consul* (voir Bibliographie), il existe effectivement une photographie d'un jeune eunuque en partie dénudé et l'on ne peut même plus deviner l'emplacement de son pénis ou de ses testicules. Son sexe ressemble à celui d'une jeune fille, les cicatrices de la mutilation en plus...

3

Enfin, Li Lien-ying se présenta à l'heure dite devant la porte de son pavillon. Par chance, il était venu seul alors qu'il aurait dû être accompagné d'une douzaine d'autres eunuques. Yi s'était vêtue d'une robe rouge croisée sur la poitrine et facile à enlever, sous laquelle elle ne portait qu'un pantalon de soie de même teinte. Ses cheveux étaient juste relevés par deux peignes car il n'aurait pas été convenable qu'on la vît décoiffée dans l'enceinte du Palais impérial. Yi lui sourit en lui disant simplement :

– Je suis prête. Heureusement que c'est toi qui vas me porter, cela me donnera un peu de courage !

– Tu es belle, Yi, et tout ira bien. Essaie de l'aimer...

Elle eut un bref signe d'assentiment, se retourna vers ses servantes et ses quatre « petites sœurs » qui semblaient toutes un peu anxieuses car elles savaient l'importance de l'enjeu pour leur maîtresse comme pour elles. Le palanquin attendait devant sa porte mais elle dit à Li :

– Marchons plutôt, je me sens nerveuse.

C'était une autre dérogation à l'étiquette, ce qui n'avait guère d'importance. Pour qu'on ne pût voir le visage de l'élue d'une nuit, elle s'enveloppa d'un grand voile de mousseline, rouge aussi, puis elle prit familièrement la main de Li Lien-ying comme elle le faisait chaque fois qu'ils se trouvaient seuls ensemble. La tradition aurait voulu qu'elle vînt auparavant saluer l'impératrice douairière et implorer son indulgence. Or cette dernière était trop malade pour la recevoir, ce qui enlevait par chance au cérémonial ordinaire beaucoup de son apprêt.

La dame Niuhuru avait eu droit, pour sa nuit de noces, à la vaste et impersonnelle chambre nuptiale du *Kunning-gong* ou palais de la Tranquillité terrestre, situé exactement au milieu de l'espace occupé par les six palais de l'Est et les six palais de l'Ouest. Elle lui avait raconté avec effroi l'immensité rouge de la chambre, son décor purement symbolique, l'écran portant le signe du double bonheur, le grand *kang* et ses monceaux de soie incarnate où il lui avait fallu à nouveau partager le vin de l'union avec cet inconnu qui était l'Empereur et son époux, le rideau du lit brodé d'une centaine d'enfants, ultime dérision... Il n'y avait dans la chambre rien de personnel ou de féminin, pas la moindre fleur, la plus petite fiole de parfum. Tout n'était qu'une splendeur glacée dédiée à la gloire de l'Empereur, mais on n'avait guère pensé à charmer son épouse. D'ailleurs, tous les empereurs s'étaient succédé là pour accomplir leur devoir conjugal sans que le décor fût jamais modifié. Niuhuru, du moins, n'avait pas été déposée comme un encombrant paquet sur le lit de son époux...

A présent, les empereurs mandchous avaient déserté le trop solennel palais de la Pureté Céleste pour aménager leurs appartements privés dans le palais de la Nourriture du Cœur. C'était là que Li Lien-ying allait introduire la concubine Yi.

Même s'il y avait trop de tout dans le hall d'entrée du palais de la Nourriture du Cœur, trop de boiseries dorées, trop de porcelaines, trop d'exquis objets de jade, trop de sièges, de paravents, de tapis, trop de statues et de brûle-parfums, trop de *penjing*, ces compositions florales en pierres précieuses, il n'avait pas cette majesté oppressante des bâtiments officiels. On sentait que c'était un lieu de vie et de plaisir, de luxe et de volupté. Il avait été conçu pour réjouir les sens d'un homme plutôt que pour célébrer un empereur et il gardait une dimension humaine.

Li Lien-ying lui fit encore traverser une cour et suivre des corridors interminables avant de la mener dans une salle latérale où l'attendaient deux servantes. C'était une salle d'eau. Il referma la porte et attendit qu'elle fût prête. Les deux servantes la déshabillèrent, dénouèrent ses cheveux, la palpèrent rapidement pour savoir si elle ne dissimulait rien sur elle, la frictionnèrent avec de l'essence de rhizomes d'iris, un parfum dont l'Empereur paraît-il raffolait. Puis sa voix s'éleva, ferme et claire :

– Le désir de l'Empereur sera exaucé.

Ce n'était jamais qu'un rituel et Yi avait décidé de ne se laisser impressionner ni par l'apparat du palais ni par le côté humiliant du cérémonial de cette première nuit. Quand ils seraient enfin seuls sur la couche impériale, il n'y aurait jamais qu'une femme en présence d'un homme. Dans le désir et la nudité, du moins seraient-ils égaux. Les servantes l'enveloppèrent de la rituelle couverture de soie et elle sortit de la pièce. Li Lien-ying la prit sur son dos et la porta alors jusqu'à la chambre de Hieng-feng[1].

---

1. Ce rituel du *beigong* est conté par la dame de cour He Rong Er dans ses *Mémoires*, mais les historiens ne sont pas tous d'accord sur

Il la déposa délicatement sur le vaste lit aux draps, à la courtepointe et aux coussins de soie jaune. D'ailleurs, tout était jaune dans la pièce, le dessus des sièges et les calligraphies ornant le haut des murs, les dragons et les brûle-parfums de porcelaine. Li Lien-ying referma doucement la porte sans oser la regarder. Un eunuque qu'elle ne connaissait pas et qui gardait obstinément les yeux baissés sur son rouleau de papier nota avec soin la date, l'heure et la configuration astrale de ce jour où la concubine Yi était entrée pour la première fois dans la chambre de l'Empereur. Si jamais elle était enceinte, ce serait important pour établir avec précision l'horoscope de l'enfant à naître et connaître les signes qui lui seraient bénéfiques.

Quand l'eunuque eut quitté la pièce à reculons, toujours sans l'avoir regardée, alors seulement elle leva les eux vers Hieng-feng. Adossé aux oreillers, vêtu d'une robe de soie jaune sur laquelle se déroulait le corps sinueux du Dragon, son emblème, il lui sembla plus jeune et plus vulnérable que lors des rares occasions officielles où elle l'avait vu. Elle refusait de le considérer en cet instant comme le Fils du Ciel ou du Dragon, le descendant des Qing, l'héritier de l'empire du Milieu. Ce n'était qu'un jeune homme de vingt-cinq ans à l'ossature un peu frêle mais élégante, au visage rendu plus allongé par la coiffure mandchoue dégageant haut le front pour laisser pendre la longue natte sombre. Il ne portait qu'un collier d'or autour du cou et une bague à l'annulaire droit. Ses yeux, très vifs sous les fins sourcils, ne la quittaient pas et sa bouche s'étirait en

---

le fait de savoir si la concubine Yi y fut ou non soumise. En tant que concubine de cinquième rang, il semble bien qu'elle le fut...

un mince sourire sous la moustache qui en soulignait les courbes. Sa main se tendit vers le manteau et elle se raidit à peine.

– Je ne veux pas te brusquer, concubine Yi, mais que tu viennes à moi de ton plein gré, sans peur et sans réticence.

– Je ne te crains pas, ô dix mille ans.

Il l'attirait à lui et elle se laissa aller contre la soie jaune, se blottissant même avec plaisir dans sa chaleur. Il était bien plus patient et plus humain qu'elle ne l'aurait cru, alors qu'elle craignait une étreinte brève et brutale, un assouvissement sans tendresse.

– Li Lien-ying ne semble pas insensible à tes charmes, Petite Orchidée, car tel est bien ton nom de naissance, n'est-ce pas ? Il fait le plus grand cas de toi et vante à l'envi ta culture et même ton érudition, ton goût pour la musique ainsi que pour la poésie. Veux-tu me dire, comme cela, sans réfléchir, quelques vers que tu aimes particulièrement ?

Par bonheur, elle avait prévu cette question, parce que Li Lien-ying lui avait dit que Hieng-feng la lui poserait sans doute, mais elle lui était reconnaissante de lui parler avant de la faire sienne. C'état un peu comme si elle s'était trouvée en présence de n'importe quel homme soucieux de plaire à sa belle et de la courtiser. Que l'Empereur eût pris cette peine la touchait alors qu'il pouvait faire d'elle ce qu'il désirait sans souci de la heurter. Li avait sans doute raison, Hieng-feng devait se sentir bien seul parmi les immensités rutilantes et glacées du Palais impérial. S'il hantait ainsi les cabarets et les bouges de la ville basse, c'était probablement pour oublier sa cage dorée, son empire en décrépitude, son rôle écrasant et sa solitude.

– Je prise surtout la poésie des anciens et celle de Qian

Qi, sans doute parce que je sais que tu l'apprécies aussi, ô mon empereur. Les mots de Qian Qi sont si mélodieux qu'ils réclament le chant plus que la parole et, même s'il est difficile de chanter sans luth, je le ferai pour toi si tu le désires.

– Rien ne saurait me faire plus de plaisir.

A voix très basse, presque feutrée, elle commença de dire les quatrains de Qian Qi, le dernier surtout, qu'elle avait un peu modifié pour séduire davantage son empereur. Quand elle eut terminé, tandis que la main de Hieng-feng entrouvrait le manteau de soie et jouait avec le bouton de son sein, il se mit à rire doucement en disant :

– La dernière strophe doit être de ton cru ou bien il s'agit d'une version que je ne connais pas, mais sois remerciée pour ce chant, encore plus émouvant ainsi changé.

Sa bouche courait sur son cou, ses épaules et sa poitrine et elle s'accrocha à lui – mais sans chercher toutefois ses lèvres car le baiser reste une coutume barbare à laquelle les Chinois ou les Mandchous ne se conforment pas. Les mains du jeune homme la palpaient et l'exploraient avec douceur, tel un effleurement de soie et il lui était bien égal, en cet instant, que Hieng-feng eût connu des courtisanes plus expertes qu'elle ou des hommes à la grâce ambiguë. C'était elle qu'il voulait en cet instant, sans rien lui imposer, sans la presser, ce dont elle lui savait gré.

– Sois remercié pour ta douceur et tes précautions envers moi, Hieng-feng, alors que tu pourrais tout exiger sans rien donner.

– Crois-tu que je sois un homme de cette sorte ? Une femme de ta qualité m'impressionne, sais-tu, Petite Orchidée, car je suis fatigué des jolies poupées à la tête vide. Tu es belle, autant qu'instruite et intelligente, ce sont des qualités peu courantes ici.

Il s'enflammait et ses mains volaient plus vite sur sa peau. Il s'était débarrassé de sa robe jaune et l'avait dépouillée de sa couverture. C'était bien, comme elle l'avait souhaité, un homme venu à la rencontre d'une femme, décidé à lui plaire et à la séduire avant que de la faire sienne. Aussi s'abandonna-t-elle à son étreinte et le plaisir, comme une vague immense et douloureuse, un peu, la recouvrit tandis qu'elle l'attirait encore plus à elle.

Quand elle regagna au petit matin ses appartements privés du palais *Yikun*, elle se sentait aussi inquiète que rêveuse. Hieng-feng ne s'était pas conduit comme l'homme cynique et dépravé qu'on lui avait dépeint. Au contraire, il n'avait montré que de l'ardeur et de la tendresse pour elle et Yi avait compris sa totale solitude et son besoin désespéré d'avoir quelqu'un à qui se confier. Elle devinait aussi que la nouvelle faveur dont elle avait joui ne lui ferait pas que des amis. Li Fei et Niuhuru la bouderaient sans doute. Peut-être même essaieraient-elles d'attenter à sa vie ? Il lui faudrait désormais être très prudente, faire goûter par ses eunuques chaque nourriture, chaque boisson qu'elle porterait à sa bouche, bien recommander à madame Wang de ne jamais laisser personne pénétrer dans ses appartements. Une fiole de parfum, une épingle à cheveux, une simple écharpe pouvaient, dès lors que l'Empereur lui avait marqué sa faveur, êtrc empoisonnées. Yi se sentait épouvantée par ce nouveau constat de sa vulnérabilité au sein de la Cité interdite. La nuit venue, elle restait seule chez elle en compagnie de ses servantes, puisque les « petites sœurs » n'avaient pas le droit de demeurer dormir là. Que pouvaient cinq femmes isolées contre le poignard ou le lacet d'assassins introduits pour la tuer au sein de la Ville Pourpre ?

Une autre possibilité, plus probable peut-être, était que l'Empereur, trop accaparé par les affaires si préoccupantes de l'Empire, n'aurait plus de temps à lui consacrer. Il oublierait alors de la rappeler auprès de lui. Yi avait hâte de revoir Li Lien-ying et de lui confier ses doutes et ses inquiétudes, ses espoirs aussi, même si elle ne savait pas exactement comment se comporter envers lui, car elle ne voulait pas ajouter à sa peine.

Les « petites sœurs », madame Wang et les autres servantes l'attendaient avec déférence sur le pas de sa porte – elle était rentrée seule, à pied, en prenant tout son temps afin de remettre un peu d'ordre dans ses idées fort confuses.

– On a fait porter cela pour vous, concubine Yi, dit madame Wang en s'inclinant derechef jusqu'à terre, chose qu'elle parvenait à faire fort bien en dépit de sa corpulence et de son âge.

Elle lui tendait un écrin de soie jaune orné aux quatre coins du dragon impérial. C'était à n'en pas douter un présent de l'Empereur. Ainsi, il avait déjà pensé à elle, à la remercier pour cette unique nuit... Elle défit la cordelette qui fermait l'écrin et en sortit un livre magnifique, à la couverture rehaussée d'ivoire et de jade et une seconde boîte, plus petite, qui renfermait une somptueuse parure de corail et de perles, collier, bracelets et bagues, ainsi qu'un petit mot soigneusement calligraphié disant : « Ces poèmes pour te charmer, Petite Orchidée, et ces bijoux parce que le corail a la teinte de tes lèvres. » La calligraphie était tracée en rouge vif, la couleur impériale, et portait le sceau privé de l'Empereur. Qu'il l'appelât dans l'intimité Petite Orchidée la touchait, car c'était son vrai prénom et non pas cette détestable appellation dont l'avait affublée une impératrice douairière qui ne l'aimait guère. D'elle aussi, Yi avait tout à redouter si jamais sa faveur se poursuivait et venait à lui déplaire...

A cet instant, elle se rendit compte qu'elle était lasse après une nuit au cours de laquelle elle n'avait guère dormi et où s'était accumulée tant de tension.

– Je voudrais un thé au gingembre, brûlant, et un bain tout aussi brûlant, dame Wang.

Par courtoisie pour une personne beaucoup plus âgée qu'elle, Yi la nommait toujours ainsi et la vieille femme lui en était reconnaissante. D'ailleurs, Yi n'était pas une maîtresse bien exigeante car elle passait beaucoup de temps à sa table de travail, à lire, écrire, peindre ou s'exercer à la calligraphie quand elle ne se trouvait pas avec ses maîtres de l'académie de Hanlin.

A sa grande surprise, elle s'était endormie au sortir de son bain et ce fut madame Wang qui vint timidement l'éveiller en lui disant :

– Li Lien-ying est là et demande si vous pouvez le recevoir.

– Qu'il entre ! s'écria Yi, car elle avait craint qu'il ne vînt pas.

Elle avait revêtu une robe d'intérieur de soie neigeuse et laissé ses cheveux épars sur ses épaules. Elle avait juste agrafé autour de son cou et passé à ses doigts, à ses poignets, le présent de l'Empereur, que Li Lien-ying remarqua d'un seul coup d'œil appréciateur.

– Sais-tu, Petite Orchidée, qu'on ne parle aujourd'hui que de toi dans tout le Palais impérial et de l'air heureux de notre empereur ?

– Je crains surtout, mon cher Li, que cette nouvelle faveur ne me vaille en même temps bien des inimitiés dangereuses.

– J'ai demandé à tes eunuques et à tes servantes de redoubler de précautions. Si l'on ne commet pas d'erreurs, rien ne pourra t'arriver. Tu parais heureuse et reposée, Yi, et j'en déduis que tu as su apprivoiser Sa Majesté, sans doute la séduire.

– Je l'espère. L'Empereur m'a surtout paru un homme seul et perdu, qui ne sait à qui se fier, qui croire, qui écouter au sein de la tourmente agitant notre malheureux pays.

– Si seulement tu pouvais lui donner un fils, le trône du Dragon serait plus stable.

– Une seule nuit a peu de chances de me rendre grosse, Li !

– Il te rappelle ce soir.

Il la regarda d'un air si perdu qu'elle rougit. Elle lui prit la main et lui dit simplement :

– Je t'ai obéi en tout, Li, mais je ne voudrais pas que cela te rende triste.

– Ne pense pas à mes sentiments personnels, mais à tout ce que tu peux faire pour lui, donc pour l'Empire. Les nouvelles du Sud continuent d'être alarmantes, tu sais. Les Taiping ne sont toujours pas réduits et ils massacrent les villageois qui ne se rallient pas à eux.

– Les bannières ont remporté des victoires, pourtant...

– C'est vrai, mais il y aurait tant à faire, tant à réformer. Vois le recrutement des fonctionnaires, par exemple. Crois-tu vraiment que ces interminables concours auxquels les candidats sont soumis, leur habileté à la calligraphie ou leur exacte connaissance des *Classiques* soient un gage de leur future bonne administration ? L'Empire est trop vaste, les vice-rois trop puissants, trop peu contrôlés, la corruption et le mensonge sont partout, ce qui ne contribue pas à rendre très populaire la dynastie des Qing et maintenant, cette nouvelle taxe pour financer les armées...

– Que veux-tu que je dise à l'Empereur ?

– Rien de précis pour l'instant, sinon lui prouver que tu ne ressembles pas aux autres femmes, que tu t'intéresses à autre chose qu'à tes parures ou à la poésie. Parle-lui des Taiping et de tes inquiétudes à ce sujet, évoque pour lui ce que tu sais des industries occidentales, d'une nécessité urgente de moderniser notre vieux pays...

– C'est risqué, Li, beaucoup, en ce palais, m'en voudraient à mort pour moins que cela.

– C'est nécessaire, Yi. Et c'est ce qu'il désire entendre.

Ce furent avec Hieng-feng cinq mois d'une délicieuse intimité. Il ne quittait plus la Cité interdite, ne fumait presque plus d'opium, se consacrait à Yi et aux tâches de l'Etat avec une énergie neuve. Sur les conseils de sa nouvelle favorite, il avait même chargé ses ministres d'examiner avec le plus grand soin les comptes des vice-rois et gouverneurs des provinces éloignées. Il renvoya les plus corrompus – c'est-à-dire qu'ils reçurent le rouleau jaune portant un ordre de suicide et contenant la cordelette de soie tressée destinée à cette fin. Des eunuques à ses ordres, et à ceux de Li Lien-ying, sillonnaient ce trop vaste empire pour examiner l'état d'esprit des populations, récoltes, commerce, travail des fonctionnaires et bonne rentrée de l'impôt. Ils rendaient directement compte de ce qu'ils avaient vu à l'Empereur. De nouveaux fonctionnaires, plus zélés que les anciens, terrifiés par cette soudaine vague de suicides, étaient aussitôt mis en place. Surtout, Hieng-feng venait de décider la création de vrais ateliers d'armement sur les instances de Yi qui lui avait montré les photographies – encore une autre étrange invention des « Barbares » – de fabriques équivalentes en Angleterre, en France et en Allemagne, et même dans cette Russie bien plus proche de la Chine que les autres pays d'Occident.

C'était d'ailleurs le seul gouvernement avec lequel l'empire du Milieu nourrissait des relations amicales et suivies et dont le représentant avait le droit de résider à Pékin. Sous l'impulsion de l'Empereur, des fabriques d'armes et des petits chantiers navals étaient donc nés au Hunan, au Jiangsu et au Jiangxi. Une première usine de canons s'était même ouverte dans cette dernière province. Ainsi, pensait Yi, on pourrait enfin contrer l'influence des Taiping qui, s'ils étaient battus en maintes places, continuaient de se répandre comme une néfaste traînée d'huile. Ils continuaient surtout de perpétrer leurs horribles massacres sur une population terrorisée qui n'osait plus guère leur résister.

Cet effort de modernisation prôné par la nouvelle favorite et par l'eunuque qui avait fait sa fortune trouva un appui au sein de la famille impériale. Hong Rengan, le propre cousin de l'Empereur, était un homme intelligent, ouvert aux idées et technologies nouvelles. Il parlait anglais, avait fréquenté les missionnaires de Shanghai et de Hong Kong lorsqu'il avait successivement administré ces deux contrées. Hong Rengan savait qu'il n'était plus temps de chercher à fermer l'empire du Milieu à toute influence occidentale. Les grandes puissances européennes, et même l'Amérique, avaient commencé à comprendre quel fabuleux potentiel économique représentait la Chine pour leurs industries et leur commerce. Ils s'étaient implantés, les Anglais surtout, dans les ports et comptoirs que leur avaient concédés les traités signés après la désastreuse issue de la première guerre de l'Opium.

– Parle-moi de Hong Rengan, Li, demanda Yi à son ami. En ma qualité de concubine impériale, je ne pourrai jamais le rencontrer. Faut-il ou non se défier de cet homme ? Est-il raisonnable de tant marcher dans ses vues et jusqu'où pouvons-nous aller dans notre effort de modernisation ?

– Hong est ambitieux, certes, mais je ne crois pas qu'il guigne un trône dont il est trop éloigné. Il s'est émerveillé des modernisations de Shanghai et de Hong Kong, des rues plus salubres, des maisons plus saines, du commerce accru, des navires qui déchargent sans cesse de nouvelles marchandises, de ce bouillonnement de vie et d'activités enfin dont on est si loin dans les fins fonds de l'Empire où la population n'existe que par l'agriculture. Elle n'a que la houe en bois et les buffles de ses ancêtres pour l'aider dans son labeur. Alors, oui, il voudrait créer des banques et des chemins de fer, des usines et des entreprises minières. Il souhaite encourager les études techniques et scientifiques. Il aimerait éviter que les examens se cantonnent à ces éternelles questions concernant les *Classiques*. L'ouverture de la première usine d'armement du Jiangxi a encouragé l'Empereur, qui l'écoute, qui *nous* écoute.

Yi parut un peu rêveuse, puis elle fit remarquer à Li :

– Je pense que l'influence de Hong Rengan peut être salutaire sur une cour et un gouvernement si stupidement conservateurs qu'ils décrient la science occidentale sans rien en savoir. Pourtant, Hong est un homme. Il jouit d'une liberté que je n'ai pas. Sans doute ne souhaite-t-il même pas me connaître ? Pour lui, je suis une concubine parmi les autres. Les femmes ont si peu d'importance chez nous...

– C'est toi qui dors chaque nuit entre les bras de l'Empereur.

– Certes, Li, mais pour combien de temps ? Et qui nous dit que Hong ne projette pas une révolution de palais pour se hisser lui-même jusqu'au pouvoir ?

– Je te l'ai dit, il est à la fois trop proche et trop loin du trône pour pareille tentative, Yi. Cela se saurait tout de suite. N'oublie pas tous les demi-frères de l'Empereur. N'oublie pas que la concubine Li Fei va bientôt enfanter, peut-être doter l'Empire d'un héritier mâle.

– Ou peut-être serait-ce moi ? Je sais à présent que je suis enceinte de l'Empereur, Li. L'oracle me l'a confirmé ce matin.

– Il est interdit d'avoir recours aux soins des lamas tibétains et de leurs oracles au sein de la Cité impériale. Prends garde si cela venait à se savoir, Yi [1].

---

1. Tseu-hi, qui était de religion bouddhiste, eut toujours recours aux lamas et à la magie, des pratiques qu'elle avait gardées de son enfance dans le sud de la Chine et qui étaient interdites au sein de la Cité impériale.

– Tu m'as appris à devenir prudente comme le serpent. Il n'y a qu'à toi que je me confie.

– Tu ne sembles pourtant pas aussi heureuse que je l'aurais cru à la perspective d'être mère.

– Bientôt, la nouvelle sera officielle, ce qui ne saurait tarder. Tu sais que le médecin de l'Empereur consigne chaque mois les menstrues des femmes que le Fils du Ciel a approchées. Sitôt qu'on saura que je suis enceinte, l'Empereur n'aura plus le droit de me voir pendant une pleine année. Il en fut ainsi pour Li Fei et il en sera de même pour moi. Nous n'y pouvons rien. Hieng-feng est inconstant, incapable de demeurer seul. Il va reprendre son existence dissolue, recommencer à consommer de l'opium. Et puis, quand Li Fei lui aura enfin donné un héritier, c'en sera fini de mon influence sur lui.

– Elle aura peut-être une fille et tu auras peut-être un garçon, penses-y, Petite Orchidée.

– J'aime quand tu m'appelles ainsi. Tu ne me quitteras pas, n'est-ce pas, Li Lien-ying ?

– Je viendrai chaque jour prendre de tes nouvelles, t'apporter de nouveaux livres et te conter ce qu'il se passe dans l'Empire.

– Une année de quasi-réclusion dans mes appartements, comme si je n'étais pas encore assez prisonnière, comment pourrai-je le supporter ? s'écria Yi avec colère.

– Je t'ai appris la prudence, mais pas encore la patience, à ce qu'on dirait !

Cette fin juillet de l'année 1855 promettait d'être torride et Yi se demandait avec épouvante comment elle allait en effet subir ces longs mois de mise à l'écart, presque confinée dans ses appartements par la rigide étiquette de la Cour que même l'Empereur n'avait pas le pouvoir de transgresser. Et qu'en serait-il après la naissance du bébé ? Dans les milieux aisés, tant chinois que mandchous, les femmes ne peuvent s'attacher à leurs enfants qu'elles n'élèvent pas et voient à peine. C'était encore pire au sein du harem impérial... Bien sûr, elle souhaitait un fils qui lui assurerait honneurs, richesses et sécurité sa vie durant, mais mieux valait pour elle ne pas trop l'aimer. Elle le verrait si peu... Officiellement, il serait moins son fils que celui de Niuhuru, ainsi le voulaient les usages de la Cour...

Les neuf mois si redoutés n'en finissaient plus. L'été, très chaud, fut éprouvant, l'automne agréable, mais l'hiver s'annonçait rigoureux et, en dépit du confortable chauffage par le sol, Yi était parfois prise de frissons irrépressibles. Malgré ses résolutions, elle ne pouvait s'empêcher d'être attentive et heureuse des transformations que subissait son corps. Quand elle sentit bouger l'enfant en elle, Yi en fut bouleversée. Devant ses servantes et ses « petites sœurs », même devant Li Lien-ying qui continuait de venir fidèlement la voir presque chaque jour, parfois même accompagné du Grand Eunuque, An Te-haï, devant les dames de cour et les autres concubines impériales qui lui rendaient parfois visite avec l'habituel cérémonial, elle affectait l'indifférence. Elle savait bien qu'il ne lui fallait pas s'attacher à ce petit être qu'on lui enlèverait si vite, surtout si c'était un garçon. Li Fei avait eu une fille, la princesse Jung An, gracieuse poupée qu'elle pouvait du moins se laisser aller à aimer. La petite princesse grandirait au gynécée jusqu'à son mariage, date à laquelle elle serait, bien sûr, irrémédiablement enlevée à sa mère pour entrer dans une autre famille et servir un autre clan... Li Fei avait de nouveau été régulièrement appelée dans la chambre impériale et Yi s'étonnait de ne pas en souffrir. Elle savait que ses propres relations avec Hieng-feng étaient d'une autre sorte.

Concentrée sur sa prochaine maternité, elle n'aurait pas aimé avoir de relations sexuelles avec lui. Souvent, elle faisait venir en secret dans ses appartements le lama tibétain que sa *momo* lui avait appris à apprécier. Il consultait pour elle les esprits et faisait des sacrifices de poules noires pour interroger leurs entrailles, mais officiellement il ne venait que lui donner des nouvelles de sa famille, ce qui n'était pas interdit. D'ailleurs, on se gardait de contrarier en rien les désirs d'une concubine impériale lorsqu'elle était enceinte des œuvres de l'Empereur, son corps devenant un réceptacle sacré.

Celle qui lui rendait le plus fréquemment visite était l'impératrice stérile, dame Niuhuru. Yi avait presque honte d'exhiber devant elle ses formes qui s'arrondissaient et son visage heureux. Elle se demandait surtout comment se ferait entre elles le partage de l'enfant s'il s'agissait d'un garçon. Niuhuru était officiellement la mère de la petite princesse Jung An, mais elle attendait surtout le fils que les astrologues du palais avaient prédit à la concubine Yi.

Hieng-feng, même s'il n'était pas autorisé à la voir, se manifestait fréquemment à elle par l'entremise de Li Lienying ou de An Te-haï. L'Empereur aussi attendait avec impatience cet héritier que le Ciel leur avait promis. Il assurait sa Petite Orchidée qu'elle lui manquait, et dans son lit et pour leurs conversations, mais leurs relations ne pouvaient que se faire par écrit. S'il avait osé transgresser les interdits frappant une femme enceinte, il aurait à coup sûr encouru les pires châtiments du Ciel qui auraient d'abord frappé l'enfant à naître.

Hieng-feng avait également un autre sujet de préoccupation. L'état de sa mère adoptive, l'impératrice douairière, qui avait été bonne pour lui et lui avait servi de mère depuis ses neuf ans, devenait préoccupant. A une mauvaise fièvre engendrée par les miasmes montant des eaux putrides du Grand Canal s'était ajouté un refroidissement dont les médecins ne venaient pas à bout. Elle s'affaiblissait de jour en jour, toussait à fendre l'âme et ne quittait plus son palais de la Tranquillité Compatissante. Là, les différents membres de sa famille, ses fils, Hieng-feng, l'Impératrice et les concubines impériales étaient venus lui offrir leurs vœux de longue vie et toute une cohorte de chauves-souris rouges et de papillons brodés [1] pour les fêtes du Nouvel An.

Les vœux et les prières n'avaient pas suffi. L'impératrice douairière s'éteignit au début de la deuxième lune de la nouvelle année. On lui fit bien sûr de splendides funérailles et l'Empereur conduisit lui-même le cortège qui emmenait la défunte vers son dernier séjour, les tombeaux des Qin, creusés non loin de ceux des Ming, vers le nord et près de la Grande Muraille. Yi ne fut guère peinée de cette mort. L'impératrice douairière ne l'avait guère aimée, elle l'avait

1. La chauve-souris, qui se prononce « fu » comme le bonheur, devient un vœu de bonheur auguste, donc encore plus fort, si elle est rouge, et les papillons expriment l'accumulation des années ou « die ». Offrir des papillons à quelqu'un équivaut à lui souhaiter une longue vie. Les innombrables homophones de la langue chinoise permettent en effet souvent d'évoquer des concepts abstraits par des animaux, des plantes ou des objets dont la prononciation est similaire.

nommée à un rang subalterne et avait brutalement écarté la candidature de sa jeune sœur. On entrait à nouveau dans une période de deuil. L'Empereur ne pourrait plus recevoir Li Fei chez lui, ce qui signifiait qu'il reprendrait ses sorties nocturnes dans la ville basse en compagnie de ses eunuques... Yi ne savait pas ce qui était le pire pour lui mais, comme elle n'y pouvait rien, elle s'efforçait de mener une vie saine, de marcher beaucoup, d'équilibrer ses repas. Pourtant, les nouvelles que Li Lien-ying lui donnait de l'Empereur restaient préoccupantes.

– De même que le fit son père, notre défunt empereur Tao-kuang à la mort de sa propre mère, le Fils du Dragon affiche un chagrin déraisonnable.

– J'avais entendu dire que le défunt empereur était demeuré vingt-sept jours auprès du corps de sa mère en refusant de s'alimenter, jusqu'à ce que mort s'ensuive.

– Oui, le chagrin et les désastreux résultats de la guerre de l'Opium l'avaient tant miné qu'il n'avait plus envie de vivre. Sa force vitale l'avait peu à peu quitté.

– Et crois-tu qu'il en serait de même pour Hieng-feng ?

– Il ne réagit pas de la même façon que son père. Il est retombé dans l'opium et dans ses vices habituels. On murmure beaucoup que son demi-frère, le prince Cheng, qui a les coudées franches depuis la mort de l'impératrice douairière a pris une influence considérable sur l'Empereur...

– Plus que son cousin Hong Rengan ?

– Beaucoup plus, mais il ne s'agit pas de la même sorte d'influence. Hong Rengan représente le parti le plus moderne de la Cour et, de ce fait, il est rudement contré à chaque Grand Conseil par tous ceux qui restent épris de tradition et ne veulent surtout rien changer à leurs privilèges ou à leurs richesses. On ne sait pour l'instant quelle est la position politique du prince Cheng. Ce que je sais fort bien, c'est qu'il détruit sciemment la santé de l'Empereur et mine sa volonté.

– Nous revoici donc au point de départ.

– Pire encore, Petite Orchidée.

– Tu me fais peur.

– J'ai peur aussi. Surtout, prends bien soin de toi et donne-nous vite un héritier pour le trône du Dragon.

Dès le début du mois d'avril, la Cour et la plupart des habitants de la Cité interdite se préparèrent à leur rituelle migration vers le palais d'Eté. L'air devenait irrespirable et malsain à Pékin, la chaleur suffocante. Bien sûr, tous les eunuques et toutes les servantes ne partaient pas pour le palais d'Eté. Certains demeuraient sur place afin de continuer à entretenir la Cité interdite, mais enfin, un cortège de près de cinq mille personnes se mit en route avec palanquins, charrettes, procession de chevaux et mules lourdement chargées... C'était tout un déménagement.

Durant le règne des Kitan, du Xe au XIIe siècle, on avait formé d'immenses lacs-réservoirs au nord-ouest de Pékin par captage des eaux ruisselant du haut des Collines parfumées. D'autres réserves provenaient de l'inépuisable fontaine de Jade. Des canaux reliaient ces lacs à la capitale et alimentaient les douves de la Cité interdite comme une partie du Grand Canal. Après les Ming, les Qin mandchous s'étaient à leur tour pris de passion pour ces lieux accidentés, délicieux, ces collines, ces jardins, ces lacs immenses, rendant ce séjour bien plus humain que celui de l'austère

Cité interdite. On y restait le printemps, l'été et une bonne partie de l'automne, ne rentrant à Pékin que pour y passer bien au chaud un hiver souvent fort rude.

A cause de son état, il fut décidé que Yi, dont tous les habitants de la Cité interdite surveillaient avec soin ou jalousie le déroulement de la grossesse, se rendrait par voie d'eau au palais d'Eté. C'était beaucoup moins fatigant et moins éprouvant que la route semée d'ornières que suivaient voitures et palanquins. Un accouchement en cours du voyage aurait été une catastrophe. Or Yi approchait de son terme, prévu pour les derniers jours d'avril. Une barge confortable, presque un palais flottant, fut donc aménagée pour elle et sa suite. On emprunterait tout d'abord le Grand Canal, puis le canal Changhe pour parcourir la quinzaine de kilomètres séparant la ville impériale de la résidence d'été des empereurs.

Yi adorait ce séjour, où l'étiquette pesait moins lourdement sur la Cour, où elle pouvait errer à sa guise dans les jardins et admirer l'immensité du lac. Là, elle retrouvait une nature plus authentique qu'à Pékin, un air plus frais et comme un parfum de liberté. C'était pourquoi cet exode lui causait chaque année un vif plaisir en rompant la monotonie de sa vie. D'ailleurs, on aurait dit que tout le monde respirait alors plus librement, que les rires fusaient à nouveau, que l'oppressant silence des servantes et « petites sœurs » laissait place à un joyeux babil.

Il y avait eu dès le XIIe siècle, avait lu Yi dans ses livres, un palais planté dans un beau jardin que l'on nommait alors le jardin des Eaux d'Or ou *Jinshui yuan*. Puis les Mongols avaient embelli le palais et agrandi le lac dans lequel il se mirait. Enfin, les Ming avaient fait du jardin un véritable parc, celui des Collines Merveilleuses, où ils avaient édifié le *Yuan-jing si* ou temple de la Tranquillité Parfaite. L'empereur Qianlong y avait adjoint au XVIIIe siècle un merveilleux palais pour sa mère, l'impératrice Nihulu. Il avait inventé pour elle de capricieuses petites îles artificielles semblant surgies naturellement des eaux du lac et fait planter de pins la colline surplombant le côté nord. Le nord reste toujours en Chine le point cardinal néfaste, celui d'où peuvent surgir esprits du mal et mauvaises influences, comme le soulignent les règles millénaires du Feng Shui [1].

Chaque maison, chaque palais chinois ouvre toujours vers le sud et l'on ne cesse de calfeutrer le côté nord d'une habitation afin de se protéger de ces esprits. Qianlong, quant à lui, s'était aménagé, non loin de la résidence de sa mère, une merveille de l'architecture chinoise, le palais de la Perfection et de la Clarté. Ce qui surprenais surtout Yi en ce jardin merveilleux que l'on appelait « le parc des parcs » était ce rare ensemble d'édifices mêlant influences chinoises et occidentales. Il y avait de véritables villas à l'italienne que Qianlong avait fait construire entre les

1. Cet art de vivre millénaire est à présent mieux connu des Occidentaux qui commencent à en appliquer les règles les plus élémentaires, pas de recoins où les énergies ne circuleraient et resteraient bloquées en envoyant des ondes malfaisantes, ouvertures vers le sud et le soleil, couleurs en harmonie avec son signe astral, éviter fleurs séchées ou fanées, animaux empaillés, rechercher au contraire la présence de fleurs vivantes, de plantes, d'un aquarium. Les Anglais, à cause de leur longue présence à Hong Kong, furent les premiers Occidentaux à appliquer les règles du Feng Shui, tout d'abord pour la construction de leurs hôtels chinois, enfin de leur dernier aéroport.

années 1740 et 1747 sur les plans de deux pères jésuites ayant su gagner sa confiance, les pères Castiglione et Benoist.

Intriguée par ce foisonnement merveilleux de bâtiments, de pavillons, de pagodes gardant leur empreinte européenne avec, en sus, l'influence des artistes chinois qui les avaient réalisés, Yi avait eu recours encore une fois à ses livres pour tout connaître de ces pères jésuites si admirés de l'empereur Qianlong. Une première mission conduite par le père Matteo Ricci était d'abord arrivée à l'île de Macao qui avait conservé son empreinte et ses églises. Dès l'an 1595, les Jésuites s'étaient installés à Nanchang, dans le Jiangxi, puis ils avaient obtenu l'autorisation de se rendre à Pékin. Matteo Ricci y avait même résidé près de dix ans, jusqu'à sa mort en 1610. Ensuite, le père Castiglione avait séduit Qianlong en lui proposant des peintures composites, réalisées par les élèves de l'atelier qu'il dirigeait à Pékin. Ces peintures mêlaient les compositions intellectuelles classiques des peintres officiels à des représentations plus précises des fêtes impériales, des écuries de Qianlong, de ses serviteurs, de ses palais. Enfin, aidé par le père Benoist qui avait de vraies connaissances architecturales, le père Castiglione avait cédé aux instances de l'Empereur et abandonné ses rouleaux de papier de riz pour diriger de véritables chantiers.

– Durant trois siècles, disait Yi à son cher Li Lien-ying tandis qu'ils voguaient paresseusement sur les eaux claires du canal Changhe, la Cour et les empereurs ont reçu et accepté les conseils de ces missionnaires jésuites. Et tout le monde y trouva son profit : une ouverture et une influence mutuelles. Pourquoi les choses sont-elles devenues si différentes aujourd'hui ? Pourquoi l'empire du Milieu s'est-il ainsi fermé à l'Occident ? Cela me semble une dangereuse régression, Li.

– A moi aussi, Yi, mais les Occidentaux qui viennent aujourd'hui en Chine ne sont pas mus par les mêmes préoccupations que les Jésuites de naguère. Ceux-ci ne cherchaient pas tant à convertir les Chinois à leur religion qu'à faire se connaître deux mondes jusqu'alors fermés l'un à l'autre.

– Il y eut aussi l'exception de Marco Polo.

– Certes, mais si lointaine. A présent, ce n'est plus une élite artistique et intellectuelle qui vient à nous, mais par malheur de vils marchands, des profiteurs, des trafiquants d'opium. C'est la raison pour laquelle l'empire du Milieu s'est tout à coup refermé comme une huître, ce qui est néfaste, nous le savons tous deux. Cependant, il n'y a pas le moindre désintéressement dans la démarche actuelle des militaires ou des marchands occidentaux. Ils ne pensent qu'à dépecer notre empire pour leur plus grand profit.

– Il faudrait donc à nouveau clore les frontières et déchirer les anciens traités ?

– Ce serait se voiler inutilement la face. Non, il faut faire nôtres les inventions et les progrès occidentaux, gagner la guerre des Taiping, renforcer notre armée afin de pouvoir traiter d'égal à égal avec les puissances d'Occident...

Enfin, les eaux polluées prolongeant le Grand Canal firent place à une voie aquatique claire et agréable. On voguait dans une campagne ponctuée de rizières et de jolies collines boisées, loin du bruit et de l'agitation trépidante de Pékin. Partout, les paysans poussaient leurs houes dans les eaux boueuses des rizières. Certains repiquaient déjà les jeunes pousses précoces d'un nouveau printemps. Les premières hirondelles zébraient le ciel de leur éclair rapide et de grosses carpes bondissaient parfois devant l'embarcation. Jamais Yi ne s'était sentie si bien. Puisque tous le disaient et le proclamaient, elle demeurait confiante en son étoile : elle allait donner naissance au futur héritier...

Un avenir doré s'ouvrait devant elle. Or elle savait déjà qu'il ne lui suffirait pas de jouir paisiblement des honneurs et des nouvelles richesses qui lui seraient bientôt dispensés. Li Lien-ying avait ouvert en elle une envie démesurée d'exercer le pouvoir sur ce vaste Empire qui s'en allait lentement à la dérive, mais que l'on pouvait encore sauver. Lorsqu'elle lui aurait enfin donné ce fils que tous attendaient, elle reprendrait son ascendant sur l'Empereur, elle l'assisterait de ses conseils pour mener à bien une tâche immense. Il y avait tant à faire... L'ampleur de sa mission la grisait doucement.

– J'ai hâte d'avoir enfin cet enfant, de pouvoir alors appliquer tes conseils et ramener l'Empereur dans un chemin plus digne de ses fonctions, mais si j'allais avoir une fille...

– Chaque chose en son temps, Yi. Tu vas d'abord nous donner un héritier et, si ce n'est pas cette fois, ce sera la suivante. Je sais que l'Empereur, même s'il reste attaché à Li Fei, se languit déjà de toi. Avec elle, il ne peut parler de rien d'important...

Elle soupira, épouvantée à l'idée qu'il faudrait tout recommencer si jamais elle accouchait d'une fille, les longs mois de séparation durant lesquels son influence cesserait, les précautions infinies pour préserver l'enfant qu'elle portait, pour éviter mauvais sorts, empoisonnements ou tentatives abortives...

Dans la résidence du palais d'Eté, c'était par tradition dans l'île *Nanhu*, l'île du Phénix, à laquelle l'on accédait par l'élégant pont aux dix-sept arches, que les impératrices ou les concubines impériales enfantaient. Là, dans ce lieu hors du monde, hors du temps, paraissant flotter sur les eaux bleues du lac de l'Eternel Printemps, le *Kunming hu*, les conditions semblaient les plus propices à la naissance d'un enfant impérial. On restait à l'écart des mille rumeurs bruissant des différents palais étalés au pied de la colline de la Longévité Millénaire, loin des intrigues et des dangers de la Cour. Il était facile de filtrer les arrivants et d'interdire aux importuns l'accès à l'île jusqu'à la naissance tant attendue. Outre le personnel ordinaire attaché à son service, seuls les moines ou lamas autorisés, le médecin, la sage-femme et ses aides pouvaient approcher Yi. Plus que jamais, madame Wang, qui prenait son rôle très au sérieux et avait elle-même choisi la future nourrice – une jeune paysanne gaie et robuste –, ne laissait personne d'autre voir sa maîtresse.

Comme perdue sur les eaux du lac, reliée à la terre par un seul pont, Yi se berçait de son attente. Elle ne ressentait aucune crainte. Li Lien-ying, ainsi que son lama qui avait fait partie du voyage et venait la voir chaque jour, ne l'avaient-ils pas assurée que les auspices étaient favorables, qu'elle était sous la protection du Dragon et que rien ne pouvait lui arriver ?

La nuit du 26 au 27 avril fut pénible, oppressante. Ruisselante de sueur sur sa couche, Yi ne parvenait qu'à s'endormir brièvement d'un mauvais sommeil. Les contractions avaient commencé. Elle s'efforçait d'apprivoiser la douleur en calquant sa respiration sur ces poussées soudaines jaillies de son ventre pour la déchirer. Elle qui n'avait jamais voulu fumer d'opium mais lui préférait les tabacs parfumés de son narguilé s'était rendue aux raisons de madame Wang. Quand les douleurs devenaient trop fortes, elle tendait la main hors de son lit et la vieille femme faisait grésiller sur le feu une petite boulette odorante qu'elle plaçait sur le fourneau de la pipe de jade et d'or que l'Empereur lui avait fait porter. De tout temps, l'opium restait le souverain remède contre la douleur, mais Yi ne voulait pas en abuser afin de demeurer lucide et consciente lors de la naissance de son enfant.

A sa demande, Li Lien-ying lui avait procuré un ouvrage de médecine anglaise traduit en chinois, langue qu'elle avait toujours préférée au mandchou. Avec ahurissement, elle avait lu les préceptes occidentaux, si différents de ceux de Confucius. En alliant les deux méthodes, on devait pouvoir mettre au monde un enfant dans des conditions satisfaisantes. Puisque les médecins occidentaux préconisaient avant tout le recours à l'hygiène, le lavement des mains des sages-femmes à l'eau bouillie, de même que celui de tous les instruments qui seraient utilisés, elle avait exigé les mêmes précautions de la part des deux aides qui devaient l'assister. Même la brave madame Wang, pourtant si admirative de la science de sa maîtresse, avait marqué son étonnement.

– Toute cette eau bouillie va détruire le précieux équilibre entre le Yin et le Yang, faisait-elle remarquer. Ce n'est pas d'une grenouille que vous comptez accoucher, je présume.

Yi s'était mise à rire, tirant pensivement sur sa pipe d'opium. Seule la vieille femme pouvait se laisser aller avec elle à une telle familiarité. Yi savait que sa mère, sa sœur et sa nourrice, que l'on avait prévenues et envoyé chercher, se trouvaient déjà au palais d'Eté, mais elle préférait ne les voir qu'au lendemain de ses couches. Alors, elle saurait enfin si elle avait eu ou non un garçon et ce qu'elle pouvait espérer de l'avenir. Pour l'instant, elle n'avait besoin que de paix et de sérénité pour empêcher cette douleur en elle de devenir trop présente et de l'affoler. Ce n'était qu'une question de maîtrise et de discipline. Yi n'avait pas l'intention de laisser échapper une seule plainte.

L'aube rosissait déjà ces immensités liquides qu'elle pouvait voir de son lit lorsque le bébé s'annonça.

Il se fit un grand silence dans la pièce. Chaque femme s'affairait exactement à la tâche qui lui avait été confiée. On n'entendait que le souffle un peu précipité de Yi.

– Un garçon, c'est un garçon des dix mille ans ! s'écria joyeusement madame Wang en lui pressant la main.

Exténuée, Yi se laissa aller contre ses oreillers. Ainsi, elle avait accompli sa tâche et donné à l'Empereur son fils premier-né !

– Fais prévenir Li Lien-ying et le Grand Eunuque An Te-haï, commanda-t-elle.

– Ils sont déjà à la porte. Je vais immédiatement les trouver pour qu'ils aillent avertir l'Empereur, dit madame Wang. Quand l'enfant sera propre et baigné, je vous le donnerai, mais il faut auparavant que je vous apprête pour l'Empereur, que je change votre lit, votre robe, que je vous farde et peigne vos cheveux.

– Bien sûr, dit Yi en souriant. Je veux d'abord voir mon fils. Donne-le-moi.

On lui remit un gros poupon qui braillait déjà fort et chercha son sein lorsqu'elle le serra contre elle. Yi voulut tout examiner de l'enfant, vérifier le nombre de doigts à chaque pied, à chaque main et, surtout, regarder elle-même son sexe. C'était sûr, rien ne manquait et le bébé semblait en pleine forme. En attendant la visite de l'Empereur, elle n'avait qu'une envie, dormir un peu.

Il se passa encore trois mois avant que l'étiquette ne l'autorisât à partager de nouveau la couche impériale. Son fils avait été prénommé Tsai Chun et reconnu comme le prince héritier. Yi était devenue concubine de premier rang sous le nom de Féminine Vertu ou I Kuei-fei – elle avait du mal à s'accoutumer à tous ces changements d'identité... Surtout, son intimité avec Hieng-feng n'était plus la même. Elle le partageait désormais avec Li Fei. Elle devait aussi compter avec l'influence du prince Cheng qui pouvait fort bien défaire en une seule soirée passée à gaver l'Empereur d'opium ce qu'elle tentait de construire patiemment. Hieng-feng n'était plus le même homme, mais un être détruit par la drogue. Il ne reprenait pied que de plus en plus rarement dans la réalité. L'Empereur et l'Empire avec lui se délitaient dans la fumée jaune de l'opium. Parfois, Hieng-feng avait des éclairs de lucidité, une envie d'action et Yi se reprenait à espérer... Puis Cheng ou un général depuis peu très bien en cour, le seigneur Su Shun, retrouvaient leur emprise sur lui et Hieng-feng retombait dans son apathie ordinaire.

L'été et l'automne avaient passé. Le prince héritier poussait dru et faisait la fierté de ses « deux mères », l'impératrice Niuhuru comme Yi. On avait quitté le séjour enchanteur du palais d'Eté pour revenir dans l'austère Cité interdite où les hautes murailles violettes et les douves profondes qui l'isolaient du monde parachevaient l'impression que tous ressentaient d'en être plus ou moins prisonniers. Les fêtes du Nouvel An avaient été célébrées avec moins d'éclat que d'habitude à cause du deuil de l'Empereur qui pleurait encore la mort de l'impératrice douairière, mais on sentait que l'interminable hiver de Pékin allait enfin cesser.

A présent qu'elle était devenue concubine de premier rang, Yi ne pouvait plus habiter les modestes appartements qui lui avaient pourtant paru si magnifiques lorsqu'elle s'y était installée. A sa demande, l'Empereur lui avait attribué le *Chuxiu-gong*, le palais des Elégances Accumulées, qui se trouvait juste au nord des six palais de l'Ouest. Placé un peu à l'écart du reste des édifices de l'Ouest, il jouissait d'une position privilégiée, ainsi que d'un grand calme. Yi avait bien sûr obtenu des crédits illimités pour l'arranger. La convocation des meilleurs artisans de Pékin, de peintres, de calligraphes, d'ébénistes, des plus habiles tisserands de soie, la recherche des tapis les plus éclatants avaient occupé les premiers mois d'hiver. Yi avait voulu faire de son palais un havre de paix et de beauté où l'Empereur aimerait à se reposer des exigences de la rigide étiquette de la Cour en venant voir au *Chuxiu-gong* la mère de son fils, le prince héritier. Même si elle le partageait avec l'impératrice, Yi s'efforçait de le rencontrer chaque jour. C'était à présent un appétissant bambin de presque un an, qui se traînait à quatre pattes et adressait à ses parents et à son entourage des sourires fondants auxquels nul ne résistait bien.

Li Lien-ying, en particulier, était fou de l'enfant – les siens étaient déjà grands et il les voyait fort peu car sa mutilation, même si elle avait apporté l'aisance à sa famille, était également pour elle une source de honte. C'était toujours chez sa Petite Orchidée qu'il venait voir le jeune prince, car il était mieux reçu chez elle que chez la trop futile dame Niuhuru dont le babillage et les préoccupations très ordinaires le fatiguaient vite. Avec Yi, il y avait toujours cent sujets passionnants à aborder, qui touchaient surtout au sort de l'Empire...

– Mais enfin, demandait Yi à Li Lien-ying, que cherche le prince Cheng en incitant ainsi l'Empereur à se détruire à petit feu ? Les provinces ne sont plus contrôlées, les vice-rois, les gouverneurs et les mandarins font ce que bon leur semble, tout cela va mal finir, Li...

– Oui, c'est probablement ce que souhaitent le prince Cheng et le seigneur Su Shun. Ils apparaîtraient alors comme des sauveurs providentiels.

– Que veulent-ils ?

– Le pouvoir, tout simplement.

– S'ils parvenaient à écarter l'Empereur, ce serait mon fils qui régnerait et non pas eux, ils le savent.

– Certes, quoique bien des choses puissent se passer durant la minorité d'un empereur. Cheng peut devenir régent et le seigneur Su Shun son homme de main. Ils peuvent aussi en vouloir à la vie de ton fils. C'est pourquoi il nous faut être vigilants.

– Je le sais bien, mais Niuhuru veut à présent le prendre auprès d'elle. Je ne suis que sa mère naturelle. En tant qu'impératrice, elle est davantage que moi considérée comme sa véritable mère. Or Niuhuru est naïve et confiante, elle ne voit ni l'intrigue ni le mal, elle ne saura jamais protéger Tsai Chun.

– Nous le ferons pour elle... Il y a plus grave pour l'instant. Tu as entendu parler du massacre du père Chapdeleine, survenu le 29 février dernier, dans la province du Guangxi ?

– Bien sûr, ce fut une erreur conséquente et une stupidité sans pareille. L'Empereur me demanda ce que j'en pensais et je lui conseillai, pour apaiser l'empereur des Français, de porter au mandarin Tchang, auteur de cette absurdité, son ordre de suicide. Ce qui fut fait.

Si Yi ne paraissait guère émue par la torture et la mort du père Auguste Chapdeleine, car elle rendait à juste titre les Occidentaux responsables de la plupart des maux chinois, elle s'insurgeait contre l'erreur politique commise. Au lendemain de la guerre de l'Opium, la Chine s'ouvrait par force au commerce occidental et, surtout, à l'introduction massive et forcée par les trafiquants anglais de la drogue venue des Indes jusqu'à l'Empire. En même temps, le traité de Whampoa signé en 1844 faisait de la France la protectrice officielle des catholiques chinois et des missionnaires occidentaux. Dans l'esprit de bien des gouverneurs mandchous, la différence n'était pas clairement établie entre missionnaires et trafiquants ruinant leurs provinces.

L'un d'eux, le mandarin Tchang, en poste non loin de Canton, avait fait du zèle. Il avait fait arrêter le 24 février de la même année le père Chapdeleine sous prétexte qu'il colportait des croyances proches de celles des Taiping et appartenait peut-être à une société secrète – c'était en réalité les Taiping qui avaient déformé certains enseignements chrétiens, ce que Tchang affectait d'ignorer. Le missionnaire fut d'abord violemment frappé au visage jusqu'à ne plus pouvoir parler, puis sur tout le dos, à tel point qu'il était incapable de marcher. Ensuite, on le soumit au supplice du lent étouffement par une chaîne, mais le père vivait toujours. Aussi le plaça-t-on dans la cage réservée aux criminels. Comme il ne mourait pas assez vite, Tchang, qui s'impatientait, finit par le faire décapiter. L'émotion fut évidemment fort vive parmi les Chinois catholiques et les missions. L'empereur de France ne s'était manifestement pas contenté de la mort du mandarin, puisqu'il demandait officiellement des comptes au gouvernement de Hieng-feng.

La mort du père Chapdeleine n'avait, semblait-il, pas été suffisante pour calmer la haine que nourrissait envers les Occidentaux Ye Mingchen, vice-roi et gouverneur général de la province du Guangdong, où se trouvait Canton. Il fallait avouer que Ye Mingchen se trouvait dans une position fort inconfortable, pris entre les intérêts de l'Empire et les incessantes réclamations des Occidentaux qui voulaient encore plus de liberté à Canton, ce qu'il n'était pas autorisé à leur accorder...

Ce fut un incident en apparence minime qui mit le feu aux poudres ou plutôt qui servit de prétexte aux Anglais pour ouvrir franchement les hostilités. Le 8 octobre 1856, Ye avait fait saisir, sur la rivière l'*Arrow*, une jonque chinoise battant pavillon anglais et profité de cette fausse identité pour pirater les autres bateaux et les ports voisins de Canton. On fit prisonnier l'équipage chinois, on le transféra dans des prisons officielles. Le tort de Ye fut, après avoir amené le pavillon britannique, de le déchirer. Le consul de Grande-Bretagne à Canton, Harry Parkes, monta l'affaire en épingle et exigea des excuses officielles. Selon lui, le drapeau britannique avait été gravement insulté par le gouvernement chinois.

– A ce qu'on m'a dit, Li Lien-ying, cette affaire fut montée de toutes pièces avec l'accord du gouverneur de Hong Kong, John Bowring, et le contre-amiral Michael Seymour...

– Certes, Yi, mais quand on cherche un prétexte à la guerre, on finit par le trouver. Toujours est-il que le 23 octobre, sur l'ordre de John Bowring, le contre-amiral Seymour bombarda la ville et entra dans Canton. Continuant sur leur lancée, les Anglais détruisirent les jonques chinoises et nos forts. L'occupation de Canton émut tant les habitants de Hong Kong qu'ils incendièrent les fabriques étrangères et les résidences occidentales. Les soldats anglais répliquèrent en faisant de même avec les boutiques et échoppes chinoises. La violence monte, Yi. Et nous serions au début d'une seconde guerre de l'Opium que cela ne m'étonnerait guère... La Chine est un morceau de roi que l'Angleterre ne veut pas se priver de déguster à son aise. La mauvaise foi et n'importe quel prétexte suffiront à déclencher une vraie guerre. Cette fois, c'est Pékin qu'ils veulent...

– L'Empereur, en ses rares moments de lucidité, en est bien conscient, Li, mais que peut-il faire ? L'armée a usé toutes ses forces à contenir la révolution des Taiping, puis celle des Nian. S'il se forme une véritable coalition occidentale, les bannières ne pourront contrer les canons européens. La question primordiale est de savoir comment va réagir l'empereur des Français. C'est pourquoi l'inutile massacre du père Chapdeleine risque de peser si lourd dans la balance. Quelle stupidité...

– Tchang l'a tout de même payé de sa vie !

– Que représente une vie en comparaison de la survie

de l'empire du Milieu ? Eût-il eu dix mille existences qu'il n'aurait été que juste de les lui enlever une à une. Ce qui m'inquiète, vois-tu, c'est la précédente alliance des Anglais et des Français lors de la guerre de Crimée. Ces deux nations se sont battues côte à côte, elles ont signé des traités d'alliance et la France risque fort de se laisser entraîner malgré elle dans un conflit plus vaste...

Parfois, la tranquille férocité de sa Petite Orchidée épouvantait Li, mais il devait s'incliner devant la justesse de ses analyses politiques. Ce qui manquait à la plupart des vice-rois, gouverneurs ou hauts mandarins mandchous comme chinois, et surtout aux demi-frères de l'Empereur, c'était une analyse globale de la situation. Quand les relations internationale devenaient si tendues, la moindre erreur se payait très cher. Il fallait reconnaître que la plupart des représentants de l'Empire étaient pour le moins dépourvus de diplomatie. Quand on n'est plus le meilleur sur le terrain des armes, mieux vaut faire semblant de composer, or l'arrogance des hauts dignitaires de l'Empire le leur interdisait...

En avril 1857, les libéraux triomphaient au Parlement britannique et avec eux le parti de la guerre. La reine Victoria dut même aller jusqu'à dissoudre le Parlement à cause des dissensions survenues à propos des affaires chinoises. En remplacement de Bowring fut désigné comme ambassadeur extraordinaire en Chine James, huitième comte d'Elgin, tandis qu'était nommé aux mêmes fonctions en France le baron Gros. Ce fut la terrible révolte indienne, la nécessité de délivrer la ville de Lucknow et de prendre Delhi qui offrit quelque répit à l'empereur Hieng-feng. L'Angleterre avait besoin en Inde de toutes les forces militaires tout d'abord destinées à la guerre contre la Chine. La révolte indienne durement matée, lord Elgin était de retour à Hong Kong le 10 août et le baron Gros attendu pour la mi-octobre. Canton toujours bloquée, Anglais et Français se décidèrent à frapper un grand coup en sommant le vice-roi Ye de se rendre et de leur offrir sa ville.

L'affaire de Canton fut rondement menée. L'attaque commença à l'aube du 28 décembre 1857. Une division de cinq mille cinq cents hommes, dont neuf cents Français, bivouaquait sous les remparts de la ville tandis que les murailles étaient bombardées sans interruption deux jours durant. Le 29 au matin, la division entra dans Canton par une brèche dans les murs. La mitraille continuait, mais, à deux heures de l'après-midi, tout était fini. Il n'y avait eu que quinze morts du côté occidental.

Le 1er janvier, les troupes alliées pénétraient dans la ville, s'emparaient du vice-roi Ye et de son trésor – cinq mille piastres. Tandis que Ye était expédié à Calcutta, l'ancien gouverneur Pih-Kouei fut installé par les Anglais comme vice-roi à la place de Ye. Un ultimatum fut aussitôt envoyé à l'Empereur en lui laissant jusqu'au 1er avril pour y répondre. Les conditions étaient draconiennes. Les gouvernements anglais et français auxquels se joignaient les Américains et les Russes exigeaient d'avoir des représentants résidant à Pékin. Ils voulaient que tous les ports chinois fussent ouverts au commerce européen, donc au trafic de l'opium qui ruinait si rapidement la Chine. Ils réclamaient le droit pour les Européens de voyager et d'acheter librement en Chine. Ils voulaient la révision des tarifs de douane et la liberté totale du culte.

S'il avait accepté ces clauses iniques après une occupation de Canton faite sans vrais motifs, l'Empereur n'aurait évidemment plus été le maître chez lui et son pays irrémédiablement ruiné.

– Tu ne peux, ô dix mille ans, te soumette à ces conditions épouvantables, ne cessait de lui répéter Yi.

– Ils veulent la guerre et peut-être même la fin du règne des Qing, soupirait l'Empereur. Or les caisses sont vides. Je ne puis exiger plus d'impôts de mon peuple affamé par tous ces combats. Mes troupes de cavaliers armés d'arcs sont impuissantes à contenir ces Barbares et se font décimer par les canons occidentaux. Je ne sais que faire...

Elle avait envie de lui hurler qu'il fallait du moins cesser de se détruire avec cette frénésie désespérée, mais le Fils du Ciel n'était pas disposé à entendre n'importe quoi de la part d'une simple femme, fût-elle concubine de premier rang et mère du prince héritier. Elle s'efforça de lui adresser son plus rassurant sourire en lui disant d'une voix ferme :

– Il faut gagner du temps, ô mon empereur. Envoie à ces Barbares ton plus habile négociateur.

– A qui penses-tu ?

– Au Grand Secrétaire, Guiliang. Il est sage, avisé, seulement désireux de bien te servir. Il n'a pas, comme beaucoup à la Cour, de ces idées préconçues et peu réalistes qui voudraient que l'on chassât tous les Barbares de l'Empire, alors que nous n'en avons pas les moyens militaires. Il faut prendre son temps et composer. Que sont des traités, après tout, sinon de simples chiffons de papier ?

– Mais tout accepter sans combattre... Et oser m'imposer des traités, à moi, l'empereur de Chine...

– Le plus important n'est-il pas, pour ton peuple, ta famille, ton fils, pour nous tous et pour l'avenir de l'Empire, que tu demeures à tout prix sur le trône du Dragon ?

Il baissa la tête sans répondre et Yi ne fut pas tout à fait sûre de l'avoir convaincu.

L'Empereur ressentait profondément l'humiliation qu'on lui faisait en exigeant tant de lui, dans son propre empire, et il ne parvenait pas à accepter de traiter avec les Barbares. On était bien loin des missions pacifiques et culturelles des Jésuites de naguère, sinologues avisés, admiratifs des arts et de la culture chinoises. Ceux de maintenant n'étaient vraiment que des « diables étrangers » désireux de tirer tout le profit possible de son malheureux empire sans rien savoir de sa sagesse millénaire ou de ses beautés. Pour le Fils du Ciel, l'affront était rude et difficile à tolérer. Aussi laissa-t-il passer du temps sans se résoudre à rien.

Dès le 25 avril, les forces anglaises et françaises s'étaient massées à l'embouchure du Pei-ho, où les cinq forts de Dagu récemment renforcés défendaient l'accès vers Tientsin et ensuite la route de Pékin. L'endroit semblait sinistre et désolé, sorte de lagune marécageuse où rien ne poussait, où s'ensevelissait le misérable village de Dagu composé de quelques cases sur pilotis où vivaient de pauvres pêcheurs. Le seul signe de richesse : les forts, reliés entre eux par des chaussées de pierre et armés de pièces d'artillerie. Il y en avait deux sur la rive gauche et trois sur la rive droite.

Pour les Alliés, un mois se passa dans cet endroit insalubre et nauséabond à attendre le résultat de vaines tractations avec le gouvernement chinois qui n'aboutissaient à rien. A l'évidence, on obéissait aux consignes de l'empereur Hieng-feng, qui avait ordonné de faire traîner les choses. Le 20 mai, après une sommation restée sans réponse, la petite flotte occidentale composée de deux frégates, quatre corvettes, un aviso et quatre canonnières fit feu sur les forts, ceux de la rive droite comme de la rive gauche. Du côté chinois, on ne répondit même pas. Si les bastions étaient bien pourvus de canons nés des premières fabriques, nul ne savait s'en servir. La garnison, affolée par ces engins diaboliques, s'était piteusement enfuie. Les forts et plus de cent cinquante pièces d'artillerie furent donc pris sans combat. Dès lors, la route de Tientsin était ouverte. Les canonnières anglaises et françaises purent remonter le fleuve jusqu'à la ville sans rencontrer de résistance. Le 29 mai, cinq mille soldats alliés s'installaient dans cette cité.

Pour Hieng-feng, il était grand temps de suivre enfin les conseils de Yi et d'envoyer l'habile Guiliang entamer les pourparlers. La défaite avait été rapide et totale. L'Empereur ne décolérait pas.

– Mon armée ne sait donc user que de ses arcs et de ses flèches, hurlait-il dans le palais des Audiences où les chefs militaires, fort piteux, écoutaient ses remontrances sans mot dire. Nous avons des canons, mais personne n'en connaît la manipulation. Pourquoi n'a-t-on pas pensé à faire nommer des instructeurs ?

La question était judicieuse, quoiqu'il eût fallu les embaucher parmi les mercenaires « barbares », chose difficilement acceptable pour l'honneur chinois...

Il ne restait donc plus qu'à faire confiance à l'habileté

de Guiliang et à sa connaissance des habitudes occidentales pour limiter les dégâts. Or il s'avéra que les exigences de lord Elgin, furieux des éternelles prudences chinoises, étaient exorbitantes, bien moins mesurées que celles du baron Gros. Les forces chinoises, rendues exsangues par la révolte des Taiping, n'étaient plus en mesure de résister. On ne pouvait donc que céder, encore et toujours. Ce qui excédait surtout l'Empereur était cette exigence du droit de résidence à Pékin de l'ambassadeur anglais, un vrai cas de lèse-majesté. On signa pourtant, le 26 juin 1858, les cinquante-six articles du désastreux traité de Tientsin. Face à l'intransigeant Elgin, le Grand Secrétaire Guiliang n'avait pas obtenu grand-chose... Dix nouveaux ports s'ouvraient par force au commerce occidental, donc à l'opium. Les indemnités d'une guerre inique furent fixées à quatre millions de *taëls*, ce qui achevait de vider le trésor impérial déjà bien éprouvé...

Quant à l'Empereur, excédé, humilié, révolté par l'ingérence des Barbares chez lui, il n'avait pas le moins du monde l'intention d'honorer les clauses d'une paix qui lui avait été si brutalement imposée...

L'humiliant traité de Tientsin devait être ratifié par l'Empereur un an plus tard, puis mis à exécution. Ce qu'exigeaient les alliés, c'était d'en concrétiser les termes à Pékin même...

Comme il aimait si souvent à le faire lorsqu'une question l'embarrassait, Hieng-feng vint trouver Yi dans son nouveau palais. C'était pour lui un lieu de paix et de tranquillité où il pouvait quêter ses avis en fumant un narguilé, à demi étendu sur un amas de coussins, tandis qu'elle jouait du violon à deux cordes, ou *er hu*, en lui disant à mi-voix l'un de ces poèmes qu'il prisait tant. Près de Yi, tout lui semblait plus facile, plus évident, et il sortait toujours de chez elle armé de forces neuves, moins écrasé par l'ampleur de sa tâche que lorsqu'il assistait à une séance du Grand Conseil où ministres et mandarins l'accablaient d'avis contraires. A la Cour, deux partis opposés continuaient de s'affronter avec véhémence. Il y avait ceux qui voulaient la guerre contre les Occidentaux et ceux qui étaient partisans de la paix à n'importe quel prix. Personne n'offrait d'alternative raisonnable, tandis que le Grand Secrétaire Guiliang s'efforçait encore de retenir les diplomates anglais et français à Shanghai, ce qui ne pourrait durer éternellement.

– Pour mieux marquer leur volonté de nous humilier, Yi, ces Barbares n'en démordent pas. C'est à Pékin qu'ils exigent de ratifier le traité. Ils veulent une fois encore remonter le cours du Bai-ho jusqu'à Tientsin, puis Pékin.

– Cela ne se peut, ô mon empereur. C'est ta ville sacrée, le siège de ton gouvernement et ta résidence. Ce serait une profanation.

– Les Barbares se soucient peu de ce genre de détail. Ils se croient les plus forts, même s'ils hésitent à reprendre les hostilités. Une fort mauvaise surprise risque de les attendre devant les forts de Dagu...

– J'ai entendu dire que tu les avais fait renforcer, que les remparts en avaient été rehaussés, des canons mieux adaptés amenés là...

Hieng-feng la regarda avec surprise. Cette femme se tenait au courant de tout, elle savait toujours tout et, pourtant, ces travaux avaient été exécutés dans le plus grand secret...

– Je ne veux pas la guerre, Yi, mais je ne puis satisfaire à toutes les exigences des Barbares. Si je traitais avec eux à Pékin, ce serait m'abaisser...

– Ils ne seraient même pas conscients du sacrilège commis, ce qui enlèverait beaucoup de son importance à cette profanation...

– Mes ministres, mes vice-rois et gouverneurs, tous les mandarins du royaume et mes frères, surtout, comprendraient sans mal combien le Fils du Ciel aurait été bafoué. Dès lors, cette légitimité que je tiens du Ciel pourrait m'être partout contestée...

– C'est effectivement le danger, ô mon empereur. Ne crois pas que je n'en sois consciente. De plus, bien des mandarins sont chinois alors que la dynastie des Qing est mandchoue...

On en revenait toujours à ce délicat problème. L'Empereur ne représentait qu'une minorité vivant sur ce vaste territoire, une minorité qui avait conquis le pouvoir par les armes et asservi les Chinois... Si le peuple n'était pas concerné par cette question, du moment qu'il avait du riz en quantité suffisante, les mandarins continuaient de subir avec impatience le joug mandchou.

– Il vaudrait mieux, Hieng-feng, que l'initiative des hostilités ne vînt pas de toi. Propose aux Barbares de débarquer plutôt dans une ville comme Beitang, par exemple, puis de gagner Tientsin et Pékin par voie de terre.

– Cela ne changerait rien, Yi.

– Gageons qu'ils n'accepteront pas cette solution. Elle ne leur permettrait pas l'entrée triomphale de leurs armées à Pékin, ce dont ils rêvent et qui serait possible s'ils arrivaient en bateau, mais que tu ne peux accepter. Dès lors, ce serait eux qui auraient outrepassé leurs droits et engagé les hostilités, si jamais ils s'y risquaient.

– Je crains que ce ne soit tout de même la guerre.

– Cela te laisse du moins du temps pour mieux préparer tes armées, ainsi que la défense de Pékin.

Ainsi fut-il fait. Comme l'avait prévu Yi, les Alliés entendaient humilier cet arrogant empereur qui ne daignait même pas les recevoir en faisant une arrivée ostentatoire dans sa capitale, avec parade militaire, drapeaux déployés, musique battant son plein. Or Hieng-feng leur défendait l'accès du Bai-ho.

Le 20 juin, les forces navales anglaises et françaises se présentèrent donc devant les forts de Dagu en exigeant de remonter le fleuve, ce qui leur fut interdit. Une fois démontées les chaînes d'acier coupant le cours de la rivière et empêchant toute circulation, la flotte alliée avança. Aussitôt, un tir meurtrier, bien ajusté, fut tiré des cinq forts. A bord du *Plover*, l'amiral anglais Hope fut grièvement blessé, le commandant français Tricault tué. On décida alors de poursuivre l'attaque des forts par voie de terre. Un corps de débarquement fut organisé, mais il dut renoncer à continuer de patauger dans la boue sous un tir aussi précis. La flotte se retira sur Shanghai. Pour la première fois, les forces chinoises avaient victorieusement tenu tête aux troupes occidentales. Enfin, les soldats impériaux avaient su maîtriser le tir de leurs canons... C'était le 25 juin 1859.

A Pékin et au Palais impérial, on fêta dans la liesse générale cette première victoire. L'Empereur reprenait confiance en ses armées. Les militaires étaient devenus les héros du jour. Partout dans la capitale, on fit placarder l'édit suivant, en date du 5 juillet. Et partout, la foule s'agglutinait pour en prendre connaissance, car on trouvait toujours un lettré pour lire tout haut le placard. Il disait, en ces termes volontiers naïfs qui restaient ceux des communiqués impériaux :

Les Barbares anglais s'étant révoltés, et les Barbares français s'étant joints à eux pour mal faire, le crime de ces deux nations mérite plus que la mort. Les conseillers nous poussent à faire montre de sévérité, à tirer sur les rênes si fort que leur perversité sauvage soit réfrénée efficacement. Depuis 1841, ces Barbares nous cherchent querelle et nous accablent d'avanies. Cependant l'Empereur défunt Tao-kuang, plein de charité pour tous les hommes venus de loin, n'a pas su se décider à les châtier comme il en avait le droit. Il leur permit de faire commerce dans cinq ports et leur donna de l'argent pour les satisfaire. Les bienfaits dont il combla ces étrangers furent considérables. Si ceux-ci avaient eu quelque conscience, ils auraient su bon gré à l'Empereur de ces bontés, auraient tâché de gagner leur vie en paix, auraient accommodé les différends à l'amiable avec les autorités locales. Loin de là, ils se seront montrés insubordonnés et méchants à l'extrême. Ces gens-là sont pour notre pays un venin qui le tue. Ils empiètent sur nos frontières et commettent toutes sortes d'horreurs. Si nous montrions notre puissance, en un moment nous aurions pulvérisé ces fantoches. Mais nous nous souvenons que c'est par la bonté et la libéralité que nos ancêtres ont civilisé et enrichi les tribus sauvages. Si donc ces Barbares changent de conduite et rentrent dans l'ordre, nous les traiterons avec bénignité. Mais s'ils s'obstinent dans leur perversité et continuent à montrer des exigences insensées, nous les anéantirons si bien qu'il ne restera pas un rejeton de leur race.

L'Empereur et la majorité du Grand Conseil avaient cru un peu vite que la victoire de Dagu avait éclairé Anglais et Français sur la nouvelle capacité de résistance de la Chine. On avait fait preuve de fermeté, les Barbares avaient pris peur et la paix régnait à nouveau. La Cour avait retrouvé son rythme de vie millénaire, ses divertissements, ses offrandes aux ancêtres, ses habituelles querelles. Le prince héritier allait avoir trois ans. C'était un bel enfant espiègle qui grandissait entre ses « deux mères » et ses « petites sœurs », toutes soumises à ses volontés. Son père en était fou. A présent que l'avenir du trône était assuré, la paix revenue, Hieng-feng se laissait à nouveau aller à espérer des jours meilleurs. Yi, quant à elle, n'était pas si confiante en une paix qu'elle jugeait bien précaire, comme elle le laissait volontiers entendre à son confident privilégié, Li Lien-ying.

– Je ne vois pas les Anglais renoncer si facilement à leur sale commerce de l'opium, lui disait-elle tandis qu'il apprenait au petit Tsai Chun à souffler dans une flûte de roseau qu'il lui avait taillée. J'ai pu entrer en contact avec l'un des fonctionnaires de Ho, le nouveau vice-roi des deux Guang. Ce fonctionnaire, qui était de passage à Pékin, connaît bien ma famille. Il a logé dans le palais de ma propre sœur...

Sitôt nommée concubine de premier rang et mère naturelle du prince héritier, Yi avait songé à sa famille. L'élever jusqu'au faîte des honneurs était pour elle un bon moyen de s'assurer plus tard des soutiens puissants si le besoin s'en faisait sentir. Elle avait tout d'abord marié Tsiann, la petite sœur qu'elle aimait tant et qui avait été si cruellement refusée comme concubine impériale par l'impératrice douairière. Elle lui avait fait épouser le prince Tchun, le quatrième demi-frère de l'Empereur. Elle aussi était donc entrée, mais par une autre voie que sa *nala*, sa sœur aînée, dans le sein de la famille impériale. Quant à son jeune frère Kouei Siang, celui qui prisait si peu les études, elle en avait fait un comte héréditaire de l'Empire et le nouveau commandant de la Bannière Bleue, celle où avait servi son père, à présent décédé. Sa mère avait également été dotée d'un somptueux palais, de nombreuses servantes et eunuques. Elle pouvait venir voir son petit-fils une fois par mois, mais pas davantage, Yi ne tenant pas à ce qu'elle prît trop d'influence sur l'enfant.

Yi semblait perdue dans le cours de ses pensées. Elle contemplait son fils en se demandant avec angoisse quel serait son destin et s'il monterait un jour sur le trône de son père. Li Fei était, en effet, de nouveau enceinte et la loi de primogéniture n'avait pas cours dans l'Empire. C'était l'Empereur et lui seul qui désignait son héritier. Ce pouvait être aussi bien un autre de ses fils ou même l'un de ses neveux qu'il déciderait alors d'adopter... Rien n'était jamais ni sûr ni acquis au sein de la Cité interdite, ce qui était épuisant et forçait Yi à demeurer toujours sur le qui-vive.

– Que t'a donc dit ce fonctionnaire du vice-roi Ho ?

– Il m'a seulement parlé de Shanghai, cette ville qu'il prétend magnifique et qui est maintenant, hélas, pratiquement aux mains des Anglais. Sais-tu qu'ils ont ancré sur les quais, à un endroit que l'on nomme le Bund, des dizaines de bateaux armés, immenses entrepôts flottants où sont livrées chaque année plus de vingt mille caisses d'opium ? Crois-tu qu'une simple défaite les ferait si facilement renoncer à un trafic si lucratif ? A quoi servirait tout cet opium si le traité de Tientsin n'était pas respecté, si d'autres ports ne s'ouvraient pas à leur affreux commerce ?

– Tu as raison de t'alarmer, Yi, mais il y a plus grave encore. Depuis le mois de décembre dernier, nos observateurs ont remarqué l'arrivée d'un grand nombre de troupes, tant anglaises que françaises, à Hong Kong. L'ami de ton beau-frère ne t'a-t-il pas parlé aussi de l'ultimatum remis le 8 mars dernier au *taotai* [1] de Shanghai par les représentants anglais et français ?

– Si fait, mais j'ignore quelle réponse compte lui donner l'Empereur. Il paraîtrait que les Barbares osent exiger des excuses pour l'affaire des forts de Dagu. Ils veulent de plus le libre séjour de leurs émissaires et à Tientsin et à Pékin, l'échange des ratifications du traité, ainsi que le paiement d'une indemnité de guerre. On en serait, semblerait-il, revenu au même point qu'auparavant. Que conseiller à l'Empereur s'il me fait l'honneur de me consulter ?

– Sa Majesté ne peut que refuser en bloc l'ensemble d'un ultimatum si injuste et si révoltant. S'il en était autrement, Elle perdrait la face et cela ne se peut pas.

– Je suis d'accord avec toi, Li, mais ce sera à nouveau la guerre.

– C'est à craindre.

Comme cela avait été le cas lors de la guerre de l'Opium de 1840, il n'y eut, cette fois encore, aucune déclaration

1. Le *taotai* est le préfet d'une ville, qui dépend directement de l'autorité de son vice-roi, lui-même bien sûr mandaté par l'Empereur.

officielle d'ouverture des hostilités. Pour ce faire, les prétextes auraient été trop minces, voire inexistants, puisque c'était la Chine qui seule avait été agressée sur son territoire. Elle n'avait tenté que de se défendre.

De même que vingt ans plus tôt, les hostilités commencèrent de façon assez anodine, par l'occupation des îles Zhoushan. Il fallait aux Anglais comme aux Français une base stratégique pas trop éloignée de Shanghai où faire se rassembler puis bivouaquer leurs troupes avant de lancer un assaut général. Les Anglais y envoyèrent tout d'abord deux mille hommes commandés par le général sir Hope Grant et les Français seulement deux cents fusiliers marins. Ni les uns ni les autres ne rencontrèrent d'ailleurs la moindre résistance ou hostilité de la part des autorités locales et de la population. Ces îles avaient en outre l'avantage de ne guère intéresser les Taiping, dont la révolution n'avait toujours pas été matée. A présent, ils convoitaient la prospère capitale de la soie, la riche ville de Suzhou, puis peut-être même Shanghai et Nankin.

Dès la fin du mois de mai 1860, la pagaille était indescriptible à Shanghai. Devant l'inexorable avance des Taiping que ne parvenaient pas à contenir les troupes impériales commandées par le général tartare Sengge Linqin, la ville entière se vidait de ses commerçants. Tous fuyaient Shanghai dans la panique générale. Les plus riches marchands tentaient de trouver refuge avec leurs stocks dans les concessions étrangères de la ville, réclamant étrangement la protection de ceux qui se disposaient à combattre leur empereur...

Pendant ce temps, les troupes alliées continuaient d'arriver aux îles Zhoushan, mais demeuraient cantonnées sur leurs navires à cause des risques de maladies vénériennes [1]. Cette solution ne pouvait être que provisoire. Après un si long voyage, les soldats ne supportaient plus la promiscuité de la vie à bord. L'état-major français décida alors de débarquer ses troupes dans la presqu'île de Zhifu, dans le golfe du Zhili. L'absence de base intermédiaire entre la France et la Chine, le naufrage de deux de ses navires d'approvisionnement, le retard de livraison des chevaux achetés au Japon, toutes ces difficultés contribuèrent à faire prendre un retard considérable aux troupes françaises, alors que l'armée anglaise était fin prête depuis la mi-juin.

Un conseil de guerre entre les deux nations eut cependant lieu le 18 juin à Shanghai, réunissant les généraux Grant et Montauban, les vice-amiraux Hope et Charner, ainsi que les diplomates Bruce et Bourboulou. Il s'agissait de se mettre d'accord sur un lieu et une date de débarquement. Après bien des palabres, il fut finalement décidé que les deux armées effectueraient séparément leur débarquement à partir du 15 juillet et feraient leur jonction devant les forts de Dagu. Ils constituaient toujours la clef de la route de Pékin et les armées ne pouvaient passer tant qu'ils résisteraient.

Le général russe Nicolas Ignatief, seul ambassadeur ayant le droit de résider à Pékin en vertu d'accords commerciaux déjà anciens, avait quitté la capitale pour Shanghai sitôt qu'il avait entendu parler du sommet qui se tenait là. Mal

1. Côté français, le docteur Castano, responsable de la santé et de l'hygiène du corps expéditionnaire, avait diagnostiqué les premiers cas de syphilis, mal endémique très répandu en Chine et vite fatal aux étrangers. Il avait donc interdit aux hommes de débarquer pour les empêcher d'avoir des contacts avec les Chinoises.

reçu par les Anglais qui le tenaient pour responsable de leur précédent échec devant les forts Dagu, car ils s'imaginaient à tort que les Russes avaient conseillé les Chinois, il s'entendit à merveille avec M. de Bourboulou dont il parlait admirablement la langue.

– Depuis dix mois que je suis en poste à Pékin, lui expliqua-t-il, je suis bien placé pour savoir que les Chinois n'attachent aucune valeur à un traité, surtout s'il leur a été imposé par la force. A mon avis, seule une bonne leçon infligée par les armes peut déterminer l'Empereur à ouvrir enfin son pays aux échanges commerciaux. Surtout, ne lui montrez jamais les différends qui ne manqueront sans doute pas de s'élever un jour ou l'autre entre vos alliés et vous, il en jouerait à merveille. Comme le parti de la guerre est en ce moment tout-puissant à Pékin, rien ne sert de chercher encore à traiter. N'oubliez pas que le grand chef militaire, Sengge Linqin, veut la guerre pour remporter une éclatante victoire et accroître son influence auprès de l'Empereur, alors qu'il a jusqu'alors échoué à mater les Taiping. Surtout, quoi qu'il arrive, n'entrez pas à Pékin. Ce serait un tel désaveu pour l'Empereur qu'il risquerait d'en perdre son trône. Ce serait peut-être même la fin de la dynastie des Qin et le début pour l'Empire entier du désordre, de l'anarchie et de la guerre civile. Dès lors, aucune de nos nations ne pourrait plus commercer avec la Chine... J'ai dit tout cela à Pékin comme aux Anglais. Sachez, mon ami, que les mandarins de l'entourage de l'Empereur sont les pires de tous. Ils refusent de voir les réalités en face, préférant s'accrocher à leurs vieux privilèges. Pourtant, je vous en supplie, ne tentez pas d'entrer à Pékin !

4

Le 28 juillet au matin, les deux flottes alliées firent leur jonction à vingt milles des forts de Beitang. Elles comptaient trois cents bateaux et près de neuf mille hommes, côté français, deux cent vingt-trois bateaux de plus fort tonnage et dix-huit mille hommes en incluant les trois mille cinq cents Indiens et *coolies* chinois, côté anglais.

– C'est un spectacle hallucinant que de voir cette forêt de mâts amarrés côté à côte, à l'infini, disait à Li Lien-ying l'un des espions qu'il envoyait régulièrement se rendre compte des mouvements des forces alliées. Les soldats des Barbares sont plus nombreux que les nuées de sauterelles dans le ciel. On raconte qu'ils sont près de trente mille, solidement armés, à vouloir fouler en le profanant le sol chinois. Si seulement le Ciel avait consenti à avancer un peu la saison des pluies, ils n'auraient jamais pu débarquer à Beitang.

– Si le général Sengge Linqin avait accepté les avis des conseillers de l'Empereur qui voulaient couper le pont de Beitang au lieu de se contenter de piéger le fort, ce débarquement aurait été bien plus pénible...

Li Lien-ying avait horreur de la morgue de ce général en chef de l'armée chinoise, descendant du grand Gengis Khan, membre de la famille impériale et oncle de l'Empereur. Vénéré par toutes les armées qui ne l'appelaient plus que le *Seng-wen*, le saint roi, sous le prétexte qu'il avait passé sa jeunesse dans une lamaserie, le général en chef ne cessait de mettre en avant ses victoires en oubliant un peu vite ses défaites. Soit, il avait barré la route aux Taiping lorsque les rebelles avaient tenté d'envahir les provinces du Nord, mais il ne les avait pas pour autant réduits. Quant à sa victoire sur les Européens en 1859, devant les forts de Dagu, elle lui avait complètement tourné la tête. Il s'imaginait que l'insalubrité des marécages de Beitang et les détachements de cavalerie et d'infanterie postés sur la route des Alliés suffiraient à les décourager d'avancer. Il pensait les forcer ainsi à rembarquer, alors qu'il aurait fallu tout mettre en œuvre dès Beitang pour infliger une défaite décisive aux envahisseurs. Or se battre dans la boue n'offrait pas une victoire assez flamboyante à Sengge Linqin, qui voulait l'emporter avec panache, en chargeant à cheval à la tête de ses bannières.

– La stupidité des princes n'égale décidément que leur présomption, dit Li Lien-ying avec colère au Grand Eunuque qui partageait son exaspération.

– Même si l'Empereur m'écoute parfois, lui répondit ce dernier, comme toi, j'appartiens pourtant pour Sa Majesté au « peuple puant ». Que représente une moitié d'homme, comparée au descendant de Gengis Khan ?

Dans tous les temples et les pagodes de Pékin, et spécialement dans ceux de la Cité interdite, les moines n'avaient pas ménagé les offrandes et oboles au Ciel afin que les conditions climatiques fussent le moins propices possible au débarquement des Alliés. Ces Barbares étaient vraiment par trop stupides de commencer leur offensive au début de la saison des pluies !

Comme d'habitude, l'Empereur, l'Impératrice, la famille impériale, les concubines et la Cour avaient émigré au palais d'Eté où l'on resterait jusqu'à la fin de l'automne. Li Fei avait accouché d'un fils qui n'avait vécu que trois jours, au grand soulagement de Yi. Hieng-feng était si attaché à la mère de sa fille qu'il aurait peut-être proclamé héritier son second fils, en dépit de tout l'amour qu'il nourrissait pour le petit prince Tsai Chun. Même si les nouvelles n'arrivaient à l'Empereur qu'avec retard et souvent bien déformées, les défaites étant transformées en victoires, toute la Cour et le Grand Conseil évoquaient à mots feutrés les rumeurs de guerre. Yi, en particulier, était capable d'en discuter des heures durant avec son cher Li, toujours admirablement informé.

– A six heures du matin, le 21 août dernier, racontait-il, les deux mille cinq cents Anglais et le millier de Français avec leurs deux batteries de campagne arrivèrent au pied des forts de Dagu. Cette fois, Sengge Linqin n'avait pas ménagé ses efforts pour les consolider à nouveau. Imagine, Petite Orchidée, trois larges fossés pleins d'eau reliés entre eux par des talus, tous garnis de chausse-trapes et de palissades faites de pieux croisés profondément enfoncés dans la terre. Les murs des fortins sont hauts de cinq mètres et leurs embrasures garnies de nombreuses pièces de canons. Au centre de chaque bastion a été édifié un ouvrage surélevé garni de trois grosses pièces braquées vers la terre pour éviter toute mauvaise surprise de ce côté-là.

– Il semblerait que, cette fois, notre grand général en

chef eût pris les menaces étrangères au sérieux, répondit Yi avec un mauvais sourire, car elle non plus n'aimait guère la prétention qu'affichait Sengge Linqin.

– Pendant ce temps, des canonnières anglaises et françaises franchissaient la barre du Bai-ho pour venir bombarder le fort situé le plus bas. Hélas, à sept heures, une formidable détonation secouait le premier des forts de Dagu. Un boulet en avait fait exploser la poudrière. Et le même désastre se reproduisit l'instant suivant dans le fort situé juste en aval.

– Notre cher général aurait-il oublié de protéger ses poudrières ? Et alors, Li ?

– Il était sept heures trente du matin. Les armées alliées ordonnèrent l'assaut à l'arme blanche. Les colonnes foncèrent à travers le terrain détrempé, creusé par les obus. Les *coolies* de Canton couraient derrière les soldats en portant les échelles. Les trois fossés furent successivement franchis non sans de terribles combats. Les Barbares appliquèrent leurs échelles contre les murs, les *coolies* arrachèrent les pieux des palissades et suivirent les soldats. Les assaillis se défendirent vaillamment à coups de fusils, de boulets, à coups de pierres. Quant à nos officiers, plutôt que de subir le déshonneur de voir leur fort pris par l'ennemi, ils s'étaient auparavant tranché la gorge.

– Mieux aurait valu résister plus longtemps, dit Yi avec mépris. Ces traditions désuètes de nos troupes et ce sens de l'honneur appliqué si mal à propos font le jeu de l'ennemi. Quand nos valeureux dirigeants le comprendront-ils enfin ? Gageons que Sengge Linqin, quant à lui, n'aura pas mis fin à ses jours et qu'il saura conter à l'Empereur que la misérable défaite de ses troupes fut une belle victoire… Tu ne me parles là que d'un seul fort. Qu'en fut-il des quatre autres forts de Dagu ?

Li aimait à la voir ainsi animée par une sainte colère. C'était une femme de sa sorte qu'il fallait aux côtés de l'Empereur. Même si Hieng-feng faisait le plus grand cas du jugement de sa concubine, il était de nature hésitante et son avis variait en fonction des opinions des uns et des autres. Sengge Linqin surtout, ce guerrier magnifique, à la belle prestance, ce cavalier digne des premiers conquérants mongols, lui en imposait et il n'osait jamais le contrer ouvertement. Ce que Li Lien-ying avait encore à dire allait achever d'exaspérer Yi et il y avait bien de quoi s'indigner contre certaines absurdités des usages chinois.

– L'assaut fut donc donné de la même façon par les Barbares au second fort de la rive gauche. Quelle ne fut pas leur stupéfaction en voyant que les défenseurs ne leur opposaient aucune résistance. Dans ce second fort, quatre mille Tartares à genoux et tout à fait passifs, ne songeant même pas à se défendre, réclamaient la vie sauve.

– Qu'est-ce à dire, Li, nos soldats seraient-ils tous des lâches ?

– Bien sûr que non ! S'ils sont commandés, ce sont même de vaillants combattants. Le problème était que leur général en chef, le propre frère de Sengge Linqin, avait été tué durant l'assaut du premier fort. C'eût été commettre un manquement grave aux ordres, un manquement passible de la peine de mort, que de s'emparer du commandement suprême sans un ordre écrit de l'Empereur. Or l'Empereur, ne sachant la nouvelle, ne pouvait bien sûr donner un tel ordre... Ainsi vont les affaires militaires dans l'empire du Milieu.

– Quelle honte et quelle absurdité !

– Dès lors, dit encore Li, il n'était guère difficile pour les Barbares d'arroser sous un déluge de feu les forts de la rive droite. Auparavant, les Barbares avaient pourtant averti le vice-roi Hengfu de leur projet. A la condition que fussent respectés la population civile et ses biens, Hengfu accepta donc cette capitulation. C'en est fait, Yi, de ces défenses des forts de Dagu dont notre général en chef était si sûr[1]. Désormais, les routes de Tientsin et Pékin sont à portée des Barbares, même si notre cavalerie est encore intacte.

– Je sais, dit sombrement Yi. Par voie fluviale, une armée peut être transportée en un jour à Tientsin et en deux à Pékin. Quel affreux désastre...

– Peut-être faudrait-il songer à la fuite ?

– Jamais !

L'attitude du général Sengge Linqin devant Tientsin fut d'ailleurs pour le moins singulière. Plutôt que de choisir de résister aux forces alliées dans la ville même dont les défenses avaient été formidablement renforcées, il en fit au contraire évacuer la garnison, si bien que le premier vaisseau anglais à arriver sur les lieux, le *Coromandel*, passa sans rencontrer la moindre résistance dès le 23 août. Il fut bientôt suivi d'autres canonnières. Les Français et le général Montauban, quant à eux, n'y furent qu'une semaine plus tard.

Les pluies avaient cessé, remplacées par une chaleur exténuante, particulièrement pénible dans cette vaste plaine

1. Une relation de ces journées a été faite par le colonel Dupin sous son nom de plume, Paul Varin.

aride. La ville elle-même, fort sale, comptant une population d'environ cinq cent mille habitants, était bordée à l'est par le Bai-ho et au nord par le Canal Impérial la reliant à Pékin. C'était une ville-entrepôt alimentant en vivres et céréales toute la capitale. On y faisait, en outre, le commerce du sel, des peaux et des fourrures importées de Russie. Hengfu, le vice-roi du Chihli, lui-même désemparé par la fuite incompréhensible des défenseurs de sa ville, comprit qu'il ne pouvait que faire bon accueil aux Barbares. Il tenta donc de temporiser avec eux, le temps que le Grand Secrétaire impérial Guiliang – toujours lui – fût arrivé de Pékin pour rencontrer les ambassadeurs étrangers et tenter de parvenir à un accord avec eux.

Cette fois, Guiliang était, prétendait-il, muni des pleins pouvoirs et du sceau impérial, ce que nul ne songea d'ailleurs à vérifier. Les ordres de Hieng-feng étaient formels, arrêter la guerre par tous les moyens, temporiser, encore et toujours et, surtout, préserver Pékin. Il consentait à ce qu'Anglais et Français vinssent signer les traités dans la capitale, mais avec une escorte réduite, afin que leur entrée ne pût ressembler à une parade militaire. Le baron Gros se serait volontiers contenté d'une escorte de deux cents hommes. Or lord Elgin ne voulait pas en démordre, mille Anglais et mille Français, avec infanterie, artillerie et cavalerie feraient une entrée triomphale dans la ville, en grand uniforme, avec musique et fanfare. La signature du traité fut fixée au 5 septembre et, déjà, Anglais et Français ne rêvaient plus qu'à leur découverte de l'une des cités les plus mystérieuses d'Asie.

Deux jours avant cette date, pourtant, rien n'allait plus. L'Empereur ne pouvait décidément tolérer l'entrée de deux mille Barbares dans sa capitale. Une fois de plus, les diplomates étrangers s'étaient fait berner. Une autre nouvelle inquiétante acheva de démoraliser les Barbares. Les rebelles Taiping encerclaient la ville de Shanghai qui réclamait d'urgence des renforts. On se hâta donc d'envoyer trois bataillons d'infanterie anglais et deux cents Français, ce qui retardait d'autant la marche sur Pékin...

L'Empereur n'avait cependant fait que gagner du temps, car les Alliés, furieux des mensonges, puis de la subite disparition de Guiliang, étaient résolus à marcher ensemble sur Tongzhou, ultime étape avant Pékin. Ce fut alors que Hieng-feng leur envoya son propre cousin, le prince de Yi, un personnage considérable, un membre du Grand Conseil très écouté de l'Empereur. Pour annoncer sa venue aux ambassadeurs anglais et français, le prince de Yi leur adressa le message suivant :

Nous apprenons que Vos Excellences s'avancent au-delà de Tientsin avec des forces militaires. Puisque vos gouvernements et celui de la Chine sont désireux de conclure une paix éternelle et de s'entendre sur les clauses d'un traité, à quoi bon cette marche militaire ? Si vous laissez avancer vos troupes, ce n'est plus la paix. Nous vous prions donc de faire rentrer vos armées à Tientsin, afin de marquer par là qu'il n'y a aucune inimitié entre nous, et pour que nous puissions aussi nous rendre à Tientsin, afin de négocier ensemble à l'amiable et de conclure avec vous une paix durable, si vous voulez traiter encore sur les bases déjà convenues. Nous qui différons de Guiliang, nous ne manquerons pas à notre parole.

Lord Elgin et le baron Gros, après s'être concertés, firent savoir aux commissaires chinois qu'on ne signerait rien avant d'être parvenu à Tongzhou. Pour donner plus de poids à sa précédente demande, le prince de Yi précisa alors qu'il n'avait aucun pouvoir sur l'armée chinoise, qui n'obéissait qu'à ses chefs, et qu'il n'était en particulier pas maître des soldats tartares, précision constituant bien sûr une menace à peine voilée.

On reprit pourtant les pourparlers, menés cette fois par le prince de Yi, et l'on se mit finalement d'accord sur les termes du traité déjà arrêté à Tientsin. Les troupes alliées s'arrêteraient à cinq kilomètres au sud de Tongzhou, dans la bourgade de Zhangjiawan, puis les diplomates et leurs escortes respectives se mettraient en route vers Pékin pour ratifier avec les représentants de l'Empereur le traité définitif.

Les troupes continuèrent leur avance parmi les champs de maïs et de millet, mais les villages traversés avaient été désertés, les mandarins avaient fui. En revanche, on constatait de nombreuses traces du passage de l'armée tartare. On se disait et répétait avec crainte que trente mille cavaliers se disposaient à encercler les forces alliées, qui ne comptaient quant à elles que huit mille combattants... Pour aggraver les choses, une trentaine de soldats, tant Anglais que Français, furent surpris par un mouvement tournant de la cavalerie tartare et séparés du reste de l'armée. Dès lors, Sengge Linqin détenait des otages... Dès lors, dans les deux armées européennes, l'on ne parla plus que de guet-apens, alors que rien n'avait été prémédité[1].

1. Selon la thèse de l'historien Jules Tessier, professeur à l'université de Caen, ce furent au contraire les insupportables prétentions de lord Elgin voulant à tout prix entrer en conquérant à Pékin qui furent le principal déclencheur des hostilités.

– Raconte-moi tout de cette terrible journée du 21 septembre 1860, ô Li Lien-ying, lui demanda Yi. Il convient de saisir avec exactitude les raisons d'une défaite si inattendue pour en tirer les conclusions permettant d'éviter à l'avenir de tels désastres.

Alors que les conseillers de l'Empereur, la famille impériale, les chefs militaires et toute la Cour se désolaient du désastre du pont de Bali-qiao en se demandant en quoi l'on avait pu tant mécontenter le Ciel et si l'on avait offert les sacrifices convenables aux mânes du précédent empereur, Yi, plus pragmatique, tentait de comprendre ce qui était vraiment arrivé. C'était cette inflexibilité jusque dans les malheurs les plus extrêmes que Li appréciait tant en elle. Alors que lui-même se sentait à cette heure assuré de la fin d'un règne, qu'il tremblait pour Yi, le prince héritier, l'avenir de la dynastie et lui-même, Yi au contraire mettait toute son obstination à vouloir expliquer l'inexplicable.

L'automne posait tous ses ors en une prodigalité exténuée sur les merveilleux jardins du palais d'Eté bordant les rives du lac *Kunming-hu*. C'était une journée délicieuse et pourtant, ni Yi ni Li, assis côte à côte au bord des eaux bleues, n'en voyaient rien.

– A cinq kilomètres de la bourgade de Zhangjiawan où bivouaquaient les Barbares, Petite Orchidée, contait Li, la ville de Tongzhou est reliée à Pékin par une voie de granit. Cette route traverse le canal au village de Bali-qiao par un grand pont de pierre. C'est là que Sengge Linqin avait rassemblé son armée.

– Il me semble qu'il aurait mieux fait de résister plus

loin de Pékin, devant les nouvelles fortifications de Tientsin, ainsi l'Empereur et sa capitale se seraient trouvés moins exposés.

– Tu as sans doute raison, mais à Tientsin, le général n'aurait pu déployer sa cavalerie. C'était à cheval, à la tête de ses hommes, que le *Seng wen* aurait préféré remporter la victoire. Cela aurait eu tellement plus de panache...

– Ne l'appelle pas ainsi, Li, il ne se prend déjà que trop au sérieux... Il n'empêche que Sengge Linqin a commis une terrible erreur d'appréciation. Alors que l'Empereur avait personnellement veillé à doter les forts de Tientsin des armements et des canons les plus modernes, ce général de pacotille a préféré parader à la tête de sa cavalerie, une cavalerie armée d'arcs et de flèches, d'un bouclier d'osier, de sabres, de fouets et de lances mais d'aucun fusil moderne. Les rares cavaliers disposant d'armes à feu n'ont que de vieilles espingoles et des pierriers... Quelle stupidité ! Combien l'Empereur est mal servi !

Encore une fois, elle avait raison. La supériorité numérique de la cavalerie tartare et sa folle témérité n'avaient rien pu contre la précision des canons européens qui l'avaient hachée menu par vagues entières.

Li Lien-ying imaginait avec nostalgie ce déploiement immense de la cavalerie tartare, orgueil de l'empire du Milieu, son avance silencieuse réglée avec une précision extraordinaire par le mouvement des bannières envoyant aux cavaliers leurs ordres muets. Ensuite, ce fut la charge, ponctuée cette fois par les hurlements furieux des Tartares courbés sur leurs chevaux, brandissant haut leurs sabres, ouragan furieux s'abattant sur les Barbares dans un nuage de poussière. Sans cesse fauchés par les obus et les balles, les cavaliers réapparaissaient pourtant comme par magie l'instant suivant, tant leur nombre était vaste, les morts étant immédiatement remplacés par les vivants. Lorsque les dragons et la cavalerie anglaise s'étaient à leur tour lancés dans la mêlée, les Tartares, pris en tenaille, avaient commencé à flancher. Ce fut alors que le 101ᵉ s'empara du village de Bali-qiao, pourtant défendu pied à pied par l'infanterie chinoise. Sur le pont, s'agitait la bannière de Sengge Linqin, invitant ses hommes à se regrouper autour de lui.

Yi croyait le voir, ce précieux pont de pierre ouvragé, avec ses immenses statues de marbre. Partout, les bannières étaient brandies pour commander la retraite à l'armée chinoise, tandis que l'élite des fantassins aux uniformes richement chamarrés tombait sous le feu des canons pour couvrir la retraite de son général.

– On m'a conté qu'à l'entrée du pont, disait encore Li, se tenait un Tartare, immense et magnifique, le porte-fanion du généralissime. Sans paraître le moins du monde impressionné par le feu nourri convergeant de toute part vers lui, le géant continuait d'agiter méthodiquement sa vaste bannière jaune couverte de caractères noirs, transmettant de la sorte les derniers ordres de retraite de Sengge Linqin à son armée. Enfin, le héros fut seul, s'obstinant avec opiniâtreté à lancer vers le ciel les ordres de son chef. Puis la mitraille l'atteignit, le fit basculer par terre. C'en était fini du brave Tartare. La bannière jaune, fauchée dans son vol comme un grand oiseau abattu, n'était plus qu'un pauvre chiffon de soie... A la tête de ses hommes, baïonnette au canon, le général Collineau traversa alors le pont de Bali-qiao sous le feu nourri des derniers tirailleurs chinois. Ce pont où Sengge Linqin avait pensé remporter une si éclatante victoire était pris...

– Surtout, il n'existe plus d'obstacle capable de bloquer l'avance des Barbares sur Pékin, fit sombrement remarquer Yi. Que proposent-ils donc ? Ce n'est pas leur intérêt que de renverser la dynastie. A qui vendraient-ils alors leur sale opium ?

– Nous avons eu à Bali-qiao plus d'un millier de morts, bien que le général ne veuille pas le reconnaître. Or les Barbares font toute une histoire de quelques Européens capturés sur la route de Tung-chow. Ils ont même dit au prince Gong, désormais chargé des négociations officielles, que la paix ne pourrait être signée à Tung-chow que si on leur remettait auparavant ces prisonniers.

– Sinon ?

– Sinon ce sera la marche sur Pékin.

– Que nous importe quelques prisonniers barbares de plus ou de moins. Pourquoi ne peut-on les leur rendre ?

– Je crains qu'il ne soit trop tard, Yi.

– Oh, cette manie de toujours torturer ! C'est par trop stupide !

Yi n'était pas le moins du monde émue par le sort des prisonniers, mais exaspérée par les mêmes erreurs qui ne cessaient de se répéter. Puisque les Barbares détestaient tant la torture, pourquoi donc continuer à les indisposer contre le gouvernement chinois en appliquant méthodiquement cette pratique ? Depuis son enfance, Yi avait été habituée à voir des condamnés exposés dans leurs carcans ou leurs caisses de bois. Elle avait toujours vu les têtes coupées de prétendus traîtres exhibées dans de petites cages à oiseaux accrochées aux murailles pourpres de la Cité interdite, ce qui ne la dérangeait guère. Il était pourtant ridicule de risquer la profanation de Pékin sous le prétexte que des fonctionnaires trop zélés continuaient d'appliquer sans vraies raisons et sans ordres particuliers, juste parce que c'était l'habitude depuis des temps immémoriaux, des coutumes peut-être en effet désuètes pour la sensibilité occidentale...

Depuis que la nouvelle de la défaite du général Sengge Linqin au pont de Bali-qiao avait été connue au *Yuanming-yuan*, au palais d'Eté, la panique s'était rapidement propagée parmi les membres de la famille impériale, les hauts dignitaires, les concubines et jusqu'aux dames de cour, eunuques et serviteurs. La plupart d'entre eux étaient partisans de l'exil. D'autres, au contraire, arguaient que tout départ précipité de la part de l'Empereur et de son entourage aurait trop ressemblé à une fuite pour ne pas mettre en danger l'avenir de la dynastie. Et puis, l'Empereur ne pouvait demeurer longtemps loin des divinités tutélaires de ses ancêtres auxquelles il fallait régulièrement porter les sacrifices rituels, offrandes de prières, fleurs, fruits, encens et animaux familiers présentés sous la forme de papiers que l'on brûlait. Quelques militaires pensaient encore que l'armée impériale, mieux dirigée, pouvait remporter une victoire décisive sur les troupes alliées.

Hieng-feng réunit donc en séance extraordinaire son Grand Conseil, ses ministres, son général en chef et ses demi-frères pour connaître leur avis.

– Une victoire est-elle encore possible, Sengge Linqin ? demanda l'Empereur à son généralissime.

Ce dernier, humilié mais refusant de l'admettre, mit brutalement fin aux dernières illusions que certains nourrissaient encore.

– Elle ne l'est pas, Votre Majesté, répondit-il. Cavaliers et fantassins se sont tous battus comme des dieux à Bali-qiao. Le lieu de la bataille était bien le plus propice au déploiement de notre meilleure force, notre cavalerie. Ni le courage des soldats ni le commandement de l'armée ne sont en cause. Si j'avais conscience d'avoir commis une erreur, je serais le premier à la reconnaître et à offrir ma vie à mon Empereur pour prix de ma faute. Mes braves Tartares se seraient d'ailleurs laissé massacrer jusqu'au dernier si je ne les en avais empêchés.

– La raison de cet échec, alors ? demanda le prince Gong, le plus jeune des demi-frères de l'Empereur.

– L'isolement de l'Empire qui ne nous a pas permis d'avoir une claire conscience de la portée des armes dont disposaient nos adversaires. Des arcs et des flèches sont impuissants face au feu meurtrier des canons. Tout notre armement est périmé. Affronter une nouvelle fois les armées anglaise et française susciterait une défaite encore plus grave que celle de Bali-qiao. La position du gouvernement pour traiter avec les Barbares deviendrait alors intenable. Je n'ai pas peur de mourir ni mes hommes non plus. Si l'Empereur le souhaite, nous sommes tous disposés à périr pour lui, bien que je ne sois pas convaincu que ce soit la meilleure façon de le servir.

Le prince Gong haussa les épaules avec fatalisme. Un millier de morts lui semblait déjà largement suffisant et il n'avait jamais douté du courage de Sengge Linqin. On pouvait lui reprocher sa détestable morgue, mais certainement pas sa lâcheté. Hieng-feng savait reconnaître une vérité, même si elle était difficile à accepter. Depuis longtemps déjà, Sengge Linqin avait souligné la faiblesse de l'armement chinois et l'urgente nécessité d'acquérir des armes modernes. Le seul problème était que la révolte des Taiping, la chute du cours de l'argent engendrée par le trafic de l'opium, les inondations et les mauvaises récoltes avaient achevé de ruiner une économie déjà en difficulté. Il savait bien qu'il aurait fallu accélérer la fabrication de fusils et de canons et que l'effort qu'il avait tenté restait insuffisant. Surtout, il savait pouvoir se fier au jugement de son oncle. Sengge Linqin était incapable de mentir. S'il déconseillait, la mort dans l'âme, une nouvelle bataille, c'était que toute victoire restait désormais impossible.

– Que faire alors ? demanda Hieng-feng.

Seul son oncle osa risquer une réponse :

– Il est sûr que Votre Majesté ne peut et ne doit pas fuir. Mais rien ne l'empêche de renouer avec une tradition séculaire abolie par les défunts empereurs dans un louable souci d'économie : organiser une saison de chasse en Tartarie, comme cela se pratiquait autrefois.

– Il y a quarante ans que cet usage a été oublié, fit remarquer Gong.

– Rien n'empêche l'Empereur de le restaurer, affirma Sengge. Il serait désastreux que Sa Majesté, sa famille, le prince héritier et les concubines impériales pussent tomber aux mains des Barbares. L'Empereur sait bien que ce serait probablement la fin de la dynastie.

– Où aller ?

– A Jehol. Votre Majesté, ainsi que le reste de la Cour, y serait en une semaine à peine, le temps que le Palais impérial soit restauré...

– C'est tout de même une fuite...

– Tout juste une soudaine envie du Fils du Ciel de s'en aller chasser...

Li Lien-ying avait bien sûr été aussitôt informé de ce qui s'était dit lors de cette séance extraordinaire. Il semblait bien que Sengge Linqin eût amené l'Empereur à partager son point de vue. Pourtant, il demeurait toujours aussi difficile de connaître les résolutions de Hieng-feng, toujours très secret. Li lui-même ne savait plus ce qu'il fallait faire. Tout dépendait en fait des véritables projets des Barbares. Il avait cru auparavant qu'il n'était pas de leur intérêt d'œuvrer à la chute de la dynastie, à cause de l'inévitable période de troubles qu'elle susciterait. Peut-être même y aurait-il alors une guerre civile. Or la mentalité occidentale était si éloignée de la sienne qu'à cette heure Li n'était plus sûr de rien. Aussi alla-t-il de toute urgence trouver Yi pour la tenir au courant et solliciter son avis.

– L'Empereur, abandonner Pékin aux étrangers, cela ne se peut, lui dit-elle avec force après l'avoir écouté sans prononcer un mot. Lui parti, qui traitera à sa place avec les Barbares ?

– On parle du prince Gong auquel Sa Majesté souhaiterait confier en son absence le sceau impérial.

– Gong est en effet un homme prudent et avisé, quoiqu'il n'ait pas l'autorité sacrée de l'Empereur. Et qui te dit, Li, que Sengge ne cherche pas à éloigner Sa Majesté pour prendre lui-même le pouvoir et traiter alors directement avec les Barbares ?

C'était une éventualité à laquelle il avait pensé. Il lui confia sa principale crainte.

– Ce sont surtout les Taiping que je redoute, Yi. L'Empereur au loin, retiré au-delà de la Grande Muraille, en Tartarie, ce pourrait être les Taiping qui constituent la vraie force avec laquelle les étrangers voudraient négocier de nouveaux traités. Les Anglais ne pensent qu'à l'opium et les Français à leurs missions. Pourquoi, en échange de leur aide militaire, les Taiping ne leur accorderaient-ils pas ces deux concessions qui doivent leur importer bien peu ?

– Tu as raison, Li. Le danger est partout et l'Empereur ne peut s'enfuir.

– On parle de chasse et non de fuite.

– Les mots ne sont guère importants en la matière. Toi et moi, nous savons à quoi nous en tenir. Obtiens-moi dès aujourd'hui un entretien avec l'Empereur. Je dois le convaincre de rester ou plutôt de se replier sur Pékin et de se disposer à durement parlementer...

Une heure plus tard, Yi avait son audience avec Hieng-feng. Quand elle entra dans ses appartements privés, celui-ci, allongé sur son lit, fumait, mais elle constata avec soulagement qu'il s'agissait de tabac et non d'opium. Après s'être déchaussée et profondément inclinée devant son empereur, elle s'approcha de lui comme il l'y invitait.

– Veux-tu me parler de caresses ou de l'Empire, Petite Orchidée ? lui demanda-t-il en l'attirant à lui.

– Des deux peut-être, mon Seigneur.

– Je t'écoute.

Elle avait passé sa main dans l'échancrure de la robe de brocart et sa paume effleurait doucement la peau presque glabre. Il avait encore maigri et elle en fut atterrée. Il paraissait d'ailleurs épuisé. De larges cernes soulignaient ses yeux de bistre. Pourtant, depuis qu'il se trouvait au palais d'Eté, on ne pouvait plus lui reprocher d'aller traîner en compagnie de ses eunuques dans les lieux malfamés de Pékin.

Lorsqu'elle quitta l'Empereur au petit matin, Yi pensait avoir remporté la partie. Il s'était rendu à ses arguments et l'avait assurée que lui-même et toute la Cour allaient rentrer de toute urgence à la Cité interdite pour y attendre, sans paraître les redouter, les propositions des Barbares. Or Sengge Linqin connaissait l'ascendant que la mère du prince héritier commençait à prendre sur l'Empereur et il savait ses opinions. Il comprenait ses raisons, mais trouvait quant à lui trop hasardeux de laisser ainsi l'avenir de la dynastie entre les mains d'étrangers dont personne ne devinait au juste les véritables résolutions. Aussi se fit-il annoncer chez son neveu dès le départ de Yi.

– Pardon de troubler ainsi ton repos, ô Fils du Ciel, lui dit-il en s'inclinant devant lui, mais j'ai appris ce matin que les Anglais venaient de quitter Bali-qiao et avaient pris à marche forcée la route de Pékin.

– Que préconises-tu, mon oncle ?

– Tu dois accomplir aussitôt tes devoirs devant les autels de tes ancêtres pour les assurer que tu ne les abandonnes pas et que tu reviendras bientôt en triomphateur. Nomme ensuite le prince Gong comme ton successeur à Pékin, puisque tu as pleine confiance en lui et qu'il est un habile négociateur, et hâte tes préparatifs de départ. Il n'est pas concevable que l'empereur de Chine puisse être humilié, fait prisonnier ou, pis encore, destitué par les Barbares. En te rendant à Jehol, tu sauves le trône, ô Hieng-feng.

– Mais je perds la face.

– Pas le moins du monde, tu pars chasser en Tartarie pour des raisons de santé. Moi, je t'accompagne pour veiller à ta protection. Quoi de plus naturel à cela ?

Hieng-feng se sentait touché par la sollicitude de son généralissime. Contrairement à ce qu'avait redouté Yi, il ne cherchait pas à exercer par lui-même le pouvoir puisqu'il avait suggéré le nom de Gong. Il ne pensait vraiment qu'à l'avenir de la dynastie et à trouver la meilleure solution pour éviter à son neveu un affront humiliant.

Sitôt Sengge Linqin reparti, Hieng-feng fit appeler son Grand Eunuque et Li Lien-ying pour leur dire :

– Pendant que je me rends au temple des ancêtres pour honorer les mânes des empereurs défunts avec les moines, prévenez la famille impériale, le harem et la Cour de faire aussitôt leurs préparatifs de voyage. Que l'on n'emporte que le nécessaire car notre départ ne doit en aucun cas ressembler à une fuite, mais que l'on prévoie aussi qu'il se pourrait que l'on soit absent un certain temps. Envoyez des messagers rapides à Jehol afin que tout soit remis en état le mieux possible et faites réunir le Grand Conseil dans une heure. Il faut qu'avant midi nous soyons partis.

Cette fois, l'Empereur avait bel et bien pris sa décision et il n'était plus question de discuter ses ordres, mais de veiller à les faire exécuter le plus rapidement et le mieux possible.

Hieng-feng rentra vite dans ses appartements pour revêtir ses vêtements de cérémonie, longue robe de soie jaune d'or aux manches en forme de sabot de cheval, tissée d'un couple de dragons jouant avec la perle sacrée au-dessus des vagues, accompagnés des gobelets sacrificiels. Dans le dos du vêtement, un grain de millet germé et un brasier de flammes évoquaient l'élément métal, la terre et le feu. Quant au dragon, être céleste, maître des pluies fécondes, c'était le Grand Ancêtre par excellence. Sa patte dotée de cinq griffes comme les doigts de la main indiquait ainsi le chiffre fétiche de l'Empereur et des princes du sang. Le dragon, représenté de face, dans son caractère *fu*, rappelait à tous ceux qui pouvaient voir la robe d'apparat la double existence du bien et du mal. La menaçante hache de justice évoquait le pouvoir discrétionnaire de vie et de mort qu'avait l'Empereur sur l'ensemble de ses sujets. Sur une épaule, le Fils du Ciel portait une broderie représentant la lune et sur l'autre le soleil. En bordure du col s'étalait la constellation de la Grande Ourse et, dans le bas de la robe, une représentation symbolique des montagnes de Chine. Sur sa poitrine pendait le grand collier de cent huit perles réservé aux occasions particulièrement importantes.

Celle-ci en était une, puisque Hieng-feng allait implorer ses ancêtres de lui pardonner son départ et de veiller sur ses palais comme sur sa capitale. Suivi seulement d'une vingtaine de ses eunuques préférés, car l'on manquait de temps pour organiser une cérémonie plus fastueuse, précédé des bannières impériales, Hieng-feng se dirigea alors vers le nord-ouest du *Yuanming-yuan*. Aménagé au cœur d'une jolie pinède, le temple des Ancêtres, le plus vaste édifice religieux du palais d'Eté, était clos d'une double enceinte qui en interdisait l'accès à tous ceux qui ne faisaient pas partie de la famille impériale ou du clergé spécialement attaché au temple. Plus élevé encore que la salle du trône, pourvu d'un double toit de tuiles vernissées jaunes et de neuf travées, ce temple, qui ne mesurait pas moins de cent cinquante mètres de long sur cent trente de large, était précédé d'une vaste cour de deux cents mètres carrés. On y accédait par un beau portique soutenu par quatre colonnes, puis on empruntait un quintuple pont de marbre blanc enjambant le canal. C'était un édifice grandiose consacré à la gloire et à la mémoire des empereurs de la dynastie des Qing[1].

La nouvelle du départ imminent de l'Empereur pour Jehol s'était déjà répandue à l'intérieur du temple des Ancêtres. Les deux cents moines qui en assuraient le service étaient réunis au grand complet dans la cour, vêtus de leurs habits de cérémonie qui comportaient aussi des motifs jaunes d'or, puisqu'ils étaient là pour servir le culte des défunts empereurs. Même si leurs visages demeuraient impassibles, les alignements et les courbettes irréprochables, Hieng-feng devinait à un geste un peu brusque, à un salut à peine trop appuyé leur nervosité. Le Grand Eunuque leur avait sans doute déjà appris que, tandis que l'Empereur, sa famille, son harem et sa Cour s'en allaient se réfugier à Jehol, les moines devaient demeurer sur place. Leur tâche serait de préserver, s'il se pouvait, de tout outrage de la part des Barbares le temple et les portraits sacrés des empereurs Kangxi et Yongzheng, les deux figures majeures de la dynastie. Cette mission ne les rassurait guère.

Les gongs firent soudain retentir leurs sons graves et presque tragiques, signe que la cérémonie commençait. Le cortège s'ébranla derrière l'Empereur, puis le supérieur, afin

---

1. Cette description est tirée de *L'Art des Jardins* de Che Bing Chiu, qui décrivit le palais d'Eté avant sa destruction par les Anglais et les Français.

de pénétrer avec eux à l'intérieur du sanctuaire. Des fleurs en pyramides somptueuses, de nombreuses corbeilles de fruits mais aussi des tas de riz, de millet et de blé, des figurines représentant tous les animaux domestiques nécessaires à la survie dans l'au-delà jonchaient les autels. Des tortillons d'encens répandaient dans l'air déjà saturé d'odeurs leur parfum trop sucré qui étourdissait.

Li Lien-ying avait fait prévenir le supérieur et ses moines que la cérémonie ne pouvait s'éterniser. Il y eut quelques incantations reprises en sourdine par le chœur des novices. Hieng-feng se prosterna par trois fois devant chacun des autels, alluma l'encens, offrit fleurs, fruits et grains de céréales, lait, eau bénite et éventails sacrés en plumes de paon, puis il s'abîma un court instant dans ses prières, assurant les mânes de ses ancêtres qu'il n'entendait pas les offenser en les quittant, mais au contraire tenter ainsi de préserver le trône des Qing. C'en était fini de la cérémonie d'adieu.

L'ultime séance du Grand Conseil fut tout aussi vite expédiée. Les sceaux impériaux, insignes du pouvoir suprême, furent solennellement remis au prince Gong avec mission de traiter au mieux des intérêts de l'Empire avec les Barbares. Tous les ministres, conseillers, secrétaires d'Etat, vice-rois, gouverneurs des provinces et diplomates divers devaient obéissance absolue au prince Gong, car c'était lui qui représenterait le Fils du Ciel le temps que durerait son absence. On organisa aussi un système de messagers qui devaient sans cesse pouvoir relier Pékin à Jehol, afin que Hieng-feng fût informé au jour le jour de l'avance des Barbares, de leur conduite et de leurs prétentions.

Hieng-feng, en dépit de son air immuablement impassible, se sentait plus ému qu'il ne l'avait été depuis longtemps en serrant son plus jeune demi-frère dans ses bras. C'était celui dont ils s'était toujours senti le plus proche : un homme probe et fidèle, incapable de lâcheté comme de bassesse, en même temps dépourvu de cette morgue dont faisaient montre ses autres demi-frères et qui indisposait tant les Barbares. C'était pour toutes ces raisons que l'Empereur lui avait confié la difficile mission de demeurer à Pékin afin de sauver ce qui pouvait encore l'être. Hieng-feng était conscient de l'immensité de la tâche qu'il laissait à ce jeune homme énergique et instruit, mais d'à peine vingt-cinq ans.

– C'est un grand et redoutable honneur pour moi que de demeurer à ta place à Pékin, ô mon frère et mon Empereur, balbutia le prince Gong en répondant à son étreinte. J'espère en être digne.

– Tu le seras, quoi qu'il puisse advenir. Tout ce que tu feras et décideras en mon nom sera bien fait et je ne te blâmerai jamais pour une décision que tu auras dû prendre, je t'en fais ici, devant le Grand Conseil, la solennelle promesse. Essaie de me tenir régulièrement informé de la suite des événements.

– Quand donc le Fils du Ciel rentrera-t-il dans sa capitale ?

– Quand les Barbares ne la menaceront plus, c'est tout ce que je puis te dire. Ma vie n'a guère d'importance, d'autant plus que j'ai maintenant un fils pour me succéder. Le plus grave serait qu'ils tentent de bafouer l'autorité de l'Empereur, humiliant du même coup la dynastie et la famille impériale.

– Je comprends. Je retourne dès aujourd'hui dans la Cité interdite. Sois assuré de tout mon dévouement.

Et les deux demi-frères prirent congé l'un de l'autre sans savoir combien de temps ils allaient être séparés ni même s'ils se reverraient un jour...

Le départ pour Jehol fut affreusement pénible. L'on n'avait plus tenté pareille expédition depuis que l'usage s'en était perdu, en 1820. Les palanquins, les voitures et les chariots n'étaient plus en état. Il fallut en toute hâte réquisitionner partout des montures et certaines n'étaient que des vieilles rosses efflanquées ne supportant qu'à peine le poids de leurs charges. Les pluies diluviennes de la semaine précédente avaient transformé les routes en fondrières et l'on n'avait bien sûr pas eu le temps de les réparer.

L'Empereur avait eu beau recommander le calme et la discipline afin que ce départ précipité ne pût en aucun cas ressembler à une fuite, les rumeurs les plus inquiétantes n'avaient pas tardé à se propager dans tout le palais d'Eté. Les Barbares n'allaient pas tarder à arriver, ils arrivaient, ils étaient là. Les convois se bousculaient dans une panique insensée. De pauvres *coolies* voyaient leurs humbles carrioles prises d'assaut. Tous s'enfuyaient en un beau désordre et sans grande dignité en direction du nord, de la Grande Muraille et de Jehol.

Parmi cette agitation insensée, Yi était peut-être la seule à n'avoir pas perdu la tête. Ce départ l'atterrait car elle persistait à croire qu'il s'agissait d'une grave erreur politique et déplorait encore que l'avis de Sengge Linqin l'eût emporté sur le sien. Yi avait donc posément commandé à ses servantes et à ses « petites sœurs » de faire ses malles et celles du prince héritier qui voyagerait avec elle – Yi entendait veiller à ce que rien de fâcheux ne pût arriver à son petit prince à la faveur de l'agitation et du désordre du voyage. Elle-même avait trié ce qui était nécessaire et ce qui ne l'était pas. Contre l'avis de madame Wang, elle avait préféré sacrifier ses toilettes plutôt que ses livres.

Puis elle avait décidé de tirer ce qu'elle pourrait de l'aventure. Soit, la route était détestable, les ornières innombrables. Les repas apprêtés de façon sommaire lors de bivouacs improvisés restaient plutôt insipides, difficiles à comparer en tout cas avec ceux si raffinés préparés chaque jour par le millier de marmitons affectés à la cuisine de l'Empereur et à celle de tout le palais. Pourtant, elle était heureuse de retrouver cette Tartarie dont était issue la race mandchoue à laquelle elle appartenait. La vision de la Grande Muraille serpentant à l'infini parmi monts et collines, avec ses marches, ses fortins, ses bastions la plongea dans la stupéfaction. Quelle belle et incroyable folie que d'avoir ainsi voulu protéger par un ouvrage d'une telle ampleur les frontières de l'empire Céleste ! Six mille kilomètres de remparts édifiés vers 213 avant Jésus-Christ, comme auraient dit les Barbares, quelle œuvre de Titan ! Agrandie, consolidée, embellie sous les Ming à la fin du XVe siècle, la Grande Muraille figurait un insolite chemin de ronde de géant où quatre cavaliers pouvaient cheminer de front.

Alors que tous critiquaient plus ou moins ouvertement les difficultés du voyage et l'humiliation causée par cette fuite honteuse du palais d'Eté, Yi nourrissait bien d'autres pensées : il lui paraissait impossible qu'un peuple et un empire capables d'édifier, puis de faire durer une telle merveille pussent tout à coup s'effondrer sous les coups de quelques vulgaires canons. Le prince Gong, plus diplomate et en même temps plus résolu que son demi-frère Hieng-feng, saurait à coup sûr traiter avec les Barbares et préserver l'essentiel de l'Empire. Quand on s'amollissait trop longtemps dans le luxe doré des palais, on perdait une juste vision des événements politiques. Ce voyage difficile galvanisait Yi alors qu'il affligeait tant l'Impératrice, les autres concubines et les dame de cour. Sa principale préoccupation concernait son petit garçon que madame Wang avait pour mission de ne pas quitter d'un pas et que Li Lien-ying veillait nuit et jour en compagnie d'une garde d'eunuques armés. Elle s'inquiétait aussi de la santé de l'Empereur et se demandait si cet homme précocement vieilli qu'elle avait trouvé si maigre durant la récente nuit qu'ils avaient passée ensemble pourrait supporter les rigueurs de ce voyage.

Les pluies avaient recommencé à tomber avec leur violence automnale. Les couvertures, les coussins, les vêtements et tous les éléments d'une literie sommaire ne parvenaient pas à sécher. L'on dormait mal, en grelottant dans des vêtements trempés. Yi, dans toute la force de ses vingt-cinq ans, se sentait capable d'en supporter encore bien davantage, mais elle n'était guère certaine qu'il en serait de même pour l'Empereur.

– Pourvu, mais pourvu, ne cessait-elle de se répéter, qu'il n'aille pas retomber, pour oublier un présent désastreux, dans les vices de l'opium, ce qui achèverait de l'affaiblir !

Au soir du septième jour, l'on était enfin en vue des murailles de Jehol, que l'on appelle aussi *Chengde*. Yi regardait avec curiosité les pics sanglants et déchiquetés du mont Shuangta au pied duquel s'élevait la vieille ville mandchoue. C'était à cause de ses sources d'eau chaude que l'empereur Kangxi y avait établi son campement lorsqu'il revenait vers Pékin, après avoir enterré son père. Il avait plus tard, dès les années 1703, commencé des travaux qui durèrent presque un siècle. Jehol fut alors la résidence d'été des empereurs de Chine durant tout le XVIIIe siècle, jusqu'à ce qu'un empereur y mourût, frappé par la foudre. Ce ne fut plus alors qu'un séjour de chasse. Enfin, les difficultés financières et les restrictions de budget imposées par le père de Hieng-feng firent que la famille impériale et la Cour oublièrent le séjour de Jehol. Nul n'avait plus habité les palais depuis quarante ans et ils étaient doucement retombés dans l'oubli, jusqu'aux récents événements.

L'Empereur et tout le cortège impérial derrière lui pénétrèrent dans Jehol par la porte principale, *Lizheng-men*. En dépit des années passées, c'était encore un magnifique spectacle que de voir cette profusion de portes, de cours et de salles se succédant dans la belle ordonnance chinoise sur le traditionnel axe nord-sud. Au bout de la cinquième cour, le palais semblait se démultiplier pour former cinq résidences distinctes. Dans la salle du Désintéressement et du Respect Silencieux flottait une capiteuse odeur de santal. Yi s'aperçut alors que tout le merveilleux mobilier composé de sièges, paravents richement sculptés, banquettes et trônes était fait d'un bois de santal rouge sang qui embaumait. Dans le bureau des Quatre Connaissances, qui servait jadis de cabinet de travail à l'empereur Kangxi, simple pavillon de bois brut dont la rusticité appelait au travail et au recueillement, on avait vue sur les pins de la cour dont les aiguilles toujours vertes, même au sein de l'hiver le plus rude, évoquaient l'acharnement intellectuel.

– Un grand homme doit savoir faire preuve de souplesse, de ténacité, de modestie et de perspicacité, murmura Yi pour elle-même, récitant de mémoire l'un des versets du *Livre des Mutations* que lui inspirait la vue de ces pins.

Puis venaient les appartements de l'Empereur, de l'Impératrice et de Yi. En qualité de mère naturelle du prince héritier, elle passait tout de suite après Niuhuru.

Avant même que de s'installer dans sa future résidence, Yi tint à se promener quelques instants dans le fameux parc des Soixante-Douze Sites Célèbres qu'avait chanté dans ses poèmes l'empereur Qianlong. A l'abri d'un rempart pourpre de vingt-cinq kilomètres de long s'étendait un immense jardin allégorique tel qu'avaient aimé à les concevoir les empereurs Qing. Cette succession savamment ordonnée de collines, de grottes, de lacs et de cascades semés de sortes de « fabriques » rappelant l'Europe du XVIIIe siècle évoquaient aussi les paysages du Jiangnan, à l'embouchure du fleuve Yangzi, là où Qianlong et son grand-père avaient conduit avec succès six expéditions guerrières.

Le soir était déjà tombé, la lune brillait d'un éclat voilé. Yi continuait sa promenade solitaire, se demandant avec quelque appréhension ce que lui apporterait ce séjour forcé à Jehol. Malgré elle, Yi se laissait prendre par la beauté du spectacle qui calmait ses angoisses. Elle avait traversé un élégant pont de marbre blanc et se pencha au-dessus de la balustrade pour voir lentement glisser les eaux déjà chargées de quelques feuilles mortes. Au-delà des lacs, se devinaient encore les vestiges de la *Wenjin*, qui fut l'une des plus prestigieuses bibliothèques du monde avant d'être détruite par un incendie. Le ravissant pavillon de la Bruine émergeait à peine de l'obscurité. La pagode attestait de la présence, autrefois, d'un important complexe de neuf temples inspirés de l'architecture de Nankin, qui avaient également été ravagés par le feu. Les astrologues de Qianlong lui avaient dit qu'il fallait voir dans cet incendie un avertissement du Ciel, fâché de constater que son Fils tentait de reproduire au nord de son empire ce qui avait existé au sud. Qianlong avait alors dû renoncer à son ambitieux projet. Il valait mieux, dans l'empire de Chine, éviter de mécontenter les mages, moines et devins...

On était à peine installé dans les vieux palais de Jehol que le premier messager arrivait à cheval, porteur des nouvelles que le prince Gong, fidèle à sa parole, envoyait à son demi-frère et empereur. Or ces nouvelles n'étaient point bonnes, voire catastrophiques. L'éprouvant voyage avait épuisé Hieng-feng qui s'était étendu sitôt arrivé. Yi se trouvait avec son fils, l'Impératrice et Li Fei dans les appartements impériaux lorsque arriva le messager.

L'Empereur brisa le sceau impérial et commença de dérouler le rouleau de soie. Il tremblait tant entre ses mains qu'il le tendit à Yi, de loin la plus instruite des femmes présentes autour de son lit.

– Peux-tu me lire, je te prie, ce que m'écrit le prince Gong ? Surtout, n'omets rien, même si ce ne sont pas de bonnes nouvelles, je ne le devine que trop...

Et Yi se mit à lire les salutations d'usage avant d'en venir aux nouvelles proprement dites. Elle eut alors bien du mal à empêcher sa voix de trembler :

Les Français, ô mon frère et mon Empereur, sont arrivés les premiers en vue du Yuanming-yuan. *C'était au soir du 6 octobre. Pour tenter d'arrêter leur avance comme tu me l'avais commandé, j'ai offert de rendre les otages que nos troupes avaient capturés non loin de Bali-qiao. Je ne pouvais hélas les remettre en totalité car certains étaient déjà morts, les autres avaient subi de tels sévices que j'aurais préféré les faire soigner avant de les montrer aux Barbares... Hélas, il n'était plus temps. Les Barbares ne crurent pas à ma fable et continuèrent d'avancer vers le palais d'Eté. Comme tu le lui avais ordonné, le général Sengge Linqin, après t'avoir un moment accompagné, s'était replié avec ses troupes sur Pékin, préférant protéger la Cité interdite, symbole du Gouvernement et de l'Empire, que la résidence d'été des empereurs, même si elle contient maintes merveilles... Il y avait bien une garnison d'eunuques armés pour défendre le* Yuanming-yuan *mais nous devinions qu'ils ne pourraient pas grand-chose si les Barbares décidaient de violer nos murailles...*

– Et pourquoi, s'insurgea alors Yi, notre généralissime ne pouvait-il garder à la fois le palais d'Eté et la Cité interdite ? Il avait assez d'hommes pour le faire, il me semble...

La remarque était judicieuse et Hieng-feng prit un air si accablé qu'elle n'osa insister. A l'évidence, lui non plus ne comprenait pas pourquoi on avait ainsi abandonné le palais d'Eté.

– Lis, lui ordonna-t-il durement.

Elle reprit sa triste lecture. Il lui semblait voir les troupes commandées par le général Montauban traverser le riche village de Haidian, franchir en bon ordre le pont monumental jeté en travers du canal, progresser ensuite par la large avenue bien entretenue, bordée de saules majestueux, de jardins et des belles maisons de villégiature des mandarins.

Ensuite, deux pièces d'eau si vastes qu'on y faisait parfois voguer des jonques pour le plaisir de l'Empereur s'étalaient de part et d'autre de la route, servant d'écrin à l'entrée du Palais impérial. Les soldats français avaient donc foulé cette superbe esplanade dallée et bordée sur chacun de ses côtés par un gigantesque lion de bronze posé sur un piédestal de marbre blanc haut de trois mètres. L'armée s'était ensuite trouvée face aux immenses murailles crénelées du palais d'Eté dont les portes avaient été soigneusement fermées. Quelques échelles appliquées contre les murs avaient probablement suffi à franchir les murailles à peine défendues. La petite troupe d'eunuques et ses armes d'un autre temps ne pouvait prétendre protéger à elle seule le palais d'Eté...

Les hommes du général Collineau, qui s'étaient introduits à l'intérieur de l'enceinte, eurent tôt fait d'ouvrir en grand les portes principales. En quelques heures à peine, le chef-d'œuvre de l'empereur Qianlong, cet extraordinaire ensemble de palais, de pavillons, de kiosques et de pièces d'eau, de rochers, de lacs et de vallées artificiels fut donc profané par des Barbares bien indignes de contempler tant de splendeurs...

– Mon pauvre *Yuanming-yuan* que je n'ai même pas été capable de sauvegarder, murmura Hieng-feng en réprimant un sanglot tandis que de grosses larmes roulaient sur ses joues. Je n'aurais jamais dû le quitter mais plutôt y mourir. Peut-être le suicide de l'Empereur aurait-il fait éprouver quelque compassion aux Barbares et aurait-il empêché cette profanation ?

Tous pleuraient à présent dans la pièce. On était suspendu aux lèvres de Yi, pressentant que le pire n'avait hélas pas encore été exprimé. Yi, qui n'avait jamais vu son empereur ainsi, se sentait bouleversée en même temps que vaguement irritée. C'était sûr, il n'aurait jamais dû s'enfuir. Combien de fois ne le lui avait-elle pas dit et répété sur tous les tons ?

Les soldats français et leur général ont bivouaqué dans la première cour pour y passer la nuit. Quant au général Grant et à ses hommes, Montauban les attendait toujours. Le lendemain matin, les Tartares et les eunuques ayant totalement évacué le palais, le général en chef français, accompagné de ses adjoints, les généraux Jamin et Collineau, ainsi que des officiers de cavalerie anglais qui les avaient rejoints durant la nuit – mais Grant n'était toujours pas là – entrèrent dans le palais désert et commencèrent de pénétrer dans chacun des bâtiments, émerveillés par leur rare magnificence. Vers midi, le général Grant et lord Elgin arrivèrent à leur tour devant le palais d'Eté, assez fâchés de constater que les Français ne les avaient pas attendus pour visiter l'ensemble des palais et résidences. En revanche, je sais de façon certaine par les eunuques à présent enfuis que tout était encore intact. Rien n'avait été ni touché ni dégradé. Hélas, il en fut bien autrement dès le début de l'après-midi. C'était comme si chacune des deux armées, piquée d'émulation, avait voulu rivaliser de barbarie avec l'autre. Montauban avait ordonné que tout fût effectué dans l'ordre et le calme, que les objets les plus précieux fussent transportés hors les murs et répartis équitablement entre les deux nations. Il eut beau recommander d'éviter toute dégradation inutile, il sembla qu'une véritable frénésie se fût emparée de chaque soldat. Même les plus gradés ne furent pas en reste. Quand on découvrit dans une cache une partie du trésor impérial, huit cent mille francs en lingots d'or et d'argent, les précieux colliers de cérémonie offerts en présents aux mandarins lors des cérémonies officielles, la folie de pillage ne connut plus aucun frein. Partout, on cherchait des récipients pour y jeter or, argent, jade et perles. On réquisitionnait le moindre chariot, la plus branlante charrette pour y déposer pêle-mêle ce qu'on venait de voler. Anglais et Français se rejetaient mutuellement la faute d'un pillage qui devint vite destruction gratuite et inutile. Et pour excuser ces actes de sauvagerie ignobles, on ne tarda pas à parler de « remboursement du prix du sang ». Or les Barbares n'eurent pas un seul homme de tué durant le sac du palais d'Eté. Avec une naïveté que nous déplorons à présent, ô mon empereur, nous avions surtout pensé à préserver Pékin et la Cité interdite, symboles du Gouvernement et du Trône du Dragon. Les belles paroles, les fausses promesses des Barbares ne nous avaient jamais laissé penser qu'ils n'étaient que de très viles voleurs[1]*. Et ce cauchemar*

1. Tous les chroniqueurs de l'époque ayant assisté au pillage du palais d'Eté sont bien forcés de reconnaître qu'on a copieusement volé, dégradé, saccagé l'une des merveilles du monde pour des motifs qui n'étaient que mercantiles. Il semblerait que les deux armées, tant anglaise que française, stupéfaites à la vue de telles richesses, ne cherchèrent même pas à résister à l'attrait du vol, chacune ne pensant qu'à emporter avec elle le maximum de butin. Qu'on lise les témoignages embarrassés du lieutenant de vaisseau Pallu, du colonel Dupin, de son nom de plume Paul Varin, de Georges de Kéroulée, d'Armand Lucy, du capitaine Béziat, de Charles de Mutrécy, du comte d'Hérisson, ce ne sont que scènes de vols révoltantes mises un peu vite sur le compte des lois de la guerre, laquelle guerre n'avait par ailleurs jamais été déclarée...

se poursuivit sur un rythme aussi effréné durant quarante-huit heures... Rien ne fut épargné...

– Maudit Wenfeng que j'avais chargé de veiller sur mon malheureux *Yuanming-yuan*, dût-il en mourir ! hurla tout à coup Hieng-feng. Je ne le vois que trop, mon gouverneur m'a trahi.

– Non, mon Empereur, dit doucement Yi. Il est seulement mort sans rien pouvoir empêcher, mais il ne t'a pas trahi. Ecoute plutôt la suite du récit du prince Gong.

Et Yi, qui était bien la seule dans la chambre impériale à être capable de conserver son calme, poursuivit d'une voix qui ne tremblait pas le pitoyable récit :

Le plus triste reste à venir, ô mon frère et mon Empereur, et je prie le Ciel de t'accorder l'impassibilité du sage pour écouter ce que je déplore d'avoir encore à te dire. Des eunuques nous avaient révélé, au commissaire impérial Hengqi et à moi-même, que le gouverneur Wenfeng n'avait pas l'intention de survivre à pareil déshonneur. Tu connais la profonde amitié qui l'a toujours lié à Hengqi. Quoi qu'il eût pu nous en coûter de devoir implorer la clémence d'un ennemi qui avait manqué à toutes ses promesses, nous avons sollicité du général Grant la permission de nous rendre ensemble au palais d'Eté pour constater par nous-mêmes l'étendue des dégâts et apprendre le sort de Wenfeng. A dire vrai, je n'espérais guère le retrouver vivant. Wenfeng est un homme d'honneur qui n'aurait pu supporter de vivre après t'avoir donné sa parole de te conserver ton cher Yuanming-yuan. *Son corps flottait sur les eaux du lac. Nous l'avons repêché afin de lui faire donner des funérailles décentes à Pékin. Quant à Hengqi, assis, la tête dans ses mains, au bord des eaux qui lui avaient pris son ami, il pleurait en appelant la mort sur lui...*

– Le prince Gong ne me dit pas ce qu'il en est de mes généraux félons, hurla encore l'Empereur. Après la défaite de Bali-qiao, il leur restait tout de même plus de vingt mille cavaliers tartares, sans compter l'infanterie. Et qu'ont fait ces couards, sinon sauver leurs misérables vies ? Je ne pardonnerai jamais leur incompétence ni à Ruilin ni à mon oncle Sengge Linqin. Mieux vaut pour eux ne jamais réapparaître devant mes yeux s'ils tiennent à leurs têtes. Yi, mes plumes, mes encres, mes soies et mon écritoire et qu'on laisse seul le plus éprouvé des empereurs...

Quand tous se furent retirés après les profonds saluts d'usage, après que Yi lui eut apporté ce qu'il voulait, Hieng-feng se mit frénétiquement à tracer ces mots à l'encre rouge, celle des empereurs :

La Chine est, de tous les empires du monde, le plus puissant et le plus civilisé. Elle vient cependant d'être mise en danger par l'ineptie et l'ignorance de ses fonctionnaires. Il y a vingt-deux ans, l'Angleterre nous offrait la paix ou la guerre. On s'est trouvé entre deux difficultés, ce qui est à déplorer. Vous autres, mes ministres chargés de garantir la sécurité de l'Empire, vous devez viser à établir un Gouvernement et des accords stables, agir selon les circonstances et désirer avant tout le bien de l'Etat.

J'ai longtemps pensé à tous ces événements, j'y ai pensé du soir au matin. Mon cœur est plein de doutes. A quelle cause attribuer nos malheurs actuels ? Dagu était la clef de Tientsin. Puisqu'on l'a perdue, est-il besoin d'en dire plus long[1] *?*

Il semblait au malheureux empereur que tout était perdu. Il avait failli à la tâche qui était la sienne, mais il ne savait toujours pas ni quand ni comment s'était produite la première fêlure. Pour lui, la vie n'était plus qu'un insoutenable fardeau. Avait-il eu raison de fuir à Jehol comme le lui avait conseillé son oncle qui n'avait pourtant rien tenté pour protéger le palais d'Eté ? Aurait-il dû demeurer à Pékin comme le lui avait suggéré Yi afin d'imposer par sa présence quelque respect aux Barbares ? Il ne savait pas, il ne savait plus... Il lui fallait de toute urgence l'opium et ses rêves dorés pour ne plus se haïr jusqu'au délire...

Il prit la pipe que lui tendait l'un de ses eunuques et aspira la drogue avec volupté. Elle lui rendait enfin son cher *Yuanming-yuan* tel qu'il ne serait jamais plus, tel qu'il resterait pour lui durant une éternité de rêves heureux dispensés par la drogue, magnifique et préservé, le lieu privilégié de tous les raffinements, de tout le savoir de l'empire de Chine. La fumée des dieux lui offrait une ultime vision du délicieux parc s'étendant derrière le bâtiment principal et clos par un mur de douze milles de long. Il croyait marcher sur ces sentiers de galets menant à des bosquets de magnolias ou de lilas embaumés. Il voyait s'approcher de lui un troupeau de daims familiers venus quêter les morceaux de galette qu'il avait accoutumé de leur offrir. Il franchissait un pont aérien et fragile et

1. Cette note secrète et désabusée de l'empereur Hieng-feng fut retrouvée et remise au général Montauban qui la fit traduire.

contemplait son image reflétée dans l'eau si bleue, celle d'un homme encore heureux, celle d'un empereur dont on n'avait pas encore tout à fait bafoué l'autorité et le caractère sacré. Ensuite, un sentier escarpé le conduisait au sein d'une grotte artificielle où il aimait dire les poèmes d'autrefois, l'un de ceux que Yi savait si bien chanter à mi-voix en s'accompagnant de son violon à deux cordes...

Les missives du prince Gong se succédaient à Jehol, mais elles n'atteignaient plus l'esprit embrumé de Hieng-feng, même s'il demandait toujours à Yi de lui en faire la lecture. Il aimait sa voix si mélodieuse qui le berçait sans le blesser. Yi pourtant s'épouvantait de l'enchaînement inéluctable des mauvaises nouvelles. Le pillage du *Yuanming-yuan* s'intensifiait et elle se demandait ce que les soldats anglais et français pouvaient encore dérober ou saccager. Le 6 octobre, pour tenter de mettre un terme au désastre, le prince Gong avait envoyé aux Anglais une lettre accompagnée de quelques mots de Parkes, l'un des otages pris par hasard le 18 septembre. Lui du moins était encore en vie... Gong promit le retour de tous les prisonniers pour le 8 octobre, promesse impossible à tenir puisque certains n'étaient plus. Le prince ne cherchait ainsi qu'à gagner du temps et Yi ne devinait que trop la réaction des Barbares anglais quand ils verraient qu'il manquait bien des prisonniers. De retour chez elle, désespérée de n'avoir obtenu aucun sursaut de conscience de la part de Hieng-feng, Yi faisait part de sa profonde perplexité à son cher Li Lien-ying.

– Je ne comprendrai jamais la mentalité si spéciale de ces Barbares, lui confiait-elle. Ils nous envahissent sans nous avoir seulement déclaré la guerre, sous le prétexte que nous ne voulons pas de leur maudit opium, ils détruisent sans remords des siècles de civilisation et de beauté, de savoir et de pure poésie mais, à les croire, ce sont eux les offensés. Tout cela sous le prétexte que quelques-uns de leurs compatriotes ont été un peu torturés. Que pèse donc la vie d'un homme en comparaison de tant de beauté détruite ? En pillant par pure cupidité tous les trésors du *Yuanmingyuan*, ces Barbares montrent seulement qu'ils sont de viles voleurs, ce qui est puni de mort chez nous.

Puis elle retraçait pour Li les principaux événements survenus au palais d'Eté et à Pékin. En réponse à la lettre du prince Gong, le haut commandement anglais avait fixé un rendez-vous à l'émissaire du prince. Le diplomate britannique Thomas Wade rencontrerait l'après-midi même, hors les murs, le commissaire impérial Hengqi en qui les Anglais avaient une relative confiance. Le vieil homme fut descendu dans un panier du haut des murailles pourpres de la Cité interdite. Thomas Wade lui remit une lettre précisant les conditions exigées pour que Pékin fût épargnée : une porte de la ville demeurerait ouverte par sécurité durant tout le temps de la visite des ambassadeurs dans la capitale et Hengqi, bien qu'humilié, fut forcé d'accepter cette condition.

Au même moment, Harry Parkes, accompagné de dix otages, tant français qu'anglais et indiens, était remis en liberté dans le camp anglais par les autorités chinoises. Tous furent immédiatement conduits au temple des Lamas, où résidaient le général Grant et lord Elgin. Ceux-ci s'épouvantèrent en les voyant dans un état si lamentable, affamés, couverts de vermine et d'ulcères, les poignets profondément cisaillés par les cordes qui les avaient liés. Les jours suivants, il y eut encore onze prisonniers libérés, puis d'autres encore, cette fois accompagnés des cercueils de ceux qui n'avaient pas résisté à leur enfermement. Au total, sur trente-neuf prisonniers, vingt furent rendus sous formes de restes déjà bien décomposés, enfermés dans leurs boîtes... Les rescapés n'avaient d'ailleurs eu la vie sauve que grâce à une décision du prince Gong et du commissaire impérial Hengqi, qui avaient pris ensemble le risque de libérer les survivants en ignorant l'ordre de mise à mort de l'Empereur... Les deux hommes s'étaient hâtés de rendre les prisonniers avant que l'arrêt d'exécution ne fût officiellement connu. Autrement, ils n'auraient rien pu faire d'autre qu'obéir...

Tandis que les officiels anglais décidaient des funérailles militaires pour leurs morts, lord Elgin et le baron Gros envoyaient un ultimatum au prince Gong. S'il ne leur ouvrait pas de son plein gré la porte *Anding-men* de la ville tartare, ce serait toute la capitale qui serait assiégée puis prise d'assaut. En dépit des formidables murailles de Pékin, hautes de plus de quatorze mètres et épaisses de vingt-six mètres à leur base, le prince Gong avait compris qu'elles ne résisteraient pas longtemps à un pilonnage en règle effectué par les batteries des canons des Barbares. Le malheureux prince ne savait à quoi se résoudre. Il avait déjà désobéi aux ordres de son demi-frère en faisant libérer les otages. Il hésitait à fuir en Tartarie, abandonnant la capitale à son sort mais risquant sa liberté future, peut-être même sa tête. D'un autre côté, s'il restait, ne serait-il pas fait prisonnier par les Barbares ?

Yi, qui appréciait le prince Gong pour sa grande intelligence, sa fidélité à l'Empereur, sa probité totale, imaginait sans peine ses atermoiements et la responsabilité écrasante pesant sur lui quand les ordres de Hieng-feng arrivaient toujours si mal à propos.

– Par bonheur, raconta-t-elle à Li Lien-ying, l'ambassadeur russe, le général Ignatief, qui était revenu à Pékin et entretenait des liens amicaux avec le prince Gong, sut le conseiller au mieux des intérêts de l'Empire. Il le persuada que les Barbares n'avaient rien à gagner à sa captivité ou à sa mort, bien au contraire, puisqu'il restait avec le commissaire Hengqi leur meilleur interlocuteur et qu'il avait prouvé son humanité en prenant le risque de libérer les otages encore vivants. En même temps, le Russe sut réfréner les revendications des Alliés. Bref, ce fut lui le principal artisan et négociateur de la paix. A midi, le 13 octobre, la porte *Anding-men* fut ouverte aux Barbares. Les Anglais, dont le camp était tout proche de cette porte, toujours fort discourtois, prirent les Français de vitesse et entrèrent les premiers et sans les avoir attendus dans la ville au son de leur hymne national, le *God Save the Queen*[1].

Les relations se détériorèrent bien évidemment entre Chine et Occident quand le prince Gong eut envoyé les cercueils des otages morts. Dès lors, en dépit des tentatives

1. Le comte de Hérisson raconte cette anecdote dans ses *Mémoires* en relatant l'apostrophe que fit au colonel Schmitz le général Napier en présence de tous ses officiers : « Vous auriez pu nous attendre. C'est la première fois, depuis que nous combattons ensemble, que vous plantez le premier votre drapeau sur un rempart. Il est vrai que cette fois-ci, l'ennemi n'était pas derrière ! »

de conciliation du général de Montauban, lord Elgin dicta des conditions draconiennes au prince : outre la ratification par la Chine du traité de 1858, il exigeait une indemnité de guerre de trois cent mille *taëls* et prétendait raser complètement le palais d'Eté déjà bien éprouvé, car c'était là que les otages avaient été détenus et torturés. Le général Grant et lord Elgin eurent beau essayer de convaincre le général de Montauban et le baron Gros de participer avec eux à l'incendie du *Yuanming-yuan*, les dirigeants français continuèrent de s'y opposer. Aussi lord Elgin, se passant de l'approbation française, écrivit-il au prince Gong que le *Yuanming-yuan* serait totalement incendié le 18 octobre[1].

Tout au long du jeudi 18 octobre et du vendredi 19, les Anglais se livrèrent donc à d'ultimes pillages et incendièrent méthodiquement non seulement le *Yuanming-yuan* mais encore les palais impériaux du *Changchun-yuan* et *Qichun-yuan*, ainsi que tous les édifices et jardins du *Wan Shou Shan*, la colline de la Longévité Millénaire, les pagodes de la Fontaine de Jade et des Collines Parfumées. Ce fut un

---

1. Dans une dépêche datée du 25 octobre et adressée à lord John Russell, lord Elgin expose longuement les motifs de sa décision : « Ce palais, écrit-il, est la résidence favorite de l'Empereur, et sa destruction sera un coup porté à son orgueil, comme à ses sentiments personnels. C'est dans ce lieu qu'il a conduit nos malheureux compatriotes pour leur faire endurer les plus cruelles tortures, c'est dans l'enceinte de son propre palais qu'ont été retrouvés les chevaux et l'équipement des cavaliers arrêtés, les décorations arrachées de la poitrine d'un brave officier français, ainsi que d'autres effets appartenant aux prisonniers. » L'incendie du palais d'Eté par lord Elgin fut donc bel et bien un acte de vengeance perpétué par les seuls Anglais, auquel les Français n'ont pris aucune part.

véritable holocauste architectural que les Français ne craignirent pas de qualifier d'« acte de barbarie »[1].

Le prince Gong, le haut commissaire Hengqi et les principaux mandarins chinois, debout au sommet d'une petite éminence, assistèrent en pleurant, impuissants, à ce désastre. Or ce n'était pas fini. Le 24 octobre, jour de la signature du traité de paix, les Anglais incendièrent encore, gratuitement, le délicieux palais de Jade. Ce ne fut qu'à la mi-novembre que l'Empereur reçut enfin à Jehol de son demi-frère un rapport détaillé, navré, de l'ensemble de la catastrophe. Toujours à l'encre vermillon, il répondit au prince Gong par ces simples mots : *« Je suis extrêmement furieux. »* Hieng-feng était plus que furieux. Lord Elgin savait bien ce qu'il faisait en réduisant en flammes la quintessence de la culture et de la beauté chinoises. Hieng-feng avait le cœur brisé. Il ne se remit jamais de la destruction totale de son merveilleux *Yuanming-yuan* et de sa prodigieuse bibliothèque couvrant trois vastes galeries, dont le seul catalogue, rédigé par les meilleurs lettrés de l'Académie impériale de Hanlin, ne comptait pas moins de cent vingt-huit volumes[2].

1. Dans une lettre privée qu'il adressa à son ministre des Affaires étrangères, le baron Gros proclame son indignation devant cet incendie : « Ce matin, nous avons vu les flammes qui dévoraient le palais, et j'en ai eu le cœur tout retourné. Si j'avais pu prévoir ce qui m'arrive, j'aurais refusé la mission, m'eût-on offert des millions pour l'accepter : ce qui m'afflige réellement, c'est le dissentiment qui s'élève entre lord Elgin et moi ! »

2. Le nombre des ouvrages brûlés, d'une valeur inestimable, s'élève

Même si Hieng-feng avait voulu se coucher pour toujours avec de l'opium en quantité suffisante pour ne plus jamais s'éveiller, Yi veillait à ce qu'il n'en fût rien. Le prince Gong ne pouvait assumer seul des choix que l'Empereur lui aurait peut-être reprochés plus tard et puis, elle voulait la destitution de cet arrogant Sengge Linqin, incapable, en dépit de toutes ses vantardises, de livrer une seconde bataille après sa terrible défaite de Bali-qiao. Il n'avait rien fait pour défendre le palais d'Eté ou pour protéger Pékin. Sur les conseils de Li, un décret impérial lui enleva sa dignité de prince et le statut dont il s'était montré si peu digne de généralissime des armées du Fils du Ciel. Un autre décret ordonnait de punir les auteurs de l'attentat du 18 septembre. Autant dire que bien des têtes allaient tomber. De hauts dignitaires recevraient l'ordre de se pendre et le cordon de soie pour ce faire... Enfin, cette paix si difficile à obtenir serait signée le 24 octobre, sans que Pékin ni la Cité interdite fussent détruits.

Une autre missive du prince Gong à l'Empereur rendait compte de cette mémorable journée :

Une nombreuse foule de Chinois, hommes, femmes et enfants, se pressait tout le long des cinq kilomètres, pour reprendre la mesure usitée par les Barbares, séparant la porte Anding *du ministère des Rites, où Ta Majesté avait souhaité qu'eût lieu la signature du traité. Tous attendaient avec des senti-*

à plus de dix mille cinq cents livres couchés dans leurs cartons recouverts de soie.

ments mitigés de voir passer le Grand Barbare, ainsi appelait-on lord Elgin. Ce fut avec plus de deux heures de retard que le cortège des Anglais, précédé de plus d'une centaine de dragons de la Reine, d'une cinquantaine de Sikhs à cheval, escorté par mille fantassins, arriva enfin dans la cour du tribunal des Rites. J'étais là à l'attendre, entouré de quelques centaines de mandarins en grande robe de soie et, comme il l'avait exigé, je me suis avancé pour l'accueillir au nom de Ta Majesté, au son du God Save the Queen. *Entre nous, aucun mot ne fut échangé et lord Elgin répondit de façon glaciale à mon salut. Il avait été décidé que lord Elgin et moi-même nous assiérions en même temps devant les deux petites tables disposées pour la signature. L'un des ministres lut alors le décret impérial que tu m'avais adressé, ô mon frère et mon Empereur, pour me permettre de conclure la paix en ton nom et d'apposer le grand sceau de l'Empire au bas du traité. Lord Elgin, toujours aussi plein de morgue, crut bon de me signifier que si l'Angleterre signait ce traité, c'était uniquement un acte de mansuétude de sa part et que son pays aurait pu renverser la dynastie régnante si tel avait été son bon plaisir. Il s'est alors levé pour prendre congé de nous sans daigner accepter les rafraîchissements que je lui avais fait préparer. Par chance, le lendemain, le comportement du baron Gros, à la différence de celui de lord Elgin, presque grossier, fut des plus cordiaux et nous bûmes le thé ensemble avec amitié. Il fut si aimable envers nous que je lui fis porter le soir même une collation composée de nos mets les plus raffinés...*

A la lecture de ce passage, Yi fit entendre un petit rire discret. Elle n'imaginait que trop bien la grimace des diplomates français devant les nids d'hirondelles, les ailerons de requins, les œufs de vanneaux et, surtout, les délicieux holothurides ou vers de mer. Elle n'était pas sûre non plus qu'ils eussent particulièrement apprécié la liqueur de samchou au goût doux-amer si particulier...

Le prince Gong écrivait encore :

Enfin, je fus si rasséréné par cet accueil du baron Gros bien différent de l'insupportable suffisance de lord Elgin que je l'assurai que, s'il demeurait quelques jours encore à Pékin, ce serait en ami et non en ma qualité de Commissaire Impérial que je viendrais le trouver.

– Le voici tout de même enfin signé, ce traité qui nous valut tant de soucis, murmura Yi.

– Mais à quel prix ? rétorqua l'Empereur. J'ai dû assurer ces Barbares de mon « profond regret » pour l'attaque de Dagu de juin 1869, j'ai dû payer huit millions de *taëls* d'indemnités et dommages de guerre, ouvrir la ville et le port de Tientsin au commerce international, garantir la liberté de circulation, de transaction et de possession aux Barbares de ces deux nations munis de passeports consulaires, promettre la liberté des cultes chrétiens, réviser à la baisse les tarifs des douanes, accorder le droit de résidence des ambassadeurs de ces deux nations à Pékin.

– En échange de quoi nous sommes enfin en paix et les îles Zhoushan sont évacuées !

Seul un profond soupir lui répondit. Yi savait bien que Hieng-feng avait raison de trouver ce traité illicite et désastreux, mais comment résister aux canons occidentaux ?

5

Depuis la ratification du traité avec les Barbares, un nouveau ministère avait été formé, que dirigeait le prince Gong. Il s'agissait du *Tsungli-yamen* qui devait gérer tous les problèmes pouvant survenir avec les diplomates étrangers. Ce ministère avait été installé dans un temple presque abandonné du nord-ouest de Pékin et les diplomates anglais comme français n'étaient guère flattés de devoir se présenter dans un bâtiment aussi minable lorsqu'ils sollicitaient une audience avec le prince. Ce *yamen* n'avait à dire vrai qu'une seule qualité : il n'était guère éloigné de la somptueuse résidence du prince Gong, sise sur la rive nord du lac Shisha, parmi un étonnant jardin de pierres. Pourtant, ce n'était pas là qu'il les recevait... D'ailleurs, on s'étonnait beaucoup, à Pékin, de l'absence prolongée de l'Empereur. Soit, il n'était plus question pour lui d'habiter sa résidence préférée du *Yuanming-yuan* qui n'était qu'un tas de ruines encore fumant, mais il restait la Cité interdite, toujours intacte. Bien sûr, Hieng-feng détestait cet endroit austère et clos où il ne passait guère que les trois mois d'hiver car la plupart des palais y étaient bien chauffés. En réalité, revenir s'installer à Pékin aurait été pour lui une humiliation sans bornes.

Son demi-frère le pressait pourtant de rentrer afin de recevoir à son tour les émissaires étrangers avec qui l'on était maintenant en paix. Restait le difficile problème du *Kow-tow*. Ni lord Elgin ni le baron Gros ne pouvaient admettre de se prosterner jusqu'à terre en signe d'humilité devant l'homme qu'ils avaient vaincu par les armes. Sur ce point, Hieng-feng, qui avait été contraint de céder sur tout, demeurait intransigeant.

L'Empereur avait laissé les pleins pouvoirs à son demi-frère et se désintéressait de plus en plus des affaires d'un Empire qui ne lui apportait que peines et désillusions. Terré dans son palais de Jehol dit le palais des Brumes et des Vagues Rafraîchissantes, il n'y recevait plus guère que ses mignons et ses anciens compagnons de débauche, les princes Cheng et Su Shun. La favorite Li Fei parvenait encore parfois à forcer sa porte, mais elle sortait de chez l'Empereur pâle, défaite et les yeux rouges.

– Il fume de plus en plus d'opium, confia-t-elle un matin d'août à Yi qui l'attendait devant le palais des Brumes. Sa jambe gauche était déjà tout enflée, c'est maintenant le tour de la droite. Même s'il le voulait, il ne pourrait plus se lever.

– Su Shun lui fournit bien sûr toute la drogue qu'il peut trouver. Et ses frères ?

– Ce matin, il a refusé de recevoir le prince Tchun, l'époux de ta sœur. Il m'a fait ses adieux et je n'espère plus guère le revoir vivant.

– Sais-tu, Li Fei, s'il a désigné son successeur ?

– Ton fils devrait bien sûr être l'héritier légitime, dit Li Fei qui n'avait jamais jalousé Yi, mais rien n'est encore écrit dans la Boîte de Jade. Je pense que Su Shun y veille.

S'il s'emparait du pouvoir, que deviendrions-nous ? Peut-être massacrerait-il toute la famille impériale ?

Elle eut un sanglot qu'elle ne put réprimer.

– Ma fille et ton fils seraient parmi les premières victimes et le Conseil du Clan n'y pourrait pas grand-chose.

– C'est probable, Li Fei, mais l'Empereur n'est pas encore mort. Garde confiance. Ta fille est la sœur de mon fils et, à ce titre, elle m'est très précieuse. Je veillerai aussi sur elle.

Il lui fallait de toute urgence voir Li Lien-ying et faire le compte avec lui des alliés sur lesquels elle pouvait compter, tant au Conseil du Clan, au Grand Conseil que parmi les militaires. Yi rentra donc en toute hâte dans son palais et chargea une « petite sœur » d'aller chercher Li et le prince héritier, qui venait d'avoir cinq ans et appréciait le séjour de Jehol. Là, il pouvait partir pour de folles courses à cheval dans le désert tout proche. Li Lien-ying arriva, tout essoufflé, portant dans ses bras le petit prince qui protestait car il voulait monter son poney.

Il faisait une chaleur exténuante. Un vent brûlant venait du désert et l'on devait calfeutrer les fenêtres pour empêcher le sable d'entrer partout, en même temps que la chaleur. Yi serra son fils dans ses bras puis le confia aux soins de madame Wang. Elle servit à l'eunuque une tasse de thé, s'assit avec familiarité à ses côtés et lui expliqua :

– J'ai vu Li Fei tout à l'heure et elle m'a confié que la santé de l'Empereur se détériore rapidement. Su Shun a fait poster des gardes à sa porte et nul ne peut plus entrer au palais des Brumes et des Vagues Rafraîchissantes si l'Empereur ne l'a expressément demandé. Moi-même, je ne parviens pas à forcer sa porte. Or, Li Fei en est sûre, aucun nom n'a encore été placé dans la Boîte de Jade. L'Empereur n'a pas désigné nommément son héritier.

– Tout le monde sait que c'est ton fils.

– Il faut que ce soit écrit de la main de l'Empereur ou dit de sa bouche devant témoins. Malheureusement Su Shun ne me laissera jamais entrer.

– Dans une heure, le général Jung Lu sera en faction devant le palais des Brumes. Il se défie de Su Shun et redoute une révolution de palais à l'issue toujours si meurtrière chez nous. Je le fais prévenir, ainsi que le Grand Eunuque, An Te-haï, qui chérit le prince héritier comme s'il s'agissait de son propre fils. Grâce à leur concours, nous pénétrerons tous les trois dans la chambre de l'Empereur.

– Mais s'il n'est pas seul ?

– Ce n'en sera que mieux. Je demanderai d'ailleurs au Grand Eunuque de faire entrer au même moment des membres du Grand Conseil et du Conseil du Clan. Plus il y aura de témoins présents et moins la décision de l'Empereur sera contestable. Même Su Shun n'y pourra rien.

Il restait peu de temps à Yi pour s'apprêter en vue de cette entrevue décisive avec l'Empereur et les personnages les plus importants de la Cour. Avec l'aide de madame Wang, elle revêtit sa grande robe de cérémonie, posa sur sa tête son plus riche diadème, habilla le petit prince de jaune d'or. Elle ne voulait pas ressembler à une veuve éplorée ou à une mère inquiète mais à la future impératrice qu'elle souhaitait être. Sinon, plus rien n'avait d'importance pour elle.

Brièvement, elle se demanda si la mort imminente de Hieng-feng, qui l'avait tout de même aimée à sa manière, la peinait. Pour l'instant, force lui fut de reconnaître qu'elle n'éprouvait rien pour lui. Soit, son règne avait été triste et malheureux, il avait subi des événements terribles que peu d'hommes auraient su surmonter, mais il ne s'était pas donné beaucoup de mal pour y faire face. Il s'était un peu facilement laissé aller à la débauche et à une consommation abusive de drogue. Il n'avait pas préparé sa succession et abandonnait au pouvoir de Su Shun ses deux enfants, l'impératrice Niuhuru, Li Fei, elle-même et les autres concubines impériales. Su Shun était ambitieux et ne résisterait guère à la tentation qui s'offrait à lui. Ensuite, même s'il ne le souhaitait pas, il ne pourrait que massacrer la famille impériale et les concubines de Hieng-feng afin de laisser la place nette. Depuis la nuit des temps, cela se passait toujours ainsi lorsqu'on voulait s'asseoir illégitimement sur le trône du Dragon.

Li Lien-ying aussi avait fait toilette et revêtu son costume bleu de cérémonie. Il lui sourit largement :

– Tout est prêt. Allons-y. Le général Jung Lu et le Grand Eunuque An Te-haï nous attendent devant la porte du palais. Jung Lu a fait renforcer sa garde et nous passerons, fût-ce par la force.

Yi était un peu pâle et se demandait ce que pourrait inventer Su Shun pour l'empêcher d'arriver jusqu'à l'Empereur s'il avait eu vent de son projet. Or elle ne se faisait guère d'illusions, à Jehol comme au palais d'Eté ou dans la Cité interdite, tout se savait très vite. Il suffisait d'ailleurs de les voir passer tous trois en lourds vêtements de cérémonie pour comprendre que quelque chose d'important se tramait. C'était un risque, mais elle n'aurait pu paraître devant des membres du Conseil du Clan ou du Grand Conseil habillée de façon quelconque...

Quand ils parvinrent aux portes du palais des Brumes et des Vagues Rafraîchissantes, une garde impressionnante, revêtue de la tenue cramoisie du général Jung Lu, avec ses bannières flottant au vent, formait comme une haie d'honneur. Le Grand Eunuque était là lui aussi et il se prosterna devant le petit prince. Les soldats de Su Shun avaient disparu. Nul ne s'opposait plus à l'entrée de Yi et de son fils à l'intérieur du Palais impérial. An Te-haï, servi par sa haute stature et son titre de Grand Eunuque qui faisait de lui le maître absolu à l'intérieur du palais, ouvrait la marche. Alors qu'on venait de traverser le vaste corridor aux délicats céladons précédant les appartements impériaux, il repoussa rudement deux comédiens fardés, parfumés qui s'inclinaient avec obséquiosité devant lui. Il leur dit à voix très haute :

– L'ère des mignons de l'Empereur tire à sa fin. Voici les deux derniers favoris de Sa Majesté, Touan-houa et son partenaire Tsai-ya, qui devraient bien vite retourner sur les tréteaux de leur théâtre plutôt que de continuer de se mêler de politique, une affaire à laquelle ils n'entendent d'ailleurs rien.

Les deux comédiens avaient compris que les paroles méprisantes de An Te-haï cachaient une vraie menace et qu'il n'était pas de leur intérêt de traîner trop longtemps à Jehol. Ils étaient devenus très pâles sous leurs fards et se hâtèrent de disparaître. Yi, droite et digne, tenant son fils par la main, passa devant eux en affectant de ne pas les voir.

– La dame Yehenara et son fils, le prince héritier, annonça le Grand Eunuque en écartant les portières de brocart jaune d'or brodées de dragons qui calfeutraient la chambre de l'empereur Hieng-feng.

Pour donner plus d'importance à l'irruption de Yi dans la chambre impériale, An Te-haï lui avait donné le nom de son clan, de même que l'Impératrice était couramment appelée du nom du sien, Niuhuru. L'Empereur, très pâle, le visage encore plus émacié que de coutume, était allongé dans un lit qui semblait trop grand pour lui, la tête soutenue par une pile d'oreillers, tous de la même teinte jaune d'or. Il y avait une vingtaine de personnes dans la chambre, les demi-frères de l'Empereur, le Grand Conseiller Su Shun bien sûr, les membres du Grand Conseil et du Conseil du Clan, divers ministres et mandarins de haut rang. La réunion ressemblait fort à un ultime conseil et Yi comprit en frémissant qu'elle était arrivée juste à temps.

Saisissant le petit prince Tsai Chun dans ses bras, elle le tendit vers l'Empereur en disant très haut :

– O mon Empereur, voici ton fils unique, le prince héritier.

L'enfant souriait à son père et lui tendait les mains en le nommant « père ». Il était beau, en parfaite santé, vigoureux. Son père s'émut à cette vue et l'attira à lui en disant à voix fort intelligible :

– Tsai Chun est en effet le seul prince héritier. Quand j'aurai rejoint le pays de mes ancêtres, celui des Sources Jaunes, il régnera sous le nom de Tung Chih. Voici le futur Fils du Dragon, ô mes frères, mes conseillers et mes amis. Vous lui devez pleine et entière fidélité.

Su Shun, qui avait provoqué cette réunion pour se faire

proclamer régent, blêmit en entendant ces paroles prononcées devant un auditoire si nombreux qu'elles faisaient force de loi. Mais Yi, qui voulait que tout soit parfaitement explicité, dit encore de sa voix si claire :

– Je suppose que ton vœu serait, ô mon Empereur, que les deux impératrices douairières fussent les seules détentrices des sceaux impériaux.

Elle n'était toujours que concubine de premier rang, mais il était exact que sa qualité de mère naturelle du nouvel empereur en ferait la seconde impératrice douairière, titre qu'elle se donnait par avance en espérant que Hieng-feng n'en prendrait pas ombrage.

– En effet, concubine de la Vertu Féminine, à ma mort, tu seras impératrice douairière avec la présente impératrice, dame Niuhuru. Vous serez toutes deux les mères de l'Empereur et les détentrices des sceaux impériaux. Vous régnerez ensemble pendant la minorité de notre fils pour le plus grand bien de l'Empire et de nos sujets, éclairées par les avis du Conseil de Régence.

Il referma les yeux, épuisé.

Le Grand Eunuque, toujours soucieux de respecter le cérémonial, surtout en un pareil jour, fit signe à Yi de s'avancer en premier avec son fils vers la sortie et tous s'effacèrent devant eux. Il les raccompagna lui-même jusqu'aux portes du palais. Tandis qu'elle passait entre les soldats, le général Jung Lu fit longuement acclamer l'impératrice douairière et le prince héritier par ses troupes :

– Dix mille années ! Dix mille années à l'impératrice douairière et au prince héritier !

Cette fois, l'intronisation de Yi comme impératrice et de son fils comme futur empereur étaient bel et bien officielle.

L'empereur Hieng-feng, exténué, sans espérance, ne survécut pas à cette nuit, et personne n'en fut étonné. Il s'éteignit à l'aube du 21 août sans souffrance, emporté par les fumées heureuses de l'opium. S'ouvrit alors l'ère du règne du petit empereur de cinq ans, Tung Chih, ou ère *Ki-siang*, l'ère de l'Heureuse Chance. Les deux mignons de l'Empereur n'avaient pas quitté Jehol comme le leur avait recommandé le Grand Eunuque, au contraire, ils étaient parvenus à se faire nommer au Conseil de Régence, Tsai-ya en était même le président, ce qui faisait enrager Su Shun et indignait la Cour. Il était assisté de son alter ego Touan-houa et de sept autres membres, parmi lesquels King-cheou, le beau-frère de l'Empereur, Sou-chouen, le ministre des Finances, Kouang Yi-wan, un éminent mandarin de l'académie de Hanlin, Tou-han, le ministre des Affaires civiles et Tsiang-yeou-ying, le précepteur du nouvel Empereur. Su Shun et les demi-frères de l'Empereur avaient été soigneusement tenus à l'écart du pouvoir. Pourtant, le prince Gong était toujours gouverneur de Pékin et dirigeait donc le *Tsungli-yamen*, le ministère chargé des relations avec les Occidentaux créé six mois plus tôt.

Même si les droits du petit empereur et de ses « deux mères » avaient été préservés, la formation du Conseil de Régence fit l'effet d'une bombe explosant sur l'aridité désolée de Jehol. Tous devinaient que cette ultime lubie du défunt Empereur portait en elle bien des germes de discorde. Certes, les deux mignons connaissaient parfaitement le répertoire classique du théâtre-opéra du nord ou *zaju*, ils avaient interprété quantité de drames de Guan Hanqing, de Ma Zhiyuan ou de Wang Shifu, pourtant, ils n'avaient pas l'étendue de la culture des mandarins issus de l'académie de Hanlin et pas la moindre expérience du pouvoir. En les projetant aussi brutalement au sein de l'arène politique, Hieng-feng n'avait fait que les mettre en danger, ce qu'ils ne surent comprendre. Maintenant qu'ils étaient devenus des personnages importants, ils exigèrent leurs propres palais à Jehol. Ils se pavanaient même en vêtements de mandarin, auxquels ils n'avaient bien sûr pas le moindre droit.

Le premier acte officiel du Conseil de Régence fut d'expédier un message officiel au prince Gong pour lui annoncer la mort de Hieng-feng, message destiné à être publié dans *La Gazette de Pékin*. Il commençait ainsi :

Le dix-septième jour de la présente lune, l'Empereur défunt s'est envolé sur un dragon pour devenir l'hôte d'en-haut[1].

Celui qui ne pouvait en rester là et voyait avec rage lui échapper un pouvoir dont il s'était cru si proche était le Haut Commissaire Su Shun. Il s'était imaginé manœuvrer un homme moribond, or l'Empereur s'était moqué de lui et avait réservé ses dernières forces pour l'écarter du trône, comme s'il avait tout à coup compris combien Su Shun avait hâté sa fin en l'accompagnant si souvent dans les pires bouges de Pékin, en favorisant son vice pour l'opium. Su

1. Ce message officiel annonçant la mort de Hieng-feng, le règne de son fils, la régence des deux impératrices douairières et la composition du Conseil de Régence fut publié dans *La Gazette de Pékin* du 24 août 1861, l'organe du gouvernement impérial.

Shun se rendit tout d'abord chez l'impératrice Niuhuru qui était devenue impératrice douairière depuis la mort de son époux, sans bien faire la différence.

Après les saluts, paroles fleuries et condoléances d'usage, il entra dans le vif du sujet en lui expliquant :

– En ma qualité de conseiller personnel et de porte-parole de Sa Majesté le défunt empereur, il est bien évident que j'aurais dû être nommé régent à la place de ces deux incapables qui prétendent à présent gouverner un empire dont ils ignorent tout. Le théâtre et la politique sont des mondes qui n'ont rien à voir l'un avec l'autre. Seule la maladie a faussé le jugement du Fils du Dragon. Bien sûr, je ne conteste pas la nomination du nouvel empereur, « votre » fils, dame Niuhuru, ni le fait que vous possédiez l'un des sceaux impériaux, mais je suggère que, dans les édits officiels, votre signature soit toujours accolée à la mienne.

– Le jeune empereur a aussi une seconde mère, qui est sa mère naturelle, seigneur Su Shun. Elle possède également l'un des sceaux impériaux...

– Certes, mais une simple concubine de premier rang ne peut devenir co-impératrice douairière. Cela ne s'est jamais vu. Ce n'est pas envisageable.

– Vous devriez aller trouver dame Yehenara et vous entendre avec elle, seigneur Su Shun. Toute seule, je ne puis rien.

– Alors, vous ne voulez rien signer ?

– Seulement en présence de Yehenara, seigneur.

Su Shun, fou de rage, devinait que Yi, qu'il fallait à présent appeler du nom de son clan ou, pire encore, impératrice douairière, était passée par là. Elle s'était entendue avec Niuhuru et le subterfuge qu'il avait inventé pour que son nom figurât tout de même sur les édits impériaux avait été éventé. Il était furieux, mais se garda bien de le montrer. Il s'inclina respectueusement devant Niuhuru et prit congé.

Cette dernière n'avait que vingt-trois ans et ne s'était jamais souciée des affaires politiques de l'Empire. Depuis que le médecin officiel de la Cour avait officiellement reconnu sa stérilité, l'Empereur ne l'avait plus approchée. Elle avait ainsi perdu le peu d'influence qu'elle avait pu avoir par le passé. Tout son amour maternel déçu s'était reporté sur la petite princesse Jung An, la fille de Li Fei, et surtout sur le jeune empereur. Aussi comprenait-elle parfaitement que son sort et ses affections demeuraient liés à la famille impériale et que son intérêt était de faire bloc avec Yi, bien plus intelligente et plus expérimentée qu'elle-même. Puisqu'elle ne gênait Yi en rien et n'avait pas la moindre ambition politique, elles resteraient unies et feraient front contre l'ambitieux Su Shun qui la terrifiait. Il lui faisait assez songer à un grand félin blessé, rendu plus dangereux encore par sa souffrance...

Pour bien marquer sa préséance sur celle qu'il considérait toujours comme une simple concubine impériale, Su Shun convoqua Yi, qu'il nommait tout de même dame Yehenara, à venir le trouver en son palais pour recevoir ses affectionnées condoléances. Ce fut Li Lien-ying qui porta son message à Yi. Elle déroula le rouleau de soie et le jeta par terre avec rage en disant :

– On ne convoque pas une impératrice douairière comme une vulgaire dame de cour, Li. Je n'irai certainement pas trouver ce grossier personnage parce qu'il me le demande.

– Nous sommes loin de la capitale, Petite Orchidée. Le général Jung Lu ne peut toujours monter la garde au su de tous devant ton palais. Ton fils a beau être veillé jour et nuit par vingt soldats triés sur le volet, il reste en danger. Même si Su Shun a été en principe écarté du pouvoir, il demeure très puissant, puisqu'il commande l'une des bannières de l'Empire. Jusqu'au transport des restes du défunt empereur à Pékin et notre retour dans la capitale, bien des choses sont à craindre. Ne brave pas Su Shun, feins au contraire d'être si désespérée par la mort de Hieng-feng que tout t'indiffère, hormis le culte que tu lui dois.

– Es-tu en train de suggérer que je me rase le crâne comme une nonne et m'habille de blanc ?

– Garde tes beaux cheveux, Yi, mais cache-les sous un voile et l'habit monacal impressionnera plus Su Shun que la plus riche robe de soie.

Yi regarda son ami avec attention, puis elle éclata de rire. Pourquoi pas, en effet, feindre un chagrin qu'elle n'éprouvait pas et devenir une respectable veuve tant qu'elle ne serait pas en sécurité à Pékin ? Dans cette ville de Tartarie du bout du monde, elle et son fils restaient exposés à bien des dangers. Il fallait que Su Shun la comptât pour quantité négligeable. C'était la seule façon de se préserver. Elle morte, qui saurait veiller sur le petit empereur ? Certainement pas Niuhuru qui lui avait toujours paru si fragile et vulnérable...

Yi fit donc comme le lui avait suggéré Li Lien-ying. Le visage dénué de tout maquillage, le front barbouillé de cendre en signe de chagrin, ses cheveux étroitement serrés sous un voile blanc, elle se présenta humblement et sans la moindre escorte devant les appartements de Su Shun. Il la reçut sans la faire asseoir, ce qu'elle feignit de ne pas remarquer. Elle se tenait les yeux baissés en signe d'affliction, les mains cachées dans les manches de sa robe immaculée, les pieds nus.

– Je respecte ta douleur qui est aussi la mienne, Yehenara. Notre malheureux empereur n'avait à l'évidence plus toute sa tête quand il a tenté de signifier ses dernière volontés. D'ailleurs, sa voix était si faible que nous l'avons peut-être mal compris. Tu en conviendras comme moi, une concubine de premier rang ne peut devenir impératrice douairière, c'est évident.

– A présent que mon Empereur n'est plus, seigneur Su Shun, le pouvoir, l'ambition, les privilèges ou les titres ne signifient plus rien pour moi. Je ne compte pas et m'efface volontiers devant plus intelligent et plus capable que moi. Pourtant, la plupart des mandarins sont venus en mon palais me rendre hommage ce matin en me nommant impératrice douairière et mère de l'Empereur. C'est pourquoi les ultimes volontés de Hieng-feng doivent être respectées. Je sais bien que ce n'est qu'une question de protocole mais, par respect pour le futur empereur, je suis impératrice douairière.

– Durant les dynasties des Qing ou même des Ming, pareille chose ne s'est jamais vue.

– L'Histoire n'est pas une perpétuelle répétition. Demain, quand tu liras officiellement, en présence du Conseil de Régence, du Conseil du Clan, des ministres, mandarins, lettrés et membres de la Cour le testament de Hieng-feng, tu me nommeras impératrice douairière, de même que dame Niuhuru. Sache bien que je ferai tout au monde pour te contenter, seigneur Su Shun, mais ce que tu me demandes n'est hélas pas en mon pouvoir. Je ne puis outrepasser un ordre du défunt empereur, qui doit m'être aussi sacré qu'il l'est à toi-même.

Elle était à la fois si humble et si résolue qu'il ne trouva rien d'autre à lui répondre. Il s'inclina brièvement et lui fit signe de se retirer. Avec dépit, il se disait qu'il n'avait rien obtenu de ces deux femelles récalcitrantes. Confucius avait bien raison de dire que : « Le monde courrait à sa perte le jour où les poules annonceraient le lever du soleil ! »

Comme il n'y avait plus aucun moyen de faire traîner les choses, Su Shun annonça officiellement à Jehol, le 23 août 1861, en présence de toute la Cour, les dernières volontés de Hieng-feng. Le nouvel empereur était proclamé, les deux impératrices douairières reconnues et dotées chacune d'un des sceaux de l'Empire. Elles prirent aussitôt leurs nouveaux noms, déterminés par l'orientation des palais qu'elles habitaient. Niuhuru devint Tseu-an, l'impératrice de l'Est, et Yehenara Tseu-hi, l'impératrice de l'Ouest [1].

Jusqu'alors, Su Shun avait retardé par tous les moyens possibles l'arrivée à Jehol du prince Gong en prétendant sa présence indispensable à Pékin. A présent que ses plans avaient échoué, il ne voyait plus de raison de s'opposer à la venue du prince à Jehol, d'autant qu'il n'aimait pas plus que lui la morgue et l'incompétence des deux anciens favoris de Hieng-feng. A l'intérieur même du Conseil du Clan, formé des princes impériaux, l'agitation était extrême, comme toujours lorsque l'empereur en place n'est qu'un

1. On la nommera plus communément Tseu-hi ou même Cixi.

enfant et que chacun convoite le poste si envié de régent. Les autres demi-frères du défunt empereur auraient bien voulu aussi quelques parcelles du pouvoir et ne comptaient pas se contenter indéfiniment de leurs sièges honorifiques au Conseil du Clan.

Su Shun préférait que la querelle éclatât, si l'abcès devait jamais être percé, en présence du prince Gong dont il jalousait le récent ministère qui le mettait en prise directe avec les Occidentaux, donc avec les véritables problèmes politiques de l'Empire. Il y avait aussi leur oncle, le prince I, puis le prince Tun, leur aîné, un général au caractère difficile que son père avait toujours envoyé guerroyer au loin car il le craignait, enfin le prince Cheng, le prince Tchun et le prince Gong. Tous n'étaient pas les fils des mêmes concubines, ce qui aggravait encore leurs rivalités, mais tous rêvaient de devenir les protecteurs officiels et tout-puissants du petit empereur de cinq ans.

Yi, ou plutôt l'impératrice Tseu-hi, avait plusieurs fois écrit au prince Gong. Elle appréciait ce jeune homme énergique et fin qui venait d'avoir vingt-six ans et qui avait été le frère préféré de Hieng-feng. C'était comme elle un lettré. Comme elle aussi, il était fasciné par cet univers tout neuf des Occidentaux dont ils n'avaient quasiment rien su avant les terribles événements des deux guerres de l'Opium. Même si leur civilisation représentait un terrible danger pour la Chine, c'était aussi une ouverture incroyable sur des progrès technologiques inconnus, sur d'autres mœurs, d'autres coutumes que ceux d'une Chine enfermée dans ses traditions millénaires. Oui, Tseu-hi avait envie de revoir le prince Gong et de s'entretenir avec lui. Elle n'osait se fier ni à Su Shun, dont elle connaissait l'ambition, ni aux deux anciens favoris de Hieng-feng, qui n'avaient cessé de vouloir l'écarter de l'Empereur depuis leur arrivée à Jehol, tant ils craignaient qu'elle ne retrouvât son ancienne influence. Il lui semblait que le danger la guettait partout. Il était si facile de faire disparaître deux impératrices dont on se serait bien passé et, surtout, un jeune enfant de cinq ans...

C'étaient les cavaliers du général Jung Lu et eux seuls qu'elle chargeait presque chaque jour de porter ses messages au prince Gong. Et Tseu-hi, dont les sens avaient été seulement éveillés par sa brève idylle avec l'Empereur, ne pouvait s'empêcher de se sentir troublée chaque fois qu'on lui annonçait l'arrivée chez elle du général tartare. C'était un cavalier aguerri, un homme de haute stature, mince et vigoureux comme l'étaient les guerriers des steppes. Il avait un visage énergique et allongé, presque glabre, des yeux en amande, une bouche gourmande sous la fine moustache. La longue natte mandchoue pendait bas dans son dos. Elle adorait sa démarche souple évoquant celle d'un grand fauve. Ce n'était pas un homme de cour car il abrégeait toujours avec elle les courbettes et les formules fleuries, mais ce n'était pas non plus un guerrier brutal ne se sentant à son aise que pendant les campagnes et les bivouacs avec ses hommes. Jung Lu aussi avait étudié. Lui aussi comprenait l'urgence d'une modernisation de l'empire du Milieu si l'on voulait préserver la Chine des convoitises occidentales. Trop de marchands avides souhaitaient croquer dans ce succulent gâteau...

Madame Wang, que son âge et sa fidélité inconditionnelle à la nouvelle impératrice douairière autorisaient à quelques plaisanteries, lui dit un matin de septembre :

– Le général Jung Lu a annoncé sa prochaine visite chez vous, Majesté. Quelle robe dois-je préparer ? Quelle parure serait assez seyante pour plaire au séduisant général, quel parfum, quels bijoux souhaiterez-vous porter ?

Elle se moquait d'elle gentiment et Tseu-hi lui sourit avec indulgence. Le franc-parler de cette femme qui lui était toute dévouée la rassérénait quand elle se demandait à chaque instant, à la cour de Jehol, quelles menaces dissimulait le plus suave des sourires. Tseu-hi retrouvait le plaisir de se parer pour un homme, pour se sentir belle dans son regard alors qu'elle avait craint de ne voir sa beauté s'étioler inutilement dans ce monde artificiel du Palais impérial. Un moment, elle avait cru que les livres, la soif d'apprendre, la calligraphie et la poésie qu'elle aimait tant pourraient combler le vide de son existence. Puis elle avait beaucoup espéré en la maternité. Même si elle chérissait son fils, son petit prince, son empereur, elle le voyait si peu qu'elle n'était pas parvenue à établir un vrai lien affectif entre eux. Son précepteur qui siégeait au Conseil de Régence, les eunuques attachés à son service et même Niuhuru l'accaparaient. Quand elle voyait une femme du peuple ou une paysanne vaquer à ses tâches quotidiennes, un enfant accroché à son dos et un autre suspendu à sa mamelle, Tseu-hi se prenait à les envier. Une concubine impériale n'a pas le droit de nourrir son bébé, de peur de déformer un corps réservé au plaisir de l'Empereur. Déjà, ce premier contact presque animal lui avait fait défaut et son fils préférait sa nourrice ou Niuhuru à sa propre mère.

Et puis, le général Jung Lu était soudain apparu comme un sauveur dans une vie si vaine et si menacée. C'était lui, ainsi que les deux eunuques qui lui étaient si fidèles, qui lui avait permis d'accéder à la chambre de l'empereur moribond. Sans lui, Hieng-feng n'aurait jamais mentionné son fils comme son héritier, il ne l'aurait pas nommée impératrice douairière. Elle aurait continué de mener des jours inutiles dans un palais ou un autre, jusqu'à ce qu'un ambitieux moins scrupuleux que les autres n'eût décidé de les faire disparaître, son fils et elle. Oui, elle devait la vie à Jung Lu, mais ce n'était pas seulement cela. En plus du respect qu'il n'avait jamais cessé de lui témoigner, de l'admiration qu'il semblait avoir pour elle, il y avait quelque chose d'autre qu'elle lisait dans ses yeux, elle en était sûre. Il la regardait comme un homme contemple une femme qui ne lui est pas indifférente ou même qui lui inspire du désir. Il fallait qu'elle réfléchisse aussi à cet aspect des choses. A Jehol, isolée au sein d'un monde hostile, elle devait rester prudente et maîtresse de ses sens. Quand elle serait de retour à Pékin, tout changerait.

Puis une vague de douleur l'envahit soudain. Ce ne serait pas dans son cher pavillon proche du lac *Kunming-hu* qu'elle reviendrait s'installer. Aux dires du prince Gong, la résidence qu'elle avait tant aimée n'était plus que ruines et cendres. Il lui faudrait à nouveau s'enfermer dans la Ville Pourpre, isolée du monde par de profondes douves et d'épaisses murailles, quasiment recluse dans un univers étriqué bien que chatoyant.

Tseu-hi n'était pas femme à s'apitoyer longtemps sur son sort. Que la fille d'un simple capitaine de la Bannière Bleue eût pu s'élever au rang d'impératrice douairière était déjà prodigieux. Même si tout lui paraissait difficile, l'avenir incertain et semé de périls, son destin avait jusqu'alors connu une incroyable courbe ascendante. Et puis maintenant, il y avait Jung Lu... Jung Lu qui la rendait femme, infiniment. Jung Lu qui lui faisait recouvrer sa jeunesse et sa beauté. Quel plaisir rare que celui de se parer pour un homme, pour lui seul, comme si toute sa peau, la moindre parcelle de son corps, le plus infime sourire lui étaient dédiés, surtout s'il était censé n'en rien savoir !

Avec volupté, elle se plongea dans le bain parfumé que lui avait fait préparer madame Wang et s'abandonna aux mains de ses femmes. En fermant les yeux, elle pouvait s'imaginer que c'étaient celles de Jung Lu qui la parcouraient, la massaient, la pétrissaient. Ensuite, vêtue d'une robe fluide soulignant sa silhouette élancée, d'une couleur vert pâle rehaussant son teint, assise devant son miroir, elle se laissa parer par madame Wang en lui donnant parfois une indication :

– Juste mes perles et mes boucles d'oreilles en jade, s'il te plaît. Et ne me grime pas comme une courtisane, je ne veux pas ressembler à une poupée artificielle ou à un acteur de théâtre.

– J'ai compris, dit madame Wang en souriant, vous désirez, mon Impératrice, être juste une femme presque ordinaire, recevant un homme jeune et très beau !

Ce qui était parfois dérangeant avec madame Wang, c'était qu'elle comprenait tout et ne savait pas garder ses réflexions pour elle.

– Si tu pouvais renouveler les fleurs et les bâtons d'encens dans les brûle-parfums.

– C'est déjà fait. Vous êtes si impatiente que vous n'avez

rien remarqué. Les briques du sol du salon ont été aspergées d'eau parfumée, les orchidées que vous aimez sont toutes fraîches, une collation a été préparée, ainsi que le thé au jasmin que vous préférez...

– Excuse-moi, tu es parfaite, comme toujours.

Puis Tseu-hi se tourna à nouveau vers madame Wang, demandant avec anxiété :

– Et les joueuses de flûte ? As-tu pensé aux musiciennes ?

– Bien sûr, mon Impératrice. Elles se trouvent derrière le paravent laqué. Elles se mettront à jouer sitôt que vous le désirerez.

– Juste quand il entrera, s'il te plaît !

Le temps se traînait avec une lenteur infinie, puis il semblait soudain à Tseu-hi que tout allait beaucoup trop vite et qu'elle n'en finirait jamais d'inspecter, avec les soins à la fois maniaques et désordonnés d'une femme amoureuse, le moindre détail du luxueux salon où elle comptait recevoir le général Jung Lu. Ce n'était pas une pièce d'apparat destinée aux cérémonies officielles, mais un lieu féminin et raffiné où Tseu-hi avait rassemblé ce qu'elle aimait le mieux : des meubles laqués de rouge sombre, divans, fauteuils et paravents. Les niches creusées dans l'épaisseur des murs contenaient de précieux manuscrits richement illustrés, une collection d'éventails et un assortiment de porcelaines émaillées de la « famille rose ». Il y avait encore de fragiles vases de céladon des « Trois Royaumes ». Tapis et tentures de soie, du même vert délicat assorti à la teinte de sa robe et à celle de ses boucles de jade, faisaient de cette pièce un univers à part. Tous ces objets, Tseu-hi s'était amusée à les acheter aux innombrables marchands accourus à Jehol dès qu'ils avaient su que la Cour s'y était installée. Elle comptait bien les emporter avec elle à Pékin dès qu'ils pourraient y retourner.

Elle entendit soudain les musiciennes attaquer en sourdine un chant d'amour de la poétesse Li Qingzhao [1] et sut que Jung Lu était arrivé. Après un ultime coup d'œil à son miroir, il lui sembla que son chignon ne tenait plus d'aplomb, que son teint était trop pâle, sa robe trop serrée. Même cette pièce qu'elle aimait tant ne lui paraissait plus digne de son amour. Enfin, il fut là. Comme c'était l'usage pour saluer une impératrice, il entreprit d'accomplir les trois *Kow-tow* rituels, mais elle ne lui en laissa pas le temps. Tseu-hi se précipita sur lui, puis elle réprima son geste et lui demanda avec quelque raideur, se forçant à adopter un ton froid pour ne pas laisser libre cours à son émotion :

– Quelles nouvelles de Pékin m'apportes-tu, Jung Lu ?

– Un messager vient d'arriver. Il précède de peu le prince Gong, qui est parti il y a deux jours et devrait être là demain.

– Enfin ! Su Shun n'en sait rien ?

– Le seigneur Su Shun a des espions partout... Quant à être sûr de ce qu'il sait ou de ce qu'il ignore... N'ayez crainte, Majesté, une escorte partira aux aurores de Jehol pour escorter le prince Gong bien avant les abords de la ville. Je puis vous garantir qu'il ne risquera rien.

---

1. Li Qingzhao est l'une des rares poétesses dont les œuvres nous soient parvenues. Elle vivait à l'époque des Song et ses poèmes étaient spécialement conçus pour être mis en musique.

– Qu'a dit le prince Gong ?

– Qu'il avait hâte de s'entretenir avec Votre Majesté. Enfin, je veux dire, avec les deux impératrices douairières...

Il était clair que, pour Jung Lu, l'impératrice Tseu-an ne comptait guère. Tseu-hi le regardait avec une intensité presque douloureuse. Qu'il était beau, dans cet habit de cavalier qu'il ne quittait jamais et qui le rendait bien plus viril que les autres hommes de la Cour, soulignant ses jambes longues et musclées ! Tseu-hi n'avait en cet instant guère envie de parler de politique avec lui. Elle lui dit d'une voix beaucoup plus tendre :

– Ne reste pas ainsi planté comme un piquet devant moi, Jung Lu. Viens t'asseoir ici. Veux-tu un peu de thé, des biscuits au gingembre ?

Sans attendre sa réponse, elle se leva pour masquer son trouble à le savoir si près d'elle et s'affaira à le servir, trouvant très délectable de se comporter comme n'importe quelle femme s'empressant auprès de son homme. Quand elle lui tendit la tasse de fine porcelaine, sa main effleura la sienne et se retira vite, mais il lui saisit soudain le poignet et l'attira à lui. Il la serra brièvement contre lui, puis se recula, comme s'il avait craint de ne pouvoir résister à la tentation. Enfin il lui dit d'une voix soudain rauque :

– J'aimerais tellement pouvoir mourir pour toi, ô mon Impératrice !

Elle se força à rire et à répondre d'un ton léger :

– Ne serait-il pas préférable de vivre pour moi, Jung Lu ?

– Tu ne comprends pas. Te voir est une insupportable jouissance en même temps qu'un chagrin sans fond.

Le prince Gong arriva sans incident à Jehol le 8 septembre. Il se rendit tout d'abord au palais de son frère, dont le corps embaumé était exposé dans le hall d'honneur, arrangé de façon aussi solennelle que s'il s'était agi d'une véritable salle du trône. Même mort, Hieng-feng, tant qu'il n'avait pas été inhumé, incarnait toujours l'étoile Polaire autour de laquelle s'organisent toutes les constellations, il était le garant de l'harmonie du monde. Le cercueil, d'où seule surgissait sa tête fine et pâle, était enveloppé d'un drap jaune où s'enroulait le corps sinueux du Dragon. Derrière était disposé le paravent censé arrêter les forces néfastes issues du Nord. Le mythique *luduan* à la corne unique, capable de parcourir plusieurs milliers de *li* en un seul jour et d'entendre tout ce qu'il se disait sur ce globe, était supposé accompagner le défunt empereur dans l'au-delà et veiller au bon accomplissement de ce voyage. Une fumée épaisse s'échappait des deux tortueux brûle-parfums disposés de part et d'autre du cercueil pour charmer encore les sens du mort. Un couple de tortues, symboles de stabilité, un autre de grues figurant la longévité, de lions et d'éléphants exprimant bien sûr la force impériale veillaient le mort. De grands éventails de plumes de paon dressaient leurs ocelles d'un vert bleuté de chaque côté du cercueil, étranges regards issus de l'au-delà.

Le prince s'inclina très bas devant la dépouille de son frère et déposa devant le drap d'or ses offrandes de dahlias jaunes, couleur de soleil, de pommes et d'abricots, fleurs et fruits de la teinte impériale, puis il murmura d'un air désolé :

– Puisses-tu être plus heureux dans l'autre monde que dans celui-ci, ô mon frère et mon Empereur, et puisse l'Empire te survivre. Puisse le règne de ton fils être celui des dix mille ans !

Les funérailles officielles auraient lieu à l'entrée des tombeaux des Qin, qui jouxtaient ceux des Ming, non loin de la Grande Muraille, mais le cortège devait, selon la coutume, partir de la Cité interdite. Il fallait donc que la dépouille refît en sens inverse le chemin de Jehol à Pékin. La famille impériale et les grands dignitaires de l'Empire suivraient le corps de l'Empereur. Or ce trajet préoccupait fort le prince Gong. Le cortège traverserait des zones désertiques, passerait par d'étroites gorges propices à toutes les embuscades. Durant ce voyage, qui durerait bien une semaine, tout pouvait survenir, le meilleur comme le pire. Le prince Gong avait l'intention de tout tenter pour qu'il n'arrivât pas malheur au petit empereur de cinq ans, il le devait à la mémoire de son frère.

Pour respecter le protocole, le prince Gong se rendit ensuite chez l'impératrice douairière Tseu-an afin de lui recommander de ne signer aucun édit présenté par le seigneur Su Shun ou d'autres membres du Conseil de Régence avant l'arrivée à Pékin, mais c'était surtout avec Tseu-hi qu'il désirait s'entretenir.

– Je suis heureuse de revoir le frère préféré du défunt empereur, lui dit Tseu-hi en le faisant asseoir dans la pièce qui avait reçu la veille la visite du général Jung Lu. Qu'est-ce qui t'amène à Jehol, prince Gong ?

– Tout d'abord le désir de revoir une dernière fois mon frère avant les cérémonies officielles, puis celui de prendre toute mesure avec le général Jung Lu pour veiller à la sécurité de l'Empereur, ton fils et mon neveu, et à la tienne avant votre départ à tous deux de Jehol.

– Que crains-tu exactement ?

– Tout et rien... Tout, plutôt. Trop de gens guignent en ce moment le pouvoir. Je me défie du Conseil de Régence et des mignons de mon défunt frère, du Conseil du Clan et des ambitions démesurées des princes du sang et de Su Shun.

Avec des protecteurs aussi puissants que le prince Gong, le gouverneur de Pékin, le général Jung Lu et ses deux amis eunuques dirigeant tout le palais impérial, Tseu-hi ne voyait pas ce qu'elle avait à redouter, même s'il convenait d'être prudent.

– Que comptes-tu faire ?

– J'ai écrit au vice-roi du Chihli afin qu'il rejoigne en chemin le cortège avec sa cavalerie et deux cents charrettes transportant ses fantassins. Surtout, ne pars sous aucun prétexte de Jehol avant l'arrivée ici du Commissaire Impérial, le général Sheng Pao, dont je suis absolument sûr. Je ferai également renforcer la garde de Jung Lu qui ne doit pas quitter ta voiture. Tu voyageras en compagnie de l'impératrice Tseu-an et de ton fils. Des eunuques armés veilleront sans cesse sur vous. Et je t'en conjure, Tseu-hi, quelques pressions que l'on tente d'exercer contre toi et Tseu-an, ne signez rien, n'abandonnez aucun de vos droits et prérogatives. Je l'ai déjà dit à Niuhuru.

– Je te remercie de tes conseils, prince Gong, et je n'ai aucunement l'intention de céder à la force. Que redoutes-tu en particulier ?

– Je crains que le seigneur Su Shun ou le Conseil de Régence ou les deux n'aillent déclarer qu'une régence féminine est contraire à l'esprit de Confucius. Le Maître prônait, comme tu le sais, le perfectionnement de soi codifié par la religion et la culture des rites, le devenir des êtres devant être capable de transformer le monde et la société. Comme tu le sais aussi, la formation de cette élite chargée d'améliorer la société est fondée sur la connaissance des *Cinq Classiques* et des *Quatre livres*, une formation réservée aux hommes...

– Je connais les *Cinq Classiques* et les *Quatre livres*, prince Gong !

– Ce qui fait de toi une exception. Je ne sais si Confucius avait prévu l'accession des femmes au savoir !

Il se mit à rire avant d'ajouter :

– Toi qui es si savante, Tseu-hi, tu n'ignores pas que Confucius lui-même eut à pâtir durement des femmes. Longtemps, il fut le conseiller privilégié des suzerains du royaume de Lu, ce qui inquiéta tant le souverain du royaume de Qi voisin que ce dernier envoya des courtisanes pour pervertir le prince de Lu. Et Confucius dut quitter Lu et ne reprit jamais aucune charge officielle[1]. Invoquer l'esprit du grand Confucius pour interdire toute ingérence féminine dans les affaires de l'Etat me paraît une arme de poids...

---

1. Maître Kong, qui naquit à Qufu en 551 av. J.-C., disait de ces courtisanes, selon son biographe, l'historien Sima Qian (135-93 av. J.-C.) : « Les langues de vipères de ces femmes m'ont fait chasser de Lu. Elles furent la cause de ruine et de mort. A cause d'elles, jusqu'à l'année de ma fin, j'errerai toujours de-ci et de-là. »

Le 11 septembre, le prince Gong, en dépit de ses inquiétudes, dut quitter Jehol pour s'en retourner à Pékin : il lui fallait préparer les funérailles impériales et il voulait qu'elles fussent dignes de la mémoire de son frère. S'il ne savait d'où viendrait le danger, il était sûr que certains tenteraient une action d'éclat avant l'arrivée dans la capitale chinoise. Même s'il avait tout prévu pour assurer la sécurité du petit empereur et de ses « deux mères » durant le voyage, laps de temps qu'il jugeait le plus propice à un attentat, il n'avait pas imaginé que le coup serait porté à Jehol même.

Dès le lendemain du départ du prince Gong, sous le prétexte de rendre plus agréable le futur voyage des deux impératrices douairières, Su Shun convia Tseu-an et Tseu-hi à venir discuter avec lui de ses modalités. Une fois qu'elles furent devant lui, il leur expliqua le plus courtoisement du monde que, pour qu'il fût à même de mieux assurer leur propre sécurité, elles devraient désormais résider ensemble dans des appartements où la garde avait été renforcée. Ces appartements, nommés « Les chambres des grues dans les pins » parce qu'ils se trouvaient isolés au sein d'un petit bois, ressemblaient assez à des prisons de luxe. Le secret fut bien gardé. Nul ne savait ce qu'étaient devenues les deux impératrices douairières. Le Grand Eunuque et Li Lien-ying, affolés de leur disparition, resserraient la surveillance autour du jeune empereur. Quant au général Jung Lu, fou d'inquiétude, il s'accusait de négligence avec un désespoir grandissant.

Une semaine durant, les deux impératrices douairières furent laissées dans leur geôle dorée. Le mobilier était beau et raffiné, les lits confortables, elles pouvaient se baigner à volonté, boire autant de thé qu'elles en désiraient. Pour la nourriture, il leur fallait s'en passer. Su Shun avait donné des ordres en conséquence et les avait prévenues de sa résolution : si elles ne signaient pas une abdication en bonne et due forme, elles mourraient de faim dans leur prison-relais ignorée de tous. Il ne souhaitait pas leur mort et condescendait à leur laisser l'usage virtuel des sceaux impériaux, pourvu qu'il fût bien spécifié que sa signature et seulement la sienne devait, sur chaque document officiel, accompagner celles des deux impératrices douairières. Dans son extrême bonté, il acceptait même de leur conserver ce titre factice. Tout d'abord, Tseu-hi persuada Tseu-an de résister.

– Dès que nous aurons signé ce maudit acte de renonciation, lui expliqua-t-elle, Su Shun n'aura qu'une hâte : nous faire disparaître. Si nous réapparaissions tout à coup et si nous parlions, sa position deviendrait pour le moins gênante. En se rendant coupable de violences envers les « deux mères de l'Empereur », c'est au Fils du Ciel lui-même qu'il s'en prend. Il commet donc un crime de lèse-majesté, encourt la déchéance et la mort.

– Il n'a commis aucune violence, Tseu-hi, et c'est là sa force.

– Nous emprisonner, nous affamer n'est peut-être pas pour toi un acte de violence ?

– Si l'on prend les mots dans leur sens strict, non. Nul ne nous a molestées, nous n'avons subi aucun coup, aucun outrage, pas même la plus petite injure. Lorsqu'il vient nous voir, Su Shun se montre fort respectueux envers nos impériales personnes – elle eut un petit rire très ironique, vite fêlé –, voire même obséquieux.

Tseu-hi regarda son amie avec surprise. Cette ravissante

jeune femme qu'elle avait toujours considérée avec quelque condescendance sous le prétexte qu'elle n'était guère instruite raisonnait en cet instant plus justement qu'elle, qui ne parvenait pas à endiguer la colère la submergeant. Surtout, elle était furieuse contre elle-même de n'avoir su anticiper les plans de Su Shun et de s'être fait si stupidement berner. Depuis une semaine qu'elle n'avait bu que du thé ou de l'eau et rien mangé, il lui semblait que son esprit ne fonctionnait plus aussi aisément qu'autrefois. Elle se levait avec difficulté, devait parfois se rasseoir brusquement tant les murs paraissaient vaciller autour d'elle. Même ses pensées n'étaient plus très claires. Au début, elle s'était dit que Li Lien-ying et le Grand Eunuque ne se laisseraient pas endormir par les paroles mielleuses que ne manquerait pas de prononcer Su Shun pour expliquer leur absence, qu'ils remueraient ciel et terre pour les retrouver, puis elle s'était dit avec effroi que Li Fei aussi avait disparu depuis quelque temps. A y bien réfléchir, il lui semblait qu'il manquait certaines dames de cour, servantes et eunuques de Li Fei. Elle posa brusquement la question à Niuhuru :

– Depuis quand n'as-tu pas vu Li Fei ?

– On m'a dit qu'elle était retournée dans sa famille.

– En abandonnant sa fille dont elle est folle, c'est impossible.

– Quel serait son sort, à présent que Hieng-feng n'est plus ?

– A peu près le même que le nôtre, non ? Sa fille est princesse impériale.

– Mais nous sommes toutes deux impératrices douairières... Ainsi, tu crois que Li Fei elle-même...

– Peut-être a-t-elle surpris quelque chose qu'elle ne

devait pas voir ? Peut-être avait-elle deviné ce qui se tramait contre nous et voulait-elle nous avertir ?

Tseu-hi revoyait avec douleur le charmant visage à la fois si sensuel et si enfantin de l'ancienne favorite. Même si elles avaient été en compétition pour obtenir l'amour de l'Empereur – ou plutôt des miettes d'amour, puisqu'il fallait bien admettre que Hieng-feng avait toujours préféré les hommes aux femmes –, même si Tseu-hi n'avait pu vraiment s'affliger de la mort du fils de Li Fei, elle n'était jamais parvenue non plus à la détester. Maintenant, elle était sans doute morte, étranglée discrètement dans un coin des palais de Jehol, enterrée en secret dans quelque abri du parc. Tseu-hi en eut en cet instant la certitude désolée, la délicieuse favorite n'était plus, et les larmes lui vinrent aux yeux. Niuhuru avait raison : elles ne pouvaient prolonger ce jeûne qui allait les tuer. Il fallait coûte que coûte sortir de cette prison, puis réfléchir au moyen de châtier Su Shun en feignant d'avoir trop peur de lui pour se risquer à tenter quoi que ce fût. Elle avertirait le prince Gong d'une manière ou d'une autre et affûterait avec lui sa future vengeance. Attirant Tseu-an à elle, la serrant contre elle, avec un large sourire, elle lui dit :

– Mon entêtement est stupide, Niuhuru, et, par sot orgueil, j'allais t'attirer avec moi dans la mort. Pardonne-moi et merci de m'avoir ouvert les yeux. Puisque Su Shun n'a pas le plein courage de ses actes et n'ose nous faire proprement assassiner, sortons-nous de là en feignant la confusion pour ne pas lui avoir obéi plus tôt. Surtout, pas une parole de dépit ou de menace, pas une allusion à la vengeance. Faisons comme s'il nous avait réduites à sa merci, afin qu'il croie avoir affaire à de pauvres femmes terrifiées, brisées...

Naturellement, dès que les deux impératrices avaient été libérées, après avoir signé leur renonciation à assurer la Régence, Li Lien-ying et le Grand Eunuque avaient été aussitôt avertis de ce qui s'était passé en réalité. Peut-être même les membres du Conseil du Clan et du Conseil de Régence avaient-ils eu vent de l'emprisonnement des deux impératrices douairières et des nouvelles dispositions de Su Shun quant à la signature des décrets impériaux, mais enfin, nul ne semblait s'en soucier. En apparence, la vie continuait son cours paisible dans l'enceinte des palais de Jehol. Tout le monde portait le deuil de Hieng-feng et se disposait à partir pour Pékin afin d'assister à ses funérailles. On ne songeait plus qu'à plier bagage et à préparer le long voyage du retour, soulagé au fond de quitter un séjour qui n'avait guère été heureux. La ville qui avait connu la mort si prématurée d'un empereur n'ayant pas trente ans méritait que l'on eût hâte de l'abandonner. Pour longtemps, Jehol serait un endroit funeste, un lieu de malédiction, tant il est vrai que l'on reste bien superstitieux en Chine...

Enfin, Su Shun, qui représentait la voix de Hieng-feng tant que celui-ci ne serait pas enseveli, annonça que l'on était prêt pour le départ, fixé au 26 octobre. Cette contrée si désertique de Tartarie connaissait un automne lumineux et splendide. Il faisait un temps froid et sec. Les oiseaux migrateurs zébraient un beau ciel bleu de leurs vols triangulaires. Un dernier parfum d'été montait des forêts contenant pour un temps encore l'inexorable avancée du désert.

Respectant à la lettre les recommandations du prince Gong avec qui elles étaient parvenues à maintenir le contact, les deux impératrices douairières avaient préféré une voiture tirée par quatre chevaux rapides au palanquin officiel, trop lourd et trop lent. Elles voyageaient ensemble, en compagnie du petit Empereur et de madame Wang qui en prenait soin. Su Shun, qui ne pouvait quitter la dépouille de Hieng-feng, allait derrière elles beaucoup moins rapidement, car il n'aurait guère été convenable que le corps d'un empereur fût secoué, malmené par les ornières d'un trop mauvais chemin.

Dès le premier jour, encadrées par Li Lien-ying et sa garde d'eunuques armés, elles avaient déjà pris plusieurs heures d'avance sur le cortège officiel. Les membres du Conseil du Clan et du Conseil de Régence ne pouvaient pas non plus doubler le convoi du défunt empereur. C'eût été de la plus grande discourtoisie.

Le deuxième jour, les impératrices virent avec soulagement paraître la cavalerie et les deux cents charrois du vice-roi du Chihli. Dès lors, elles n'avaient plus grand-chose à redouter, mais elles forcèrent l'allure malgré tout. On s'arrêtait à peine quelques heures par jour pour changer de monture et se restaurer, puis on repartait vite sans jamais bivouaquer vraiment. Le troisième jour, ce furent les compagnies du général Sheng Pao qui vinrent se joindre au cortège de l'Empereur et de ses « deux mères ».

Dès le 1er novembre, les impératrices douairières et leur fils étaient en vue des murailles pourpres de la Cité interdite. Là les attendait toute une délégation conduite par le prince Gong et qui comprenait, parmi de nombreux mandarins demeurés avec Gong à Pékin et les membres du gouvernement provisoire, les Grands Conseillers Kuei Liang et Wen Hsiang.

Tous se prosternèrent dans la poussière et crièrent les dix mille ans de bienvenue au petit prince et à ses « deux mères ». Puis l'on entra dans la Cité interdite. Tseu-hi remarqua que chaque porte, chaque créneau des murailles était abondamment pourvu de gardes en armes. Apparemment, le prince Gong avait tout prévu.

A peine installée dans ses appartements qu'elle aimait beaucoup moins que ceux du palais d'Eté, mais l'heure n'était plus aux regrets stériles, Tseu-hi demanda à Li Lien-ying :

– Que va-t-il se passer à présent ? Crois-tu que le prince Gong osera aller jusqu'au bout de son projet : faire arrêter à la fois le seigneur Su Shun, le Conseil du Clan et le Conseil de Régence ?

– C'est un homme résolu, qui aime voir aboutir ses résolutions. Et puis, penses-y, Petite Orchidée, s'il s'arrêtait en chemin, sa tête ne vaudrait pas cher. Enfin, nous sommes tous en sécurité ici et l'attentat que je redoutais tant durant le voyage ne s'est pas produit. Su Shun a manqué l'occasion, tant pis pour lui ! Laisse à présent parler les armes et repose-toi. Même si je m'en veux de n'avoir prévu ton emprisonnement et si je te supplie de me pardonner, je saurai désormais veiller sur toi et sur ton fils.

– As-tu du nouveau quant au sort de Li Fei ?

– Oui, on a, par malheur, retrouvé son corps. C'était toi qui avais raison.

– Qu'a-t-on dit à sa fille ?

– Seulement que sa mère était souffrante et ne pouvait

la voir pour l'instant. Il sera toujours temps de lui apprendre plus tard la vérité.

– Pauvre enfant, déjà orpheline.

Les jours suivants, les arrestations se multiplièrent. Le prince Gong lançait ses ordres avec une précision diabolique et ils étaient immédiatement exécutés. Ce qu'on avait commencé était trop grave pour ne pas achever l'œuvre en cours sans oublier personne. Tout le Conseil de Régence et en premier chef les deux anciens favoris de Hieng-feng, certains membres du Conseil du Clan, en particulier le prince I et le prince Cheng, dont Gong se méfiait particulièrement, furent arrêtés par le général Sheng Pao dans la bourgade de Panpitien, non loin de la Grande Muraille. Quant au seigneur Su Shun, le plus dangereux de tous, il jouissait encore d'une grande popularité dans l'armée. Ce fut le prince Tchun, le beau-frère de Tseu-hi se trouvant avec lui dans le cortège accompagnant la dépouille de l'Empereur, qui se chargea lui-même de l'appréhender. Il en avait si peur qu'il ne voulut laisser ce soin à nul autre et ne respira que lorsqu'il le vit réduit à l'impuissance et chargé de liens.

Tous les prisonniers furent discrètement et sous bonne escorte ramenés à Pékin. Là les attendait un décret impérial en date du 8 novembre, concocté par le prince Gong et les deux impératrices douairières et qui disait, entre autres, que les membres du Conseil de Régence avaient été arrêtés pour « manque de scrupules, duplicité, corruption, arrogance et prise de pouvoir indue et qu'il existait de nombreuses preuves de leurs forfaitures ». Quant à Su Shun, Tseu-hi avait personnellement veillé à inclure dans le décret des termes particulièrement durs et insultants pour le fustiger. Elle n'avait pas oublié l'humiliante captivité. Elle n'était pas femme à pardonner. Il était qualifié de « traître, usurpateur, soudoyeur et pervers ». Ses titres étaient abolis, ses grandes richesses saisies. Il n'était plus rien. Il n'avait plus qu'à mourir… Le décret impérial évoquait même un véritable complot qui avait sans doute été moins bien organisé, moins concerté qu'on ne le prétendait. Evoquant l'ensemble du Conseil de Régence et les deux mignons de Hieng-feng, le décret affirmait :

Le jour de la mort de l'Empereur, ces traîtres prétendaient avoir été nommés au Conseil de Régence mais en fait Sa Défunte Majesté, juste avant sa mort, leur avait commandé de reconnaître les impératrices douairières comme régentes sans donner la moindre autorité à ce prétendu Conseil. Quant aux titres de Régents Spéciaux, ils avaient été usurpés contre les ordres personnels et exprès de l'Empereur. Durant une audience, les anciens favoris avaient revendiqué ces titres et refusé d'obéir aux Impératrices. De même, l'insolent Su Shun a tenté de s'asseoir lui-même sur le trône impérial. Il a osé entrer au Palais aux heures interdites et manger dans la porcelaine royale. Il a aussi demandé séparément audience aux Impératrices et a tenté de les dresser l'une contre l'autre pour semer la discorde.

De l'emprisonnement des deux impératrices, il n'était bien sûr pas fait mention, l'épisode était trop humiliant pour figurer dans un acte officiel [1].

---

1. Parmi les accusations formulées contre Su Shun figurent celles de s'être introduit dans le palais du défunt après huit heures du soir, heure à laquelle tous les hommes et même les eunuques doivent

Aussitôt arrivèrent aux princes du sang, I et Cheng, la fameuse boîte recouverte de soie jaune contenant l'ordre impérial de suicide et le cordon destiné à l'opération. Les deux anciens mignons ne connurent pas cette faveur et furent obscurément poignardés dans leurs cellules. Tous les membres du Conseil de Régence, à l'exception du duc Ching Shou, qui – beau-père du prince Gong – fut gracié, furent déchus de leurs titres, leurs biens saisis. On les envoya séparément en exil dans les provinces les plus lointaines de l'Empire. Restait à régler le sort du seigneur Su Shun.

Le prince Gong rendit visite aux deux impératrices douairières pour parvenir à une entente avec elles à son sujet.

– Je veux, déclara Tseu-hi d'une voix dure, métallique, qu'en souvenir de l'affront qu'il nous a fait subir à l'impératrice Tseu-an et à moi-même et surtout pour avoir bafoué le caractère sacré de la personne de l'Empereur, même défunt, qu'il subisse le supplice des dix mille coupures, le démembrement lent.

Tseu-an frissonna à cette évocation. Elle posa la main sur celle de Tseu-hi et murmura :

---

quitter l'enceinte du harem dont les appartements de l'Empereur font, bien sûr, partie, de s'être assis sur son trône et d'avoir mangé dans la vaisselle impériale, la fameuse vaisselle jaune. Ces trois faits constituent des crimes de lèse-majesté et méritent à eux seuls la mort. Pourtant, on ne voit pas très bien comment Su Shun aurait pu procéder pour ce faire. Même à Jehol, les murailles et les portes étaient gardées durant toute la nuit. En outre, on imagine mal Su Shun prendre un tel risque, si inutile et si vain...

– Pas cela, je t'en conjure. Même pour lui, c'est trop horrible, trop barbare.

– Tu es bien sensible, Tseu-an, et tu oublies un peu vite ce qu'il a voulu nous faire. Si nous n'avions finalement cédé, crois-tu qu'il nous aurait épargnées ?

– Je sais bien qu'il nous aurait laissées mourir sans le moindre scrupule, mais j'ai assisté un jour, lorsque j'étais enfant, à ce supplice, et je ne l'ai jamais oublié. C'est atroce. Chaque os est lentement mis à nu mais de façon si savante que le supplicié ne meurt pas tout de suite, puis on lui coupe les membres. On le dépèce vivant tout en le gavant d'opium pour éviter qu'il ne perde connaissance. Il se voit devenir peu à peu un simple tronc humain que l'on va ensuite éviscérer jusqu'à ce que la mort arrive enfin. Je t'en supplie, Tseu-hi, pas cela ! Aie pitié !

– Lui n'a pas eu pitié. Je veux pour lui le supplice du démembrement lent et je te demande de signer aussi cet ordre, Tseu-an, ou tu ne seras plus mon amie.

Sans regarder le rouleau de soie calligraphié à l'encre rouge que Tseu-hi lui tendait, en évitant même de le toucher, comme s'il était devenu un objet maléfique, Tseu-an, en dépit de sa répugnance, signa.

– Le seigneur Su Shun est par sa mère apparenté à la famille impériale, il faudra donc que le Conseil du Clan donne son accord pour cette sorte de supplice et je ne crois pas qu'il l'accepte. L'exécution par démembrement lent empêche à tout jamais le corps du condamné de pouvoir un jour se reconstituer. Même dans l'au-delà, il n'est plus qu'un tronçon d'homme. Enfin, nous verrons...

– Je compte sur toi pour appuyer notre juste demande, prince Gong.

Le prince s'inclina sans répondre et prit congé des deux femmes. C'était la première fois qu'il mesurait l'étendue de la rancœur de Tseu-hi et qu'il voyait à quel point elle pouvait se montrer inflexible. Il venait de comprendre que, si elle s'avérait fidèle à ses amis, elle ne pardonnait pas à ceux qui avaient osé un jour la trahir.

Le 9 novembre, dès cinq heures du matin, le cortège officiel sortit de la Cité interdite par la porte nord-est pour se rendre, à quatre-vingt-dix miles de là, au lieu des sépultures des Qing. Le cortège avançait dans un profond silence car, en signe de deuil, il était interdit dans toute la ville de Pékin de parler à haute voix. Les rues où devait passer le convoi avaient été couvertes de sable jaune. Toutes les portes ou fenêtres donnant sur la voie avaient été obstruées en signe de respect. Quatre-vingts porteurs revêtus d'une longue robe de satin cramoisi brodée de cinq couleurs se relayaient pour porter le cercueil. Juste derrière le corps marchaient tous ceux du palais de l'Empereur, ceux qui l'avaient servi durant sa vie et qui portaient ce qui pourrait lui être nécessaire durant son séjour dans l'au-delà, son lit, ses meubles, ses vêtements et bijoux, jusqu'à ses instruments de toilette. Ensuite venait le jeune empereur encadré de ses « deux mères », les impératrices douairières, puis les concubines impériales, les princes du sang, du moins ceux qui n'avaient pas été obligés de se suicider, enfin les grands du royaume. Les demoiselles de service, ses servantes qui avaient parfois aussi été ses concubines et ses eunuques chevauchaient des montures richement harnachées. Suivaient encore un long défilé de chevaux et chameaux, des ombrelles sur lesquelles avait été calligraphié le récit de sa vie et qui seraient brûlées devant la sépulture, des lamas en robes rouges et jaunes, les troupes impériales en grand uniforme. C'était fastueux.

Avec sa méticulosité habituelle, Tseu-hi, assistée de Tseu-an, avait veillé à ce que tout fût parfait et digne du règne d'un grand empereur. Grand, le pauvre Hieng-feng ne l'avait sans doute pas été de son vivant, mais il le devenait dans l'apparat de la mort.

Enfin, l'on distingua la colline couverte de sable jaune et coiffée d'un petit bois de pins où serait enseveli Hieng-feng. On accédait au mausolée en empruntant l'imposante voie des Esprits, longue de cinq kilomètres, surplombée d'une imposante succession de portes et portiques richement sculptés. Creusé au flanc de la colline, le tombeau de Hieng-feng, de même que jadis ceux des Ming, la précédente dynastie, comprenait un premier hall d'entrée barré par une lourde porte. Ensuite se trouvait la chambre funéraire où seraient disposés le cercueil et tout ce dont le défunt pourrait avoir besoin au cours de son long voyage vers le pays des Sources Jaunes, celui de ses ancêtres.

Les deux impératrices et le jeune empereur, tout de blanc vêtus en signe de deuil, s'inclinèrent longuement devant la dépouille de Hieng-feng avant de le regarder s'engloutir dans son nouveau palais d'ombre. Des graveurs étaient déjà en train de tracer au burin le récit de sa brève existence dans la stèle qui se dresserait devant l'entrée du tombeau.

Comme son père l'avait souhaité, le petit prince fut officiellement intronisé empereur sous l'appellation de

Tung Chih, nom évoquant le « retour à l'ordre », le 11 novembre à Pékin, dans le palais de la Grande Harmonie. Pour remercier le prince Gong d'avoir si bien mené le coup d'Etat et de leur être demeuré fidèle, ainsi qu'au nouvel empereur, les deux impératrices douairières le nommèrent Premier ministre et président du Grand Conseil – les appellations de ces hautes fonctions avaient été changées afin de ne pas rappeler de douloureux souvenirs. Il serait assisté dans ses devoirs par son frère, le prince Tchun, le septième prince, qui présiderait le ministère de la Présence et aurait la haute main sur tout le palais de Sa Majesté, sa vie quotidienne et son éducation, tandis que le Grand Secrétariat s'occuperait des affaires courantes de l'Empire. Les différents rapports avec les puissances occidentales seraient réglés directement par le prince Gong, qui avait conservé son propre ministère. C'était assez dire qu'il était devenu l'homme le plus puissant de Chine.

Désormais, les deux impératrices pouvaient assister aux conseils des ministres, cachées comme le voulait la bienséance par le rideau de gaze installé derrière le trône du petit empereur. Si Tseu-an se dispensait souvent de ces longues séances qu'elle trouvait fastidieuses et qui commençaient dès cinq heures du matin, Tseu-hi, en revanche, se passionnait pour ce qu'il se disait lors de ces réunions et s'initiait doucement aux méandres de la politique chinoise et au véritable sens de discours fleuris semblant toujours pouvoir donner lieu à mille interprétations totalement contradictoires.

Tseu-hi était heureuse, même si son cher palais d'Eté lui manquait toujours. Depuis qu'elle était impératrice douairière et mère naturelle de l'Empereur, depuis surtout qu'elle avait su écarter du trône ses ennemis, elle pouvait manifester des exigences que tous se hâtaient aussitôt de satisfaire, car on commençait à la craindre. Au palais des Elégances Accumulées qu'on lui avait attribué dans la Cité interdite à la naissance de son fils, elle avait adjoint deux autres palais : le pavillon *Tihe-dian*, qui lui servait surtout de salle de réception et de salle à manger, et le pavillon *Yikun*, qui avait été sa première habitation lorsqu'elle n'était encore que concubine de cinquième rang. Ce palais aussi, elle s'était hâtée de le récupérer. Elle jouissait ainsi, pour son usage strictement personnel, de trois demeures ouvrant sur deux cours privées où elle avait fait disposer à foison dans de belles jarres vernissées de la période Ming les fleurs et les plantes odoriférantes qu'elle aimait tant.

Cela constituait comme une enclave à part au sein de la Cité interdite. Là, Tseu-hi régnait en maîtresse. Même s'il s'agissait d'un fort petit royaume peuplé de ses eunuques, de ses servantes et de ses dames de cour, elle s'y sentait heureuse car c'était là que le général Jung Lu venait parfois la visiter la nuit. Pour lui et pour en faire un lieu délicieux dédié à l'amour et à la volupté, elle avait orné et paré ces trois demeures avec de précieux objets de jade et d'ivoire, des vases cloisonnés, des éventails ornés de belles calligraphies, des meubles de la laque la plus parfaite...

Elle savait qu'il risquait sa vie en bravant les défenses de la Ville Pourpre. S'il était pris à rôder près de ses pavillons ou dans n'importe quel autre lieu de la Cité interdite, même elle ne pourrait plus rien pour lui. Il serait décapité. Au mieux, elle parviendrait sans doute à lui faire envoyer, puisqu'il était général et de noble naissance, le cordon de soie lui permettant de se suicider. De toute façon, elle le perdrait, ce qui lui paraissait la chose la moins envisageable du monde. Comment se passer de ses mains sur elle, de ses caresses, de ses folies, de ses exigences amoureuses, de ses furies, de ses emportements au moins égaux aux siens ?

Sans doute avait-elle jadis secrètement aimé Hieng-feng, parce qu'il avait été pour elle le premier et que ce dépravé égaré dans les fumées de l'opium s'était toujours montré prévenant et attentionné envers elle. Jamais il n'avait tenté de la rudoyer en lui imposant des pratiques dont elle n'aurait pas voulu. S'il ne l'avait pas choisie, elle aurait vieilli seule et oubliée dans quelque recoin de la Cité interdite. Il l'avait distinguée entre les autres, il lui avait donné un fils dont il avait fait un empereur, il l'avait nommée impératrice douairière. Pour toutes ces raisons, et en dépit de ses mœurs ambiguës, Tseu-hi n'avait jamais détesté Hieng-feng. Elle avait tenté de le conseiller utilement et de l'aider. Même quand il lui avait ouvertement préféré Li Fei ou ses mignons, elle n'avait pu défaire ce lien subtil et difficile à analyser qui l'avait liée à lui. Avec Hieng-feng, elle avait connu comme une pâle esquisse de l'amour. Ses sens n'avaient été qu'à demi éveillés, tandis qu'avec Jung Lu...

Ces amours clandestines, à peine ébauchées durant le voyage de retour de Jehol à Pékin, Tseu-hi n'avait osé les confier qu'à madame Wang. Il était impossible de mettre trop de monde dans la confidence, encore plus difficile de demander l'aide de son cher Li Lien-ying. Elle savait qu'il l'aimait, elle savait qu'il avait été pleinement homme avant d'accepter sa mutilation. Il aurait donc été cruel de lui avouer qu'en dépit de son réel attachement pour lui qui ressemblait à de la tendresse, elle aimait ailleurs. Cette confidence aurait même risqué de se révéler dangereuse. Qui pouvait dire ce que déclenchait parfois la jalousie ? Si Li Lien-ying avait été torturé à l'idée qu'elle dormait parfois et même souvent entre les bras du trop beau général Jung Lu, il aurait peut-être été tenté de le dénoncer ou même de le poignarder lui-même, sentiments qu'était bien incapable d'éprouver sa chère madame Wang.

Lors d'une épidémie de peste, quelque quinze ans plus tôt, elle avait perdu toute sa famille, son époux et ses trois fils. C'était alors qu'elle était entrée comme servante dans la Cité interdite. Désormais, Tseu-hi était sa seule famille, le petit empereur son dernier fils.

Depuis le temps qu'elle se trouvait employée dans la Cité interdite, qu'elle y vivait sans guère en sortir, madame Wang connaissait sans doute mieux que personne ce vaste espace de soixante-douze hectares replié sur lui-même, gardé par ses hautes murailles et ses profondes douves. De tout temps, l'obsession de celles qui vivaient en recluses en ce lieu avait été d'en sortir et il était truffé de souterrains. Certains s'étaient effondrés d'eux-mêmes avec le temps ou faute d'entretien, d'autres avaient été oubliés, de nouveaux avaient également été creusés. Madame Wang, qui avait autrefois servi chez une autre concubine impériale qu'aucun empereur n'avait jamais honorée et qui avait pris un amant, connaissait le moyen dont celui-ci usait pour s'introduire chez elle. Cette concubine aussi avait habité le palais *Yikun*.

Par chance, les six palais de l'Ouest comprenant le palais *Yikun* n'étaient guère éloignés de la *Shenwi-men* ou porte du Génie Militaire. Cette porte reliait la Cité interdite à la ville tartare, où Jung Lu, comme tout personnage mandchou de haut rang, avait sa résidence. Un souterrain partait d'un puits creusé dans un débarras ayant autrefois servi de cuisine au palais *Yikun*. Peut-être était-ce jadis un moyen d'apporter de l'eau puisée dans les douves à l'intérieur du palais. Des travaux avaient été faits et le boyau souterrain passait à présent sous les douves pour émerger un peu plus loin, dans le lacis de ruelles de la ville tartare. Des ouvriers, que Tseu-hi avait dû se résoudre à faire ensuite déporter discrètement dans une autre province par les hommes de Jung Lu pour être sûre que le secret serait bien gardé, avaient restauré, étayé le boyau. Durant la nuit, seule madame Wang était autorisée à dormir dans le hall précédant la chambre de Tseu-hi. Pour ne négliger aucune précaution, nulle servante ou dame de cour n'était alors admise au palais *Yikun*. Si certaines étaient intriguées par cette nouvelle habitude de Tseu-hi, si étrange au sein de la Cité interdite où même les plus obscures concubines tenaient à toujours avoir une servante à portée de voix, elles n'en disaient rien. Tseu-hi n'aimait pas que l'on discutât ses ordres.

Les coups de gong appelant toutes les « petites sœurs » à quitter la Cité interdite et invitant les ministres ou hommes d'Etat pouvant encore se trouver dans les palais officiels à en sortir avaient retenti depuis longtemps. A présent qu'il n'y avait plus d'empereur adulte et, hormis les enfants mâles âgés de moins de douze ans, la Ville Pourpre était redevenue pour la nuit un lieu uniquement féminin. Même les gardes devaient rester aux portes de la cité ou sur les remparts.

Dans l'ancienne cuisine du palais *Yikun*, madame Wang se tenait près de l'orifice du puits dont elle n'avait pas retiré la lourde dalle de pierre le protégeant, attentive au moindre bruit pouvant signifier un danger pour sa maîtresse. Si Jung Lu savait les mystères du souterrain et du puits, quelqu'un l'avait peut-être surpris ou avait percé son secret. Un ennemi de l'impératrice douairière pouvait se servir du souterrain à de tout autres fins et tenter ainsi de la faire assassiner. Tseu-hi avait pleine conscience du risque encouru, mais elle s'en moquait, comme si le danger aiguisait le plaisir de son attente de Jung Lu et son désir de lui.

Enfin, madame Wang entendit les trois petits grattements sur la pierre qui l'avertissaient qu'elle pouvait la faire pivoter. Dans le cas contraire, elle aurait appelé les servantes à l'aide et il était entendu qu'elles devaient alors accourir immédiatement, chacune armée d'un solide coutelas. Elle dégagea l'orifice du puits et une main se dressa. Le majeur était orné d'une bague à l'effigie du Phénix, symbole de l'Impératrice que Tseu-hi avait offert à son amant. C'était le second signe indispensable pour laisser passer le visiteur nocturne.

Madame Wang se prosterna très bas tandis que Jung Lu prenait lestement pied sur la margelle du puits. Avec cet identique mélange de familiarité et de respect dont elle avait toujours fait preuve envers Tseu-hi, même à présent qu'elle était devenue impératrice, elle épousseta avec soin la longue robe de soie sombre dont il était vêtu, enleva sur ses cheveux quelques poussières de plâtre tombées du souterrain, l'aspergea du parfum à l'ambre qu'il affectionnait.

– Elle t'attend, seigneur.

– Merci pour tes soins, dame Wang. Va dormir à présent, je t'éveillerai quand il me faudra redescendre dans ce puits.

– Je ne peux dormir quand je suis responsable de la sécurité de ma maîtresse.

– Crois-tu que je ne sache pas la protéger ?

Madame Wang haussa les épaules sans répondre. Le général Jung Lu était sans doute un fort bel homme dont Tseu-hi était éprise, il l'avait certes plusieurs fois aidée dans des circonstances particulièrement difficiles, mais enfin, il ne pouvait prendre soin d'elle comme elle seule savait le faire.

Il eut une petite bourrade affectueuse pour la vieille femme qu'il aimait bien et ouvrit la porte de la chambre de celle qu'il préférait nommer Petite Orchidée. C'était plus poétique et moins impressionnant qu'impératrice de l'Ouest. Elle reposait sur son lit, les yeux clos, ses longs cheveux noirs répandus autour d'elle. Sa robe de soie rose brodée en son centre d'une large pivoine – elle avait choisi cette fleur pour emblème – la faisait ressembler à une très jeune fille. Elle ne portait ce soir-là que des perles laiteuses, à peine teintées de rose, qui rehaussaient l'éclat de son teint et sa bouche entrouverte souriait dans ses songes, souriait à son amant.

Lorsqu'elle était ainsi, il ne savait jamais si elle dormait vraiment, offerte et confiante, ou si elle feignait le sommeil. En un instant, il fut près d'elle, fort et puissant comme un grand et doux prédateur. Leurs peaux se reconnurent. En toute hâte, ils se débarrassèrent de leurs vêtements devenus importuns, qui séparaient leurs chairs. Et sa peau fut sur la sienne, impérieuse, exigeante. Enfin, elle acceptait pour un temps qu'il fût son maître dans l'extase des sens, mais elle aimait aussi à le dominer parfois dans l'acte amoureux et qu'il lui dût son plaisir.

A présent que la paix régnait à nouveau dans la Cité interdite, que le prince Gong avait repris les rênes du pouvoir au nom du jeune empereur et sous le mandat des deux impératrices douairières, maintenant que la paix signée avec les puissances occidentales semblait durable, la grosse question restait toujours la révolte des Taiping. Le nouveau président de la Guerre et vice-roi du Jiangsu, le général en chef Tseng Kuo-fang, et son très beau lieutenant et protégé Li Hung-chang avaient certes remporté quelques victoires contre eux, mais ils n'avaient pu les empêcher de se retrancher dans Nankin. Depuis lors, la grande capitale du Sud, la célèbre ville du jardin des Pruniers, était demeurée aux mains des révoltés. A l'abri des remparts encore solides, jadis édifiés par les Ming, les Taiping et leur fantoche d'empereur défiaient toujours le pouvoir impérial. A eux, les somptueux monastères bouddhistes, les vieux tombeaux impériaux, les mausolées aux précieuses collections de bronzes, de jades et de porcelaines. A eux, les parcs magnifiques ayant fait le renom de la ville et la majestueuse colline Pourpre et Or où avaient été creusés tant de tombeaux à la gloire de civilisations depuis longtemps disparues. Tseu-hi ne décolérait pas. Comment un illuminé tel que ce pauvre fou de Hong Xiuquan osait-il encore provoquer les armées impériales à présent qu'elles avaient été réorganisées et modernisées ? C'était inconcevable. Et son grotesque *Taiping-tianguo*, ce ridicule royaume céleste de la Grande-Paix durait toujours, depuis qu'il avait été proclamé en 1853 et que lui-même s'était prétendu empereur.

Le général en chef Tseng Kuo-fang et Li Hung-chang, son second, furent donc envoyés dans le Jiangsu au printemps 1862. Alors que le gouverneur avait annoncé au gouvernement, qui l'avait cru, qu'il pouvait lever une troupe aguerrie de plus de cinquante-cinq mille volontaires, les deux militaires n'y trouvèrent qu'une bande de vagabonds mal armés, indisciplinés, de quelques milliers d'hommes tout au plus. Ce n'était pas ainsi qu'on parviendrait jamais à chasser les Taiping de Nankin.

Les deux amis s'étaient donc repliés avec leur misérable armée sur Shanghai et discutaient d'un ton désabusé dans leur *yamen*. L'un de leurs eunuques vint leur annoncer avec une certaine cérémonie l'arrivée de l'amiral Gough, qui souhaitait s'entretenir avec eux. A l'évidence, le titre d'amiral en avait imposé à l'eunuque.

– Voyons donc ce que ce prétendu « amiral » désire nous proposer, dit Tseng Kuo-fang qui se sentait assez démuni, dans son rôle de général en chef ne commandant qu'à quelques pouilleux incapables de tenir un fusil.

L'eunuque introduisit le fameux « amiral ». C'était un grand jeune homme de vingt-neuf ans à l'air martial qui leur dit en toute franchise se nommer Frederick Townsend Ward. Il leur expliqua ensuite dans un chinois fort correct que ses hommes l'avaient surnommé « amiral » parce qu'il commandait une ancienne jonque baptisée *Le Confucius*.

– J'ai une proposition à vous faire, leur dit-il sans ambages.

– Quelle est-elle ? demanda Li.

– J'ai reçu autrefois une formation militaire et je vous propose, moyennant finances bien sûr, de recruter pour vous et de former des troupes disciplinées qui sauront ensuite, sous vos ordres, chasser les Taiping de Nankin. J'ai épousé une Chinoise et, comme vous pouvez le constater, votre langue m'est bien connue.

L'offre était alléchante et l'on finit par se mettre d'accord, même si les prétentions du jeune Ward étaient quelque peu exorbitantes. Le problème n'était d'ailleurs pas d'ordre financier. Les deux impératrices douairières et le prince Gong ne regardaient pas à la dépense pour doter à nouveau la Chine d'une armée performante. Tseng Kuo-fang savait pourtant que son beau Li Hung-chang aurait préféré garder pour lui la majorité du trésor de *taëls* d'argent qu'on leur avait donc confié. Soit, il était cupide et cruel. Quand on torturait un prisonnier, il ne détestait pas donner des conseils au bourreau et au besoin lui prêter main-forte, mais il était brave au combat et alors aussi superbe qu'un jeune dieu de la guerre. Entre ses bras, Tseng Kuo-fang parvenait encore à oublier qu'il avait failli à sa mission et échoué à recréer une armée.

Les principaux chefs militaires avaient été ulcérés par le sort qu'on avait osé faire au seigneur Su Shun. On l'avait finalement décapité sur la place centrale de Pékin, dans le marché aux épices. Leur généralissime mort et enterré – avec sa tête, bien sûr –, ils avaient préféré regagner leurs lointaines provinces d'origine. Quant à la grande masse des paysans et *coolies* parmi laquelle se recrutait la majeure partie de la soldatesque, elle avait surtout rejoint les rangs des Taiping, bercée par la promesse d'un monde meilleur.

Frederick Townsend Ward n'aurait évidemment pas ce genre de problèmes en cherchant à recruter son armée. Tseng Kuo-fang avait envie de le laisser faire. S'il réussissait, il serait payé avec largesse, s'il échouait, il n'aurait rien, pas la moindre pièce de cuivre ! Ward avait promis de revenir trois mois plus tard avec une armée de cinq mille hommes, bien habillés, bien entraînés. Même si les deux amis n'y croyaient pas trop, ils rendirent consciencieusement compte de la nouvelle mission de Ward au gouvernement de Pékin et attendirent assez mollement les résultats qu'il avait promis.

Au jour dit, il fut bien au rendez-vous. Il avait fait abriter ses nouvelles recrues dans un vieux palais décati, non loin du *yamen* du généralissime. Sitôt introduit dans son salon, il lui dit d'un ton joyeux, assez immodeste :

– Mission pleinement accomplie, général. Je vous propose de venir voir défiler mes hommes demain matin, à l'aube.

Tandis que l'aube naissante posait sur le ciel de Shanghai son doigt d'or et de rose, Tseng et Li, d'abord assez sceptiques, regardèrent défiler comme à la parade un régiment de cinq mille hommes habillés en zouaves, qui ne manquaient pas d'allure avec leurs pantalons bouffants, leurs guêtres d'une blancheur immaculée et leurs chéchias rouges.

– Qu'est-ce que c'est que cet accoutrement ridicule ? s'écria Li, qui n'avait aucune envie de donner à ce jeune prétentieux l'argent promis.

– J'ai pris ce que j'ai trouvé, rétorqua Ward sans s'émouvoir. En revanche, les fusils anglais sont précis et mes hommes savent s'en servir. Si vous voulez en juger par vous-mêmes.

Sans attendre de réponse, Ward fit un signe à l'un des zouaves, qui commanda aussitôt de disposer des cibles en place. Les hommes formèrent rapidement un carré parfait.

Le premier rang tirait, puis mettait un genou en terre pour recharger, tandis que le second visait à son tour. Après les premières salves, on opérait un impeccable mouvement tournant et les premiers rangs se retrouvaient alors les derniers. Tout était exécuté dans un ordre parfait. On apporta les cibles au général pour qu'il pût les examiner. Les résultats étaient plus que satisfaisants.

– Tu as bien gagné tes trois cent cinquante mille *taëls* d'argent, dit Tseng. Li, va les chercher, je te prie.

– Je les fais porter dès demain à Ward.

Pendant longtemps, Li, qui les avait dépensés jusqu'au dernier, repoussa sous divers prétextes le paiement prévu. Enfin, l'occasion rêvée se présenta à lui. On avait repéré une troupe de Taiping se livrant au pillage non loin de Shanghai. Li, Ward et ses nouvelles recrues furent envoyés à cheval repousser les Taiping. L'opération fut bien sûr victorieuse et les rebelles décimés. Il n'y eut que très peu de morts, mais Ward y avait laissé la vie. Il avait été abattu d'une balle dans le dos... C'était au tout début de l'année 1862.

Le lieutenant de Ward, Henry Burgevine, prit sa place. Lui non plus ne lâchait pas facilement prise et exigeait le paiement sans cesse repoussé. Il eut un sort un peu différent de celui de son ami, mais qui revint au même. Alors qu'il préparait un raid éclair contre un parti de Taiping signalés dans une bourgade voisine, les rebelles fondirent soudain sur lui, l'encerclèrent et le firent prisonnier. On ne le revit jamais. Même Tseng avait compris qu'il avait été pris par trahison et que Li n'était bien sûr pas étranger à cette traîtrise.

Un autre aventurier anglais, tout aussi jeune que Ward et Burgevine, quoique bien moins naïf qu'eux, le lieutenant

Charles Gordon [1], vint se présenter au général en chef. Lui ne proposait pas de créer un corps d'armée, mais de commander celui qu'avait recruté et formé Ward. Comme il avait eu vent des précédentes mésaventures de ses compatriotes, il offrit à Tseng et à son lieutenant un autre arrangement :

– Je m'en voudrais, leur dit-il en guise de préambule, de donner au généralissime et à son digne second la moindre tracasserie financière. Je propose que ma solde me soit versée chaque mois, directement par le gouvernement de Pékin, dans cette banque de Hong Kong où j'ai ouvert un compte.

Il déplia un formulaire bancaire et le tendit au général qui s'en empara et le fourra dans sa manche. Puis Tseng le regarda avec admiration : si les Occidentaux commençaient à comprendre les prudences et les duplicités des relations à la chinoise, on allait peut-être enfin parvenir à s'entendre avec ces Barbares ! Sans accuser ou nommer personne, il avait avec courtoisie fait comprendre aux deux hommes qu'il se défiait d'eux, qu'il savait ce qui s'était passé, mais qu'il s'en moquait, pourvu qu'il fût toujours payé dans les temps, et directement sur le Trésor impérial pour éviter toute tentation trop forte à un homme aussi vénal que Li.

---

1. Appelé communément Chinese Gordon et plus tard Gordon Pacha, Charles-Georges Gordon était né à Woolwich en 1833. Il avait fait ses premières armes devant Sébastopol en 1855 et prit part en 1860 à l'expédition de Chine. Puis il entra au service de l'Empereur et devint commandant en chef de l'armée qui s'opposa aux Taiping. Il mourut à Khartoum en 1885.

Charles Gordon aimait à soigner sa légende. C'était un original toujours mis à la perfection, même et surtout sur un champ de bataille. Depuis qu'il avait découvert le monde chinois, il se passionnait pour l'art et la civilisation millénaires de cet empire immense semblant s'être figé dans le temps. Il en avait même adopté certaines mœurs et mettait beaucoup d'affectation, quand il sortait, à être toujours accompagné de six jeunes garçons chinois choisis pour leur rare beauté. On aurait presque dit qu'il exhibait ses jouets. Volontiers, il fumait l'opium, quoique sans la frénésie douloureuse du défunt empereur. Du moment que Gordon entraînait bien la nouvelle armée dont il avait reçu le commandement et augmenté les effectifs, le général Tseng Kuo-fang n'y voyait quant à lui rien à redire. En revanche, Li Hung-chang, qui n'aimait pas partager le pouvoir et qui s'était senti offensé par les allusions à peine voilées de Gordon à sa duplicité, ne l'appréciait guère. Enfin, les deux hommes devant se battre ensemble, tous deux s'efforçaient de faire taire leur ressentiment.

Les Taiping s'étaient dangereusement approchés de Shanghai depuis qu'ils occupaient la bourgade de Soochow, où ils étaient à présent quarante mille. On ne pouvait accepter de les voir s'installer, toujours plus nombreux, là où leur présence menacerait directement Shanghai.

Cette belle ville au port incomparable alangui sur l'éventail du delta était devenue la première base occidentale de Chine. C'était là que se trouvaient une bonne partie des canonnières anglaises et surtout les immenses entrepôts flottants alourdis par leurs caisses d'opium. Si les Taiping venaient à s'en emparer, ils traiteraient ensuite directement avec les grandes puissances occidentales, qui lâcheraient alors la dynastie déjà bien chancelante des Qing. Elle ne leur serait plus d'aucune utilité. A Pékin, nul ne se faisait beaucoup d'illusions sur la fidélité occidentale. On avait déjà livré deux guerres pour parvenir à une paix précaire, de nouveaux désordres compromettraient de façon définitive un équilibre si fragile. Il fallait donc reprendre Soochow à tout prix pour empêcher les Taiping d'y organiser une base fixe.

L'impératrice Tseu-hi et le prince Gong l'avaient fort bien compris. Puisant largement dans le Trésor impérial, ils envoyaient à Tseng Kuo-fang tout l'argent dont il avait besoin. Il fallait de nouveaux fusils, des munitions et des canons, encore et toujours des canons. On avait besoin de chevaux frais et de nombreux charrois pour emmener à pied d'œuvre les vivres et l'intendance.

Au bout de deux mois de siège, les vivres commencèrent à manquer cruellement aux Taiping, l'eau surtout car Li avait fait empoisonner les douves de la ville. Les premiers cas de choléra se déclarèrent, mais les chefs Taiping avaient si peur du ressentiment de Li Hung-chang, furieux d'avoir déjà passé deux mois à assiéger cette ville dans des conditions difficiles, sous la pluie et dans le froid, qu'ils n'osèrent traiter directement avec lui.

L'assaut final fut donc donné le 5 décembre 1863. Les troupes de Gordon parvinrent enfin à pratiquer une brèche dans la muraille. Les hommes s'y engouffrèrent en traînant leurs canons qui s'enlisaient dans la boue. On arriva pourtant à mettre trois batteries en place et l'on tira un premier coup dans l'artère principale de Soochow. Les maisons et les palais s'effondraient dans un bruit de cataclysme. Les chefs Taiping envoyèrent enfin une délégation à Li pour négocier avec lui une paix honorable, même si leur résistance n'était plus que de principe. A leur stupeur, Li les assura de sa mansuétude et les invita même, pour le soir, à partager avec lui un grand festin sous sa tente.

A l'heure dite, les vingt-cinq chefs des Taiping, revêtus de leurs plus belles robes de cérémonie, se rendirent donc à l'invitation de Li. S'ils n'avaient guère confiance en ce dernier, bien connu pour sa cruauté comme pour sa cupidité, ils pensaient un peu naïvement que le lieutenant Charles Gordon participerait au festin. Il avait bonne réputation pour un Barbare. Il était considéré par les Chinois comme un homme d'honneur respectant la parole donnée. Or Li avait profité de l'absence de Gordon, parti en reconnaissance inspecter les environs de la ville, pour organiser ce piège.

A l'entrée de la tente, il accueillait personnellement ses invités avec un mot aimable, déplorant pour eux les hasards de la guerre qui leur avaient été contraires, vantant leur ardeur au combat et laissant entendre qu'à son point de vue tout, dans la révolution des Taiping, n'était pas faux. Charmés par un tel accueil, les chefs se détendaient. La tente était somptueuse, tendue de précieuses étoffes de soie brodées. Le sol était jonché de fleurs. De multiples plats disposés dans de fines porcelaines jonchaient les tables basses. De grands coussins servaient de sièges. Des eunuques servaient du vin à la ronde dans de belles aiguières d'argent. Un orchestre jouait doucement. L'ambiance était à la paix et au raffinement, le vin savoureux.

Or il était empoisonné, mais il était trop tard pour s'en

aviser. Tous les chefs des Taiping en avaient bu plus que largement. Ils se tordaient de douleur. Plus d'un avait tiré son épée, mais aucun n'était capable de s'en servir. Li Hung-cang, un grand sourire illuminant son visage à l'irréelle beauté, les contemplait avec satisfaction, puis il claqua dans ses mains. Les eunuques ouvrirent largement l'entrée de la tente. Les hommes de sa garde pénétrèrent à leur tour dans les lieux. Partout dans la tente, ils traquèrent les moribonds et les décapitèrent. La fade odeur de la mort avait remplacé celle des mets raffinés. Le sang coulait à flots. Le spectacle était répugnant, mais Li s'en délectait. Il ne put d'ailleurs résister au plaisir de prendre son épée à l'un de ses hommes pour décapiter lui-même le général des Taiping et accrocher sa tête à sa ceinture. Ensuite, on s'empressa de massacrer avec allégresse le reste des rebelles, qui dormaient paisiblement, ayant cru eux aussi en la clémence du chef des troupes impériales.

Quand le lieutenant Gordon revint au petit jour de la reconnaissance qu'il avait effectuée avec un faible détachement de ses troupes, le camp n'était plus qu'un spectacle de désolation. On commençait tout juste à ensevelir les corps suppliciés des Taiping. Il se présenta devant Li et laissa éclater sa colère :

– Je n'aime guère qu'on se moque de moi et qu'on profite de mon absence pour bafouer la parole donnée à des prisonniers de guerre.

– Les Taiping ne sont que des rebelles et je les ai traités en tant que tels sans deviner que leurs misérables vies pouvaient vous être si chères.

Il se moquait de lui et Gordon ne pouvait le souffrir. Aussi hurla-t-il :

– C'est moi et moi seul qui ai reçu de Leurs Majestés, les impératrices douairières, le commandement du siège de Soochow.

Li s'inclina avec ironie en faisant remarquer :

– Et le mérite en incombe à vous seul, mon cher.

– Ainsi qu'un massacre inique n'ajoutant ni à votre gloire ni à la mienne. Je rendrai compte à Pékin de ce qui s'est passé. Je vous assure de tout mon mépris. Vous n'êtes qu'un dépravé.

– Je pourrais en dire autant de vous.

– Peut-être, mais je ne tue pas lâchement des hommes ayant eu confiance en moi. Ce que vous avez fait est ignoble.

Tseng Kuo-fang, incapable d'en vouloir longtemps à son favori et de résister à un seul de ses sourires, demanda au prince Gong une forte récompense pour le lieutenant barbare, espérant ainsi l'apaiser. Le prince lui fit parvenir dix mille *taëls* d'argent que Gordon refusa avec hauteur. Il était si écœuré qu'il écrivit une longue lettre aux impératrices en déplorant ces assassinats massifs. Il ne voulait pas d'argent, mais la robe jaune des généraux victorieux. Ce que l'on se hâta de lui offrir tant on espérait qu'il continuerait à diriger la nouvelle armée impériale. Or Gordon, prévoyant de multiples déboires à venir, préféra quitter la Chine. Il avait dans ses bagages la plus haute récompense que l'on pût recevoir. Elle n'avait bien sûr pas la moindre valeur marchande, mais elle lui suffisait.

Charles Gordon n'était donc plus en Chine lors de la prise de Nankin le 19 juillet 1864. S'il avait été présent, il aurait sans doute pu empêcher le sac de la ville et le nouveau massacre des Taiping – on en tua plus de cent mille ce jour-là. Le frère du général Tseng, Tseng Kuo-chuann, n'était pas moins cruel que Li et il fit passer au fil de l'épée tout ce qui ressemblait à un rebelle. Le faux empereur, Hong Xiuquan, avait eu la sagesse de s'empoisonner un mois avant la chute de sa capitale. On lui aurait sans nul doute réservé un supplice de choix. Toutes ses concubines et dames de cour s'étaient pendues avant l'entrée des troupes impériales dans la ville, ce qui était plutôt sage et leur évitait du moins d'être violées avant d'être massacrées. C'en était fini de la révolte des Taiping qui avait failli avoir raison de la dynastie des Qing et avait fait plus de vingt millions de morts.

Tseu-hi et le prince Gong, soulagés d'être enfin débarrassés de cette terrible menace, oublièrent vite les massacres inutiles au moment de la distribution des récompenses. Le général Tseng Kuo-fang fut fait marquis héréditaire et vice-roi du Chihli, c'est-à-dire qu'il occupait désormais le troisième rang dans l'Empire, tout de suite après l'Empereur et le prince Gong. Son frère et Li devinrent comtes. Ils sortaient de l'aventure riches à millions, mais l'Empire était exsangue. Tout restait à reconstruire.

Le jeune empereur Tung Chih venait d'avoir quinze ans. Il voyait peu ses « deux mères » et passait le plus clair de son temps entre ses « petites sœurs » et son précepteur, le mandarin Wo Jen. Le vieil homme était un lettré de l'ancienne école. Chancelier de l'académie de Hanlin et président de la Censure, secrétaire du ministère des Revenus, il avait reçu un enseignement taoïste et croyait surtout aux vertus de l'éducation traditionnelle. Comme les autres empereurs avant lui, Tung Chih devait connaître parfaitement les *Quatre livres* et les *Cinq Classiques*, les préceptes de Confucius et les détails du *Li*, l'étiquette si importante en Chine, régissant tous les rapports entre les hommes et même entre les hommes et le Ciel. Il devait aussi savoir et retracer de mémoire les quatre cent trente mille deux cents quatre-vingt-six idéogrammes de base, mais on restait fort loin du compte. Tung Chih n'était guère un élève studieux et, dans le pavillon *Heng-te Tien* où il aurait dû s'enfermer trois heures le matin et trois heures l'après-midi en compagnie de ses maîtres, il bâillait à s'en décrocher la mâchoire et plantait tout à coup livres et maîtres pour aller rejoindre ses eunuques et jouer avec eux.

Quand il était devenu un bel adolescent au visage un peu allongé comme l'avait été celui de son père, il s'était livré avec ses eunuques aux mêmes jeux lascifs que Hieng-feng jadis. Ses professeurs ne pouvaient que déplorer sa conduite, mais en aucun cas le contraindre ou le frapper : on ne touche pas un empereur. Seules ses « deux mères » avaient la préséance sur lui, s'asseyaient avant lui et le précédaient dans un cortège officiel, mais elles ne le voyaient pas assez pour être capables de le rendre plus assidu dans ses études ou l'empêcher de subir les attouchements sexuels de ses eunuques. S'il devait chaque matin visiter chacune des impératrices, Tseu-an en premier et Tseu-hi ensuite, les entrevues étaient aussi rapides que convenues. A peine échangeait-on quelques propos vains évoquant la santé des uns et des autres avant de se quitter après de grandes courbettes et des vœux de dix mille ans de bonheur.

Tseu-hi ne critiquait pas l'influence du prince Gong sur son fils. Etant sans cesse en contact avec les Occidentaux, Gong avait appris à les apprécier, puis, insensiblement, à les admirer. Surtout, il s'efforçait d'intéresser le jeune empereur à leurs découvertes. Le train et les débuts de l'aviation, les premières automobiles, les filatures anglaises, les grandes fonderies lui semblaient autant de magnifiques inventions capables de faire accomplir à la Chine le grand bond en avant vers le progrès et la science, dont le prince Gong rêvait. Tseu-hi l'avait suivi un temps dans ses désirs d'innovation. On avait modernisé l'armée, on en avait confié le commandement à ce jeune mercenaire, Charles Gordon, qui avait par malheur quitté l'Empire pour des raisons de sensiblerie que Tseu-hi avait décidément bien du mal à comprendre. On avait créé de nouvelles voies de chemins de fer, modernisé les bateaux et les ports, ouvert les premières manufactures, mais à vouloir trop se hâter d'imiter l'Occident, la Chine risquait d'y perdre son âme, son savoir et ses traditions millénaires.

Tung Chih pouvait donc s'initier aux découvertes occidentales, à la seule condition qu'il eût auparavant étudié ses *Classiques*, sa mère l'avait bien fait et continuait à lire avec autant d'opiniâtreté que jadis ! Le prince Gong, agacé par l'enseignement vieillot de Wo Jen, trouvait pour sa part qu'il fallait en finir avec cette vraie dictature de la pensée que supposait la mainmise de l'académie de Hanlin sur tout le savoir intellectuel et scientifique chinois.

Tseu-hi et le prince Gong avaient souvent discuté ensemble de l'éducation de Tung Chih, sans parvenir à se mettre tout à fait d'accord. Le ton, entre eux, était parfois monté. On s'était dit de part et d'autre, déguisées sous des sourires et des paroles onctueuses, quelques vérités désagréables à entendre. Le prince Gong avait laissé voir qu'il connaissait et réprouvait la liaison de Tseu-hi avec le général Jung Lu et le fait qu'elle aussi s'échappait parfois de la Cité interdite pour s'en aller rôder avec son amant dans Pékin en empruntant avec lui le passage souterrain. Tseu-hi avait posé la question sournoise de savoir si le prince Gong œuvrait d'abord pour son empereur ou caressait l'idée d'asseoir son fils aîné sur le trône du Dragon. Bref, les paroles échangées avaient été un peu aigres, chargées de part et d'autre de rancœur et d'amertume.

Tseu-hi avait ensuite débattu du problème avec Tseu-an et son fidèle Li Lien-ying.

– Il est certain que le prince Gong a fidèlement servi l'Empire, expliqua-t-elle, mais le pouvoir l'a grisé. Il a pris trop d'influence sur notre fils et se montre désireux d'en acquérir plus encore. Il veut choisir lui-même ses maîtres et façonner son esprit, l'ouvrir encore plus au monde occidental.

– Toi-même, Tseu-hi, tu n'y étais pas insensible, fit remarquer la première impératrice.

– C'est vrai, mais il est exact aussi qu'un homme aussi jeune que notre cher Tung Chih risque, à la longue, d'avoir l'esprit déformé par un homme traitant chaque jour avec les Occidentaux et qui subit si fort leur influence.

Li Lien-ying se hâta d'intervenir en appuyant sa Petite Orchidée :

– Il est sûr que les deux impératrices douairières, dans leur immense bonté, ont remis bien des pouvoirs entre les mains d'un seul homme. Or le pouvoir use et corrompt tout ce qu'il touche. Il serait peut-être temps de soulager un peu le prince Gong des trop lourdes responsabilités pesant sur lui.

– Que préconises-tu, Li ? demanda Tseu-hi.

– On pourrait, je pense, rappeler le prince Cheng à la Cour. Lui aussi aime le pouvoir à la folie. Une fois de retour à Pékin, siégeant au Conseil du Clan, il contrecarrerait l'influence du prince Gong.

– Tu penses donc utiliser Cheng comme un contre-pouvoir ? demanda rêveusement Tseu-an. L'idée est aussi séduisante que dangereuse. Le prince Cheng est à peu près aussi inoffensif qu'un cobra royal, c'est tout dire...

– Tu en as si peur, Tseu-an ?

– Oui, et je ne crains pas d'en convenir avec toi. Prends garde à Cheng, Tseu-hi, il est dangereux et dénué de tout scrupule, bien plus dangereux en fait que le prince Gong, toujours victime de ses bons sentiments et d'une impossibilité chronique à trahir.

Toutes deux se mirent à rire avec quelque commisération. Il était vrai que le prince Gong avait toujours de multiples états d'âme et des scrupules que les deux impératrices douairières comprenaient assez mal. Li Lien-ying ne le comprenait pas beaucoup plus.

L'offensive contre le prince Gong vint bizarrement du précepteur Wo Jen, qui supportait mal les incessantes remontrances de Gong. A son sens, il se mêlait de ce qui ne le regardait pas. Wo Jen ayant gardé une forte influence sur le jeune empereur, celui-ci, au début du mois d'avril 1865, fit publier un avis qui stipulait :

Sachant qu'il avait le pouvoir de contrôler le Gouvernement, le prince Gong exploita souvent ma jeunesse en cher-

chant à me dominer. Il essaya de fomenter des querelles entre moi et les Impératrices. Durant certaines audiences, il s'est montré hautain et peu sincère. Même si ces actes ont été publiquement connus, ils ont mis en danger mon règne, surtout depuis que je suis en âge d'exercer mon pouvoir sans les Impératrices, ce qui est un sérieux problème. Le prince Gong a pris avec nous un ton autoritaire, cherchant à créer une dissuasion au sein de la famille impériale, ce pourquoi nous ne pouvons renouveler ses mandats.

C'était le premier acte d'autorité du jeune empereur depuis sa toute récente majorité. Même si le prince Gong conservait son ministère auprès des diplomates occidentaux, tâche dont il s'acquittait fort bien, il dut s'effacer. Dès le 3 avril, le redoutable prince Cheng était à Pékin. Dès le 4, on réunissait le Conseil du Clan pour former le nouveau gouvernement. Le jeune empereur et ses « deux mères » désiraient que Gong conservât son ministère des Affaires étrangères, mais ne fût plus ni conseiller ni chef du Grand Conseil. Le prince Cheng et ses autres frères protestèrent : ils ne voyaient pas d'un bon œil le fait que les princes du sang restés en vie fussent encore une fois éloignés du trône par Tseu-hi. Même cachée derrière son fameux rideau de gaze, celle-ci régnait par l'intermédiaire de son fils, au détriment de la propre famille du défunt empereur.

Dès le début du mois de mai, le prince Gong était redevenu Grand Conseiller et le prince Cheng, qui l'avait soutenu, siégeait lui aussi au Grand Conseil. Cette petite révolution de palais n'eut pas de vraies répercussions sur l'avenir du gouvernement.

Très dépité par ce semi-échec, Tung Chih, qui avait un instant pensé s'intéresser au gouvernement et goûter aux joies du pouvoir, décida de bouder les conseils des ministres. Comme son père l'avait fait avant lui, sitôt que les coups de gong annonçaient l'heure pour les eunuques de quitter la Cité interdite, il se mêlait à eux, pauvrement vêtu en serviteur du palais, et s'en allait errer dans les bas-fonds de Pékin. Son principal compagnon de débauche était son cousin Tsai-cheng, troisième fils du prince Gong. Tous deux affectionnaient surtout le quartier de *Chien-men* où pullulaient les bars louches, les cabarets douteux et les bordels où l'on vendait de tout, petites filles et petits garçons surtout, dont la virginité était garantie et maintes fois artificiellement restaurée.

Tung Chih consommait tout, trop vite, avec une sorte de hâte désespérée, les enfants et les prostitués hommes ou femmes, les acteurs et les mignons qu'on nommait alors les « manches coupées ». L'origine de ce surnom venait de ce qu'un empereur, pour ne pas déranger l'un de ses favoris endormi sur la couche impériale et sur la manche de son manteau, préféra couper la manche dudit vêtement plutôt que d'éveiller le beau jeune homme. A quinze ans, fatigué, maladif, déjà blasé, Tung Chih était peut-être majeur et soi-disant capable d'exercer seul le pouvoir, mais il avait aussi contracté la syphilis, ce que le médecin impérial crut devoir annoncer assez piteusement à ses « deux mères ».

– Toi qui es sa première mère, Tseu-an, supplia Tseu-hi, je t'en prie, use de ton influence sur « notre » fils pour l'empêcher de retourner au bordel.

– Il faut bien que jeunesse se passe, répondit-elle en souriant avec indulgence. Ce n'est pas si grave.

– Tu veux rire. J'ai ici un livre de médecine occidentale qui prétend cette maladie incurable et, à long terme, mortelle. En phase finale, c'est le cerveau qui souffre alors de profondes lésions et l'on devient fou.

– Un peu d'opium arrangera cela.

– Ah non ! Tu veux donc que notre fils répète toutes les erreurs de son malheureux père ?

– Toi qui es si férue de nos vieilles histoires, Tseu-hi, tu devrais bien te souvenir de l'empereur Huang Ti qui, pour devenir immortel et utilement marier en lui le Yin et le Yang, consomma dit-on plus de mille femmes.

– Essaie pour une fois d'être sérieuse. Huang Ti était né en 2704 avant le Christ, comme diraient les Barbares, ce n'est plus une référence et je n'ai guère envie de savoir que notre fils finira fou. S'il menait une existence plus rangée, sa santé devrait s'améliorer.

– Tu veux le marier, c'est bien cela ?

– Et pourquoi pas ?

– Alors, ne répands pas le bruit qu'il a la syphilis ou bien nulle ne voudra l'épouser.

– Tu sais mieux que quiconque que l'on ne demande jamais son avis à une jeune fille, fût-elle mandchoue ou chinoise. De plus, qui refuserait de devenir impératrice ?

Pourtant, celui qui refusa longtemps l'offre de ses « deux mères » fut Tung Chih lui-même. Il savait bien que, lorsqu'il serait doté d'une impératrice, peut-être aussi d'une seconde et troisième épouse et même d'un harem entier, il aurait d'ennuyeuses obligations auxquelles il deviendrait difficile d'échapper. Même s'il continuait alors de hanter les mauvais lieux en compagnie de son cousin, rien ne serait jamais plus comme avant.

Lorsque le Grand Conseil et le Conseil du Clan s'avisèrent de mettre le sujet à l'ordre du jour à chaque séance, il devint plus malaisé à Tung Chih de refuser d'en parler. Ses « deux mères » avaient déjà retenu une jeune fille, une certaine A-lu-te, la fille d'un duc de troisième rang dénommé Chung-chi. L'Empereur eut beau prétendre qu'il n'en voulait pas, car elle avait deux ans de plus que lui, ce qui paraissait très vieux à un homme habitué à consommer des enfants, il dut finalement céder. Il lui fallait au moins assurer l'avenir de la dynastie, c'était même son principal devoir.

A peine eut-il enfin accepté le principe de cette union que tous les astrologues de l'Empire se mirent à étudier la date la plus bénéfique au futur mariage du Fils du Ciel. Après bien des réunions, des colloques, de savants débats et d'homériques disputes, les mages, lamas, devins et astrologues tombèrent finalement d'accord sur le 16 octobre 1872. Par sa mère, A-lu-te était de sang royal. Son grand-père maternel n'était autre que le prince Cheng, qui avait siégé au Grand Conseil destitué, qui était le demi-frère du seigneur Su Shun. Pour faire bonne mesure et parce qu'il fallait absolument réussir à assouvir les ardeurs sexuelles de l'Empereur, ses « deux mères » lui choisirent en même temps trois autres épouses.

6

C'était l'aube du 16 octobre 1872, le jour fixé par les augures pour le mariage impérial et Tseu-hi pensait à cette petite A-lu-te de dix-sept ans qui allait pénétrer dans quelques heures au sein de la Cité interdite pour ne pratiquement jamais en sortir. Maintenant que le palais d'Eté n'était plus que ruines et décombres, il n'y avait même plus cette délicieuse perspective de fuir Pékin pour au moins neuf mois par an. Elle se demandait si cette jeune fille qu'elle avait fait venir à plusieurs reprises en son palais pour s'entretenir avec elle serait heureuse avec son fils, sans doute que non. Elle-même, l'avait-elle été avec l'empereur Hieng-feng ? Elle offrait à A-lu-te, en la faisant impératrice de Chine, une chance qu'elle-même n'avait jamais eue, puisqu'elle avait été nommée simple concubine impériale de cinquième rang. Ensuite, ce serait à cette petite de forger son propre destin, de donner un fils à Tung Chih et de se rapprocher du pouvoir, peut-être, si cette voie l'intéressait. En tout cas, elle aurait une existence luxueuse sa vie durant et ne serait pas l'esclave d'une belle-mère acariâtre. Tseu-hi n'avait aucun besoin d'une esclave. Elle avait ses palais régis par l'indispensable madame Wang, elle avait ses eunuques, ses servantes et ses dames de cour. Surtout, elle avait Jung Lu dont elle ne parvenait pas à se rassasier. Elle l'avait fait nommer chef de la Bannière Jaune, la première des bannières, la plus prestigieuse, celle qui était chargée de veiller sur la famille impériale et sur la capitale, ce qui le retenait à Pékin, donc près d'elle.

Tseu-hi, toujours impératrice douairière de l'Ouest, laissait pourtant officiellement la place à Tung Chih, puisqu'il était devenu majeur à ses quinze ans. Elle avait même décidé de céder à la nouvelle petite impératrice son palais des Elégances Accumulées pour s'installer dans le *Chang-chun-gong*, le palais de l'Eternel Printemps. C'était un geste assez symbolique ne lui coûtant pas trop. Les deux palais n'étant guère éloignés l'un de l'autre, elle avait fait prolonger le souterrain et une dizaine d'ouvriers avaient à nouveau été déportés, ce qui ne la troublait guère. Ce qui la ravissait, c'étaient les merveilleuses peintures murales illustrant le célèbre roman *Le Rêve du pavillon rouge* qui ornaient toute la galerie donnant sur la cour. Lorsqu'elle était jeune, cette histoire que Cao Xueqin avait laissée inachevée à sa mort, en 1763, l'avait beaucoup fait rêver. Comme elle, cette puissante famille chinoise mise en scène dans ce merveilleux chef-d'œuvre était à la recherche du temps perdu et des splendeurs du passé. Elle avait fait restaurer les fresques et avait hâte de les montrer à son amour.

Par ailleurs, ce prochain mariage la préoccupait. Si ce que disaient les ouvrages de médecine occidentaux était vrai, Tung Chih n'allait pas tarder à contaminer au moins quatre jeunes filles, l'Impératrice et les trois nouvelles épouses qu'on lui offrait en même temps pour le retenir un peu à l'intérieur de la Cité interdite. Tseu-hi n'avait en revanche aucun scrupule à imposer tout de suite trois autres co-épouses à A-lu-te. Toute femme mandchoue ou chinoise savait dès son plus jeune âge qu'il aurait été absurde de prétendre garder un homme, et surtout un empereur, pour elle seule. La jalousie comme le sens de la possession devaient être pour toujours bannis de son esprit.

Il était déjà cinq heures du matin – on se levait toujours de très bonne heure dans la Cité interdite, puisque toute vie publique s'arrêtait dès huit heures du soir, quand retentissait le son lourd et bien rythmé des gongs. La future impératrice avait dû quitter dès trois heures, après avoir fait ses adieux à une famille qu'elle reverrait rarement, un palais de la ville tartare où elle n'irait plus. Toute vêtue de rouge comme Niuhuru l'avait été des années plus tôt – il y avait si longtemps –, voilée, elle descendrait de son palanquin devant le palais de la Félicité où l'attendraient les princes du sang et leurs épouses pour la saluer en lui souhaitant les traditionnels « dix mille ans ». Ensuite, on l'accompagnerait en grande pompe vers le palais de la Paix Eternelle où l'attendrait son jeune fiancé. Elle viendrait s'incliner devant les deux trônes du Phénix, ceux des deux impératrices douairières. Tung Chih et elle boiraient ensemble une coupe de vin et croqueraient, en signe de bon augure, dans un gâteau de la fertilité.

Tseu-hi, assise sur son trône à la gauche de Tseu-an, se demandait si elle n'avait rien oublié pour le pesant cérémonial du mariage. Il fallait que tout fût parfait et la cérémonie minutieusement orchestrée. Elle ne se demandait plus si la petite serait heureuse – le bonheur, en Chine, n'est pas fait pour les femmes. Pourtant, elle se souvenait encore des attentions et des précautions que Hieng-feng avait eues pour elle lors de cette première nuit, et elle lui en savait toujours gré. Aussi avait-elle passé quelques instants en compagnie de son fils pour lui recommander d'avoir quelques égards pour la nouvelle impératrice. Tseu-an avait été si dégoûtée par ses relations avec l'Empereur que cela l'avait peut-être rendue stérile et Tseu-hi ne voulait pas qu'il en fût de même pour A-lu-te. Il fallait vite un héritier à la dynastie Qing, encore si fragile. Bien sûr, chacune des trois autres épouses, ou même n'importe laquelle des concubines impériales, lorsque le harem de l'Empereur serait enfin constitué par ses « deux mères », pouvait toujours donner un petit prince héritier. Pourtant, tout était plus simple s'il était le fils de l'Impératrice. Tseu-hi se souvenait encore des jours sombres de Jehol et elle espérait dorénavant éviter pareille crise.

Pas une seconde elle ne pensa qu'elle pourrait servir de mère à la future impératrice, la guider parmi les méandres dangereux de la Cour. Elle-même s'était débrouillée seule et A-lu-te devrait procéder de même. Cela forgeait un caractère et restait le meilleur des apprentissages ! Elle ferait pourtant une chose pour sa belle-fille, elle la confierait aux bons soins de Li Lien-ying, qui venait de remplacer An Te-haï, mort un mois plus tôt d'une mauvaise fièvre, sans doute le choléra. A présent que Li Lien-ying était Grand Eunuque, son pouvoir et son influence s'étendaient sur toute la Cité interdite. En le chargeant spécialement d'initier la jeune impératrice aux difficiles règles du *Li* en vigueur au palais, Tseu-hi comptait surtout sur le Grand Eunuque pour lui rendre fidèlement compte de ses progrès ou de ses erreurs, afin de pouvoir les rectifier s'il en était besoin.

On entendait déjà les fifres et les tambourins annonçant la venue du cortège nuptial. Tout était bien. Ce soir, pour consommer les noces, Tung Chih dormirait avec sa nouvelle épouse dans l'immense chambre impériale de trente pieds carrés où tout était rouge, couleur de l'espoir.

A présent, le fils de Tseu-hi, dûment doté de quatre épouses, devrait passer plus de temps dans la Cité interdite avec l'obligation de les satisfaire chacune au moins une fois par mois. Ce qui avait été le but de ce quadruple mariage. De toute façon, Tseu-hi n'avait pas à se préoccuper de la fréquence des rapports de son fils avec ses épouses. Des eunuques qu'on appelait *nu-shih* étaient payés pour cela. Ils devaient consigner par écrit les dates de ces rapports dans le registre dit du *pinceau rouge*. Leur tâche consistait à veiller au bon équilibre chez l'Empereur du Yin et du Yang, indispensable à sa santé tant physique que mentale. Pour ne pas trop s'affaiblir, il devait éjaculer peu. Il valait donc mieux qu'il eût des rapports avec ses femmes lorsqu'elles étaient en période de fécondité, ce que les *nu-shih* étaient également chargés d'établir.

De *nu-shih* en *nu-shih*, un savoir avait fini par se transmettre. L'idéal pour un homme était d'avoir une éjaculation tous les trois jours au printemps, au temps où la nature verdit et où l'ardeur des hommes s'affirme, deux par mois à l'été et à l'automne et pas du tout d'éjaculation en hiver, les mois où l'on doit reprendre ses forces et se recentrer pour retrouver son énergie. Pour que l'Empereur pût tout de même inviter ses épouses à partager sa couche – et les deux impératrices douairières y tenaient beaucoup –, des *nu-shih* inventifs avaient mis au point un procédé dit de la « paupière de mouton ». Il s'agissait d'une véritable paupière de mouton trempée dans du thé chaud qu'il fallait enfiler sur le pénis comme une bague et qui, comprimant la verge, empêchait d'éjaculer, donc de perdre sa semence et ses forces tout en contentant ses femmes.

Tung Chih avait été assez occupé durant le premier mois de ses quadruples noces. Ses « deux mères » ignoraient s'il était plus heureux ainsi. Toujours était-il qu'il n'était pas allé durant ce temps traîner en mauvaise compagnie, avec ses eunuques les plus dépravés, dans la ville basse de Pékin. Toutes deux se félicitaient donc de leur heureuse initiative et espéraient qu'un régime plus sain et un meilleur sommeil empêcheraient la maladie de faire de trop rapides progrès. Li Lien-ying assurait que la jeune impératrice semblait heureuse de son sort et avait des rapports cordiaux avec les trois autres épouses. Après tout, elle avait sur elles la préséance : elle seule avait droit à un vrai trône lors des cérémonies officielles, elle jouissait d'un plus beau palais, de somptueuses parures, d'autant de robes de soie qu'elle pouvait en souhaiter, elle avait plus de servantes, de dames de cour et de « petites sœurs » qu'elles.

Tseu-hi avait chargé la sœur de madame Wang qui, devenue veuve à son tour, était venue rejoindre son aînée au palais et qui avait de bonnes connaissances dans l'art des plantes médicinales, de veiller de près sur la santé de l'impératrice et des trois co-épouses et particulièrement sur leur hygiène intime. On aurait couru au désastre si les quatre jeunes femmes, syphilitiques à leur tour, s'étaient retrouvées stériles. Cette madame Wi avait paru à Tseu-hi tout à fait compétente, car elle avait su la guérir de terribles maux d'estomac en lui faisant boire des tisanes réalisées grâce à un mélange savamment dosé de lavande, de mélisse et d'orthosiphon. Madame Wi avait longuement expliqué aux impératrices douairières que, si l'une des quatre épouses souffrait d'hémorragies, une application locale du tanin de l'alchémille était le plus efficace des remèdes. A tout hasard, pour prévenir de futures difficultés à engendrer s'il s'avérait que l'Empereur les avait par malheur contaminées, madame Wi leur faisait régulièrement manger des graines de soja.

– Cette plante rend fertile, affirmait-elle.

Tseu-an, navrée de n'avoir connu plus tôt madame Wi, se demandait si, grâce à elle, il ne lui aurait pas été possible d'être mère, au moins une fois.

– Dire que je n'ai jamais connu dans ma chair ce grand bouleversement qui semble à toutes les autres femmes si naturel et qui me fut toujours interdit. Si je n'avais appartenu au clan Niuhuru, j'aurais même été répudiée. Ma famille et moi-même aurions alors perdu la face et n'aurions eu d'autre remède que de nous suicider en avalant une feuille d'or ou une boule d'opium.

Pour Tseu-hi, on ne perdait la face que si on le voulait bien et elle trouvait stupides ces innombrables suicides pratiqués dans la haute société mandchoue pour une simple humiliation dont on guérissait somme toute assez vite. Aussi lui répondit-elle d'un ton un peu sec, d'où toute compassion était absente :

– Tu as Tung Chih qui te révère comme sa « première mère ».

– Oui, mais je n'ai jamais vu mon ventre se gonfler, mes seins s'alourdir. Je n'ai jamais senti remuer en moi un enfant.

Tseu-hi, qui n'avait guère aimé se voir ainsi devenir grosse et laide et qui avait surtout craint de ne jamais recouvrer sa silhouette ne trouvait pas, pour sa part, que Tseu-an eût manqué grand-chose. Sans doute elle-même avait-elle été brièvement émue lorsqu'elle avait découvert pour la première fois ce petit bout de chair issu d'elle et si vulnérable, mais on lui avait tellement vite repris son fils qu'elle n'avait guère eu le temps de sentir se développer sa fibre maternelle. A présent, elle pensait même que Tung Chih lui préférait sa première mère qui ne se risquait jamais à le critiquer ou à le morigéner pour sa mauvaise conduite.

Toutes deux attendaient la visite de « leur » fils. Il ne s'agissait pas, cette fois, de la rituelle visite du matin.

Enfin, Li Lien-ying ouvrit tout grand la porte de la salle des audiences en annonçant avec quelque emphase :

– Sa Majesté l'Empereur, Fils du Ciel et maître de l'empire du Milieu.

Les deux impératrices douairières se trouvaient assises côte à côte sur des trônes abondamment ornés du Phénix, depuis des temps immémoriaux figure emblématique du pouvoir des impératrices. Les deux sièges étaient rigoureusement identiques et placés à la même hauteur, mais enfin, Tseu-an se trouvait toujours à la place d'honneur, à la droite de Tseu-hi qui jugeait en secret cette immuable préséance quelque peu agaçante, Tseu-an n'étant ni la véritable mère biologique de l'Empereur, ni la plus instruite des deux femmes. De caractère égal et paisible, elle n'avait aucune prétention à exercer le pouvoir, mais tenait beaucoup à occuper toujours la première place. Pourtant, ce n'était bien sûr pas elle mais Tseu-hi que venaient consulter les différents ministres, mandarins ou membres du Conseil du Clan.

Tseu-hi avait deviné ce que l'Empereur était venu leur demander. Elle avait sondé le Grand Eunuque à ce sujet sans être autrement surprise de sa réponse. Tseu-an, comme d'habitude, n'avait rien anticipé. Tseu-hi ne lui avait donc pas parlé de ses préoccupations. D'ailleurs, Tseu-an, qui s'affolait pour un rien et se noyait dans une tasse de thé, ne décidait jamais rien par elle-même, ce qui valait beaucoup mieux !

Les « deux mères » ne se levèrent pas pour répondre au salut de l'Empereur. Elles avaient toujours sur lui la préséance. Il leur adressa donc son grand salut de cérémonie. Alors seulement, Tseu-an lui fit signe qu'il pouvait s'asseoir. Son siège était un peu moins ouvragé que les leurs et situé un degré plus bas. Rentrant les mains dans sa robe de soie jaune en signe d'humilité, il s'enquit avec politesse de leur santé respective et donna des nouvelles de la sienne. Il allait bien et avait d'ailleurs meilleure mine. C'était à croire que le mariage lui réussissait ou peut-être la cure intensive d'ortie dioïque recommandée par madame Wi faisait-elle enfin son effet. Son teint était moins jaune, ses yeux moins cernés, ses gestes plus vifs. Il se tenait plus droit et tout, dans sa jeune personne, respirait une joie de vivre que ses « deux mères » n'avaient plus guère l'habitude de lui voir. Elles lui sourirent avec affection en abandonnant leur maintien distant.

– Tu parais en pleine forme, c'est un bonheur pour nous !

– On nous a dit que tu prenais enfin soin de ta santé, que tu ne sortais plus dans ces lieux de mauvaise vie si néfastes à ta précieuse personne.

Il savait bien qu'aucune de ses sorties ne passait inaperçue et se sentait prodigieusement agacé d'être ainsi jour et nuit espionné. A quoi aurait-il servi d'être l'Empereur et le Fils du Dragon s'il n'avait même pas le pouvoir de choisir ses passe-temps comme il l'entendait ? Aussi répondit-il un peu vite, sans les précautions qu'il aurait dû prendre :

– A présent que je suis majeur, je voudrais gouverner par moi-même, en suivant bien sûr les avis de mes augustes mères, mais sans devoir toujours me référer aux conseils de mes oncles.

– Ta majorité ne sera effective que le 23 février prochain, fit remarquer Tseu-hi.

– Je le sais bien, mère, mais j'aimerais être sûr que je régnerai alors sans me contenter de signer les décrets que l'on aura dictés à mes secrétaires.

– Tu n'as jamais été très assidu à tes études, dit timidement Tseu-an.

– Est-ce la principale vertu d'un Empereur que de savoir parfaitement ses *Classiques* et de moisir sur des livres poussiéreux ?

– C'est d'abord dans les livres que l'on apprend l'art de bien gouverner, Tung Chih.

A présent qu'il avait recouvré quelque vigueur, un teint presque normal et pris un peu de poids, Tseu-hi s'avisa qu'il était fort beau. Il avait les traits fins et le visage à l'ovale à peine un peu allongé de son père, des yeux très doux sous les fins sourcils. Sans doute son menton manquait-il de fermeté, mais sa belle bouche aux lèvres pleines respirait la sensualité. Aussi ne put-elle s'empêcher de se tourner vers Tseu-an pour lui dire :

– Ne trouves-tu pas qu'il ressemble de façon frappante à son père et qu'il est encore plus beau que lui ?

– C'est vrai, dit Tseu-an avec transport car elle chérissait l'Empereur comme si elle avait été sa mère véritable.

– Enfin, s'écria le jeune homme avec une colère qu'il ne maîtrisait plus, je suis l'Empereur, je suis majeur, ne puis-je faire ce qu'il me plaît ?

– Gouverner ne signifie pas agir comme on le veut, mon fils, lui fit remarquer Tseu-hi, et cette question puérile montre assez que tu n'es pas assez mûr pour régner seul.

– Me promettez-vous du moins de soumettre ma requête au Conseil du Clan ?

– Je connais déjà sa réponse.

– Et c'est ?

– Non, bien sûr.

Comme il se levait avec colère, Tseu-hi lui dit avec un calme presque insultant, car il avait manqué aux règles élémentaires du *Li* en voulant prendre congé de ses mères avant qu'elles ne lui en eussent donné la permission :

– A présent, tu *peux* te retirer, mon fils.

– Tu es dure avec lui, lui reprocha Tseu-an dès que le jeune homme eut disparu après un ultime salut.

– Je ne l'ai au contraire pas été assez. Ne vois-tu pas que ce n'est qu'un petit coq sot et arrogant qui ne sait même pas ce que le mot *régner* peut vouloir dire ?

Elle était furieuse contre lui, furieuse de l'avoir découvert tel qu'il était : fort peu digne d'elle. Déjà, elle pressentait que la confrontation de l'Empereur avec le Conseil du Clan serait un désastre et que ses oncles jugeraient vite du peu de qualité de leur neveu. Par avance, elle en était désolée.

Tseu-hi avait bien jugé la situation. Le Conseil du Clan refusa que Tung Chih pût régner seul. Il fut jugé trop inexpérimenté dans la conduite des affaires politiques. De plus, il n'avait jusque-là pas donné de grandes satisfactions à ses maîtres, ni dans le domaine de ses études ni dans celui de sa vie privée. De toute façon, un problème plus urgent se posait, qui préoccupait fort le prince Gong. Ce dernier tint à l'exposer devant le Conseil du Clan.

Les légations étrangères demandaient solennellement une audience au nouvel empereur, ce qui n'avait pas eu lieu depuis dix-huit ans. Se posait à nouveau le problème toujours irrésolu du lieu de l'audience – l'étiquette du *Li* excluait la possibilité qu'elle se passât à l'intérieur des murs de la Cité interdite, ce que les étrangers refusaient de comprendre. Le second problème, toujours crucial avec les Barbares, restait celui des *Kow-tow*, les grands saluts d'usage à la cour impériale, supposant que l'on s'agenouillât devant l'Empereur en frappant le sol de son front. Ces deux exigences du *Li* ne pouvaient être bafouées sans que l'Empereur, et son gouvernement avec lui, ne perdît la face.

Le prince Gong, qui savait mieux que personne ce que cette audience risquait de déchaîner, souhaitait gagner du temps. On se mit finalement d'accord sur une date assez éloignée, celle du dimanche 29 juin 1873.

Le jour dit, l'Empereur, accompagné du prince Gong, de deux princes du sang et de deux ministres de la Présence, attendait les représentants des légations étrangères dans le peu rutilant *yamen* de la ville tartare consacré aux affaires étrangères, celui-là même où officiait le prince Gong. Dehors, plus d'un millier de mandarins, en grandes robes de cérémonie, se tenaient devant la cour du *yamen*. Ils représentaient toute la culture chinoise. Or ce n'était pas eux que les diplomates et représentants des diverses légations anglaise, française, russe et même américaine, étaient venus voir. C'était l'Empereur avec qui ils espéraient bien instaurer un vrai dialogue. Ils souhaitaient lui exposer les difficultés rencontrées dans l'exercice du commerce : libre circulation des marchandises et des voyageurs rarement respectée, nouveaux tarifs des douanes revus à la baisse peu pratiqués par les gouverneurs locaux, liberté des missions assez théorique. On avait finalement cédé sur le problème du *Kow-tow*. Il n'y en aurait pas, mais l'Empereur demeurerait assis sur son trône et les diplomates debout – il fallait tout de même marquer une préséance...

Quand les diplomates furent là, après une brève salutation de la tête, sans un sourire, Tung Chih fit signe au prince Gong de parler à sa place. Ce dernier se leva et tenta d'instaurer quelque cordialité dans des rapports qui restaient figés, pour ne pas dire glacés. Il vint saluer chacun des diplomates en lui disant quelques mots aimables, puis il retourna à sa place, aux côtés de l'Empereur, et déroula un rouleau de soie qu'il se mit à lire :

Sa Majesté exprime le souhait que les empereurs, rois et présidents des Etats représentés ici soient tous en bonne santé. Elle est certaine que les problèmes qui pourraient se poser entre les ministères étrangers et celui du Tsungli-yamen *seront résolus amicalement et de façon satisfaisante.*

Puis l'Empereur se leva et quitta la salle. Les princes du sang, les ministres et le prince Gong le suivirent. C'était tout et cela ne signifiait rien. Aucun problème n'avait été abordé, aucune solution trouvée. L'audience n'avait pas duré trente minutes. Dans la cour du *yamen*, les mandarins attendaient avec impatience que les diplomates et les escortes armées qui les avaient accompagnés eussent quitté la salle pour former un cortège, comme le supposait l'étiquette, et partir à leur tour. Les diplomates se regardaient. Certains étaient en colère, d'autres haussaient les épaules avec fatalisme, tous hésitaient à s'en aller. Ils ne pouvaient pas croire que les choses allaient en rester là. En effet, le prince Gong, toujours affable et désireux d'arrondir les angles, revenait vers eux. Il s'approcha de Robert Hart, le jeune et dynamique directeur des douanes. Il avait appris à l'apprécier pour sa probité, sa connaissance de la culture chinoise qu'il n'affectait pas de mépriser, comme bien des Occidentaux. Un peu gêné, le prince tenta de lui expliquer :

– L'Empereur est encore très jeune et inexpérimenté. Pour l'instant, il ne peut se passer des avis du Conseil du Clan, c'est pourquoi il n'a pas voulu débattre avec vous des problèmes que vous rencontrez fréquemment et que je déplore autant que vous. En revanche, Sa Majesté et le Conseil m'ont laissé toute latitude pour les résoudre avec vous, au mieux des intérêts de chacun. Je propose que nous nous réunissions dès demain ici même.

Robert Hart accepta la proposition et tenta d'entraîner ses confrères. Il fallait absolument laisser les mandarins rentrer chez eux. Les escortes armées devaient regagner au plus vite leurs légations, sinon, tout pouvait arriver. Déjà, une foule s'assemblait autour du *yamen*. Les rumeurs les plus folles se mirent à circuler. Les Barbares avaient insulté l'Empereur. Ils retenaient les mandarins prisonniers. La guerre allait recommencer. Les troupes étaient là pour envahir la Cité interdite. Un cri fusa, repris par d'autres :

– Aux légations ! Incendions les repaires de ces Barbares !

– Ils n'ont rien à faire à Pékin, ils nous volent notre pays.

Les troupes ne purent que contenir avec difficulté la foule en colère, encadrer étroitement les diplomates pour les aider à rentrer sans dommage dans leurs différentes légations. La plus proche du *yamen*, qui était celle du Japon, fut incendiée par les émeutiers. L'escorte dut tirer pour libérer quelques diplomates aux prises avec la foule. Le sang coula ce jour-là à Pékin.

Navrés, le prince Gong et Robert Hart regardaient se dérouler les volutes de fumée provenant de la légation japonaise en écoutant les hurlements de la foule parfois ponctués d'un coup de fusil. L'audience avait été plus qu'un échec, peut-être le signal de la reprises des hostilités entre la Chine et les Barbares. Les Japonais surtout, ennemis héréditaires de l'immense Empire qui les avait toujours tentés, n'allait pas en rester là...

Le prince Gong réussit, pour cette fois, à calmer les mécontents. Il offrit des excuses aux Japonais et prit à sa charge la reconstruction de leur légation. On avait évité de peu un nouveau désastre.

Quant à Tung Chih, furieux du peu de confiance que lui accordait sa famille, il reprit ses habituelles orgies. A nouveau, il hantait bouges, maisons closes et fumeries d'opium. A nouveau, il passait plus de temps avec ses eunuques dépravés ou ses favoris qu'avec ses maîtres et ses épouses. La nuit, en compagnie de son petit groupe de serviteurs et de mignons, il sortait à cheval de la Cité interdite et galopait vers l'ancien palais d'Eté. Il avait fait nettoyer puis déblayer le site, témoin de toutes les splendeurs passées de Chine, et même sommairement restaurer un palais. On pouvait à présent y dormir et y organiser des festins de façon confortable. Même les jardins avaient été arrangés, de nouvelles fleurs plantées. S'ils ne déployaient plus les magnificences d'autrefois, si les kiosques, les délicieux pavillons, les rambardes sculptées des ponts et les innombrables statues qui avaient fait le renom de ce séjour enchanteur n'étaient plus qu'un souvenir, les ruines avaient perdu leur aspect sinistre. On aurait presque dit qu'elles ajoutaient à présent à la poésie des lieux et que les façades creuses des palais autrefois imaginés par les Jésuites montraient seulement pour mieux séduire leurs portes vides, leurs fenêtres béantes, leurs arches qui semblaient inachevées.

De même que sa mère, le jeune homme ressentait profondément l'affront qui leur avait été fait avec ce sac ignoble, cet incendie stupide. Il en souffrait dans sa chair, sachant que la destruction de ses rêves avait hâté la fin de son père. Il s'était d'ailleurs fait une promesse qu'il avait hâte d'exposer à ses « deux mères ». Il comptait ainsi, avec quelque naïveté, se racheter à leurs yeux et leur exprimer sa piété filiale.

Après un séjour de trois jours au défunt palais d'Eté, Tung Chih eut la certitude de ce qu'il devait faire pour plaire à ses « mères » et se valoriser aux yeux des membres du Conseil du Clan et du prince Gong qui lui marquaient si peu de considération. Sitôt rentré avec ses compagnons de débauche dans cette Cité interdite qui lui semblait un sinistre lieu d'enfermement où il refusait de consumer sa jeunesse et sa vie, il demanda au Grand Eunuque une audience avec les impératrices douairières.

Même s'il avait une mine à faire peur et si son mal avait à nouveau gagné du terrain, il rayonnait de joie lorsqu'il se trouva en présence de ses « mères ». Toutes deux se demandaient avec terreur ce qu'il avait bien pu inventer, car elles étaient fidèlement tenues au courant des agissements de l'empereur par Li Lien-ying.

Après s'être courtoisement enquis de leurs santés respectives, il vint s'asseoir à leurs côtés et prit la main de chacune d'elles en leur disant avec affection :

– Je sais que je n'ai pas toujours été le fils que vous souhaitiez, que je ne suis pas assez assidu dans mes études et m'entoure parfois de compagnons que vous n'appréciez guère, mères, mais j'ai décidé de m'amender. Pour vous plaire, je veux même vous offrir le plus précieux cadeau que l'on puisse imaginer : j'ai décidé de reconstruire dans leur intégralité tous les édifices, pavillons et salles du palais d'Eté. Il n'est pas juste que vous soyez désormais privées de cette villégiature que vous aimiez tellement et condamnées à passer les jours les plus chauds de l'année dans cette ville torride où vous ne pouvez jouir ni d'immense lac, ni de la profusion des jardins qu'il y avait là-bas. Ici, tout est clos, replié sur soi-même, figé, sans vraie grâce en dépit du luxe et de la grandeur des lieux.

Tseu-hi sursauta en écoutant parler son fils. Rebâtir le palais d'Eté, c'était aussi son rêve le plus cher. Plus d'une fois, elle avait en secret caressé ce projet fou sans jamais oser en parler à quiconque, car elle savait ce souhait déraisonnable dans un pays rendu exsangue par l'interminable révolte des Taiping. Tout était à reconstruire dans l'empire du Milieu. Il fallait refaire les routes et les voies de chemin de fer détruites par les rebelles, assainir les canaux, creuser les ports incapables d'abriter les lourds vaisseaux occidentaux. Il fallait redonner son essor à une agriculture détruite par les crues et les guerres, créer sans cesse de nouvelles fabriques pour ne pas toujours dépendre des produits de l'Occident, installer des filatures et des fonderies, mieux exploiter les mines, continuer pour l'armée le début de réorganisation entrepris par Charles Gordon. L'ampleur de la tâche était telle que, souvent, elle lui donnait le vertige et qu'elle se demandait comment son fils pourrait jamais s'en acquitter. Il semblait si heureux, si enthousiaste que Tseu-hi n'eut pas le cœur de lui enlever sa joie. En effet, ce serait une magistrale leçon donnée aux Occidentaux si l'on parvenait à relever ce que lord Elgin avait si brutalement et stupidement détruit !

Tseu-an répondit avant elle :

– Quelle merveilleuse idée ! Je suis sûre que tu pourrais mieux que personne venir à bout de ce chantier colossal.

Et voici que Tseu-an, qui ne savait rien des tristes réalités de l'Empire et s'y intéressait fort peu, au lieu de tempérer les lubies de Tung Chih, se mettait à les flatter. Tseu-hi se sentit exaspérée par tant d'inconscience. S'efforçant de masquer ses sentiments, elle fit remarquer avec prudence :

– Sans doute pourrait-on commencer lentement la restauration d'un palais, sans se lancer dans de folles dépenses.

– Je veux au contraire, pour mes deux mères, ce qu'il y a de plus beau et de plus cher au monde. Je veux le marbre le plus blanc et les sculptures les plus délicates. Je veux à foison l'opulence des ors, des jades et des tuiles vernissées sur chaque toit. Il faut curer les lacs, recréer les kiosques et les temples de jadis, reconstruire les ponts. Cela ne peut se faire à l'économie. Seul le sublime m'intéresse. Je suis prêt à dépenser jusqu'au dernier lingot du Trésor impérial pour vous offrir à toutes deux le plus somptueux des palais. Il sera plus magnifique encore qu'auparavant. Ce sera ma signature et le plus beau fleuron de mon règne, ce sera la gloire retrouvée des Qing.

– Il n'y a plus d'argent dans les caisses impériales, Tung Chih.

– Qu'on lève alors de nouveaux impôts, comme le faisaient mon père et les empereurs avant lui chaque fois qu'un problème particulier se posait.

– La guerre a ruiné l'Empire. On ne peut pressurer un peuple déjà affamé. Pourquoi croyez-vous, toi Tseu-an qui devrais te montrer plus sage que notre fils, et toi, mon Empereur, que la doctrine des Taiping ait rencontré un tel succès dans nos provinces, se répandant comme le mauvais grain dans tout le sud de l'Empire jusqu'à menacer Pékin ? Si les paysans ou les *coolies* n'avaient pas été si malheureux, cette révolte aurait vite été matée.

– Nous avions des généraux incompétents, voilà tout, dit Tung Chih en balayant l'argument. Toi-même n'as cessé de le proclamer, ma mère. Je ne vois pas à quoi il me sert d'être empereur si l'on doit toujours me refuser la moindre joie. On me défend de gouverner, on m'ordonne d'honorer quatre épouses sottes et timorées, on m'enferme dans la prison dorée de la Cité interdite et l'on voudrait aussi m'interdire de rebâtir ce qui pourrait être à nouveau la gloire de l'Empire !

Il avait les larmes aux yeux lorsqu'il s'inclina très bas devant elles, leur demandant la permission de se retirer.

– Je trouve en effet, murmura Tseu-an, désolée pour lui, que la vie d'un jeune empereur de seize ans n'est guère joyeuse.

– On ne lui demande pas d'être heureux, mais de devenir un sage empereur dans une époque déjà difficile, dit Tseu-hi d'un ton sec.

Les arguments de Tseu-hi n'avaient apparemment pas convaincu Tung Chih qui ne rêvait plus qu'à la restauration du palais d'Eté. Il s'y rendait sans cesse, parfois avec ses compagnons de débauche, parfois avec des architectes, des peintres et des sculpteurs auxquels il demandait de lui soumettre plans et projets. Doucement exalté, il leur confiait ses vues grandioses et avait ainsi l'impression d'œuvrer pour l'éternelle gloire de la dynastie des Qing. Relever le palais d'Eté était en outre le meilleur moyen de laver l'affront infligé par les Anglais et les Français avec lesquels la Chine était pourtant bien obligée de traiter. De plus, il aurait perdu la face s'il n'avait pu mener à bien cette œuvre qui lui tenait tellement à cœur. Il en oubliait presque les bouges et les trop beaux acteurs de Pékin. Pour réaliser ses rêves, il lui fallait pourtant obtenir que le Conseil du Clan, c'est-à-dire ses oncles si malveillants à son encontre et le prince Gong, accepte de lui débloquer d'énormes crédits ou bien de lever un nouvel impôt. Il y avait encore, dans cet immense empire, des gens qui gagnaient bien leur vie et qui étaient solvables, les grands marchands et commerçants par exemple.

Même si cela l'humiliait et le mettait en rage, il lui fallut donc adresser un mémoire à ses oncles, au prince Gong et aux autres membres du Conseil de Clan. Une réunion avait été prévue pour le 29 août et le jeune Empereur ne l'attendait pas sans appréhension.

S'il avait prévu les obstacles que l'on ne manquerait pas de lui opposer, peut-être un budget moins conséquent que ce qu'il espérait, Tung Chih ne pensait pas que la séance se passerait d'une façon si catastrophique. Au lieu d'étudier les différents plans et projets qu'il avait présentés, le prince Gong ouvrit la séance du Conseil en lisant à l'Empereur un mémoire qu'il avait préparé. C'était en fait un réquisitoire en bonne et due forme contre lui. En dépit des précautions oratoires d'usage, le prince Gong lui adressait ses reproches en vrac, osant dire entre autres critiques :

Nous regrettons que Ta Majesté considère le travail comme une tâche trop fastidieuse pour elle, qu'elle n'ait pas des discussions assez sérieuses et assez fréquentes avec ses conseillers, qui le déplorent, qu'elle dépense trop. Dans la ville et parmi la Cour se répand hélas une fâcheuse rumeur prétendant que tu te dissipes avec tes eunuques en plaisirs de toutes sortes. Bien sûr, cette rumeur ne peut qu'être mensongère, pourtant elle existe, elle est dangereuse et Ta Majesté doit veiller à la faire cesser au plus vite. Spécialement ces derniers mois, de nombreux mémoires et pétitions t'ayant été adressés par les différents bureaux de l'Empire n'ont pas été lus par Ta Majesté ou du moins n'ont pas été transmis comme il l'aurait fallu à tes conseillers ou aux grands officiers du Gouvernement. Il est donc primordial pour Ta Majesté de penser avant tout à faire cesser ces médisances.

Ainsi le prince Gong osait le critiquer ouvertement devant ses oncles et le Conseil du Clan, lui, l'Empereur. Il n'avait même pas commenté son ambitieux projet et il prétendait qu'il ne travaillait pas. Leurs centres d'intérêt n'étaient effectivement pas les mêmes. Le prince Gong ne jurait que par les progrès techniques et la science des Barbares quand lui se préoccupait surtout de la grandeur de la dynastie et de la restauration de ce qui en avait été le plus beau fleuron, le palais d'Eté gratuitement saccagé par ces mêmes Barbares. Si le prince Gong s'imaginait qu'il allait se justifier, il se trompait lourdement. Il était l'Empereur et il leur montrerait qu'il entendait régner sans eux. D'ailleurs, il n'avait pas à répondre à ces accusations. Et dire que nul, parmi les membres du Conseil du Clan, n'avait seulement dit un mot pour interrompre la diatribe du prince Gong et prendre la défense de son empereur ! La situation était intolérable.

Pâle de colère, sans dire un mot, sans prendre congé de ses oncles, Tung Chih quitta la salle d'audience à grands pas. Il était si furieux que s'il était resté, il ne serait pas demeuré maître de ses paroles.

Ce furent les deux tuteurs et précepteurs qu'il respectait et vénérait, Weng Tung-ho et Li Hung-tsao, qui surent le convaincre de fixer une nouvelle audience au Conseil du Clan. On arrêta la date du 9 septembre sous la seule condition que le prince Gong, qui l'avait gravement offensé, ne fût pas présent à l'audience. Ce fut le prince Tchun, son oncle, qui prit cette fois la parole, mais d'un ton plus modéré et moins péremptoire que le prince Gong lors du dernier conseil – il avait compris que Tung Chih n'était pas si facile à manier qu'on aurait pu le croire. En outre, il était toujours dangereux d'offenser un empereur.

– Nous savons, mon neveu et mon Empereur, lui dit-il après s'être prosterné devant lui jusqu'à terre, que tu as accompli un travail de préparation remarquable dans le but de restaurer le palais d'Eté. Nous sommes tous aussi sensibles que toi à la résurrection de ce qui incarna toute la grandeur et la beauté de l'Empire. Ton projet est aussi généreux qu'ambitieux. Aussi, ne pense pas que nous l'écartions de façon définitive, mais il est évident que le gouvernement n'a pas les moyens en ce moment de se lancer dans des dépenses aussi somptuaires. Il y a quantité de priorités moins alléchantes et plus urgentes. Le pays entier doit se relever de ses ruines.

– Mon oncle, le palais d'Eté est le phare qui illumine l'empire du Milieu. C'est un puissant symbole. Il est nécessaire que le peuple de notre capitale comprenne que même les Barbares n'ont pu abattre de façon définitive l'orgueil de notre dynastie.

– Certes, ce projet est tout à ton honneur, Tung Chih, et il nous tient tous à cœur autant qu'à toi. Il faut seulement le repousser dans le temps. Tu peux continuer à tout préparer pour l'instant où le Trésor impérial sera enfin rétabli dans toute sa splendeur, mais il te faut avoir le courage de patienter.

Le jeune homme comprit que nul, parmi les membres du Conseil du Clan, ne prenait son projet vraiment au sérieux. Ce n'était pour eux qu'un beau rêve, voilà tout. Bien sûr, ce n'était pas eux qui avaient eu leurs palais et leurs précieuses collections détruites. Ce n'était pas eux qui étaient condamnés à vivre dans cette sinistre et désuète Cité interdite... Son oncle ne cherchait qu'à gagner du temps en voulant l'apaiser, mais le Conseil du Clan n'avait nullement l'intention de lui allouer le début du plus petit crédit. Tung Chih feignit pourtant d'abonder dans son sens, faisant juste remarquer :

– Soit, je renonce pour l'instant à la complète restauration du palais d'Eté. Il reste que le prince Gong a publiquement adressé de cinglants reproches à l'Empereur. Il m'a insulté, ce que je ne puis tolérer un seul instant. Croit-il donc que les règles du *Li* lui donnent la préséance sur le Fils du Ciel ?

– Non, bien sûr que non, mon Empereur, balbutia le prince Tchun qui craignait une issue fatale à ce second conseil.

– Le prince Gong est donc destitué, privé de ses fonctions et de ses titres et nous ne désirons plus jamais le revoir. Est-ce bien clair ? On n'insulte pas impunément l'Empereur.

Un silence consterné planait sur l'assemblée. Et l'Empereur, pensant avoir gagné la partie et maté ceux qui osaient s'opposer à lui, arbora un petit sourire satisfait en saluant cette fois avec courtoisie les membres du Conseil du Clan avant de quitter la salle d'audience.

Pourtant, une fois revenu dans son palais, il continua de fulminer. Même la présence de ses deux tuteurs ne parvenait pas à le calmer. Il demanda à son secrétaire de lui apporter l'encre vermillon – un rouleau de soie et les sceaux qui restaient en sa possession à présent qu'il était majeur. Avec fièvre, il traça lui-même les ordres destinés au Conseil du Clan. Puis il apposa d'un geste rageur les deux sceaux. Ses précepteurs le regardaient faire avec effarement.

– Puis-je respectueusement te prier, mon Empereur, lui demanda Weng avec affection, de ne rien tenter sous l'empire de la colère, qui est toujours mauvaise conseillère ?

– Pouvons-nous sans t'offenser te supplier de nous montrer le décret que tu viens de prendre ? ajouta Li Hung-tsao.

Tung Chih, un peu comme un défi, leur tendit le rouleau. Il avait ordonné la disgrâce immédiate de tous les membres du Conseil du Clan.

– Cela ne se peut pas, balbutia Weng Tung-ho, effaré.

– Et pourquoi donc, si telle est ma volonté ?

– Un empereur, pour régner, doit s'appuyer sur ceux de son clan. Si tu les disgracies et les bannis, ils ne penseront plus qu'à se venger de toi. Or ils sont tous riches et puissants, ils possèdent d'immenses domaines et entretiennent leurs propres armées. L'Empire est trop affaibli pour risquer une nouvelle guerre civile.

– Je comprends et respecte vos raisons, mes vénérés maîtres, mais je refuse de régner en me contentant d'exécuter les ordres de mes oncles et de ceux du clan. Quels que soient les torts que j'ai pu avoir envers vous et vos précieux enseignements dans le passé, je veux m'amender, je veux gouverner enfin. Je le ferai en me passant des prétendus conseils d'un clan despotique et irrespectueux envers la personne sacrée du Fils du Dragon. Je regrette, mais ma décision est prise. Elle est irrévocable et le décret immédiatement applicable.

Les deux mandarins, le cœur navré, se précipitèrent chez Tseu-an et Tseu-hi. Les deux impératrices douairières comprirent l'urgence de la situation. Si Tung Chih s'obstinait à révoquer le prince Gong et tous ses oncles, il serait vite renversé, voire même assassiné. Elles accoururent aussitôt chez lui et il n'osa leur refuser sa porte.

– Je t'en conjure, mon fils, le supplia Tseu-hi, fais immédiatement annuler le décret avant qu'il ne soit trop tard. Nul ne doit le connaître ou tu serais en danger.

– Les demi-frères de mon père, le défunt empereur, ne m'aiment guère, vous le savez bien. Ils auraient préféré que je disparaisse à Jehol afin de voir régner un de leurs héritiers à ma place. Quoi que je fasse, cette jalousie persistera toujours.

– Le prince Gong t'a toujours été fidèle, fit remarquer Tseu-an. S'il n'avait pas protégé la famille impériale à Jehol, nous aurions tous péri.

– Le prince Gong a trop longtemps goûté au pouvoir. Il en a été grisé. D'ailleurs, il est trop tard pour rien changer. Le décret est parti. A l'heure qu'il est, il est connu de tous.

Les deux impératrices douairières se regardèrent avec désespoir. Toutes deux avaient peur pour cet enfant encore si inconscient des haines couvant à l'intérieur du Conseil du Clan, où rien n'était simple. Le défunt empereur Hieng-feng avait eu par malheur beaucoup trop de demi-frères issus de concubines impériales différentes.

De bonne heure, Tao-kuang, le père de Hieng-feng, avait écarté de la succession son fils aîné, le prince Tun, en le faisant adopter. Le prince était en effet aussi violent qu'irrespectueux. Avec lui, tout pouvait arriver. Or le prince Tun avait fait annuler son adoption pour ses héritiers, mais il en était resté amer et meurtri. C'était lui qui dirigeait à présent à la Cour le mouvement le plus hostile aux étrangers. De plus, il avait trois fils, les princes Tsai Lien, Tuan et le duc Lan, qui avaient eux-mêmes des héritiers pouvant donc un jour succéder à Tung Chih. Si certains demi-frères de Hieng-feng étaient morts, il en restait encore cinq en sus du prince Tun : Tu, le cinquième prince, Gong, le sixième, Tchun, le septième, et deux plus jeunes qui ne vivaient pas à Pékin et ne se mêlaient guère de politique.

– N'affronte pas tes oncles au grand jour, mon fils, dit encore Tseu-hi. Tseu-an et moi te soutiendrons toujours. Ne sommes-nous pas tes « deux mères » qui t'aimons ? Ensemble, nous parviendrons à déjouer les complots et tu l'auras un jour, ton palais d'Eté. Il sera restauré selon tes vœux, je t'en fais aujourd'hui la promesse solennelle. Pourtant, tu ne saurais gouverner seul contre tous, c'est trop dangereux. Il faut annuler ce décret.

– Je ne peux ainsi me dédire. On croirait trop vite que j'ai cédé à la peur.

– Il faut parfois céder pour mieux écraser ensuite ses ennemis, dit Tseu-an. Penses-tu, mon fils, que je ne leur en veuille pas de ne pas tout mettre en œuvre pour te contenter ? Mais ta seconde mère a raison. Invoque un moment d'égarement dû à la déception et restitue dans leurs fonctions le prince Gong et tous les membres du Conseil du Clan.

– De quoi aurai-je l'air ?

– D'un homme sage capable de reconnaître ses erreurs et d'y remédier, dit Tseu-hi avec fermeté.

Ainsi fut-il fait et les princes destitués, puis rentrés dans leurs fonctions, feignirent de n'en garder aucune rancœur à leur Empereur.

Les choses pourtant s'accélérèrent. Trois mois après l'annulation du fatidique décret, le 9 décembre, Tung Chih, soudain pris de faiblesse à la fin de l'interminable repas qu'il prenait toujours seul selon les règles du *Li*, eut un étourdissement. Il vacilla et s'évanouit. On dut le porter dans sa chambre où ses « deux mères », aussitôt prévenues par Li Lien-ying, accoururent en compagnie de madame Wi. Le jeune empereur, inconscient, de la mousse noire coulant parfois de sa bouche, geignait doucement dans un mauvais sommeil.

Madame Wi palpa le ventre dur et gonflé, essuya la bouche souillée, examina son malade avec soin.

– Une rechute de son mal ? demanda Tseu-hi.

– Un empoisonnement, dit madame Wi.

– Mais à quoi ? s'écria Tseu-an, épouvantée.

– Arsenic.

– Comment est-ce possible ? Les eunuques goûtent chaque plat venu de la cuisine impériale. Et, pour déjouer les risques, l'Empereur prend le soin de manger divers mets, quoique jamais les mêmes, afin qu'on ignore tout de ses goûts, nous le lui avons assez recommandé...

– Quelqu'un savait ses goûts et les a révélés à l'assassin. Connais-tu un antidote à ce poison ?

– A ma connaissance, il n'y en a pas. Tout ce que je puis faire, c'est le forcer à vomir pour éliminer la plus grande partie possible du poison, puis il devra boire du thé en grande quantité, autre façon d'expulser ce qu'il a avalé. Qu'on me donne des baguettes et un bassin.

Presque avec brutalité, elle enfonça profondément une baguette dans la gorge du malade, qui vomit alors de grandes quantités de bile noire mêlée d'aliments pas encore digérés, que madame Wi recueillit avec soin dans le bassin pour les examiner ensuite tout à loisir.

– Il doit aussi beaucoup transpirer pour évacuer les humeurs malsaines, dit-elle. Je vais analyser ce que je puis. Ne le quittez pas une seconde, que le thé soit infusé ici même, sous votre surveillance. Que vos propres servantes, celles dont vous êtes sûres, vous préparent ici vos repas.

Le lit du jeune empereur fut aussitôt recouvert d'une montagne de couvertures de fourrure et d'édredons matelassés, tous jaunes, évidemment.

Les deux impératrices douairières firent condamner les portes du palais dans lequel pouvaient seuls entrer quelques fidèles triés sur le volet. Elles dormaient dans la chambre impériale et se relayaient sans cesse pour qu'il y en eût toujours une d'éveillée. La santé de Tung Chih sembla d'abord s'améliorer, comme si une partie du poison avait pu être éliminée. Plusieurs fois, madame Wi le fit à nouveau vomir et elle espérait être intervenue à temps. Les caractéristiques marbrures sombres n'étaient pas apparues sur le thorax du malade et elle avait l'espoir de le sauver. Ce qui l'inquiétait le plus était le délabrement général de la santé du jeune homme et son extrême faiblesse. Il reprit connaissance, mais ne put se lever.

Le 18 décembre, il rechuta et il fallut établir un Conseil de Régence. Le prince Gong était à nouveau Premier ministre.

Li Lien-ying avait organisé tout autour du palais de Tung Chih un cordon impossible à franchir, composé des eunuques les plus dévoués à leur Empereur. Ils étaient armés jusqu'aux dents et ne laissaient approcher personne. Plusieurs fois par jour, Li Lien-ying venait voir les deux impératrices douairières et s'entretenait surtout avec sa chère Petite Orchidée.

– Qui a pu empoisonner l'Empereur ? ne cessait de lui demander Tseu-hi. Ton enquête progresse-t-elle ? As-tu des soupçons ?

– Des soupçons, ce n'est pas ce qui manque.

– Le prince Gong ?

– Non, certainement pas. Il t'est tout dévoué. Il n'aurait jamais assassiné si lâchement l'enfant qu'il a contribué à mettre sur le trône, sur lequel il veille depuis si longtemps.

– Alors, le prince Tun ? Il est violent, aigri.

– Certes, mais il n'est revenu que récemment d'exil. Il n'a pas au palais les complicités compliquées que suppose un tel acte.

– A qui penses-tu, Li ? Je te supplie de me le dire. Vois les souffrances de mon fils unique. Comment crois-tu qu'une mère puisse supporter ce spectacle ? J'ai le droit de savoir.

– Je n'ai aucune certitude, Petite Orchidée, et n'en aurai hélas jamais. Le complot fut trop savamment ourdi. Réfléchis, qui est à ton avis l'homme le plus riche et le plus puissant de l'Empire, celui auquel la destitution du prince Gong pourrait nuire le plus ?

Sourcils froncés, s'efforçant de penser posément, Tseu-hi passait en revue chacun des membres du Conseil du Clan et les raisons qu'il aurait eues de vouloir éliminer Tung Chih. Certes, ce décret avait été une fatale erreur, mais enfin, on pouvait excuser l'impétuosité d'un tout jeune homme encore inexpérimenté. Soudain, elle s'écria :

– L'homme le plus riche et le plus puissant du royaume est sans conteste possible le vice-roi du Chihli, le seigneur Li Hung-chang. Il contrôle toute la Chine, du nord jusqu'à Pékin. Il a tissé partout d'inextricables complicités. Il s'enrichit sans cesse, à la fois sur le dos du gouvernement impérial et sur celui des Barbares. Sa province est la plus opulente de l'Empire. Il jouit de revenus immenses. Il a sa propre armée, même sa propre flotte à présent. Il touche des commissions sur tout, sur les douanes, le commerce du grain et celui du sel. Oui, Li Hung-chang est un homme puissant et inflexible, retors et impossible à deviner. Crois-tu qu'il veuille le pouvoir pour lui-même ?

– Ce serait pour lui se lancer dans une entreprise hasardeuse, rallumer la guerre civile, s'opposer publiquement au nouveau Conseil de Régence comme au Conseil du Clan. Je pense que Li préfère rester l'homme de l'ombre tissant ses alliances dans le plus grand secret, mais il est cupide, avide de richesses. Je me suis renseigné. Il a quitté sa résidence officielle de Tientsin et est arrivé début décembre à Pékin. Les dates concordent. Je suis sûr que c'est lui, mais alors, il ne va pas en rester là. Toute la famille impériale est en danger. Ne quitte sous aucun prétexte le chevet de ton fils, n'accepte aucune boisson ou nourriture d'une main étrangère.

Avec un frisson, Tseu-hi pensait à ce géant à l'allure martiale, au masque impénétrable sous la grosse moustache bien fournie, aux yeux perçants, qui lui avait toujours causé une impression de malaise en dépit de son imperturbable courtoisie. Oui, Li Hung-chang était tout à fait capable d'avoir empoisonné l'Empereur, tant la destitution du prince Gong aurait pu nuire à ses affaires. A présent que le prince Gong était réintégré dans ses fonctions et dignités, Li ferait-il une nouvelle tentative pour parachever son œuvre ? Tenterait-il d'éliminer le reste de la famille impériale pour n'avoir plus jamais à subir une telle menace ?

D'ordinaire, un vice-roi ne reste guère plus de cinq ou six ans au même poste, justement pour éviter les risques de corruption et un pouvoir trop exagéré, mais le prince Gong avait insisté pour renouveler son mandat, arguant du fait que Li était bien vu des Barbares, qu'il était même l'ami d'Horatio Lay, puis de Robert Hart qui avait pris sa place à la tête des douanes lorsque Lay avait quitté la Chine. Li contrôlait les principaux ports chinois, Soochow, Shanghai, Nankin. C'était lui qui avait créé la première Compagnie chinoise de bateaux à vapeur marchands. Il avait ouvert de nouvelles voies de chemin de fer, mis en place un système de télégraphe calqué sur celui des Barbares. Il avait le monopole du transport du riz et du sel. Son armée assurait si bien la sécurité des convois marchands de Shanghai à Pékin qu'on l'avait surnommée l'« armée des grains », mais cette sécurité n'était pas gratuite, bien sûr, et arrondissait copieusement la bourse de Li. Il avait fondé une académie militaire à Tientsin, ouvert des filatures, fait prospecter de nouveaux gisements miniers... Cet homme était infatigable et capable, ouvert aux idées nouvelles et aux techniques de l'Occident pourvu qu'elles continuent de l'enrichir. C'était l'homme fort du régime mais, pour continuer d'exercer sa puissance, il avait besoin de l'appui inconditionnel de son ami, le prince Gong.

Or Tung Chih, avec cet aberrant décret et sans réfléchir aux dangereuses conséquences qu'il pouvait avoir, avait sans le savoir menacé le royaume souterrain de Li Hung-chang, le tout-puissant vice-roi du Chihli, jusqu'alors soutien de la dynastie des Qing...

En dépit des soins de madame Wi, la lutte contre le poison fut trop rude pour la constitution affaiblie du jeune empereur. Bientôt, il ne parvint plus à s'alimenter. S'il ne souffrait pas, il maigrissait chaque jour et sentait sa vie lui échapper. Pourtant, il était enfin en paix, veillé par deux femmes qui l'aimaient et qui pleuraient une mort qu'il savait imminente. Pour lui, c'était assez. Un soir, il fit ses adieux à une épouse qu'il ne s'était guère préoccupé d'aimer, à ses concubines, puis il ferma les yeux, épuisé. Ce fut sa dernière nuit. Au matin du 12 janvier 1875, celui qui avait si peu régné était mort. Il n'avait que dix-neuf ans.

Comme une ultime revanche sur le sort, ses « deux mères » voulurent pour lui de superbes funérailles, même si l'inscription sur la stèle commémorant cette jeune vie enfuie fut fort brève. Tung Chih n'avait écrit que le nom de ses deux mères dans la Boîte de Jade, ce qui voulait assez dire qu'il les laissait s'occuper au mieux de sa succession. Sur sa fin, il avait eu conscience d'avoir été un piètre empereur et ne voyait pas quel héritier désigner puisqu'il n'avait pas d'enfant.

Durant la période de deuil imposée d'inflexible façon par les deux impératrices douairières comme s'il s'était agi pour elles d'un ultime acte de fidélité envers le jeune mort, les membres du Conseil du Clan s'agitèrent tant et plus. Il fallait prendre une décision de toute urgence, même si les deux femmes y répugnaient encore : pour elles, c'était comme enterrer une seconde fois « leur » fils.

Enfin, le prince Gong, qui savait comme il pouvait être dangereux que l'Empire restât trop longtemps sans que l'on eût désigné le futur Fils du Dragon, sollicita une audience des deux impératrices. Dès qu'il fut devant elles, il laissa libre cours à sa peine. Tung Chih avait été un peu comme son fils. De près ou de loin, il avait toujours veillé à sa sécurité, redoutant sans cesse pour lui les agissements des princes du sang, ses frères. Et puis, c'était arrivé. Cette mort ressemblait beaucoup trop à un assassinat. Plus Tseu-hi scrutait le beau visage dévasté par le chagrin du prince Gong, plus elle se disait que ses soupçons envers lui avaient été stupides. Pourtant, s'il était si triste, c'était peut-être que lui aussi soupçonnait les agissements du vice-roi Li, son meilleur ami. Comme il n'était évidemment pas question d'évoquer un tel complot, le prince Gong, après avoir épuisé le chapitre des regrets et des condoléances, décida d'entrer dans le vif du sujet.

– Même si je m'en veux d'aborder une question aussi pénible à Vos Majestés, vous devinez que l'on s'agite beaucoup trop à la Cour et surtout au sein du Conseil du Clan.

– Ceux-là...

Tseu-an n'avait pu réprimer son cri et son expression de mépris. Le prince Gong eut un léger sourire avant de continuer son exposé :

– On ne peut donc désigner comme successeur du défunt empereur Tung Chih – puisse son âme avoir rapidement abordé au pays des Sources Jaunes, celui de ses ancêtres – un quelconque descendant d'un des princes du sang. Je compte d'ailleurs, lors du prochain Conseil du Clan, exprimer publiquement mon renoncement au trône pour toute ma descendance.

– Cela ne s'est jamais fait, prince Gong ! s'écria Tseu-hi.

– C'est l'unique moyen que j'ai trouvé pour obliger mes frères et demi-frères à faire de même. Ils ne pourront alors que m'imiter.

L'offre était généreuse, car la descendance du prince

Gong, le plus capable et le plus réfléchi des princes du sang, semblait toute désignée pour succéder au malheureux Tung Chih. Il aurait alors été de fait régent de l'Empire et sa puissance aurait égalé celle d'un empereur véritable. Les deux impératrices, touchées par une telle proposition, s'inclinèrent devant lui.

– Qui proposes-tu alors ? demanda finalement Tseu-an.

– J'ai pensé au fils de la sœur de Tseu-hi, dit-il.

– On retombera dans la même situation. Son père, le prince Tchun, est aussi un prince du sang. De plus, le prince Tun sera furieux.

– J'ai songé à ce problème aussi. Si les deux impératrices douairières adoptaient le jeune prince, le prince Tchun ne serait pas régent. La régence, comme jadis, serait sagement exercée par Vos Majestés.

– Ce me semble une excellente solution, admit Tseu-hi. Il nous reste à l'annoncer au Conseil du Clan après que toi-même, prince Gong, auras officiellement renoncé au trône pour ta descendance.

– Et si le prince Tchun n'accepte pas notre offre ? demanda Tseu-hi.

– Nous ne lui demanderons pas son avis, nous adopterons son fils, voilà tout. En plus, je connais la folie de ma sœur Tsiann en matière d'éducation. Si elle est une bouddhiste convaincue, pour ne pas dire fanatique, et n'ose sortir l'été dans son jardin de peur d'écraser par mégarde une fourmi, elle affame littéralement ses enfants. Trois déjà sont morts de faim. Je sais que mon neveu, qui n'a que trois ans, est promis, s'il reste dans le *yamen* de sa mère, à une mort quasi certaine.

Le prince Gong et les deux impératrices douairières

eurent vite fait d'arrêter une stratégie. Il fallait prendre tout le monde par surprise, sinon, la vie de l'enfant aurait été menacée. Il fallait de toute urgence envoyer deux courtisans très sûrs au palais de la ville tartare du prince Tchun, et enlever l'enfant sur ordre des impératrices. Nul, pas même la propre sœur de Tseu-hi, ne pouvait discuter un ordre impérial. Depuis la mort de Tung Chih, c'étaient elles qui détenaient l'encre vermillon et les sceaux du pouvoir.

On fit comme on avait dit. Le diplomate Chang Yin-huan, dont le prince Gong appréciait la probité comme la loyauté, deux vertus rares à la Cour, se rendit donc au *yamen* du prince Tchun, accompagné du général Sheng Pao et de troupes discrètement réparties tout autour du palais. On prit le petit prince sans fournir beaucoup d'explications.

Au prochain Conseil du Clan, le prince Gong rendit publique sa renonciation bien contraire à la tradition. Comme il l'avait prévu, les autres princes du sang se sentirent obligés d'agir aussitôt comme lui. Visages impassibles mais rage au cœur, tous se regardaient en se demandant ce qu'il allait bien pouvoir se passer. Soudain parurent les deux impératrices douairières, tenant chacune par la main un petit prince haut comme trois pommes, très impressionné par l'apparat déployé dans l'habituelle salle d'audience.

Un secrétaire lut aussitôt le décret d'adoption qui donnait à l'enfant son nom de règne de Kuang Hsu, qui signifie Glorieuse Succession.

Dès le lendemain, on exhibait un second décret, signé de l'empereur-enfant cette fois, désignant ses « deux mères » comme régentes durant sa minorité. L'orgueilleux Conseil du Clan n'avait plus qu'à s'incliner. L'affaire de la succession de Tung Chih avait été menée de main de maître et avait pris tout le monde de vitesse.

Soulagées, les deux impératrices pensaient avoir enfin écarté toute menace de guerre civile quand la nouvelle éclata comme un coup de tonnerre au sein de la Cité interdite. L'impératrice A-lu-te était enceinte. Même si elle avait accouché d'un garçon, cela ne remettait pourtant pas en cause l'adoption de Kuang Hsu, qui avait été pratiquée dans les règles. Bien sûr, on critiquerait tant et plus la hâte manifestée par les deux impératrices douairières et A-lu-te aurait quelques raisons de leur en vouloir. Aussi Tseu-hi décida-t-elle d'aller sans tarder voir la jeune impératrice pour l'apaiser, l'assurer que son enfant serait très bienvenu et bien sûr reconnu comme prince ou princesse du sang.

Lorsque Tseu-hi pénétra chez sa nièce qui était aussi sa belle-fille, elle la trouva alitée, pâle à faire peur, se tordant en des convulsions atroces, incapable de dire un mot.

– Que s'est-il passé ? hurla Tseu-hi à l'adresse des servantes et dames de cour affolées, courant de-ci de-là dans le palais d'A-lu-te.

– Nous l'avons trouvée ainsi. On dirait qu'elle a été empoisonnée. On vient d'envoyer un eunuque prévenir Votre Majesté. Nous sommes désespérées, nous ne savons que faire. Nous avons aussi fait alerter médecins et lamas guérisseurs.

– Je ne veux pas d'eux au chevet de l'impératrice. Envoyez tout de suite chercher chez moi madame Wi, elle connaît les plantes comme personne et si A-lu-te peut encore être sauvée, grâce à madame Wi, elle le sera.

Cette fois, madame Wi diagnostiqua un empoisonnement à la poudre d'or. On avait sans doute fait ingérer la poudre de force à la malheureuse et madame Wi fut impuissante à la faire vomir. On l'avait prévenue trop tard. La jeune impératrice mit plus de deux mois à mourir. Tout ce que put madame Wi pour elle fut d'alléger ses souffrances grâce à l'opium. Il semblait que le poison, sous une forme ou sous une autre, frappât partout à la fois dans la Cité interdite. Ce fut au tour de la princesse Jung An, la fille de Li Fei, d'être aussi atteinte. Il s'agissait d'une feuille d'or qu'on lui avait fait avaler sans qu'elle eût pu voir son agresseur et qu'on ne pouvait extirper de son corps, à moins de lui ouvrir les entrailles. Puis ce fut Tseu-hi qui présenta tous les signes de l'empoisonnement. Madame Wi, aussitôt à pied d'œuvre, réussit à lui faire rejeter à temps le poison, mais elle fut longtemps alitée, incapable même d'assister au Grand Conseil derrière l'habituel rideau de gaze. Elle avait beau envoyer Tseu-an aux nouvelles, celle-ci ne s'était jamais assez intéressée à la politique pour comprendre ce qui se tramait sous les paroles fleuries.

En fait, on était au bord de la guerre civile. Le prince Tun, furieux d'avoir été ainsi évincé du trône du Dragon, se vengeait en massant aux portes de Pékin ses troupes musulmanes recrutées dans la province de Gansu dont il était le gouverneur. On disait qu'il avait lui-même ordonné les trois tentatives d'assassinat dont deux au moins avaient réussi, mais on ne pouvait rien prouver. Il fallut toute la ruse et l'autorité du prince Gong pour persuader son frère de quitter Pékin avec son armée afin d'aller réprimer dans le nord une révolte qu'il avait lui-même suscitée pour faire diversion.

Tseu-hi aurait bien voulu s'occuper d'un peu plus près du petit Kuang Hsu, d'autant plus que l'enfant, traumatisé par les mauvais traitements que lui avait infligés sa mère, était anxieux, nerveux, souvent insomniaque et en proie à des terreurs nocturnes irraisonnées. Elle aurait aimé le prendre chez elle, mais l'étiquette ne le permettait pas. Et surtout, Tseu-an, toujours en manque de maternité, se montra cette fois inflexible. Elle était la première impératrice, donc aussi la première mère du jeune Empereur. Elle en convenait volontiers avec Tseu-hi, l'éducation du pauvre Tung Chih avait beaucoup laissé à désirer. Ses eunuques l'avaient rapidement perverti sans que l'éducation de ses maîtres y pût grand-chose. Cette fois, les choses se passeraient différemment. Kuang Hsu ne serait pas un enfant gâté. Son entourage ne se soumettrait pas à tous ses caprices. Soit, un empereur ne pouvait subir le moindre châtiment corporel, mais Tseu-an avait trouvé un moyen infaillible de faire obéir l'enfant sans pour autant déroger aux règles du *Li* : ses maîtres comme ses eunuques auraient la permission de le punir, s'il n'était pas sage, en l'enfermant dans le cabinet contenant les pots de chambre – il n'y avait pas l'eau courante dans la Cité interdite. C'était une petite pièce obscure et sans fenêtre, parfois assez nauséabonde, qui terrifiait l'enfant. Quand Tseu-hi apprit les traitements qu'on lui infligeait, elle demanda à Tseu-an de venir la voir et lui fit remarquer :

– Ce petit est déjà chétif, nerveux et craintif à l'excès, Tseu-an. Ma sœur fut une mère désastreuse et je comprends mal que mon beau-frère ait ainsi ignoré ce qui se passait dans son *yamen*. Plus qu'un autre, Kuang Hsu a besoin de soins et d'affection. Ne prends pas ombrage de ce que je vais te dire, mon amie, mais je crois dangereux de laisser tout pouvoir à ses « petites sœurs ». Les enfants sont cruels entre eux. Ceux-ci, en outre, ont été mutilés dès leur plus jeune âge, ils peuvent en concevoir rancœur et désespoir. Il ne faut pas leur accorder le droit de punir eux-mêmes l'Empereur.

– Ils ne le font que sous le contrôle du tuteur de Kuang Hsu, le sage Weng Tung-ho qui s'occupa aussi de notre défunt fils. C'est moi qui l'ai choisi car tu étais encore trop souffrante pour te préoccuper de ce genre de choses. Weng est un lettré de grand renom, un adepte de Confucius. Il a compris les erreurs passées. Il saura désormais donner à notre fils une éducation plus morale et plus rigoureuse que celle que reçut notre malheureux Tung Chih. Tu as bien vu, Tseu-hi, les désastres résultant d'une mauvaise éducation rendant un empereur indolent et corrompu. Je ne veux pas que cela se reproduise avec Kuang Hsu et qu'on puisse un jour nous reprocher de n'avoir su veiller sur lui. Tu le sais, les mœurs dissolues de Tung Chih ont beaucoup nui à notre propre réputation.

– Notre réputation... Penses-tu vraiment à notre réputation lorsqu'il s'agit de l'assassinat de notre fils ?

Tseu-hi était indignée. Ainsi, c'était tout ce que Tseu-an avait retenu du drame de la mort d'un jeune homme de dix-neuf ans : on avait dit tout bas qu'elles n'avaient pas été les éducatrices qu'il aurait fallu à un empereur. Tseu-an n'avait donc rien ressenti, rien éprouvé ou du moins pas grand-chose à la mort de Tung Chih... Il était vrai qu'elle n'était pas sa mère biologique et qu'elle avait peut-être feint une tendresse jamais vraiment éprouvée. Tung Chih lui avait fait honte et c'était tout.

A nouveau, de violentes nausées secouaient Tseu-hi et elle fit signe à la première impératrice qu'elle ne pouvait continuer plus longtemps cette conversation. Tandis que Tseu-an, vexée, s'en allait sur la pointe des pieds, madame Wang et madame Wi accouraient auprès de leur maîtresse.

– Serait-ce à nouveau le poison ? réussit à murmurer Tseu-hi.

– Il n'y a plus de poison, affirma madame Wi, je puis le garantir à Votre Majesté, mais votre organisme a été très affaibli par l'empoisonnement et ne tolère plus grand-chose. Pourtant, vous ne pouvez cesser de vous alimenter.

– L'équilibre entre le Yin et le Yang a été rompu, expliqua madame Wang et ce sera fort long à rétablir. Les organes lésés sont ceux du Yang, c'est-à-dire la vésicule biliaire, l'intestin grêle et le gros intestin, l'estomac, la vessie et le « triple réchauffeur ». Je vais vous faire un petit massage qui arrêtera les nausées.

– J'adore tes massages, lui répondit Tseu-hi avec ce sourire qui pouvait lui ouvrir tous les cœurs.

Madame Wang la dénuda jusqu'à la taille et l'allongea sur le dos. Elle commença par placer sa main droite sur l'abdomen, la main gauche dessus. Madame Wang était droitière et chacun sait que le *chi*, l'influx vital, est plus puissant dans la main la plus usuelle. Puis elle commença à dessiner lentement des cercles sur l'abdomen, dans le sens des aiguilles d'une montre, le sens physiologique de la circulation du gros intestin.

– Respirez lentement et profondément, recommanda-t-elle encore, et concentrez votre esprit à quelques pouces au-dessus de mes paumes. Ainsi, vous aiderez le *chi* à s'harmoniser, puis à disperser les stagnations du sang.

Les cercles s'agrandissaient, atteignant à présent le foie, la rate, l'estomac et la vésicule. Tseu-hi sentait une douce chaleur l'envahir et les ondes de souffrance se dispersaient. Peu à peu, tout son corps se détendait et le mal fut remplacé par une délicieuse impression de bien-être. Avec un soupir d'aise, Tseu-hi s'étira, puis son souffle se fit plus ample et plus régulier, elle s'était endormie.

Souvent, son mal reprenait Tseu-hi et elle se trouvait alors plus faible qu'une enfant, ce qui l'empêchait de prendre soin comme elle l'aurait voulu de son neveu et fils adoptif. Sans en parler à Tseu-an qu'elle trouvait volontiers butée lorsqu'il s'agissait de la santé ou de l'éducation de leur fils, elle avait chargé son cher Li Lien-ying de placer auprès du jeune empereur un eunuque dont il serait sûr et qui empêcherait les autres « petites sœurs » de trop maltraiter Kuang Hsu.

Li Lien-ying avait remarqué combien l'enfant se passionnait pour les machines des Barbares. En cachette de Weng Tung-ho dont les enseignements se limitaient à l'étude des *Classiques* et des pensées de Confucius et qui désapprouvait tout ce qui pouvait venir de l'Occident, il lui apportait des montres, des trains ou des voitures miniatures. Kuang Hsu, que ses « petites sœurs » n'osaient plus tourmenter sous peine, avait dit Tseu-hi, d'être renvoyées de la Cité interdite et donc exposées à la misère et à la honte de n'être que des êtres amputés, des membres du « peuple puant », se passionnait pour ses nouveaux jouets. Il voulait tout connaître de la mécanique, de la vapeur, des automobiles comme des délicats mécanismes d'horlogerie.

Tseu-an avait bien tenté de s'interposer en arguant les défenses de Weng Tung-ho de s'intéresser à toutes ces « mécaniques du diable », mais Tseu-hi, qui se remettait lentement de son douloureux empoisonnement, était demeurée inflexible. Le jeune empereur avait lui aussi droit à quelques loisirs et s'intéresser au progrès valait mieux que fréquenter les bouges ou sombrer dans l'opium.

Le prince Tun, dont la haine n'avait pas désarmé et qui soupçonnait son frère, le prince Tchun, le père de Kuang Hsu, de l'avoir trahi, en concevait une immense amertume. Le prince Gong faisait en sorte qu'on le vît de moins en moins à Pékin et que ses armées fussent éloignées de la capitale, mais ce que Gong ne pouvait éviter, c'était la campagne de calomnies et les rumeurs qui circulaient un peu partout dans la capitale. On disait en termes à peine voilés que le petit Kuang Hsu n'était pas normal, qu'il avait deux prunelles par œil, que ce n'était pas le fils du prince Tchun, mais un enfant né des amours illégitimes du général Jung Lu avec la seconde impératrice douairière. Tseu-hi était suffoquée que l'on osât ainsi la salir.

Le prince Tchun venait régulièrement voir son fils, alors que Tsiann avait été jugée indésirable dans l'enceinte de la Cité interdite. Bien qu'il n'eût pas été le plus intelligent et le plus malin des princes du sang, s'il y avait eu substitution d'enfant, il s'en serait tout de même aperçu... Enfin, les rumeurs malveillantes enflaient de telle façon qu'au début du mois de juillet 1878, Tseu-an vint dire avec timidité à Tseu-hi :

– On ne peut laisser tous ces bruits affreux se propager, même si nous savons d'où ils viennent.

– Tu penses aussi au prince Tun ?

– Comment n'y pas songer ? A présent qu'il n'a plus la liberté d'entrer dans la Chine interdite, Gong y veille, il essaie de nous nuire d'une façon différente, quoique tout aussi dangereuse.

– Que peut-on, Tseu-an, contre des rumeurs ?

– Les affronter au grand jour, faire afficher partout un édit prouvant que nous sommes au courant de ces médisances et que tout ce qu'on dit n'est qu'absurdité.

– Si tu crois que ce pourra être utile, allons-y !

Tseu-hi, qui voulait rétablir avec la première impératrice douairière les bonnes relations de jadis, un peu ébranlées par leurs disputes à propos de l'éducation du jeune empereur, fit appeler l'eunuque lui servant de secrétaire. Quand il eut installé son rouleau et son écritoire sur ses genoux, elle fit signe à Tseu-an de se lancer :

– Que veux-tu que nous disions ?

– Eh bien, que des rumeurs se sont élevées, que nous les connaissons et les déplorons, qu'elles sont bien sûr sans le moindre fondement.

– Ecris, commanda Tseu-hi.

Et elle dicta l'édit suivant, qui fut publié en date du 2 juillet 1878 dans *La Gazette de Pékin* et signé des deux impératrices douairières :

Ces derniers mois se sont élevées des rumeurs indignes et diverses histoires mensongères au sujet de l'Empereur, causant plus de peur et d'agitation que si elles avaient été dites franchement. Nous désirons qu'elles cessent au plus tôt. Toute personne surprise à les propager sera aussitôt conduite au ministère des Punitions.

– Cela te convient-il, Tseu-an ?

– C'est parfait, mais la police et la gendarmerie de Pékin, qui sont sous le contrôle du général Jung Lu, doivent se montrer vigilantes et arrêter les suspects. Il faut que l'on nous craigne assez pour cesser de nous insulter.

Tseu-an avait raison, bien sûr. Le mauvais état de santé de Tseu-hi l'avait empêchée de prendre garde à l'état d'esprit déplorable régnant dans la capitale. Son extrême fatigue l'avait empêchée de voir aussi souvent Jung Lu que par le passé. Tseu-hi s'aperçut tout à coup qu'il lui manquait. Sans tarder, elle allait remédier aussi à cette carence et le convier plus souvent dans la Cité interdite Peu à peu, l'amour, entre eux, avait fait place à une amitié très tendre, mais dont elle avait un urgent besoin.

Tseu-hi ne comprenait pas pourquoi le petit Kuang Hsu avait parfois si mauvaise mine, avec de profonds cernes sous les yeux qui évoquaient un peu trop les désordres sexuels de Tung Chih lorsqu'il était enfant. Pourtant, Kuang Hsu ne semblait pas lui ressembler. Elle ne l'imaginait pas se livrant à mille folies avec ses « petites sœurs », car il s'en défiait. Cette fois encore, ce fut Li Lien-ying qui l'éclaira.

– Kuang Hsu n'est pas le moins du monde dépravé, lui expliqua-t-il. Au contraire, cet enfant, très précoce pour son âge en ce qui concerne les choses de l'esprit, aspire à l'ascétisme. Souvent, il parle d'entrer dans un couvent et de se faire bonze.

– Il ne m'en a jamais rien dit ! Crois-tu qu'il me craigne ?

– Pas le moins du monde, il t'est au contraire reconnaissant de l'avoir tiré du *yamen* de sa folle de mère. Excuse-moi, Petite Orchidée, j'oubliais que je parlais de ta propre sœur.

– Tu ne dis que ce qui est.

– Il déplorait seulement de t'affliger en te dévoilant ce goût puisqu'il est destiné à régner.

– Et cette mine épouvantable ?

– Kuang Hsu a très souvent des pollutions nocturnes qu'il ne suscite pas et qui l'épuisent. Le médecin officiel a fait venir des lamas, ce qui n'a rien donné.

Madame Wi, dûment consultée, recommanda que l'on fît tout pour fortifier l'enfant : nourriture mieux équilibrée, respect de son sommeil, allègement des études au profit des exercices physiques. Surtout, Tseu-hi ne voulait pas que l'on culpabilisât le petit garçon avec ces problèmes de pollution, naturels s'ils n'avaient été si fréquents. Kuang Hsu prenait peu à peu de l'assurance. Il oubliait les frayeurs de son enfance. Les « petites sœurs » qui l'avaient jadis terrorisé avaient été éloignées, Li Lien-ying y avait veillé. On ne le réveillait plus à l'aube pour lui faire interminablement ânonner les mille détails du *Li* que Tseu-hi trouvait quant à elle inutiles. Weng Tung-ho avait raccourci les heures consacrées à l'étude des *Classiques* et Tseu-hi avait privilégié l'apprentissage de l'anglais et des sciences occidentales qui lui semblait indispensable à un futur empereur. La pratique assidue de l'équitation et des arts martiaux donna au garçon une vigueur qui lui avait jusque-là fait défaut.

Tseu-hi aussi retrouvait l'énergie qui lui avait si longtemps manqué après son empoisonnement. Tandis qu'elle recouvrait peu à peu ses forces, il lui semblait que Tseu-an, qui d'ordinaire n'était jamais malade et jouissait d'une insolente santé, s'étiolait. Elle qui avait été si gourmande n'avait plus goût à rien. Des journées entières, elle demeurait dans son lit, pâle et sans forces. A présent Tseu-hi allait la voir presque chaque jour et l'incitait à se lever, d'autant plus que le commencement du printemps offrait comme d'habitude un spectacle ravissant, égayant de couleurs délicates les vieux murs de la Cité interdite. Partout, c'était une explosion de crocus, de jonquilles et de narcisses. Les forsythias répandaient leurs moutonnements jaune d'or, le jasmin commençait d'embaumer l'air.

Tseu-hi avait bien sûr convié madame Wang et madame Wi au chevet de Tseu-an. Les massages avaient d'abord fait quelque effet, puis la malade était retombée dans sa langueur. Cette fois, madame Wi n'avait diagnostiqué aucun poison, mais une mauvaise fièvre empêchant l'impératrice douairière de garder la moindre nourriture. Chaque jour, elle s'affaiblissait un peu plus.

Même si elles n'avaient pas toujours été d'accord, surtout en ce qui concernait l'éducation de Kuang Hsu, Tseu-an était sa compagne depuis leur arrivée à la Cité interdite, trente et un ans plus tôt, ce qui représentait un bon bout de vie. Toutes deux avaient eu l'intelligence de s'épauler au lieu de se poser en rivales. Bien que Tseu-an eût gardé le côté frivole qui faisait tout son charme lorsqu'elle n'avait que quatorze ans et qui était un peu agaçant pour une femme ayant largement dépassé la quarantaine, Tseu-hi l'aimait comme une sœur, beaucoup plus que sa propre sœur devenue si dure et si fanatique. Les rires et les coquetteries de Tseu-an allaient lui manquer, puisqu'il devenait chaque jour plus évident qu'elle ne se relèverait pas.

– Toi qui es beaucoup plus forte que moi et qui n'as jamais peur de rien, reste près de moi, ta main dans la mienne au moment où je partirai, je t'en conjure, murmura Tseu-an.

La première impératrice douairière s'éteignit au début du mois d'avril 1881. Elle n'avait que quarante-cinq ans.

Si la vie ne lui avait pas beaucoup donné, elle ne l'avait pas non plus trop malmenée. Elle était belle encore, innocente et préservée [1].

Désormais, Tseu-hi était seule pour assurer la régence et maîtriser la toujours turbulente famille impériale. Souvent, Tseu-an lui manquait. Cette présence douce et chaleureuse lui avait rendu l'exercice du pouvoir plus facile. Forte de l'autorité de Tseu-an à cause de son appartenance au clan Niuhuru, bien plus important que le sien, Tseu-hi avait plutôt bien réussi à jongler entre tous ces princes du sang qui auraient tant voulu s'asseoir sur le trône du Dragon ou du moins y installer leur descendance pour assurer la charge tant enviée de Régent. A Kuang Hsu aussi, sa « première » mère manquait. En dépit de ses principes assez stricts pour éviter en matière d'éducation les erreurs du passé, Tseu-an s'était toujours montrée envers lui plus douce et affectueuse que Tseu-hi ne savait l'être.

Trois ans plus tard, le jeune empereur alla solennellement accomplir ses dévotions devant les tablettes de ses ancêtres, dans le temple du Ciel, car le temps de sa majorité approchait. Il allait avoir quinze ans et pourrait alors régner en son nom, en prenant bien sûr les avis du Grand Conseil et du Conseil du Clan. Auparavant, il fallait le marier. Le

1. A la fin de l'Empire, on voulut aussi attribuer cette mort à Tseu-hi mais on ne voit guère pourquoi elle aurait assassiné Tseu-an. Durant leur règne commun, les deux femmes s'étaient toujours bien entendues, surtout parce que Tseu-an s'en remettait pour tout aux avis de Tseu-hi et ne se souciait guère de politique.

choix de la future impératrice comme la composition du harem impérial qui incombait à Tseu-hi occupaient déjà tous les esprits. Tseu-hi sentait Kuang Hsu inquiet. Il redevenait nerveux, avait à nouveau des insomnies. Aussi lui demanda-t-elle avec cette familiarité qu'il y avait entre eux :

– Je vois bien, Kuang Hsu, que tu es en ce moment tourmenté. Est-ce la perspective d'un prochain mariage ou celle de ton intronisation au trône du Dragon ?

– Je ne me sens prêt ni pour l'un ni pour l'autre rôle, ma mère. Je suis encore trop jeune, pas assez mûr. Que ferais-je d'une épouse ? Que ferais-je du pouvoir ? Tout cela vient trop tôt pour moi.

– La plupart des jeunes hommes, surtout s'ils sont empereurs, n'ont qu'une hâte : prendre femme, avoir leur propre harem pour s'y donner du plaisir, régner enfin, ce qui est une autre forme de jouissance, tu l'apprendras. Or toi, tu as la sagesse de vouloir encore un peu de temps pour te perfectionner. J'expliquerai tes motivations au Conseil du Clan et je demanderai que tout soit repoussé de deux ans. Cela te semble-t-il satisfaisant ?

– Je vous en remercie.

Il semblait en effet si joyeux et si soulagé que Tseu-hi se dit qu'elle avait pris la bonne décision, même si elle n'était guère habituelle. Déjà, elle pressentait que rien ne serait ordinaire avec Kuang Hsu. Il était si intelligent, si scrupuleux et si avide de connaissances qu'il pouvait réaliser de grandes choses. Ce qui l'inquiétait plus, c'était son idéalisme et la confiance aveugle qu'il plaçait en ceux qu'il aimait, comme bien des êtres longtemps frustrés d'amour...

Tseu-hi avait déjà choisi la future impératrice, ce serait sa nièce Lung Yu, la fille de son frère Kouei Hsang, qu'elle avait fait duc et lieutenant général. Tseu-hi n'était pas une ingrate. Avec largesse, elle laissait sa famille profiter de son ascension inespérée. De plus, elle aimait beaucoup la jeune fille et jugeait comme une qualité qu'elle eût trois ans de plus que Kuang Hsu. Lung Yu pouvait bien attendre encore deux ans avant d'être mariée, ce qui lui permettrait de se familiariser avec les difficiles codes du *Li*, cette étiquette si contraignante. Pour les concubines impériales, elle avait élu deux sœurs du clan Tatala que lui avait recommandées le tuteur de l'Empereur, Weng Tung-ho. L'une se nommait Chen Fei ou Perle, l'autre Chin Fei ou Eclat. Autant l'une était belle et semblait ambitieuse, autant l'autre était d'une nature simple et aimante. Elles aussi pouvaient attendre. Tseu-hi espérait que l'une au moins de ces trois femmes saurait faire le bonheur de son fils adoptif.

Pour Tseu-hi, l'année 1888 fut occupée par un grand projet qu'elle vouait à la mémoire de son défunt fils, l'empereur Tung Chih : la reconstruction du palais d'Eté. C'était pour elle la réalisation d'une promesse faite jadis au jeune mort et comme une revanche sur le sort. En pillant, volant, puis brûlant la quintessence du raffinement de l'art chinois, les Français et surtout les Anglais avaient cru abattre la superbe de l'Empire. Le malheureux Hieng-feng ne s'en était jamais remis et était mort à Jehol sans avoir revu les restes calcinés de la résidence qu'il avait tant aimée. Tung Chih avait voulu sans y parvenir faire revivre les fastes du palais d'Eté. Le Conseil du Clan comme le Grand Conseil s'y étaient opposés à une époque où le pays se relevait à peine du désastre de la guerre civile causée par la révolte des Taiping. Depuis lors, les récoltes avaient été bonnes, l'équilibre commercial s'était rétabli, la Cour avait limité ses dépenses personnelles. Contrairement à ce que l'on avait craint, les pillards barbares n'avaient pas découvert toutes les caches où étaient entreposés les lingots d'argent du Trésor impérial. L'impératrice douairière avait décidé de consacrer ce qu'il en restait à cette restauration. Elle avait vendu en secret des bijoux et des parures dont elle se souciait peu – elle en avait tellement. Bref, elle avait les sommes nécessaires au commencement de cet immense chantier [1].

Elle avait décidé de ne pas toucher aux anciens monuments édifiés par les Jésuites au XVIIe siècle, dont les ruines, une fois aménagées, nettoyées, débarrassées de leurs débris calcinés, lui semblaient belles et nostalgiques. Certains éléments des pavillons pouvaient être récupérés, reconstruits. Celui qui avait le plus souffert des vandales était l'ancien palais situé au pied de la colline de la Longévité, le *Yihe-yuan* ou jardin de la Concorde que Tseu-hi fit entièrement relever dans un style plus sophistiqué que celui de l'ancien édifice. A côté se dressa bientôt le palais de la Bienveillance destiné à servir de salle d'audience. Décoré de bois de santal, il exhalait une délicieuse odeur – Tseu-hi avait tou-

1. La reconstruction du palais d'Eté fut estimée à environ cinq millions de *taëls*. La propagande antimandchoue prétendit à tort que Tseu-hi avait détourné pour ce faire les sommes destinées à l'élaboration d'une marine plus moderne. L'organisation du ministère de l'Amirauté ne permettait pourtant pas à l'impératrice douairière d'y avoir accès. En revanche, le prince Chun, l'un des trois dirigeants du ministère, détourna de fortes sommes dont certaines servirent à financer les cadeaux princiers qu'il fit à l'impératrice douairière. Mais elle ne pouvait en connaître la provenance.

jours été sensible aux parfums. Un pavillon de dimensions plus exiguës aux meubles de palissandre incrustés de nacre, le palais des Vagues de Jade, inaugurait le style de Tseu-hi : une grande richesse ornementale, l'art de la sculpture presque poussé à l'excès. Elle qui aimait tant le théâtre et en particulier l'Opéra de Pékin tint bien sûr à ce qu'un bâtiment lui fût spécialement dédié : ce fut le jardin de l'Harmonie Vertueuse ou *Yile-dian*, pourvu d'une scène et de trois étages d'auvents disposés face à ce qui serait la loge impériale. Il y eut encore le palais des Nuages Ordonnés flanqué de ses pavillons des Fragrances Bouddhiques (encore et toujours les parfums) et de celui de la Mer de la Parfaite Sagesse d'où Tseu-hi pourrait contempler l'immensité du lac *Kunming*. C'était là, sur une délicieuse petite île, qu'elle avait mis au monde son fils unique. Une galerie couverte, longue de près de huit cents mètres, fut bientôt décorée par les meilleurs artistes de Pékin de délicates peintures représentant les paysages si tourmentés de l'Empire, rocs déchiquetés, mers tumultueuses, pins ébouriffés par le vent contrastant avec l'eau plane des rizières.

Amarré au bout de la galerie couverte, le *Shifang* ou bateau en marbre rêvait encore de prendre un jour le large pour s'élancer vers le lac. Pour ce bateau destiné à recevoir de façon insolite ministres, diplomates ou ambassadeurs, Tseu-hi avait demandé à ses architectes de reprendre ce qu'il restait d'une vieille structure du palais de l'empereur Qianlong. Elle n'avait fait qu'y rajouter les roues à aubes, concessions à la modernité.

L'impératrice douairière avait décidé de se retirer dans son cher palais d'Eté pour y passer le reste de ses jours, une fois libérée de l'exercice du pouvoir. C'était, avant de renoncer pour toujours à la Régence en faveur de son fils adoptif, comme son ultime signature. Là, loin des rumeurs de Pékin qui parvenaient tout de même à franchir les murailles pourpres de la Cité interdite, elle pourrait en paix jouir de cette délicieuse prodigalité de palais, de pavillons, de temples, de kiosques, de ponts arqués au-dessus des eaux bleues du lac, au milieu des jardins. Elle n'avait pas voulu recréer tout à fait à l'identique ce qui avait été si stupidement saccagé, mais imposer son style, comme la marque d'une fin de règne. Avant de renoncer à la Régence, elle avait une ultime tâche à accomplir : organiser avec le soin minutieux qu'elle mettait en tout le mariage de Kuang Hsu.

Les noces de Kuang Hsu avec Lung Yu eurent lieu avec la pompe habituelle le 26 février 1889 dans la Cité interdite, suivies peu après par la présentation officielle des deux concubines impériales – Tseu-hi avait jugé qu'un harem trop vaste glacerait le si timide Kuang Hsu.

Le 4 mars 1889, Tseu-hi renonçait officiellement à la Régence et se retirait dans son palais d'Eté où les travaux n'étaient pas encore achevés. Elle avait cinquante-quatre ans et comptait sur sa nouvelle passion de bâtisseuse pour occuper des loisirs qui seraient à présent nombreux. Kuang Hsu montait sur le trône du Fils du Dragon. Bien sûr, il n'était pas destiné à régner seul. Comme d'habitude, le Conseil du Clan devait être consulté sur le choix des vice-rois, ministres et hauts fonctionnaires, sur les décrets tracés à l'encre vermillon. Parmi les membres de ce conseil, les figures les plus importantes étaient évidemment le prince Gong, le tuteur de l'Empereur, le lettré Weng Tung-ho, et son père, le prince Tchun.

Les premières années du règne de Kuang Hsu furent marquées par une brève révolte musulmane, encore une, dans le Shaanxi, révolte réprimée de sanglante façon par le prince Tun. A nouveau Jung Lu, toujours prudent, avait jugé bon d'envoyer au combat le trop bouillant prince Tun qui, avec son armée de mercenaires, campait à son gré beaucoup trop près de Pékin. A nouveau, Tun avait obéi et les troubles redoutés n'avaient pas eu lieu.

Les Japonais faisaient toujours planer la menace de leur armée bien modernisée sur l'Empire. Cette fois, ce fut à Séoul qu'ils frappèrent. Le 7 octobre 1895, des mercenaires entrèrent en force dans le palais de la reine Min, une vassale de la Chine. Ils firent prisonnière la malheureuse, l'outragèrent, la firent sortir de force de sa chambre, la jetèrent sur un bûcher improvisé pour la brûler vive. Et l'ancien vieux Régent fut remis sur son trône sans que la Chine osât intervenir. En quelques années, l'empire du Milieu avait peu à peu perdu le contrôle de tous les pays frontaliers qui, jusqu'alors, lui payaient tribut, le Népal, la Birmanie, l'Indochine, proie des Français, puis la Corée et Taiwan. Tseu-hi pressentait qu'on ne garderait pas longtemps la Mandchourie. Forts de leurs coups d'Etat, les Japonais exigèrent de construire des usines dans les principaux ports chinois, ce qu'on ne put leur refuser. Les temps étaient de nouveau à l'économie. La marine avait été détruite et l'on n'avait plus les moyens de doter l'Empire d'une nouvelle flotte. L'armée ne valait guère mieux. Faute de pouvoir payer leur solde, on renvoya dans leurs foyers plusieurs dizaines de milliers de soldats.

7

L'empereur Kuang Hsu n'avait que vingt-six ans lorsque la mort du prince Gong, survenue en mai 1898, à l'âge de soixante-cinq ans, le priva de l'un de ses plus sages conseillers. Le prince Gong avait été l'un des premiers à s'intéresser à la civilisation des Barbares, à convaincre Tseu-hi qu'il ne fallait pas tout rejeter en bloc chez eux, même s'ils avaient introduit l'opium en Chine. C'était lui qui avait fondé puis dirigé pendant si longtemps le *Tsungli-yamen*, le ministère des Affaires étrangères. C'était lui aussi qui avait le premier favorisé les lectures anglaises de Kuang Hsu.

Avec la mort du prince Gong, Tseu-hi perdait son beau-frère préféré, celui qui l'avait protégée à Jehol, celui qui avait permis à son fils de régner, celui qui lui avait toujours été loyal, celui, enfin, qui était parvenu à contrôler la fougue désordonnée des autres princes du sang. Elle avait apprécié l'ouverture d'esprit et la pondération du prince Gong. Comme elle, il était instruit et cultivé, toujours avide de nouvelles connaissances. Il n'avait pas l'esprit étriqué des autres membres du Conseil du Clan. Leurs conversations, leur vieille amitié, leur connivence enfin allaient beaucoup lui manquer.

Sa retraite volontaire au palais d'Eté n'avait pourtant pas coupé Tseu-hi de son fils adoptif, qui l'admirait beaucoup et savait tout lui devoir et d'abord la vie. Aussi souvent que possible, il chevauchait jusqu'au palais d'Eté pour visiter celle qu'il appelait affectueusement sa mère. Non sans une certaine exaltation, il lui faisait part de ses projets, de ses grands rêves.

– Avec le Conseil du Clan, si conservateur qu'on en nomme à présent les membres et les partisans « les Têtes de Fer », rien ne bouge jamais. Si on les écoutait, on en serait encore au temps de Confucius. Mais voyez, mère, comme le monde bouge tout autour de nous ! Il nous faut moderniser la Chine, l'ouvrir aux idées et aux inventions occidentales et même aux innovations japonaises.

– Prends garde aux Japonais, Kuang Hsu, ils guignent la Chine pour eux-mêmes. Quelles réformes préconises-tu ?

– Celles des examens, tout d'abord. Je trouve que la formation de nos lettrés les prépare mal à devenir d'efficaces fonctionnaires de l'Etat. Savoir les pensées de Confucius et les *Classiques* est bel et bon, mais ce n'est pas tout. Il faut connaître le monde, les autres nations. Il faut ouvrir la Chine.

– Tu as raison, quoique jusqu'à présent, cette ouverture, que j'ai moi-même tentée, ait été bien néfaste à l'Empire qui s'est vu peu à peu dépossédé par les autres puissances.

– Je sais que ce n'est pas facile, mère, mais avez-vous entendu parler des Renards Sauvages, des *Ming-shih* ?

Tseu-hi soupira en le regardant. On l'avait avertie de la naissance de ce mouvement dont le nom avait une consonance magique. Il s'agissait de jeunes lettrés, épris de nouveauté comme de modernité, qui rêvaient d'une monarchie constitutionnelle à la japonaise. Elle avait même reçu un mémoire d'un agité du nom de Kang Ku-wei et avait fait enquêter à son sujet. Cet écervelé originaire de Canton, qui avait été recalé à tous ses examens, voulait bien sûr l'abolition du système intellectuel impérial. Il prônait en outre la liberté sexuelle pour tous, l'égalité des sexes et même la pleine reconnaissance de l'homosexualité. Il se prétendait le leader des *Ming-shih*, alors que ceux-ci le connaissaient à peine. Il avait même fondé une académie dans la petite ville de Kwangtung où il avait résidé, académie dont la principale fonction était la dénonciation des « faux *Classiques* » – on aurait perdu les véritables écrits de Confucius et toute la culture millénaire chinoise ne serait qu'une gigantesque supercherie. Revenu récemment à Pékin où il avait à nouveau échoué à ses examens, il brassait mille idées chimériques dans un tourbillon d'agitation. Dans un autre mémoire qu'il lui avait adressé, il avait proposé pêle-mêle à l'Impératrice de l'aider à réformer l'armée, à créer un système bancaire, des trains et des navires à vapeur, de nouvelles mines et un système postal à l'occidentale, sans évidemment avoir la première idée de la façon de mener à bien ces réformes.

– Ces *Ming-shih* me semblent tous plus fous les uns que les autres, dit-elle enfin, même si certaines de leurs idées sont généreuses, mais hélas irréalisables, du moins pour l'instant.

– Je voudrais, mère, répondit timidement Kuang Hsu, proposer à ces étudiants épris de nouveautés de m'envoyer directement leurs suggestions sans passer par le ministère de la Censure. Peut-être que de bonnes idées se dégageraient du lot ?

– Peut-être, en effet.

Le 2 juin 1898, avec l'approbation de sa mère, Kuang Hsu fit publier le premier décret impérial annonçant le début de réformes spectaculaires [1]. Pour quelqu'un d'aussi épuisé que Kuang Hsu, jouissant d'une santé si délicate, c'était faire preuve d'une extraordinaire énergie et d'un rare courage que Tseu-hi ne voulait en aucun cas contrer, même si elle s'effrayait pour lui de l'opposition qu'il allait susciter, surtout au sein du Conseil du Clan. Tous les princes du sang, fort conservateurs, étaient considérés comme des « Têtes de Fer ». Celui qui ne joua pas un rôle très glorieux durant cette période fut le précepteur de l'Empereur, le Grand Conseiller Weng Tung-ho. Cet homme de soixante-huit ans, lettré mais étroit d'esprit, jouissait d'un pouvoir considérable. Il était aussi président du Conseil des Finances, membre du *Tsungli-yamen* et Grand Secrétaire. Même s'il n'était plus officiellement le tuteur de l'Empereur depuis sa majorité, il avait gardé sur lui une forte influence et le voyait chaque jour. Or Weng ne supportait pas que le jeune homme pût lui échapper. Toujours, il le rabaissait, moquait ses réformes, accroissant sa nervosité comme ses incertitudes. Et pourtant l'Empereur, encouragé par sa mère, s'obstinait avec acharnement dans la voie qu'il s'était tracée.

---

1. Ce fut le début de la réforme dite des Cent Jours (en réalité cent deux), durant laquelle l'Empereur ne fit pas publier moins de cinquante décrets pour réformer tour à tour l'administration, l'armée, l'industrie, l'éducation et les relations internationales. Ces réformes furent faites avec Tseu-hi, qu'il voyait chaque jour, mais sans l'approbation ni du Grand Conseil ni du Conseil du Clan.

Il ne put pourtant empêcher une réunion du Grand Conseil qui lui fut imposée pour le matin du 15 juin. Ce fut Weng Tung-ho qui prit la parole avec son emphase coutumière. Il eut des mots très durs pour fustiger la jeunesse et l'impétuosité de l'Empereur, l'imprudence de réformes si soudaines touchant à l'administration et au gouvernement de l'Empire. Il finit sa diatribe en disant avec un air de supériorité que Kuang Hsu prit fort mal :

– A l'avenir, Sa Majesté est humblement priée d'informer au moins sa mère, l'impératrice douairière, du contenu de ses décrets avant de les faire publier en nous plaçant ainsi devant le fait accompli.

C'était d'autant plus injuste que Weng savait fort bien que Tseu-hi avait travaillé avec son fils à l'élaboration des fameux décrets. L'Empereur, furieux mais le visage impassible, répondit d'une voix très froide :

– Je remercie mon maître bien-aimé, le Grand Conseiller Weng Tung-ho, de ses opinions qui me sont toujours précieuses, surtout si elles sont dispensées en privé. Je vais donc y réfléchir en prenant l'avis de mon honorée mère et je propose la réunion très prochaine d'un second Grand Conseil, où le Grand Conseiller Weng Tung-ho qui nous a déjà fait part de ses pensées sera dispensé de son habituelle présence.

C'était dire, en termes courtois, qu'il n'était plus Grand Conseiller et n'appartenait plus au Grand Conseil. Après avoir pris aimablement congé des autres membres et s'être légèrement incliné devant Weng, l'Empereur quitta la salle d'audience. Cette fois, Weng était allé trop loin. Il l'avait publiquement bafoué, ridiculisé devant les Grands Conseillers, ce que le Fils du Dragon ne pouvait tolérer. Pourtant, Kuang Hsu ne se sentait pas tranquille en regagnant ses appartements. Il avait affaire à toute une faction puissante qui ne rêvait que de le détrôner au profit de son jeune cousin Pu Chun, le fils du prince Tuan, donc le petit-fils de l'irascible prince Tun. Kuang Hsu n'ignorait rien des complots qui se tramaient contre lui, mais il refusait de n'être qu'un pantin aux mains du Conseil du Clan et du Grand Conseil. Puisqu'il avait l'approbation de sa mère, ce qui lui importait le plus, il entendait régner. S'il perdait, il aurait au moins essayé quelque chose.

Le lendemain, 16 juin, pour contenter Sir Chang qui avait suggéré d'accorder un poste de secrétaire au *Tsungli-yamen* à ce jeune Kang Ku-wei dont les idées rejoignaient les siennes, mais qui était à l'évidence un écervelé brouillon, l'Empereur lui accordait une audience privée. Fort de cette audience, Kang prétendit ensuite être désormais l'âme des réformes et inspirer sa conduite à l'Empereur [1]. Le bruit fut habilement propagé. Dans les légations étrangères de Pékin, on ne parlait plus que de ce Kang Ku-wei, parfois en bien, parfois en mal. Bref, tous s'agitaient et les « Têtes de Fer » encore plus que les autres.

Alerté par ces rumeurs, le général Jung Lu sollicita une audience de Tseu-hi. De leurs amours de jeunesse, ils avaient gardé une grande tendresse et une confiance réciproque que

1. Contrairement à ce que prétendit Kang par la suite, il ne vit l'Empereur qu'une seule fois et ne rencontra jamais l'Impératrice, qui se trouvait ce jour-là au palais d'Eté. Kuang Hsu ne le chargea bien entendu d'aucune mission et n'en fit pas son messager comme Kang l'affirma en se répandant largement en interviews dans les journaux occidentaux, le *Times* et le *Herald Tribune* surtout. C'était un redoutable mythomane dont le rôle n'aurait été qu'anecdotique si les journalistes occidentaux ne lui avaient naïvement prêté foi.

rien ne pouvait entamer. Quoi qu'il pût survenir, il restait son rempart et son protecteur. Comme autrefois quand elle le voyait, elle voulait toujours paraître à son avantage – elle était encore une fort belle femme au visage lisse en dépit d'une tristesse grandissante qu'on pouvait lire dans ses yeux toujours aussi lumineux. Lui-même, à soixante-deux ans, était un homme qui en imposait. Il ne s'était pas empâté, avait gardé sa haute silhouette mince de cavalier. Grâce à elle et à la confiance qu'elle lui vouait, sa carrière avait connu une ascension extraordinaire. Depuis dix ans, il dirigeait la garde impériale, c'est-à-dire qu'il était responsable de la sécurité de la famille impériale, mais il était aussi membre du *Tsungliyamen*, Grand Secrétaire et Président du ministère de la Guerre, vice-roi de la province de Tientsin. Tseu-hi recevait toujours Jung Lu sans témoins dans ses appartements privés. En souvenir du passé, elle se serra brièvement contre lui.

– Que me vaut le plaisir de te voir, un plaisir qui se fait trop rare, Jung Lu ?

– Le rôle de l'Empereur n'est guère facile, puisqu'il est pris entre la soif de réformes des Renards Sauvages et le conservatisme outrancier des Têtes de Fer. Je redoute comme toujours les menées des princes du sang et, surtout, du prince Tuan qui nourrit des ambitions démesurées pour son propre fils.

Tseu-hi soupira avec lassitude. On n'en finirait donc jamais de ces complots, de ces multiples trahisons dont elle commençait à être si fatiguée ? Ne pouvait-on laisser au moins à Kuang Hsu le temps de faire ses preuves ?

– Je sais le danger qu'a toujours représenté la morgue des princes. Comme toi, je me défie surtout de Tuan. Que peut-on faire ?

– Etre vigilant, Majesté.

– Oublie donc ce terme qui n'est pas de mise entre nous. A quoi as-tu pensé ?

– Tientsin où ma charge me commande de résider étant par malheur assez éloigné de Pékin, je ne puis veiller comme je le voudrais sur la sécurité de la famille impériale. Je te suggère donc de mettre à la disposition du général Yuan Shih-kai, qui est sous mes ordres et dont je suis sûr, la nouvelle armée forte de sept mille hommes qui fut entraînée par cet Allemand, Constantin von Hahheken. Elle est entièrement équipée et armée à l'européenne et constitue notre meilleure force. Il faudrait la caserner dans les faubourgs de Pékin et autour du palais d'Eté, de façon qu'elle soit prête à intervenir au premier signal.

– Accordé, Jung Lu. J'ai une bonne nouvelle pour toi. Mon fils compte te nommer vice-roi du Chihli à la place du vice-roi Li Hung-chang qui s'agite un peu trop à notre gré et que je soupçonne toujours d'avoir fomenté tous ces empoisonnements dont je fus moi-même victime. En outre, l'Empereur te fera superintendant de tous les ports du Nord-Est et commandant en chef des forces des généraux Sung Ching, Tung Fu-hsiang et Nieh Shih-cheng, outre celles de la nouvelle armée.

– C'est un grand honneur pour moi.

Seraient ainsi concentrées entre les mains de Jung Lu presque toutes les armées chinoises. Tseu-hi le regarda longuement, les larmes aux yeux.

– Par la faute du vice-roi Li, j'ai perdu mon fils unique, mais celui-ci m'est peut-être plus cher encore. Je te le confie, Jung Lu, veille sur lui. Il défie des hommes si ambitieux et si peu scrupuleux que je tremble à chaque instant pour lui, tout en admirant sa détermination.

– Certes, l'Empereur ne manque pas de courage. Par mesure de précaution, je suggère d'agir comme jadis, d'éloigner le général Tung Fu-hsiang de sa province du Gansu et de l'envoyer avec le prince Tuan le plus loin possible au sud de Pékin.

– Ainsi en sera-t-il.

Tseu-hi avait raison de s'inquiéter et de mettre en place tout autour de la capitale des armées capables de la défendre si jamais le prince Tuan se décidait à passer à l'action et à risquer un coup d'Etat. Elle reçut un mémoire de l'un des quatre grands conseillers restant, Kang I, et elle devinait que tous devaient trembler de perdre bientôt leur place. Il lui démontrait point par point que les « Renards Sauvages » n'étaient que des hérétiques, ce qui lui était un peu égal, et qu'ils étaient à leur insu manipulés par les Japonais, ce qui l'inquiétait beaucoup plus. Kang I l'informait aussi de la récente arrivée à Shanghai de ce jeune fou de Kang Ku-wei, comme toujours accompagné de son ami, le journaliste Liang Chi-chao. A nouveau, les deux garçons s'agitaient tant et plus, donnaient partout des interviews en exposant leur projet de monarchie constitutionnelle à la japonaise dans les principaux journaux de Shanghai. Tout cela n'était pas très nouveau.

Kuang Hsu se sentait pris par le temps. S'il voulait avoir quelques chances de voir aboutir ses réformes, il lui fallait frapper vite et partout à la fois. La tâche qu'il s'était assignée était immense, si vaste qu'il savait que, seul, il n'en viendrait jamais à bout. Aussi demanda-t-il à rencontrer des étudiants des *Ming-shih*. L'un surtout, un jeune homme de vingt-trois ans, un certain Tan Ssu-tung, lui plaisait beaucoup. Il s'était renseigné sur son sort. C'était le fils de l'ancien gouverneur de Hupeh, il avait donc reçu une éducation traditionnelle, tout en étant à présent un adepte des Renards Sauvages. Kuang Hsu le vit à plusieurs reprises en audience privée.

– Mon but, cher Tan, lui dit-il sans ambages, est de former un Conseil des réformes qui puisse m'aider à mettre par écrit et à exactement formuler tous les édits et décrets nécessaires. Parmi les autres étudiants que tu m'as présentés, j'en ai retenu trois qui me semblent brillants et capables : tes amis Yang Jui, Liu Kuang-ti et Lin Hsu. Que t'en semble ?

– Le choix est judicieux, Votre Majesté, et ce sera un très grand honneur pour nous. Tous, nous nous efforcerons d'être dignes de votre confiance.

– La tâche sera rude et peut-être même dangereuse. Car vous travaillerez en vous passant de l'avis du Grand Conseil, du ministère de la Censure et de l'académie de Hanlin. Sois sûr que de nombreuses personnes très puissantes ne seront guère de tes amis !

Tan Ssu-tung eut un grand sourire : la gageure l'exaltait doucement et il était reconnaissant à l'Empereur de prendre lui aussi de tels risques pour mener son pays vers la modernité.

– Je crois qu'il serait temps, Votre Majesté, de consulter aussi l'ambassadeur japonais qui va prochainement venir en Chine.

– J'ai bien l'intention de rencontrer le seigneur Ito Hirobumi dès son arrivée en Chine et d'écouter ses avis. Bien entendu, nul ne doit connaître mon projet, surtout pas le Conseil du Clan ou le Grand Conseil. Leurs membres ne comprendraient pas que je puisse recevoir en audience privée celui qui fut le Premier ministre du Japon durant la guerre sino-japonaise.

Kuang Hsu rêvait de parler avec celui qui avait su inciter son pays à sortir de l'ère des samouraïs pour en faire une grande nation à l'occidentale.

Le 11 septembre 1898, Ito Hirobumi arrivait dans le port de Tientsin, où le vice-roi Jung Lu – sa nomination dans le Chihli n'était pas encore effective – le recevait avec tous les honneurs dus à son rang et le conviait à un grand banquet. Ensuite, l'ancien Premier ministre japonais prit le train pour Pékin, où il fut accueilli par Li Hung-chang et bien sûr tous les membres du *Tsungli-yamen*. Le 14 septembre, l'Empereur recevait le général Yuan Shih-kai dont Jung Lu lui avait dit un tel bien pour discuter avec lui des réformes des armées. A l'issue de l'entretien, il le faisait vice-ministre de la Guerre. Quatre jours plus tard, avait lieu dans la Cité interdite l'audience publique prévue de si longue date entre l'Empereur et Ito Hirobumi. Y assistaient Tseu-hi, les membres du Grand Conseil et du Conseil du Clan.

Cachée derrière son rideau de gaze, Tseu-hi regardait avec curiosité cet homme de presque soixante ans, à la barbe et aux moustaches blanches, à allure de samouraï. C'était lui qui avait réussi la double gageure de restaurer l'autorité de son empereur au Japon, en même temps qu'il instituait un début de démocratie. Même s'il s'était affublé d'un ridicule costume trois-pièces à l'occidentale, il ne manquait pas d'allure. Il s'adressait avec respect et sans la moindre morgue à l'Empereur et aux princes. Avec un tact certain, il évitait d'évoquer l'écrasante victoire de son pays contre la Chine, mais soulignait au contraire le désir de son gouvernement d'entretenir dans l'avenir des relations amicales avec l'empire du Milieu.

Son fils avait avoué à Tseu-hi l'avoir déjà rencontré en secret et en audience privée deux jours plus tôt. Il lui avait même révélé que c'était le général Yuan Shih-kai qui avait été chargé d'organiser l'entretien. Or Tseu-hi n'était pas du tout sûre que ce secret eût été bien gardé. Jung Lu semblait revenir sur ses positions initiales et ne plus faire autant confiance que par le passé au général Yuan Shih-kai. Des rumeurs imprécises prétendaient que le général Yuan aurait trahi la confiance de l'Empereur et averti de cet entretien le prince Ching, le Grand Censeur Yang et Li Hung-chang, qui ne se consolait pas de n'être plus vice-roi du Chihli et s'acharnait par conséquent contre l'Empereur. Si les rumeurs étaient exactes et Jung Lu le craignait, il y avait gros à parier que ces quatre hommes avaient à leur tour mis dans la confidence le prince Tuan, son frère le duc Lan et le reste des principaux leaders des Têtes de Fer. Autant dire que tous ceux qui assistaient en ce moment à l'audience savaient déjà qu'il ne s'agissait pas de la première rencontre de Kuang Hsu et de Ito Hirobumi. Toujours ces trahisons, cette impossibilité de faire confiance à qui que ce fût... Tseu-hi se demandait avec angoisse d'où viendrait le prochain coup. Le pouvoir était décidément bien lourd à assurer et Kuang Hsu encore très jeune et naïf.

Le soir même, excédée par cette ambiance sournoise régnant dans la Cité interdite, elle était de retour dans son cher palais d'Eté. Ce fut alors que le Grand Eunuque Li Lien-ying vint l'avertir que Li Hung-chang et les membres les plus influents des Têtes de Fer demandaient audience pour le lendemain.

– La riposte n'a guère tardé, à ce qu'on dirait. Qu'en penses-tu, Li ?

– Je pense comme toi, Majesté, que l'Empereur est jeune et impétueux, qu'il va trop vite dans ses réformes. La présence de l'ancien Premier ministre japonais accentue les peurs déjà grandes des Têtes de Fer.

– Mais enfin, que vont-ils me demander ?

– A mon avis, ils voudront que tu reprennes la Régence.

– Qu'y gagneraient-ils ? Ils savent bien que j'ai toujours été en accord avec mon fils, sauf en ce qui concerne cette entrevue secrète, qui était bien sûr une folie.

– Tu es leur légitimité, Petite Orchidée.

Elle semblait si lasse qu'il en eut le cœur serré. A soixante-trois ans, c'était encore une femme émouvante. Dès qu'elle souriait, ce qu'elle ne faisait hélas pas assez souvent, on retrouvait en elle la jeune fille qui l'avait séduit pour toujours.

La députation que Tseu-hi reçut dans son pavillon près du lac – un lieu où elle se sentait préservée, enfin paisible – se composait comme elle l'avait craint des pires extrémistes des Têtes de Fer. Il y avait là le prince Tuan et le duc Lan, le Censeur Yang et Li Hung-chang qui semblait mener la députation. Comme c'était la coutume, ils avaient ensemble composé un mémoire que Li Hung-chang entreprit de lui commenter. Il commença par évoquer avec force détails l'assassinat par les Japonais de la reine Min à Séoul. L'affaire avait bien sûr ému Tseu-hi, qui s'était représenté maintes fois l'horrible fin de la reine. Pourtant ce rappel, qui planait au-dessus d'elle comme une menace, lui sembla de fort mauvais goût. De plus, elle avait du mal à surmonter l'aversion qu'elle nourrissait contre Li. Cet homme qui tentait de lui faire peur avec ses paroles doucereuses était sans doute l'assassin de son fils Tung Chih, ce qu'elle ne lui pardonnerait jamais.

Aussi lui coupa-t-elle sèchement la parole :

– Lis ce mémoire, je te prie, sans en passer une ligne et je te fais grâce de tes commentaires.

Li, vexé, s'inclina avec raideur et passa le mémoire au Censeur Yang qui en entreprit la lecture. Ce dernier commença par faire l'historique de ce qu'il nommait le « complot des *Ming-shih* », puis il énuméra longuement les griefs qu'il nourrissait à leur encontre, soulignant la dangereuse influence de ce Kang Ku-wei que l'Empereur n'avait pourtant vu qu'une seule et unique fois. Ensuite il évoqua le travail des quatre réformateurs, des jeunes étudiants inconséquents, auxquels Kuang Hsu avait confié des tâches en disproportion avec leurs compétences.

– Si l'on peut envisager certaines réformes, mais plus mesurées, plus pensées que les folies de ces jeunes gens, dit le Censeur, elles ne peuvent être entreprises que par les membres du Grand Conseil.

Tseu-hi se permit un petit rire fort insultant, faisant remarquer avec une ironie lourde :

– Le problème, précisément, Censeur Yang, est que le Grand Conseil comme le Conseil du Clan sont au moins d'accord entre eux pour s'opposer à toute réforme. Vous ne rêvez que de voir renaître l'ancienne gloire des Qing, quand nous étions un peuple de guerriers conquérants déferlant sur la Chine. Or ces temps-là ne sont plus, il faut vous résoudre à l'admettre. Il ne s'agit pas aujourd'hui d'entreprendre de nouvelles conquêtes, mais de maintenir difficilement la plus grande intégrité possible d'un empire si vaste qu'il nous échappe. Le progrès occidental est là, et cela il ne sert à rien de prétendre l'ignorer. Tout en conservant ce qui peut l'être de nos coutumes et traditions, il est indispensable d'aller de l'avant, de nous ouvrir au progrès technologique, de moderniser les structures de l'Empire. Mon fils a fait des tentatives généreuses en ce sens et vous tous, au lieu d'en être fiers et de l'épauler comme ce serait votre devoir, vous ne pensez qu'à lui nuire.

– Savez-vous, Majesté, répondit le Censeur Yang, que l'Empereur désire faire de l'ancien Premier ministre japonais Ito Hirobumi le Premier ministre de la Chine ?

Cette fois, le censeur Yang était allé trop loin dans la calomnie. Il le comprit en voyant soudain flamboyer de colère les yeux sombres de Tseu-hi. S'efforçant de se maîtriser en imposant à son visage de recouvrer son calme, elle dit d'une voix métallique, martelant bien ses mots :

– Si je comprends bien le sens de tes paroles fielleuses, Censeur Yang, tu oses accuser l'Empereur de haute trahison. Tu accuses un jeune homme que je connais depuis sa plus tendre enfance, mon neveu bien-aimé que j'ai élevé et chéri comme le fils que j'ai perdu, un homme intelligent et instruit, plein d'une immense bonne volonté, que je considère comme la réincarnation de mon infortuné Tung Chih. Tu l'accuses donc de pactiser avec une puissance qui nous a fait la guerre : le Japon. La réception officielle d'Ito Hirobumi était pourtant approuvée par les plus hautes instances du gouvernement. Nous n'avons pas tellement le choix des moyens, figure-toi, Censeur Yang, et vous tous qui venez me trouver aujourd'hui. Nous avons été vaincus à maintes reprises et la gloire des armées chinoises semble aujourd'hui fort compromise. Nous sommes donc bien forcés de composer en entretenant de bonnes relations avec nos ennemis de la veille. Que venez-vous tous tenter ici, sinon de faire de moi votre complice dans la destruction que vous projetez de mon fils ?

Tous avaient pâli durant la diatribe de l'impératrice douairière. Ils ne pensaient pas qu'elle réagirait ainsi et croyaient la trouver brisée, terrifiée, prête à céder à toutes leurs volontés. Or ils avaient devant eux une mère en furie bien décidée à protéger son enfant. Le Censeur Yang fit prudemment machine arrière en expliquant avec maladresse :

– Je ne voudrais pas que Votre Majesté puisse se méprendre sur la portée de mes paroles. Loin de moi l'idée d'accuser l'Empereur. Je voulais seulement dire que toutes ces rumeurs colportées, certes à tort, jusque dans les légations étrangères, reprises par la presse de Shanghai et de Pékin et dans tous les grands journaux européens sont fort alarmantes. Le complot contre notre intégrité, de l'empire du Japon comme de la Grande-Bretagne, me semble évident et n'est pas à sous-estimer. Nous ne demandons pas à Votre

Majesté de destituer son fils, notre empereur bien-aimé, mais seulement de reprendre la Régence jusqu'à ce que les événements se soient calmés.

Ainsi, les prévisions du Grand Eunuque étaient avérées. Il était exact que l'entrevue secrète de Kuang Hsu avec Ito Hirobumi avait été une grave erreur, de même que le fait d'avoir engagé comme réformateurs officiels ces quatre étudiants affiliés au mouvement des Renards Sauvages. Kuang Hsu avait manqué de prudence et prêté le flanc à des critiques qui n'étaient pas toutes injustifiées, ce qui n'était bien sûr pas une raison suffisante pour oser l'attaquer avec un tel manque de respect.

– Je note avec plaisir, Censeur Yang, que ton attachement à la personne sacrée de l'Empereur n'est pas en cause et que tes paroles ont dû en effet quelque peu dépasser ta pensée. S'il en était autrement, je n'aurais d'ailleurs plus rien à te dire. Je vais réfléchir à ta demande, mais je ne veux pas que l'on me presse ainsi et je défends absolument que l'on colporte des accusations mensongères contre mon fils bien-aimé.

L'entretien était achevé. La délégation se retira non sans une certaine inquiétude. Il était certain que la morgue de Li Hung-chang et la maladresse du Censeur Yang avaient fortement déplu à l'impératrice douairière.

Dans l'après-midi du même jour, Tseu-hi recevait trois télégrammes du vice-roi Jung Lu – il l'était enfin officiellement. Le premier télégramme l'informait de la présence à Tientsin d'une importante escadre navale anglaise et de sa progression jusqu'aux forts de Taku. Ainsi, le Censeur

Yang n'avait pas tout à fait fort, même si ses propos étaient outrés : la thèse d'un complot anglo-japonais décidé à profiter du mécontentement suscité par la vague des réformes pour renverser l'Empereur se confirmait. Dans le second, Jung Lu lui révélait l'arrivée à Pékin d'un aventurier du nom de Timothy Richard, probablement à la solde de la Grande-Bretagne, ami des *Ming-shih* et du journaliste chinois Liang Chi-chao, le grand ami de Kang Ku-wei. Dans le troisième, il se proposait de faire surveiller les agissements de ce Timothy Richard, qui allait probablement se répandre en calomnies diverses auprès des légations étrangères.

Un article signé du correspondant du *Times* à Pékin, George Morrison, qui interviewait Ito Hirobumi, acheva de désorienter Tseu-hi. Ito racontait sans vergogne l'entrevue privée qu'il avait eue avec le jeune empereur et donnait sévèrement son avis sur les réformes projetées, formulant entre autres critiques :

L'Empereur a fait sans doute des décrets à profusion, mais ils n'ont guère été suivis d'effets. Affirmer dans une ordonnance impériale que les divers officiers, de l'Armée ou du Gouvernement, doivent être vertueux, loyaux et incorruptibles ne suffit pas à transformer l'état d'esprit d'hommes corrompus depuis de nombreuses générations. La Chine doit réduire ses dépenses – ce qu'elle peut fort bien faire – et surtout limiter les sommes inouïes dont le montant s'élève à plus de trois mille pounds sterling par an allouées aux nombreux fonctionnaires mandchous dépendant de la Cour. Pour que ces réformes financières indispensables soient effectives, il faudrait que la Cour quitte Pékin. Rien n'est possible tant que l'Empereur demeure à Pékin.

Pour qui se prenait-il, cet Ito Hirobumi auquel Kuang Hsu avait naïvement accordé sa confiance, et que le gouvernement avait reçu avec honneur ? Il osait accuser publiquement l'administration et l'armée de corruption, il osait mettre en avant des sommes hautement fantaisistes, oubliant un peu vite que tout le gouvernement central était concentré à Pékin et que la vaste administration de l'Empire ne pouvait s'effectuer sans frais. Surtout, il osait avancer que l'Empereur devait quitter Pékin. La capitale était un symbole, celui de la légitimité de la dynastie des Qing succédant légalement à celle des Ming, celui de la continuité de l'Empire. C'était là enfin, ou du moins tout près, qu'étaient les sépultures des Ming comme des Qing. Aucun empereur régnant ne pouvait abandonner les sépultures de ses ancêtres auxquelles il était tenu de vouer un véritable culte. Or ce culte des morts était le fondement de la doctrine de Confucius. Même dans les familles les plus humbles, il y avait toujours un petit autel des ancêtres. Peut-être aussi qu'Ito Hirobumi, que Tseu-hi avait jugé respectueux de la personne de l'Empereur et modéré, n'avait rien dit de tel. Ce n'était pas la première fois qu'elle lisait de telles insanités sous la plume de ce George Morrison. Ce qui était préoccupant, c'était que ses articles étaient ensuite repris dans ceux des principaux journaux européens [1].

---

1. George Morrison, qui avait 36 ans à l'époque de ces événements, ne connaissait rien à la Chine lorsqu'il fut nommé correspondant du *Times*, ne parlait pas un mot de chinois et n'avait donc aucun moyen de contrôler la bonne foi de ses interprètes Pour faire du sensationnalisme à bon marché, il écrivit tout et n'importe quoi sur un pays

Même si Tseu-hi savait qu'elle allait blesser gravement Kuang Hsu pour le sauver, elle avait décidé de reprendre la Régence, ce qu'elle tint à lui annoncer avec ménagement. Elle fit le trajet jusqu'à Pékin et l'attendit dans l'habituel pavillon hors les murs où ils avaient accoutumé de travailler ensemble pour ne pas se trouver sans cesse épiés par les envoyés du Conseil du Clan ou du Grand Conseil.

– Mon cher fils, lui dit-elle quand il se fut assis près d'elle, je n'ai aucune critique à te faire. Je sais que tu as toujours agi avec désintérêt et générosité, pour le plus grand bien de l'Empire, mais tu connais comme moi les nouvelles, qui ne sont pas bonnes. La flotte anglaise nous menace à Tientsin, l'agitation japonaise a repris en Corée.

– J'aurais été manipulé, n'est-ce pas ? Du moins par Ito Hirobumi que j'admirais tant ?

– Peut-être pas directement par lui qui me semble un homme probe. Mais je crains fort que les agitateurs envoyés en Corée et en Chine par le nouveau Premier ministre japonais, Yamagata, affilié comme tu le sais à la société

---

et une civilisation dont il ne savait rien, se fiant entièrement aux assertions de Kang et de ses amis et colportant dans son journal les pires mensonges. Il fut d'ailleurs à l'origine de la diffusion dans la presse européenne des monstrueuses accusations propagées par Kang comme quoi Tseu-hi aurait assassiné le père de son fils, puis Tung Chih lui-même, Tseu-an et A-lu-te, qu'elle aurait emprisonné et torturé l'empereur Kuang Hsu, le droguant pour lui enlever toute volonté afin de régner à sa place. L'ennui est que beaucoup de ces calomnies propagées sans l'ombre d'une preuve courent toujours dans nombre de livres d'histoire et de guides sur la Chine.

secrète du Genyosha, un ramassis de forbans et d'assassins, aient largement exploité le fait que tu avais confiance en Ito Hirobumi pour fomenter des troubles et faire courir des bruits redoutables. Tu n'ignores pas que ton cousin, le prince Tuan, est prêt à tout, même à recourir à l'assassinat, pour prendre la Régence au nom de son fils.

– Et moi qui croyais qu'on m'aimait et qu'on me saurait gré de ces réformes que je faisais pour le bien de tous !

– Moi, je t'en sais gré, Kuang Hsu.

– Oui, et c'est ce qui m'importe le plus.

Lorsqu'il se jeta dans ses bras, en sanglotant sans parvenir à réprimer ses pleurs, c'était encore le petit garçon perdu qu'on avait affamé dans sa prime enfance, qui avait été si longtemps brimé qu'il en faisait des cauchemars et qui se sentait fort peu sûr de lui. A nouveau, il doutait de tout et d'abord de lui. Elle le berçait comme lorsqu'il était petit en lui disant et répétant :

– Tu as confiance en moi, n'est-ce pas, Kuang Hsu ? Tu sais que ce que je ferai sous la contrainte, ce sera uniquement pour te préserver, pour ménager l'avenir. Le Conseil du Clan est trop puissant pour nous. Il faut affecter de céder pour l'instant, il faut apaiser les rumeurs, calmer les esprits afin que la flotte anglaise se retire et que le Japon nous laisse en paix. Nous n'avons pas les moyens de soutenir une nouvelle guerre, ce serait un vrai désastre.

En un instant, Kuang Hsu avait perdu ses dernières illusions. De toute part, il se sentait environné par la trahison. Tous le trompaient, tous voulaient son trône et sa perte. Il n'y avait que Tseu-hi pour être toujours à ses côtés, rassurante et affectueuse, même s'il ne mesurait pas à quel point elle-même se sentait affectée par ces incessants complots, lassée de tout et d'abord de ce pouvoir qu'il lui faudrait de nouveau assumer.

– Que faut-il faire, mère, dois-je abdiquer ?

– Il ne saurait en être question. Il va falloir que je reprenne officiellement la Régence pour apaiser le Conseil du Clan et les Têtes de Fer, mais je l'exercerai en ton nom. Tu es toujours l'Empereur et nous continuerons comme par le passé à travailler ensemble dans ce pavillon du *Ying-tai* qui a vu naître tant de décrets emplis d'espoir. Tes réformes sont seulement ajournées, le temps qu'il faudra pour prévenir une révolution de palais. Nous allons rédiger ensemble un nouveau décret destiné à apaiser le Conseil du Clan.

– Je sais que vous agissez pour mon bien et celui de l'Empire.

Kuang Hsu avait pourtant l'air si triste, si accablé qu'elle en fut désolée. Or il n'y avait aucun moyen d'agir autrement, elle en avait abondamment discuté avec Li Lien-ying et Jung Lu, les deux seuls hommes en lesquels elle avait pleine confiance depuis la mort du prince Gong, qui lui manquait tant en cet instant tragique. Il fallait, par un décret énergique, tout arrêter, les calomnies comme les complots.

Et ce fut le décret du 21 septembre 1898, qui expliquait :

Les affaires de la Nation sont à présent dans une situation difficile et tout concourt à montrer que les Réformes doivent attendre. Moi, l'Empereur, après y avoir travaillé jour et nuit de toutes mes forces et avec tout le soin possible, je crains à présent d'avoir placé la barre trop haut. Dans le souci du plus grand bien de la Nation, j'ai toujours prié Sa Majesté l'Impé-

ratrice douairière de me conseiller gracieusement durant mon action et mon gouvernement et j'ai écouté ses avis, qui sont une assurance de la prospérité de tout l'Empire, des ministres et fonctionnaires comme du peuple.

Signer un tel décret, c'était déjà beaucoup pour Kuang Hsu, mais ce n'était pas encore assez. Pour contenter les Têtes de Fer, Tseu-hi l'avait bien compris, il fallait aussi condamner d'une façon formelle les Renards Sauvages et leurs agissements désordonnés. L'Empereur avait ainsi l'impression de trahir des amis très chers.

– Je ne peux signer cet autre décret, mère, j'aurais trop l'impression d'être coupable envers mes amis.

– Tes amis, l'étaient-ils vraiment ? Peut-être n'était-ce pas leur faute. Peut-être furent-ils eux aussi manipulés par les Japonais et les Anglais. Cependant, ils t'ont gravement nui en laissant entendre que tu avais partie liée avec les Japonais. Souviens-toi de ce qu'a prétendu Kang Ku-wei et sache qu'il a même tenté d'utiliser les hommes de main de la société secrète du Genyosha pour faire assassiner le vice-roi Jung Lu. Vois ces rapports, je ne voulais pas te le dire, mais toutes les preuves sont là.

Sans connaître exactement la nature des liens qui avaient uni sa mère à Jung Lu, Kuang Hsu savait combien elle avait besoin de son appui en ces heures difficiles. Tuer Jung Lu... Si les Renards Sauvages avaient réellement projeté de faire assassiner Jung Lu, ils ne méritaient plus de vivre. Il lut avec soin les rapports que lui montrait sa mère, puis il devint très pâle et s'écria avec colère :

– Qu'est-ce que ces folies ? Ce Kang Ku-wei ne fut

jamais ni mon ami ni mon conseiller. Je ne l'ai vu qu'une fois, je vous en donne ma parole.

– Je le sais, Kuang Hsu, mais lui prétend le contraire et c'est lui que l'on croit. Il dit même qu'il me connaît et m'accuse d'innombrables forfaitures. Vois cet article.

Elle lui tendit une coupure de presse d'un journal de Shanghai où étaient énumérés par le menu la liste des prétendus assassinats qu'elle avait perpétués. L'Empereur lut, puis éclata de rire, un rire sombre et désespéré, en disant à sa mère :

– Ainsi, ce fou de Kang ose raconter dans les détails la rage à votre encontre du défunt empereur Tung Chih lorsqu'il apprit la mort de son épouse, l'impératrice A-lu-te. Or Tung Chih était enterré depuis plusieurs mois lors du décès de l'Impératrice...

– Bien sûr, Kuang Hsu, c'est ainsi pourtant que se propage une rumeur... On n'y peut rien, personne ne vérifie rien, les dates ne concordent pas, mais qu'importe ? Pour le monde, je suis désormais la meurtrière de ma propre famille.

Elle aussi paraissait désespérée. Le jeune homme prit le décret rédigé par sa mère et, d'un geste rageur, y apposa sa signature à l'encre vermillon. Désormais, les Renards Sauvages, Kang Ku-wei et ses amis étaient déclarés hors la loi et passibles, n'importe où dans l'Empire, d'une arrestation.

Pendant trois jours entiers, l'Empereur fut si abattu qu'il ne voulut voir personne, refusa de rentrer dans la Cité interdite et dormit dans le pavillon proche des grandes murailles pourpres, érigé sur le lac de la Mer du Sud. Tseu-hi avait compris qu'il avait besoin de ce laps de temps pour se reprendre et elle respecta sa décision, faisant seulement discrètement surveiller le pavillon *Ying-tai* par les eunuques de Li Lien-ying pour être certaine qu'il ne serait pas attenté à ses jours ou que le prince Tuan n'en profiterait pas pour le faire assassiner.

Dès le 24 septembre, Tseu-hi se faisait à nouveau conduire au pavillon du lac de la Mer du Sud avec des fleurs, des musiciens, une collation somptueuse, tout ce qu'il fallait pour aider un jeune homme désespéré à reprendre goût à la vie. Elle avait même demandé à Perle, la concubine préférée de l'Empereur, de se rendre au *Yin-tai* sitôt qu'elle-même en serait repartie. Jung Lu lui avait appris quel rôle néfaste avait joué Sir Chang dans le complot, ayant à la fois des accointances avec les Têtes de Fer et les Renards Sauvages, excitant les inimitiés des uns et des autres, sans doute sur les ordres de l'ancien vice-roi Li, toujours lui, son mauvais ange. Elle avait donc décidé de l'arrestation de Sir Chang, ce que l'Empereur lui accorda bien volontiers. Le Conseil du Clan exigeait aussi l'arrestation des quatre réformateurs nommés par l'Empereur. Eux aussi s'étaient joués de lui, de cette amitié qu'il leur avait proposée si naïvement – il se sentait si seul, si amèrement privé d'amis... La mort dans l'âme, Kuang Hsu signa encore. Tseu-hi le força à absorber quelque nourriture et lui fit promettre de rentrer le soir même dans son palais de la Cité interdite avec Perle, la seule femme, hormis sa mère, à avoir quelque influence sur lui.

L'air absent, il signa le décret, mangea et but, promit de revenir dans cette Cité interdite qui, à présent, lui faisait horreur.

– Les travaux s'achèvent dans le pavillon voisin du mien, Kuang Hsu, je voulais t'en faire la surprise, mais viens t'y installer le plus vite possible. Je suis comme toi, j'abhorre le séjour dans la Cité interdite où il me semble être sans cesse épiée. Rejoins-moi au palais d'Eté.

Le 28 septembre, au ministère des Punitions, eurent lieu six exécutions sans jugement. Ainsi Tseu-hi en avait-elle décidé pour épargner Kuang Hsu et crever l'abcès le plus vite possible. Parmi ceux que l'on nommera ensuite les Six Martyrs des Cent Jours, il y avait Kang-jen, un jeune étudiant en médecine, frère de Kang Ku-wei, son grand ami Yang Shen-hsui et les quatre réformateurs auxquels l'Empereur avait fait confiance : Tan, Yang, Lin et Liu.

Un placard rédigé d'un ton assez embarrassé expliquait la hâte de ces exécutions sommaires :

De nombreux avis nous ont fait conclure qu'il fallait agir vite pour éviter une émeute. Nous avons procédé à une minutieuse enquête sur les buts des rebelles. Leur crime fut grand, sans précédent, et ils ne pouvaient espérer échapper au filet de la Loi. Si on les avait laissé parler, ils auraient tenté de retourner l'opinion à leur avantage. Ne pouvant attendre le rapport du ministère des Châtiments, nous avons décidé hier qu'ils devaient être immédiatement exécutés.

En prenant ce parti extrême, Tseu-hi entendait surtout prouver sa bonne volonté aux Têtes de Fer et empêcher une dangereuse confrontation entre extrémistes et modérés. Un procès public aurait révélé les nombreuses accointances existant entre Renards Sauvages et membres du *Tsungli-yamen* et conduit à l'arrestation de la plupart des *Ming-shih* de l'académie de Hanlin, ce dont elle ne voulait à aucun prix. Les six morts prévenaient un massacre...

Tout n'était pas gagné pour autant. Le général Tung Fu-hsiang était revenu avec son armée de brigands et sillonnait les rues de Pékin en folles cavalcades destinées à impressionner le gouvernement. Quant au prince Tun, il avait ordonné à ses troupes d'attaquer tous les étrangers qu'elles pourraient rencontrer. Même les légations étaient en danger.

Face à cette situation explosive, Tseu-hi ne pouvait faire moins que d'accepter la médiation des diplomates anglais et japonais demandant que l'on épargnât la vie de Sir Chang. Il fut déchu de ses titres, ses biens furent confisqués et il fut envoyé en exil dans le Sinkiang.

Pour achever de calmer les esprits, Tseu-hi, dans un édit du 16 novembre 1898, précisait ses positions :

Les lois et institutions qui avaient été promulguées n'étaient pas mauvaises en elles-mêmes, mais en raison d'un certain nombre de carences, il fallut les modifier et différer l'application de certaines. Jour et nuit, je travaille dur au palais d'Eté en ce sens, m'efforçant de surmonter ma fatigue. Même si le système des douanes et les systèmes de Gouvernement des pays occidentaux diffèrent beaucoup des nôtres, certaines de leurs méthodes et techniques seraient susceptibles d'aider la Chine à parvenir à plus de force et de prospérité. Si nous sommes capables de faire la part des réformes judicieuses et pouvons les mettre une à une en application, nous pourrons atteindre promptement les résultats souhaités. Si l'on n'y parvient pas, que personne n'aille faussement interpréter nos intentions en imaginant que le Gouvernement a décidé de suivre les voies d'autrefois et n'est plus concerné par les plans de modernisation. Ce serait entièrement contraire à nos intentions qui sont de mettre en place une bonne administration.

Par cet édit, Tseu-hi entendait affirmer à nouveau qu'elle n'avait jamais désavoué l'Empereur. Elle ne renonçait pas aux réformes qu'il avait tenté de mettre en place, mais prenait le temps nécessaire pour bien les préparer. Elle rassurait ainsi et les puissances occidentales et les Têtes de Fer. Au fond d'elle-même pourtant, elle enrageait : à nouveau, celui qui tirait le meilleur profit de tous ces troubles était encore et toujours ce détestable Li Hung-chang. Il s'était à la fois vengé de l'Empereur qui lui avait fait perdre la face en lui retirant sa charge de vice-roi et il s'était débarrassé des Têtes de Fer qui risquaient d'entraver ses lucratives et troubles affaires. Tseu-hi, rétablie sur le trône, assurait la stabilité dont il avait besoin pour continuer d'étendre son prodigieux empire financier, elle en était pleinement consciente sans rien pouvoir contre lui.

Pendant ce temps, les pires bruits continuaient de courir dans les légations de Pékin et surtout à Shanghai et à Hong Kong où Kang Ku-wei et ses amis, réfugiés dans les consulats anglais, se répandaient en propos fantaisistes contre l'impératrice douairière, affirmant même que l'Empereur était en danger et qu'elle comptait le faire assassiner. Dans une interview donnée au *China Mail* de Hong Kong, Kang ne craignait pas d'affirmer :

Depuis que l'Empereur a commencé à montrer son intérêt pour les affaires de l'Etat, l'Impératrice a ourdi sa déposition. Tandis qu'elle joue aux cartes avec lui, elle lui fait absorber des boissons droguées pour l'empêcher de participer aux affaires de l'Empire. Durant ces deux dernières années, l'Empereur a été le principal opposant à ses souhaits.

Nous savons tous que l'Impératrice est aussi illettrée que conservatrice, qu'elle refusait de donner le pouvoir à l'Empereur. En 1887, elle décida de détourner du Trésor trente millions de taëls *d'argent destinés à doter la Chine d'une vraie marine et s'appropria cet argent pour restaurer son repaire, le palais d'Eté. Elle n'a jamais vu personne de l'extérieur. Seuls quelques eunuques et quelques ministres ont affaire à elle. Il y a au palais un eunuque ayant pratiquement plus de pouvoirs que n'importe quel ministre. Il se nomme Li Lien-ying et est originaire du Chihli. Rien ne peut être fait sans son approbation. Tous les vice-rois sont nommés par lui qui a un pouvoir immense, plus grand même que celui de Li Hung-chang.*

La prétendue Impératrice a eu un fils illégitime appelé Ching-ming, qu'elle prétend asseoir sur le trône. Comment votre honorable pays peut-il traiter avec une usurpatrice violente et meurtrière, qui dépose le souverain et usurpe le trône ?

Maintenant, avec la complicité des traîtres à l'Etat, Tseu-hi retient l'Empereur prisonnier dans un endroit secret pour lui dérober le trône, alléguant du fait qu'elle est régente. Tous les lettrés de mon pays sont enragés à l'idée qu'une simple concubine impériale puisse séquestrer l'Empereur. Elle a fait saisir l'argent des compagnies étrangères pour se faire construire à Tientsin un palais secret où elle puisse assouvir en paix ses désirs libidineux. Elle se moque de la dégradation de l'Etat comme de la misère du peuple.

Tseu-hi n'était bien sûr jamais allée à Tientsin... Cette interview contenait un tel ramassis d'inepties que lorsqu'un de ses espions donna le journal au vice-roi Jung Lu, son premier réflexe fut de déchirer l'article mensonger. Puis il le reprit. Il fallait enfin empêcher ce Kang Ku-wei de nuire au trône et à l'Impératrice qu'il prétendait bien connaître, mais n'avait en fait jamais rencontrée. Soit, il souffrait de l'exécution de son frère et souhaitait venger sa mort. Pourtant, on ne pouvait laisser les calomnies se répandre ainsi. Jung Lu ne le devinait que trop, à Hong Kong comme à Shanghai ou à Pékin, les étrangers trop crédules et qui ne savaient presque rien de la vie de l'impératrice douairière ou de celle de l'Empereur risquaient de se poser bien des questions.

Il fit donc promptement porter par un messager sûr l'article mensonger à Tseu-hi en lui recommandant de dissiper à tout prix la rumeur. La solution qu'il lui proposait était de faire examiner Kuang Hsu par un médecin étranger qui pourrait attester de la santé de l'Empereur et prouver qu'il n'était ni torturé ni emprisonné.

Ce fut à Li Lien-ying que le messager apporta la lettre de Jung Lu. Il alla immédiatement la remettre à l'impératrice douairière Elle lut avec stupéfaction l'article à haute voix :

– Si moi je suis dépeinte comme une meurtrière assoiffée de sang, te voici célèbre, mon cher Li, pas de la meilleure façon, mais enfin...

Cet article l'écœurait en même temps qu'il lui donnait assez envie de rire. Ce n'était pas croyable que les étrangers en poste en Chine pussent ajouter foi à de telles sottises.

– Tout est hélas possible, Petite Orchidée. L'idée de Jung Lu n'est pas mauvaise.

– Je t'avoue qu'elle me rassurerait même. Depuis l'échec de ses réformes, l'Empereur est dans un état de prostration qui me désole. Il ne mange presque plus, fume beaucoup trop de cigarettes occidentales, ce qui vaut mieux que l'opium, je te l'accorde. Lui qui n'a jamais beaucoup honoré l'Impératrice et ses concubines mais voyait toujours Perle avec plaisir n'a même plus de goût pour elle... Demande à « notre » Hart[1] de m'envoyer aussitôt le meilleur médecin des légations, surtout quelqu'un de discret.

– Tu comptes donc faire examiner l'Empereur par un Barbare ? dit le Grand Eunuque en riant doucement. Tu sais bien que le *Li* l'interdit.

– Je crois que je m'en moque.

Le médecin recommandé par Robert Hart, le docteur Dethève, était un Français. Robert Hart avait eu trois enfants d'Ayaou, la concubine chinoise qu'il chérissait. Ces enfants, Anna, Herbert et Arthur, avaient toujours été admirablement soignés par ce médecin, spécialiste en la matière. Pour le jeune empereur, il n'en fallait pas d'autre.

Tseu-hi tint à avertir Kuang Hsu de cette visite et de la nécessité de la garder secrète. Elle lui demanda si cela ne le gênait pas d'évoquer des problèmes intimes avec un Barbare, mais le jeune homme admirait au contraire la science occidentale et avait plus confiance en la médecine rationnelle qu'en la magie des lamas. D'ailleurs, il avait

1. C'était en effet ainsi que Tseu-hi avait désormais l'habitude de nommer affectueusement Robert Hart, qu'elle ne rencontra que bien plus tard, en violant encore une fois toutes les règles du *Li*.

autrefois appris l'anglais avec deux étudiants du collège Tung-wen recommandés par le révérend père Martin, le traducteur attitré du prince Gong. Il était impatient de voir s'il n'avait pas oublié ses connaissances avec un Français qui parlait bien anglais. Pourtant, il demanda timidement à Tseu-hi :

– Pourriez-vous être présente lors de l'examen ?

– Bien sûr, si cela ne te gêne pas.

– Je n'ai pas de secret pour celle qui m'a arraché à la misère de mon enfance.

Depuis l'échec de ces réformes qui lui avaient tant tenu à cœur, Kuang Hsu avait désespérément besoin de la tendresse de sa mère adoptive. Tseu-hi le serra dans ses bras.

Le docteur Dethève fut impressionné par le bon accent et la mémoire du jeune empereur. En revanche, le problème des pollutions l'ennuyait. Il trouva que Kuang Hsu ne dormait pas et ne mangeait pas assez. Il fallait une nourriture plus fortifiante, des légumes frais, de la viande et du poisson. A la fin de l'examen, il prit Tseu-hi à part et lui dit avec embarras :

– Ces dérèglements de la sexualité de Sa Majesté me font craindre l'impuissance. J'espère que le régime que je préconise aidera la nature à se rétablir. L'Empereur doit aussi absorber des fortifiants. Je vous laisse ces vitamines à lui faire avaler chaque matin [1]. Il lui faut boire beaucoup de lait, au moins trois litres par jour. Sa digestion n'est pas

1. Il y eut un rapport médical concernant l'Empereur, fait par ce médecin français, publié cette année-là dans ses grandes lignes dans *La Gazette de Pékin* pour dissiper tous les bruits fantaisistes qui avaient couru.

bonne, il vomit souvent, a des sensations de froid dans les jambes et les genoux. Tous ces symptômes me font penser à des lésions rénales que l'on nomme chez nous « néphrite ». Cette néphrite empêche les reins d'assurer leur habituelle fonction de filtres et le sang finit par s'empoisonner. Le lait comme la digitaline aideront les reins à mieux fonctionner. Lorsque Sa Majesté souffre trop, on peut calmer le mal grâce à des massages ou à l'application de ventouses dans les régions douloureuses.

– Sa vie est-elle en danger ?

– Pas le moins du monde dans l'immédiat, mais il faut absolument que Sa Majesté mène une vie plus saine, fume moins, lise moins et dorme plus. Monter à cheval et pratiquer à nouveau les arts martiaux ne serait pas mauvais non plus.

– Puis-je espérer que l'Empereur me donne un jour un petit-fils ?

– Quand Sa Majesté pourra contrôler ses éjaculations, signe certain d'une constitution trop faible, tout sera possible.

La venue d'un héritier au trône du Dragon aurait en effet été souhaitable. Elle aurait conforté la position de Kuang Hsu, assuré la continuité du pouvoir et l'aurait arraché à son insupportable mélancolie, lui qui aimait tant les enfants et souffrait de ne pas en avoir.

Surtout, le docteur Dethève, qui avait remarqué les étroites relations existant entre l'Empereur et sa mère adoptive, ne manqua pas de dire et répéter en ville que tous deux s'entendaient le mieux du monde, que l'Empereur n'était ni séquestré ni torturé par sa mère, qu'il jouissait au contraire de toutes les attentions de l'impératrice douairière et que, si sa santé n'était pas entièrement satisfaisante, elle pouvait du moins beaucoup s'améliorer.

Son entretien avec le docteur Dethève avait appris à Tseu-hi qu'il était plus que temps, pour elle, afin de stopper les rumeurs scandaleuses ayant cours dans la presse à son sujet, de rompre l'isolement auquel la condamnait la si stricte étiquette de la Cour. Déjà, en mai 1898, elle avait tenu à recevoir avec l'Empereur le prince Henri de Prusse, frère du Kaiser et petit-fils de cette reine Victoria qui la fascinait tant. Pour le prince prussien, au contraire de ce qui avait été organisé lors de la réception de Ito, elle ne s'était pas tenue derrière l'immuable rideau de gaze qui lui permettait de tout voir sans être vue, elle s'était assise sur un trône installé juste un peu plus haut que celui de l'Empereur, puisqu'elle exerçait la Régence.

Tseu-hi avait décidé de renouveler l'expérience, cette fois de façon plus intime et plus privée en se moquant de ce que pourraient dire les membres du Conseil du Clan et, surtout, les très puissants princes Tun et Tuan. Elle convia à une vraie *party*, comme auraient dit les Anglais, toutes les femmes des diplomates des légations. Elle ne les recevrait pas dans la Cité interdite, ce qui aurait été une entorse un peu vive aux règles du *Li*, mais dans le palais d'Hiver situé juste à côté des murailles pourpres. Il y aurait là toutes les épouses des représentants de Grande-Bretagne, de Russie, d'Allemagne, de France, de Hollande, d'Amérique et du Japon.

Comme une jeune femme organisant sa première réception importante, Tseu-hi s'amusa comme une folle à en régler les moindres détails avec son Grand Eunuque, Li

Lien-ying. Il fallait bien sûr que le décor fût fastueux, sans toutefois paraître figé dans le passé. On devait honorer puis distraire les invitées. Il fallait surtout leur laisser l'impression d'un grand honneur qui leur était fait en même temps que d'une chaleureuse convivialité. Tout serait parfait, minutieusement supervisé par Li et ses eunuques. Les plats servis au déjeuner seraient copieux et raffinés, mais Tseu-hi préférait que l'on renonçât à la pompe chinoise supposée en pareille circonstance de proposer une centaine de plats servis en d'infimes quantités. Surtout, elle recommanda bien d'éviter ce qui pourrait surprendre ou heurter un palais occidental. Le spectacle qu'elle offrirait à ses invitées ne pouvait être l'un des interminables opéras de Pékin qu'elle affectionnait tant, mais qui serait demeuré incompréhensible à quelqu'un ne maîtrisant pas parfaitement le chinois. Or la plupart de ces dames en savaient à peine quelques mots, ceux qui étaient indispensables pour entretenir un semblant de dialogue avec leur domesticité.

La date fut arrêtée au 13 décembre 1898. Les Occidentales ne se levant pas aussi tôt que les Mandchoues n'auraient guère aimé être conviées à cinq heures du matin, heure des premières audiences. On décida donc que le rendez-vous serait fixé à dix heures à la légation britannique, ce qui sembla déjà bien tôt aux dames. Les principaux dignitaires du *Tsungli-yamen* dont les noms étaient familiers à ces épouses de diplomates iraient les y attendre. Des voitures les mèneraient ensuite jusqu'au palais d'Hiver.

Les dames avaient revêtu leurs grandes toilettes, celles alors en vogue parmi les élégantes de la Belle Epoque. Elles portaient toutes de volumineux chapeaux fort froufroutants, exception faite, bien sûr, des Japonaises arborant chignons, kimonos et obis. Comme d'habitude, la plus belle, celle qui se remarquait de prime abord par son élégance et sa vivacité, était lady Ethel MacDonald, qui rayonnait et se promettait de garder en mémoire la moindre minute de cette précieuse *party* pour la conter fidèlement dans son journal intime et peut-être, pourquoi pas, la publier un jour dans un magazine [1].

Pour faire patienter ses hôtes jusqu'au déjeuner, Tseu-hi, qui s'était enquise des coutumes occidentales, avait fait servir un thé dans la meilleure tradition dans une première salle d'apparat. Chacune n'avait d'yeux que pour les deux portes fermées donnant accès à la salle du trône. Ce serait là que les recevraient cette mystérieuse impératrice douairière – dont certains journalistes occidentaux avaient fait un monstre sanguinaire ne se plaisant que dans le sang et la débauche, un dragon femelle de la pire espèce – et son fils adoptif. On avait en effet affirmé que l'Empereur serait présent, ce qui démentirait les bruits courant sur sa prétendue séquestration – mais le docteur Dethève avait déjà largement contribué à dissiper la rumeur. Ce que ces dames auraient eu plutôt à reprocher à la légation française aurait été de ne pas avoir gardé le secret médical. On ne savait ce qu'il s'était passé, mais enfin, toutes les légations avaient reçu une copie du dossier de l'Empereur, ce que les dames jugeaient assez choquant. Le secret médical avait été violé. Elles se demandaient donc si elles verraient un grand infirme au visage douloureux ou même si sa maladie l'empêcherait finalement de venir.

1. Lady MacDonald publia en effet le récit minutieux de cette *party* en avril 1901, dans l'*Empire Review*.

Enfin, les portes s'ouvrirent. Li Lien-ying, en parfait maître de cérémonies, fit lentement passer les dames, comprimées par leurs corsets, dans la salle du trône. Il n'y avait guère de meubles, juste par terre un affreux tapis européen – Li ne s'était pas montré très habile sur ce choix –, de beaux paravents sculptés, une table chargée de pyramides de fleurs et de fruits derrière laquelle Tseu-hi était assise. Elle avait renoncé au trône qui aurait fait trop solennel pour une simple *party*. A ses côtés se tenait l'Empereur, debout près d'elle.

C'était au prince Ching, membre du *Tsungli-yamen*, que devait d'abord s'adresser la révérence de chacune des dames, tandis que Li Lien-ying énumérait ses noms et qualités. Le prince la présentait ensuite à l'impératrice douairière, puis à l'Empereur. Toutes les femmes de la famille impériale étaient également là. Il y avait la jeune impératrice flanquée des deux concubines impériales dont Perle était la plus belle. Il y avait aussi les plus jolies des dames de cour, toutes en grandes robes de soie chatoyantes, arborant des coiffures compliquées et des bijoux somptueux. Elles formaient à l'arrière-plan un ravissant parterre coloré.

A chaque femme, Tseu-hi adressait un petit compliment en chinois que traduisait aussitôt un interprète. Elle souriait beaucoup. Sa belle voix mélodieuse, un peu sourde, lui ouvrit tous les cœurs. De l'avis de lady Ethel et des autres femmes présentes à la réception, « l'impératrice douairière semblait une femme d'une grande force de caractère, certainement très intelligente et gentille ». Quand les dames s'inclinaient devant l'Empereur, il leur tendait la main pour leur offrir un petit écrin de soie, jaune bien sûr. L'écrin contenait un gros anneau d'or sur lequel était montée une perle de la plus belle eau, souvenir assez somptueux d'une journée commençant fort bien. On s'attendait à se trouver en présence d'une femme altière et odieuse. Celles qui croyaient encore à la réalité des crimes décrits convinrent ensuite que ce n'étaient que calomnies. Tseu-hi se donnait beaucoup de mal pour leur plaire et déployait tout son charme pour les mettre à l'aise. Son sourire illuminait un visage d'ordinaire plutôt mélancolique.

Quant à l'Empereur, il était sans doute trop maigre, mais ce n'était pas non plus l'infirme qu'on s'était représenté. Il avait un beau visage aux traits fins et harmonieux et chaque dame, embarrassée d'en savoir si long sur ses problèmes les plus intimes, le considérait avec amitié. Il était si jeune encore !

Il y eut ensuite un grand banquet auquel ne participèrent ni l'impératrice douairière ni l'Empereur ni la famille impériale – qui ne doivent jamais manger en public. Cinq dames de cour étaient là pour jouer les hôtesses et mettre les femmes en confiance. Les mets que l'on avait choisis fort simples – poulet, canard laqué, œufs, nouilles grillées et riz assorti de condiments de toute sorte, légumes finement hachés – furent très appréciés. Il y eut ensuite une kyrielle de fruits délicieux. Le prince Ching réapparut à la fin du banquet pour conduire l'assemblée dans une salle de théâtre. Là, durant une heure mais pas plus – Tseu-hi avait recommandé de ne dépasser en aucun cas ce laps de temps –, les meilleurs acteurs de l'Opéra de Pékin donnèrent quelques échantillons de leur répertoire. On avait surtout opté pour les chants, les danses, les acrobaties, les jongleries et les combats figurés. Les dames des légations étaient émerveillées.

Puis Tseu-hi leur offrit à nouveau le thé. Pour montrer en quelle estime elle tenait ces femmes qui avaient bien voulu surmonter leurs préjugés pour venir à sa réception, elle prit le soin de tremper ses lèvres dans chacune des tasses, leur tendant ensuite la partie qu'elle n'avait pas touchée. Cela surprit quelque peu les dames, mais elles furent enchantées d'apprendre qu'il s'agissait là d'un honneur sans précédent. Enfin, tout le monde se quitta, ravi de cette belle journée. Les femmes ne tarissaient pas d'éloges sur Tseu-hi et le jeune empereur qui semblait si proche de sa mère adoptive.

On commença, dans les légations de Pékin, à mettre sérieusement en doute les diffamations de George Morrison et les articles que signait aussi dans le *Times* son grand ami, Edmund Backhouse, un intime de lord Douglas, le scandaleux amant d'Oscar Wilde[1].

---

1. Edmund Backhouse avait passé à Oxford un an au Merton College dont lord Alfred Douglas était aussi un élève et qu'Oscar Wilde visitait donc avec assiduité. Avec son collègue Bland, qui ne chercha à vérifier aucune de ses affirmations, il écrivit deux biographies consacrées à Tseu-hi et hautement fantaisistes. Alors qu'il était un homosexuel notoire, Edmund Backhouse alla même jusqu'à prétendre avoir été l'amant de l'impératrice douairière avec laquelle il aurait eu une correspondance très privée, par malheur volée ! Lui qui ne l'avait jamais rencontrée osa écrire : « Ma relation privée avec Tseu-hi commença en 1902 et se poursuivit jusqu'à sa mort. De ma secrète liaison avec l'Impératrice, j'ai gardé jusqu'à sa fin une inhabituelle proximité avec elle, possédant de nombreuses notes et messages que m'avait adressés Sa Majesté, mais j'ai par malheur perdu ces manuscrits et papiers. » On se doute qu'il n'avait rien à montrer... Pourtant, aujourd'hui encore, bien des historiens se fondent sur les biographies de Backhouse et Bland...

Tseu-hi n'eut pas beaucoup le temps de jouir de la paix retrouvée, du trône de son fils sauvé. Une nouvelle province s'agitait à son tour. Il s'agissait cette fois du Shantung, au sud-est du Chihli. Cette région baignée par les eaux du fleuve Jaune et plus souvent qu'à son tour ravagée par ses crues, même si l'on avait tenté de canaliser son flux par un ensemble d'écluses, était aussi pauvre que surpeuplée. On comptait là près de quatre cents millions d'habitants qui, pour la plupart, n'avaient jamais vu un Blanc jusqu'à l'arrivée de trois cents missionnaires, des Allemands pour la plupart. En quelques années, ils avaient fait environ six mille convertis, mais leur défendaient absolument de se mêler aux autres Chinois, de participer aux fêtes des villages, d'honorer leurs ancêtres comme l'avait commandé jadis Confucius. Ces nouveaux convertis vivaient donc à part de leurs anciens concitoyens et les pires bruits couraient stupidement sur les missionnaires et leurs ouailles. On disait qu'ils initiaient dès leur plus jeune âge les petits enfants à la sodomie, qu'ils arrachaient les yeux des bébés pour fabriquer leurs médicaments, que les missions n'étaient que des lieux de luxure. La seule vérité dans ce fatras d'inepties était que les pères donnaient sans discernement le droit d'asile à n'importe qui et que n'importe quel brigand dont la tête était mise à prix cherchait refuge dans les missions. Cette imprudence, ou cette légèreté, des pères n'avait pas peu contribué à la mauvaise renommée des missions.

La pauvreté, les désastres de la guerre sino-japonaise, le chômage massif occasionné par les nouveaux modes de transports occidentaux, trains et bateaux à aubes, les ravages opérés par les troupes de brigands, tout se liguait pour mettre en ébullition l'esprit de paysans qui ne savaient comment nourrir leurs trop nombreuses familles. Pour résister aux bandes armées, bien des villages s'étaient organisés en groupes d'autodéfense et s'étaient donné le nom de « Longues Epées ». Une dizaine de missions furent détruites et brûlées par ces groupes.

Le gouverneur de la province du Shantung, Li Pingheng, veillait à ce que les troubles ne dépassent pas les limites du raisonnable, mais il ne voyait pas lui-même d'un très bon œil l'installation des missionnaires dans sa province et leur étroitesse de vues. Pour eux, il n'y avait rien de bon dans les religions ou les coutumes chinoises. Tout cet obscurantisme était à proscrire chez leurs nouveaux convertis. Une affaire, pourtant, était en train de prendre beaucoup plus d'ampleur qu'il ne l'aurait voulu, car c'était un gouverneur intègre et fidèle à l'Empire, qui ne voulait que son bien. Un prêtre allemand en particulier se montra tout à fait odieux. Brutal et arrogant, il ne respectait rien des croyances villageoises et alla jusqu'à détruire publiquement les tablettes des ancêtres d'une bourgade, outrage sans précédent... Ce George Stenz devint alors la cible des Longues Epées, qui décidèrent sa mort. Or ce ne fut pas lui que l'on tua, mais deux autres prêtres innocents qui résidaient chez lui en son absence...

Le représentant allemand résidant à Pékin, le baron von Heyking, trouva là le moyen de rouvrir les hostilités avec la Chine. Jaloux des prérogatives obtenues par les Anglais durant les guerres successives de l'Opium, puisqu'ils tenaient Shanghai et Hong Kong alors que son pays n'avait pas grand-chose, il prit prétexte de ces deux meurtres malencontreux pour demander à Tseu-hi des réparations exorbitantes.

L'impératrice douairière retournait entre ses mains fines, aux ongles protégés par les doigtiers de jade et d'or, la réclamation que lui adressait le baron von Heyking. Elle n'en croyait pas ses yeux. L'Empire avait déjà exprimé ses regrets pour la mort de ces deux prêtres, assurant que les assassins seraient retrouvés puis châtiés. Or l'Allemagne, loin de s'en contenter, réclamait en contrepartie le droit d'installer un train et de forer les mines de fer et de plomb du Shantung, le droit de construire un port à Kiachow et six mille *taëls* d'argent de dommages pour les familles des deux missionnaires trucidés. Tant de bruit pour deux morts... Tous les prétextes seraient donc bons pour dépecer lentement la Chine, pour lui voler ses richesses. Or le Kaiser avait envoyé un escadron naval dans la baie de Kiachow et il fallait bien, toujours et encore, céder ou du moins gagner du temps. Il semblait à Tseu-hi que son règne n'était marqué que par d'épuisantes tentatives pour calmer les exigences des uns et des autres.

Bien sûr, Li Ping-heng fut exilé loin dans l'Ouest, les Allemands l'exigeaient, mais comme Tseu-hi appréciait la droiture et l'honnêteté de ce vieux soldat qui avait toujours bien servi l'Empire, elle le nomma vice-roi du Szechwan. C'était une belle promotion lui évitant de perdre la face. Ce fut son adjoint Yu Hsien qui fut nommé à sa place gouverneur du Shantung.

Yu Hsien se donna tant de mal pour traquer les Longues

Epées – il redoutait beaucoup que leur mouvement ne prît de l'ampleur – qu'il en négligea de surveiller comme il l'aurait dû les écluses du fleuve Jaune. Les inondations de l'été 1898 furent sans précédent. Il y eut des milliers de morts. Un million de paysans privés de toit furent jetés sur les routes. Bien sûr, pour l'opinion chinoise, les missionnaires et leur maudite religion ayant mécontenté le Ciel étaient les seuls responsables de toute cette misère. Les dieux chinois n'aimaient guère ceux des pères blancs et le faisaient savoir à leur manière...

Bien des paysans qui n'avaient plus de terres, plus de maison, plus de famille prirent alors du service parmi les troupes errantes des Longues Epées. En dépit des efforts du gouverneur Yu Hsien, le mouvement peu à peu s'affirmait. Des instructeurs itinérants enseignaient à qui voulait se battre la pratique des arts martiaux et de la magie. Le shamanisme prétendait rendre invulnérables ces guerriers d'un nouveau genre qui prirent bientôt le nom de « Boxers ». Les bandes armées, de plus en plus fortes et bien équipées, étaient encouragées de Pékin par les Têtes de Fer qui n'avaient toujours pas changé d'avis et pensaient que tous les maux de la Chine venaient des étrangers. Il fallait donc chasser les missionnaires du Shantung et, d'une manière générale, tous les étrangers de Chine. N'avaient-ils pas pourri l'Empire avec leur sale opium, leurs trafics immondes ? La corruption, le jeu et la prostitution régnaient désormais en maîtres à Shanghai, Canton et Hong Kong, les principaux ports qu'ils avaient souillés de leur vil argent.

Devant cette ultime menace, Tseu-hi voulut réagir vite et fort afin de calmer au plus vite l'agitation naissant dans les légations. Elle convoqua les membres du *Tsungli-yamen*, leur expliqua la gravité de la situation et les chargea de liquider au plus vite le mouvement. Ils envoyèrent dans le Shantung le général Yuan Shih-kai et son armée. Le général traqua les troupes des Boxers dans toute la province et l'on crut bientôt le calme revenu.

Pourtant, à la fin du mois de décembre 1899, une bande rescapée attaqua près de la bourgade de Pingyin le révérend S.M. Brooks qui s'en revenait dans sa ville après avoir visité ses missions. Les Boxers le massacrèrent et exposèrent sa tête coupée sur les murailles de Pingyin. Aussitôt, les protestations de tous les diplomates de Pékin se mirent à pleuvoir sur Tseu-hi. C'était absurde de lancer ainsi des missionnaires ignorant tout de la Chine dans l'une des provinces les plus démunies de l'Empire et d'exiger d'elle qu'elle assurât en plus leur sécurité, mais enfin, c'était ainsi. Elle ne pouvait, une fois encore, que s'efforcer de calmer les esprits et de prouver sa bonne volonté et ses efforts pour mettre fin au mouvement.

Le 11 janvier 1900, elle fit donc éditer le décret suivant :

Récemment, dans bien des provinces de l'Empire, le brigandage est devenu chaque jour plus important et les cas de missionnaires molestés ou tués ont hélas été nombreux. On met beaucoup en cause l'existence de Sociétés Secrètes en demandant leur suppression et leur punition. Or ces sociétés sont de différentes sortes. Quand il s'agit de vagabonds misérables formés en bandes armées pour survivre, la Loi ne peut rien contre eux. D'un autre côté, lorsque des personnes pacifiques et respectueuses des lois sont agressées, pour leur sécurité et celle de leurs familles, il faut en effet organiser une aide et une défense mutuelle.

Dans ce décret, Tseu-hi cultivait à plaisir l'ambiguïté, mais elle n'avait pas le cœur d'ordonner la destruction massive de toutes les bandes armées jetées sur les chemins par une misère grandissante à laquelle les Occidentaux avaient si largement contribué. Surtout, elle n'osait contrer de front le prince Tuan et le duc Lan, toujours eux, qui s'intéressaient de fort près au mouvement des Boxers. Ne lui avaient-ils pas dit lors d'une audience privée :

– Pourquoi, Votre Majesté, ne pas considérer que les Boxers sont envoyés par le Ciel pour aidcr la Chine à se débarrasser enfin de ces étrangers indésirables et haïs ?

Il y avait une menace à peine déguisée dans leurs propos. Tseu-hi, une fois encore, fut déchirée entre son désir de ne pas déplaire aux diplomates des légations étrangères et les souhaits des Têtes de Fer, qui étaient toutes-puissantes au siège du gouvernement et n'avaient toujours pas désarmé dans leur désir de chasser les Occidentaux de Chine. A Pékin même, on comptait environ cinq cents étrangers, surtout répartis dans les onze légations de l'Allemagne, l'Autriche-Hongrie, la Belgique, la Grande-Bretagne, l'Espagne, la France, la Hollande, l'Italie, le Japon, la Russie et les Etats-Unis. Quant aux Têtes de Fer, elles contrôlaient à présent la gendarmerie de Pékin, les ministères des Châtiments, des Revenus, des Cérémonies et nombre de Grands Secrétaires et de Grands Conseillers.

8

Le premier incident éclata de façon stupide à Laishui, une bourgade de la région de Tientsin. Des chrétiens voulurent faire du zèle et détruisirent à nouveau les tablettes des ancêtres, culte toujours si important pour les Chinois. En représailles, les Boxers brûlèrent l'église de la petite ville le 12 mai 1900, ce qui donna lieu à un véritable affrontement entre chrétiens et rebelles. Il y eut une cinquantaine de morts de part et d'autre. Le 27 mai, une force Boxer de près de dix mille hommes s'empara de la cité de Chochou. Continuant leur avance vers le nord, d'autres bandes prirent Fengtai, entre Chochou et Pékin. A chaque fois, les Boxers avaient soin d'isoler leur nouvelle prise en détruisant ponts, chemins de fer et installation télégraphique. Le général Tung Fu-hsiang et son armée musulmane contrôlaient la région sans contrarier en rien l'irrésistible avance des Boxers. Les rebelles n'étaient plus très loin de Pékin et le *Tsungli-yamen*, pour protéger les légations, les autorisa à faire venir dans la capitale trente soldats par légation, soit trois cent trente hommes qui vinrent de l'escadre ancrée en face des forts de Taku.

Début juin, les premières bandes de Boxers arrivaient

en vue de Pékin, où le prince Tuan les laissa pénétrer dans la ville chinoise et s'y installer. Pendant ce temps, à la demande de Tseu-hi, le général Jung Lu envoyait le général Nieh Shih-cheng et son armée, comme lui un modéré, libérer la ville et les environs de Yangtsun des Boxers.

Tseu-hi désirait plus que tout que les différends entre Têtes de Fer et modérés cessent enfin au sein du gouvernement car il y avait deux grandes questions à régler de toute urgence : celle des Boxers et de leur présence de plus en plus nombreuse à Pékin et celle des forts de Taku qui avaient reçu l'ordre de ne pas laisser le passage à l'escadre alliée. C'était aussi pour elle l'occasion de faire le compte des forces en présence. Aussi fit-elle se réunir un Grand Conseil secret le 4 juin 1900 dans la salle d'audience du palais d'Eté. Tandis que tous les vice-rois des provinces touchées par le fléau des Boxers envoyaient télégramme sur télégramme au *Tsungli-yamen*, Tseu-hi fut bien forcée de constater que les Têtes de Fer avaient encore gagné de l'influence. Le prince Tuan, même s'il n'était ni très brillant ni très intelligent et menait plutôt une politique à court terme, son seul mot d'ordre étant de chasser les étrangers de Chine, avait habilement tissé sa toile. On le craignait et nul n'osa s'opposer à lui lorsqu'il tint à nouveau à peu près le discours qu'il avait déjà eu avec l'impératrice douairière : les Boxers étaient des envoyés du Ciel qui faisaient le travail désagréable à leur place. A force de brûler des missions, de trucider les missionnaires et les étrangers que l'on pouvait atteindre, on les ferait se décourager et repartir pour leur pays qu'ils n'auraient jamais dû quitter. Tseu-hi écouta en silence ce discours répétitif et fit signe à Jung Lu de ne pas intervenir. Elle devait bien en convenir, seul l'ancien vice-roi Li Hung-chang aurait eu le pouvoir de contrer le prince Tuan s'il l'avait voulu. Même si elle l'exécrait toujours autant, elle aurait bien voulu le voir revenir de Canton, où il vivait à présent. Or Li se gardait bien de revenir. C'était là sa subtile vengeance...

Le même 4 juin, les Boxers firent brûler les bâtiments du champ de courses de Pékin et chacune des légations, affolée, envoya un message d'alerte à son gouvernement. Quant à sir Claude MacDonald, le chef de la diplomatie anglaise et le personnage le plus influent des légations, il s'entretenait au *Tsungli-yamen* avec son directeur, le prince Ching, homme âgé et versatile, qui n'avait pour sa part rien contre les étrangers mais ne voulait pas s'aliéner un personnage aussi considérable que le prince Tuan.

– Entre le sectarisme des Têtes de Fer, trop contentes de laisser les Boxers agir à leur place, et le déferlement de ces rebelles que nul ne contient plus, je me sens impuissant, dit-il à sir Claude. Peut-être serait-il plus prudent de faire évacuer les membres des légations de Pékin sur Tientsin ?

Sir MacDonald était un Ecossais de quarante-huit ans. Grand et mince, avec une tête de patricien, il ne manquait pas d'allure. Il s'était comporté avec bravoure durant la campagne égyptienne de 1880 et n'avait pas envie de capituler si vite devant des rebelles sans doute aussi indisciplinés que mal armés. Assez peu au courant des affaires chinoises, qu'il connaissait beaucoup moins bien que Robert Hart par exemple, il ne comprenait rien à cette politique de bascule semblant sévir à la Cour.

– Enfin, que souhaite l'impératrice douairière ? Un jour, elle semble vouloir garder le contact avec les diplomates étrangers et les ménager, le suivant, elle laisse les princes se répandre en propos haineux contre nous.

Le chef du *Tsungli-yamen* ne pouvait décemment expliquer à sir Claude qu'en ce moment, l'impératrice douairière ne pouvait elle non plus pas grand-chose. Insensiblement, elle avait laissé le prince Tuan l'endormir par ses flatteries et n'avait pas compris à temps qu'à présent, c'était lui l'homme fort du régime. Il tenait tout. Il avait su étendre son influence partout. Aussi le prince Ching répondit-il de façon évasive :

– Depuis longtemps, le parti de la guerre s'oppose au sein du Grand Conseil à celui de la paix. L'incessante rivalité entre ces deux factions empêche l'impératrice douairière d'agir comme elle le souhaiterait.

– Et qui l'emporte de ces deux partis ?

La question était si naïve, elle prouvait une telle méconnaissance du gouvernement chinois que le prince Ching préféra formuler une réponse vague à souhait.

– Le Ciel nous le dira.

Cinq jours plus tard, le prince Ching décida d'envoyer à sir Claude l'un de ses plus proches collaborateurs et ami au sein du *Tsungli-yamen*, le secrétaire Lien Fang. Il espérait que ce dernier saurait mieux expliquer à sir Claude la difficile position de l'impératrice devenue presque un otage entre les mains du prince Tuan. Si elle n'avait eu Jung Lu et son armée pour veiller sur elle, Tseu-hi aurait été entièrement à la merci du plus turbulent et du plus dangereux des princes du sang. A l'issue de l'entretien, sir Claude, tout à fait découragé, affolé, envoyait ce télégramme à l'amiral Seymour commandant l'escadre mouillée devant les forts de Taku :

Situation très grave, si des arrangements immédiats ne sont pas pris pour une marche sur Pékin, il sera ensuite trop tard.

Il était certain que l'on voyait chaque jour de nouvelles bandes de Boxers arriver à Pékin, si bien qu'ils atteignaient à présent le nombre de trente mille, tandis que l'armée du général Tung, hostile elle aussi aux étrangers, comptait douze mille cavaliers musulmans. Cela faisait beaucoup de monde, beaucoup trop. Le diplomate japonais Sugiyama Akira ne venait-il pas de se faire abattre par une troupe du général Tung tandis qu'il tentait de se rendre de sa légation au *Tsungli-yamen* ?

Dans la légation allemande, un diplomate plus excité que les autres, le baron von Ketteler, avait décidé que tous les Chinois étaient bons à abattre et son sport favori était, embusqué derrière une fenêtre de son appartement, de faire chaque fois que c'était possible un carton sur les Chinois qu'il pouvait atteindre. Tant mieux s'il s'agissait d'un Boxer ou d'un militaire, tant pis si ce n'était qu'un pauvre *coolie* ayant eu le malheur de passer par là. Presque aussi fou que le baron allemand était le reporter du *Times*, George Morrison. N'avait-il pas formé avec d'autres Anglais des détachements à cheval qui fondaient soudain sur un camp de Boxers, tiraient et repartaient au grand galop ?

De leur côté, les Boxers, que même les Têtes de Fer ne contrôlaient plus du tout, pillaient et brûlaient les plus beaux palais à leur portée sans trop se soucier des opinions politiques de ceux auxquels ils appartenaient. Ce fut ainsi que les Grands Secrétaires Hsu Tung et Sun Chianai, le chancelier de l'académie de Hanlin, les vice-présidents de la Censure et des Rendez-vous, pourtant sympathisants des Boxers, eurent leurs palais dévastés... Déplorant ces provocations stupides risquant à tout instant de mettre le feu aux poudres, Tseu-hi et Kuang Hsu rédigèrent ensemble le 15 juin un édit qui fut placardé un peu partout dans la capitale :

Tout criminel que l'on trouvera armé ou criant « sha » (tue) sera arrêté, conduit à la gendarmerie et exécuté. Aucune dérogation ne sera tolérée.

Tseu-hi pouvait encore faire autre chose : charger son cher Jung Lu d'une mission difficile.

– Je te supplie, dit-elle, et c'était vraiment une prière, de veiller sans cesse sur la sécurité des habitants des légations. Si jamais les Boxers parvenaient à les prendre d'assaut et à tuer les étrangers, ce que je ne souhaite à aucun prix, ce serait la reprise de la guerre, ce que ce fou de Tuan refuse de comprendre. Ou plutôt si, il veut la guerre et s'imagine avec naïveté pouvoir la remporter. On voit qu'il est trop jeune pour avoir connu les désastres de 1860...

– Si les habitants des légations restaient un peu tranquilles dans leur quartier, leur protection serait plus aisée. Sais-tu que le baron von Ketteler retient prisonnier un enfant de douze ans qui s'était amusé à se mettre autour de la tête et des poignets les bandeaux rouges des Boxers ? On se demande même s'il ne l'aurait pas tué, tant son obstination à le garder semble déraisonnable.

– Nous n'empêcherons jamais certains êtres de révéler

leur vraie nature, qui n'est pas toujours très belle lors de circonstances exceptionnelles. Quelles nouvelles as-tu de Tientsin ?

– L'amiral, sir Edward Hobart Seymour, aussitôt qu'il a reçu la dépêche de sir Claude lui faisant part de ses inquiétudes pour la sécurité des légations de Pékin, a pris le train le 9 juin au matin pour Tientsin, accompagné de quinze cents hommes.

– Tu as assuré la protection du train comme je te l'avais demandé ?

– Absolument, mon Impératrice. J'avais envoyé le général Nieh, qui est un modéré comme tu le sais, avec ses troupes, soit quatre mille hommes, pour attendre le passage du train Tientsin-Pékin à la hauteur du pont traversant la rivière Peiho. Ce fut l'endroit stratégique où notre cavalerie fut défaite en 1860, c'était là que je redoutais une possible attaque des Boxers. Le train est parvenu jusqu'à la ville de Langfang, après quoi il est resté bloqué. Les troupes musulmanes du général Tung occupaient la région avec quatre mille cavaliers et le *Tsungli-yamen* prévint l'amiral du danger. Celui-ci préféra alors rentrer à Yangtsun, puis descendre la rivière jusqu'à Tientsin, moitié à pied moitié par jonques.

– Je ne comprendrai jamais la stratégie des Barbares. Une fois à Langfang, il n'était guère difficile à l'amiral Seymour de gagner à pied Pékin. Avec un peu de chance, il pouvait échapper aux troupes de Tung... Enfin, ce retour nous arrange et nous laisse quelque répit. Si tu savais, Jung Lu, combien je m'en veux aujourd'hui de m'être laissé prendre aux paroles flatteuses et aux promesses doucereuses du prince Tuan ! Je l'ai laissé peu à peu accaparer tous les pouvoirs et je m'aperçois à présent de mon impuissance face à son arrogance et à sa haine déraisonnable des étrangers. Je t'en supplie, Jung Lu, fais en sorte de continuer à les protéger, c'est la seule façon d'empêcher une nouvelle guerre et peut-être de sauvegarder le trône de mon malheureux Kuang Hsu. Cette fois, Jung Lu, j'ai vraiment manqué de discernement. Si je t'avais davantage écouté, je n'aurais jamais laissé le prince Tuan tisser son infernal réseau d'espions et de connivences. Je ne vois guère que le vice-roi Li Hung-chang qui serait capable de contrer Tuan...

– Or le vice-roi n'est pas de tes amis...

– Je sais ou plutôt je devine ce qu'il a fait à Tung Chih et au reste de la famille impériale. Moi-même... Pourtant, l'échiquier politique ne m'est guère favorable et je n'ai que ce pion à avancer contre Tuan. Tu lui as écrit comme je te l'avais demandé ?

– Oui, mais nous ne pouvons non plus le supplier de revenir. L'Empereur lui avait fait perdre la face et il se venge cette fois d'une autre façon, en restant à Canton afin de ne prendre pour l'instant parti pour personne...

– La guerre peut à tout instant éclater. L'Empire est exsangue... Je n'ai plus confiance qu'en une intervention divine, Jung Lu. Jour et nuit, je prie le Bouddha de dénouer une situation semblant inextricable et de nous épargner la guerre. Je prie surtout le Bouddha Kouan Yin, sa réincarnation féminine, la mère des mille vertus et de la miséricorde. Puisse-t-il m'entendre [1]...

---

1. Tseu-hi était en effet une bouddhiste fervente et elle passait plusieurs heures par jour, dans son palais, à méditer dans la Salle du Bouddha Blanc. C'était là aussi qu'elle aimait lire les dépêches et rapports lui parvenant des différents ministres ou gouverneurs et

Par malheur, la dépêche de sir Claude avait semblé très alarmiste aux différents chefs de l'escadre basée en face des forts de Taku. Quand ils apprirent que l'amiral Seymour n'avait pu continuer son avance vers Pékin, on décida d'un vote de chaque commandant. Le vote ayant conclu qu'il fallait secourir de toute urgence les légations, donc marcher coûte que coûte sur Pékin, on se résolut le 16 juin à envoyer un ultimatum au vice-roi de Tientsin. Cette décision resta bien sûr inconnue des légations avec lesquelles on ne parvenait plus à communiquer et les commandants de l'escadre n'en informèrent pas non plus leurs gouvernements respectifs. Ce fut donc une curieuse déclaration de guerre faite par quelques officiers de marine. L'ultimatum réclamait leur libre passage devant les forts de Taku et était censé expirer le 17 juin à deux heures du matin.

Pourtant, la bataille commença plus tôt, à minuit quarante-cinq, à l'aube de ce 17 juin... Les Américains, choqués par ce procédé peu régulier, n'y participèrent pas. Les Alliés, qui savaient par leurs espions où était entreposée la poudre, firent cette fois encore sauter les réserves de munitions et, à nouveau, les commandants des forts choisirent de se suicider pour ne pas survivre à un tel déshonneur. Au petit matin, dix mille hommes des troupes impériales arrivèrent devant les forts pour tenter de barrer la route de Tientsin. Il y eut plusieurs affrontements sanglants, mais les Alliés parvinrent tout de même à entrer dans la ville,

---

réfléchir, agenouillée près de l'effigie du Bouddha, à la meilleure décision à prendre.

qui fut prise le 26 juin, alors que l'amiral Seymour se trouvait encore à une heure de route de la capitale du Chihli. Jung Lu ayant repris ses commandements militaires, le nouveau vice-roi du Chihli, Yu Lu, était un vieux mandarin qui n'avait pas le moins du monde l'envie de jouer au héros. Il n'envoya pas la moindre nouvelle à Pékin, si bien que Tseu-hi comme le général Jung Lu n'apprirent qu'avec deux semaines de retard la prise des forts de Taku, puis celle de la ville de Tientsin.

Pourtant, le *Shanghai North China Daily News* ne craignit pas d'affirmer dans son éditorial du 19 juin, alors qu'aucune nouvelle n'avait atteint Pékin et qu'aucune déclaration de guerre n'avait bien entendu été faite :

En ce moment, la Chine est en guerre contre toutes les grandes puissances et ce par le choix de l'impératrice douairière et de sa clique. Dans leur colossale ignorance, ils sont persuadés qu'ils peuvent sans dommage défier les pouvoirs étrangers. Quoi qu'il arrive, cette clique, si elle ne s'en va pas de son plein gré sera bientôt chassée de Pékin. On espère qu'il sera possible d'épargner l'Empereur Kuang Hsu et de le remettre sur le trône. A présent, il est parfaitement clair pour les Chinois que c'est l'impératrice douairière qui a fomenté la présente guerre et que nous ne combattons pas la Chine, mais le Gouvernement usurpateur de Pékin.

Dès le 19 juin, les membres du *Tsungli-yamen* offrirent à sir Claude MacDonald de l'aider à faire évacuer dans l'ordre et sans perte, sous la protection des gardes des légations et des troupes de Jung Lu, tous les étrangers résidant encore à Pékin vers Tientsin. Bien des résidents étaient tentés de faire le voyage, même si l'on pouvait toujours rencontrer des bandes de Boxers en chemin. La panique éclata dans les légations lorsque sir Claude apprit enfin l'ultimatum envoyé sans ordres gouvernementaux au vice-roi de Tientsin, la prise des forts de Taku, puis celle de Tientsin. Il adressa alors ce message au Foreign Office de Londres, qui disait :

Cette provocation prématurée et sans nécessité nous fait courir le plus grand péril.

Le sentiment de peur grandissant ne s'améliora pas lorsque le baron von Ketteler décida soudain de se rendre seul, en chaise à porteurs, au *Tsungli-yamen* pour discuter avec ses membres des modalités de ce voyage pour Tientsin. Il partit avec ses porteurs le matin à huit heures et demie et l'on ne le revit jamais vivant.

Le 20 juin, des missionnaires et les orphelins de leurs écoles demandèrent asile à la légation anglaise, la plus vaste de toutes et celle qui contenait le plus grand nombre de vivres. Elle n'était séparée que par un canal d'un large espace vert qu'on appelait le *Fu*, appartenant au prince Su, le descendant d'une grande famille mongole. Il possédait dans ce parc un somptueux palais renfermant toutes ses richesses. Tandis qu'un bon millier de Chinois convertis au christianisme dont on ne savait que faire et qu'on ne voulait surtout pas accepter au sein des différentes légations campaient devant les bâtiments anglais, sir Claude se demandait comment se débarrasser de ces gêneurs. Ce fut alors que George Morrison eut l'idée d'utiliser le *Fu* pour y entasser ces convertis qui n'avaient nulle part où aller.

De plus, ils risquaient fort d'être massacrés par les autres Chinois qui les considéraient comme des renégats.

– Je vais aller trouver le prince Su pour lui faire une proposition qu'il ne pourra pas refuser, dit le journaliste du *Times* à sir Claude.

– Faites-vous donc accompagner du professeur Huberty James, qui parle le chinois, répondit-il.

Sir Claude connaissait la morgue du jeune journaliste envers tout ce qui était chinois et il espérait que le professeur James saurait arrondir les angles. En fait, aucun des deux hommes ne tenta de se montrer courtois envers ce puissant seigneur de trente-sept ans qui était apparenté à la famille impériale. On lui fit au contraire clairement comprendre que s'il n'abandonnait pas le *Fu* de son plein gré aux réfugiés, on le lui prendrait par la force.

– Ce sera un bonheur pour moi que d'abriter ces malheureux, répondit le prince avec quelque ironie.

Il gagnait ainsi un peu de temps et pouvait déménager en toute hâte son harem et ses biens les plus précieux.

Dès que le prince Su eut abandonné son palais et que sir Claude eut prévenu les convertis chinois qu'ils pouvaient s'installer pour camper dans les jardins du prince, ce fut le signal d'un pillage sans précédent. Sir Claude n'avait prévu aucun garde pour empêcher l'accès au palais. Tout ce qui pouvait être emporté le fut. Les premiers à se livrer au pillage des richesses du prince Su furent bien sûr les Chinois convertis, mais bien des membres des légations s'y mirent ensuite gaillardement. Celui qui rassembla sans doute la plus belle collection d'antiquités chinoises fut George Morrison lui-même...

La mission que Tseu-hi avait assignée à son cher Jung

Lu n'était pas de tout repos. Pour protéger les étrangers réfugiés dans le secteur des légations, il avait besoin de voir s'arrêter les incessantes provocations de quelques jeunes fous inconscients. Quand il apprit que, le 24 juin, des gardes autrichiens, tirant depuis les fenêtres de leurs légations, avaient abattu soixante civils chinois qui n'avaient eu que le tort de se trouver au mauvais moment au mauvais endroit, il fut atterré. Pour empêcher des représailles toujours possibles, car les habitants de Pékin voulaient venger leurs morts, il finit par obtenir de sir Claude qu'il ferait respecter partout dans les légations un cessez-le-feu qui devint effectif dès le lendemain. D'ailleurs, les troupes de Jung Lu avaient récupéré et enrôlé dans l'armée impériale la plupart des bandes de Boxers, faméliques et impayés. Enfin, la ville était sûre, parfaitement contrôlée par Jung Lu...

Aussi le 6 juillet, Jung Lu, tout joyeux, alla-t-il trouver Tseu-hi dans sa résidence du palais d'Eté.

– Une bonne nouvelle, mon Impératrice, lui dit-il en s'asseyant près d'elle avec cette familiarité qu'ils avaient gardée l'un envers l'autre. Il n'y a plus de Boxers à Pékin et les étrangers ne craignent plus rien. Aujourd'hui, tout le monde pique-nique le long du canal, les Anglais jouent même au cricket.

– Si tu as repris la situation en main à Pékin, sois remercié pour tes efforts, Jung Lu, mais tout ne va pas pour le mieux dans le Sud. J'ai enfin reçu des nouvelles du Chihli. Maintenant que les forts de Taku et la ville de Tientsin sont pris, les Alliés se disposent à marcher sur Pékin. Je ne vois plus aucun moyen de les arrêter. Si les Alliés croient que les légations sont toujours assiégées par les Boxers, ils vont investir notre capitale.

– Ce ne serait qu'un faux prétexte.

– Tout est bon à prendre pour qui souhaite s'approprier nos biens et notre empire. Si seulement ces étrangers consentaient à quitter Pékin et parvenaient sains et saufs à Tientsin, la guerre pourrait encore être arrêtée...

– Combien de tués ont-ils eus ?

– Trente-huit.

– Ce n'est pas beaucoup...

Son vieil ami eut un profond soupir. Il ne parvenait pas à convaincre sir Claude de la nécessité de quitter la capitale de l'Empire avant que le prince Tuan osât tenter un massacre. Il craignait surtout les incessantes provocations du reporter du *Times* et de quelques écervelés qui le suivaient encore dans ses expéditions punitives.

Le 16 juillet, George Morrison et son ami le capitaine Ben Strouts revenaient d'une ultime inspection du *Fu* – ou plutôt d'un ultime pillage du palais du prince Su – lorsqu'un tir nourri s'éleva soudain, parti de nulle part. Le capitaine fut tué. Morrison, touché à la fesse tandis qu'il tentait de s'enfuir en laissant le corps de son compagnon, parvint à se traîner jusqu'à la légation anglaise où il s'était finalement résolu à habiter après avoir abandonné sa maison. Il dut pendant dix jours demeurer dans sa chambre, allongé sur le ventre, humilié d'avoir reçu une si ridicule blessure [1].

1. George Morrison fut donc immobilisé par force durant tout le reste du prétendu « siège de Pékin ». Ne pouvant se lever, encore moins marcher, il n'en fut pas le témoin et les articles qu'il dicta à son secrétaire et fit câbler à Londres ne se fondèrent que sur de vagues

Le même jour, Claude Pelliot, un secrétaire de la légation française que les hommes du général Jung Lu aimaient bien car il leur faisait volontiers porter à boire et venait à l'occasion plaisanter avec eux, accepta la proposition d'un des soldats de la conduire sous sa protection au *Tsungli-yamen*. Là, il s'entretint longuement avec le général Jung Lu qui lui expliqua :

– Pour l'instant, je contrôle la situation dans Pékin et sa région. Il n'y a plus de Boxers et le prince Tuan, conscient de la supériorité de mon armée sur la sienne, a cessé ses menaces. Ce serait donc le moment d'en profiter pour rejoindre Tientsin sous ma protection. Je vous en conjure, tentez de persuader sir Claude de se rendre à Tientsin. Tous les résidents étrangers pourront revenir à Pékin lorsque le danger sera définitivement écarté, l'impératrice douairière et l'Empereur vous en font par ma bouche la solennelle promesse.

Claude Pelliot eut un petit rire désabusé en répondant :

– Ce n'est pas moi qu'il faut convaincre, général Jung Lu, mais sir Claude. On dirait que la mentalité chinoise a aussi déteint sur lui. S'il quittait Pékin avec les autres ressortissants étrangers pour gagner Tientsin, lui aussi perdrait la face !

– Au moins, avez-vous des vivres en quantités suffisantes ?

– Nous avons tout ce qu'il nous faut et même plus. L'alcool surtout coule à flots et je ne peux pas dire que les habitants des différentes légations brillent par leur sobriété. De plus, le marché mongol jouxtant la légation anglaise

---

on-dit, même s'il prétendit avoir assisté à toutes les péripéties du siège.

est régulièrement approvisionné en légumes, en lait comme en œufs. Ce qui manquerait le plus seraient les fruits frais.

– Je vais vous en faire porter, mais je vous en prie, essayez encore de convaincre sir Claude.

– Il a toute l'obstination et la raideur d'un officier britannique !

– Je le sais bien.

Le général Jung Lu tint parole et fit livrer en abondance melons d'eau, pêches, choux et salades. Si aucun habitant des légations ne manqua jamais de rien, il n'en était pas de même pour le millier de Chinois convertis, réfugiés dans le *Fu*. Ils avaient aussi pillé les réserves de vivres du prince Su, mais elles furent vite épuisées. A présent, ils en étaient réduits à manger les feuilles des arbres, les racines, les brins d'herbe et les vivres ne leur parvinrent jamais des légations dont les membres s'empiffraient tant et plus sous leurs nez.

Puisque les étrangers refusaient d'évacuer les légations, la guerre semblait inévitable. Pour cette raison, Tseu-hi et son fils adoptif firent envoyer partout dans les provinces, le 21 juillet, un décret demandant aux vice-rois de débloquer des forces armées pour leur commander aussitôt de converger vers Pékin afin d'en assurer la défense. Le premier à répondre à l'appel de Tseu-hi fut le général Li Ping-heng, l'ancien gouverneur du Shantung humilié par les Allemands qui en avaient demandé la révocation. Pour ne pas lui faire perdre la face, Tseu-hi l'avait nommé vice-roi du Szechwan, ce qui représentait une belle promotion. L'arrivée du vieux général ne laissait pourtant pas de l'inquiéter. Si son armée représentait une force non négligeable, il était aussi l'idole des Têtes de Fer. Lui qui n'avait jamais fait figure d'élément particulièrement modéré de l'Empire, même s'il restait inconditionnellement fidèle à l'impératrice douairière et à l'Empereur, n'était plus du tout l'ami des Barbares. La présence de Li Ping-heng à Pékin en ces circonstances difficiles n'enchantait guère Tseu-hi...

Dès le 27 juillet, le siège des légations reprenait, cette fois plus sérieusement qu'avant. Li Ping-heng demandait à l'Empereur la réunion spéciale d'un Grand Conseil pour défendre la capitale en danger. Dès le début, il annonça la couleur. Tseu-hi, dissimulée derrière son rideau de gaze, ne tenta même pas d'intervenir et elle avait supplié Kuang Hsu de garder son calme :

– Autant qu'il le fut possible, affirma le vieux général, l'impératrice douairière et l'Empereur, dans le louable souci de ne pas faire couler le sang et d'empêcher une nouvelle guerre d'éclater, ont protégé les étrangers réfugiés dans les légations. Il ne leur a été causé aucun mal, ils ont même reçu des vivres que l'impératrice douairière, dans sa grande mansuétude, leur a envoyés à profusion. Or il s'avère aujourd'hui que la plus grande fermeté s'impose. Ces mesures de clémence n'ont pu calmer les Barbares, qui ont pris les forts de Taku et la ville de Tientsin et marchent vers Pékin. Nous devons à présent nous unir pour repousser ces diables d'étrangers, sauver la capitale et l'Empire. L'avenir même de la dynastie est en jeu.

– Il faut encore tenter de parlementer, répondit le lettré Hsu Ching-cheng. Nous ne pouvons rien contre les canons des Barbares. Je suis souvent allé en Occident, je connais les Barbares et je parle leur langue. Je propose au Grand Conseil de tenter en son nom une ultime tentative de conciliation.

Ce mandarin connaissait en effet mieux que quiconque au Grand Conseil la mentalité occidentale pour avoir été souvent envoyé en ambassade en France, en Allemagne, en Hollande et en Autriche, mais aussi en Russie. Il était calme, loyal et modéré. Depuis longtemps, il avait compris qu'il fallait à tout prix éviter une nouvelle guerre, tout en sachant fort bien qu'il risquait sa tête à contrer aussi ouvertement le « parti de la guerre » et Li Ping-heng, le nouvel homme fort des Têtes de Fer. Son ami Yuan Chang, l'un des leaders modérés du *Tsungli-yamen*, se hâta de l'appuyer, espérant que le prince Ching, qui avait toujours souhaité éviter un massacre dans les légations, prendrait la parole après lui.

– Hsu Ching-Cheng a toujours été de bon conseil et loyal à l'Empire. Sa proposition est raisonnable et correspond aux souhaits les plus chers du *Tsungli-yamen* : ramener la paix à tout prix.

A ce moment, le prince Ching aurait dû l'appuyer et susciter l'accord massif des membres du *Tsungli-yamen* pour une ultime tentative de négociation. Or le prince Ching, qui était tout sauf brave, n'osa prendre la parole.

– Il me semble, dit Li Ping-heng avec un mauvais sourire, que les membres du *Tsungli-yamen* ne sont pas loin de penser que la paix à n'importe quel prix ressemblerait fort à un acte de trahison.

Puis sa voix se fit terrible pour lancer cet ordre :

– Qu'on arrête à l'instant ces deux hommes, qui sont des traîtres à la solde des Barbares et qu'on les mène au ministère des Châtiments.

En une seule séance, Li Ping-heng avait pris le contrôle de la situation. Il n'y avait rien à faire, rien à dire. Même le prince Tuan n'osa s'opposer à ces deux arrestations. Au contraire, il dit avec une servilité que Tseu-hi jugea répugnante :

– Je propose que l'on nomme l'amiral Li Ping-heng généralissime de toutes les armées impériales.

Le vieil homme fut follement acclamé tandis que Hsu Ching-cheng et Yuan Chang étaient vivement entraînés par des gardes hors de la salle des audiences. Cette fois, le « parti de la guerre » avait vraiment gagné.

Dès le lendemain, les deux prisonniers furent décapités en place publique. La purge contre les modérés commençait. Même s'ils s'étaient abstenus de contrer franchement le nouveau généralissime, une grande partie des membres du *Tsungli-yamen* fut arrêtée, puis exécutée sans jugement, de même que le président du ministère des Finances pour avoir refusé de verser une solde régulière aux Boxers, et le président du ministère de la Guerre, qui n'avait pas voulu envahir les légations. Pour l'instant, seul le vice-roi Jung Lu échappait à la purge. Il était trop proche de l'Impératrice pour que l'on osât s'en prendre à lui. Surtout, il avait sa propre armée, qui se serait fait massacrer pour lui, l'impératrice douairière et l'Empereur. Il fit rapidement regagner le palais d'Eté à Tseu-hi et à son fils. Là, ses troupes montaient la garde jour et nuit pour prévenir toute tentative d'assassinat.

Finalement, les Alliés s'étant péniblement mis d'accord après deux mois de palabres, leur armée composée de seize mille hommes appartenant à huit nations quitta Tientsin le 5 août. L'affrontement eut lieu à Peitang Jap, où les armées chinoises se débandèrent au premier choc. Ce fut ensuite la ville de Yangtsun qui tomba presque sans combattre.

Li Ping-heng ne tarda pas à comprendre que son titre de généralissime des armées impériales ne correspondait pas à grand-chose. Les quatre armées réunies sous son commandement, fortes en théorie de vingt-cinq mille hommes, étaient en réalité composées de façon très hétéroclite d'anciens Boxers intégrés dans les troupes impériales et de milices locales n'ayant d'armée que le nom. Tout ce monde était mal équipé, mal entraîné, affolé au premier feu, préoccupé surtout de viol et de pillage. Les munitions manquaient. Personne ne savait se servir des trop rares canons. Bientôt, l'infortuné Li Ping-heng dut mettre toute son énergie à tenter de regrouper ces forces éparses qui n'obéissaient plus à personne et ne voulaient pas se battre, qui ravageaient les campagnes, terrorisaient les paysans et n'empêchaient d'aucune façon l'avance des Alliés vers Pékin. De plus, l'armée du général Tung ou les célèbres Tigres du prince Tuan ne valaient guère mieux et n'obéissaient pas aux ordres. Partout, c'était la débandade.

Sitôt terminé le Grand Conseil aux conséquences si sanglantes, Tseu-hi et Kuang Hsu, également dégoûtés par les purges effectuées par les Têtes de Fer, étaient retournés au palais d'Eté. Cette fois encore, l'impératrice douairière avait l'impression de contempler un paradis en perdition. Les nouvelles des armées impériales n'étaient pas bonnes et elle pressentait que Li Ping-heng, en dépit de son courage et de son évidente bonne volonté, ne parviendrait jamais à contrer l'avance des Alliés. Il ne savait rien du piètre état des troupes. Abusé par le nombre d'hommes annoncé par le prince Tuan, il en avait accepté un peu vite le commandement suprême et serait bien sûr jugé seul responsable du désastre, quand désastre il y aurait.

Accoudée au côté de Jung Lu à la balustrade du pont aux Dix-Sept Arches de l'île Nanhu – un lieu qu'elle aimait entre tous –, Tseu-hi se perdait en des pensées qui n'étaient pas très roses, puis son regard se tourna vers lui et elle eut pour son vieux complice son beau et trop rare sourire :

– Si tu savais, mon ami, combien je m'en veux d'avoir cette fois à tel point manqué de discernement... Je me suis laissé prendre comme une enfant aux paroles flatteuses, aux cadeaux et aux compliments de Tuan. Sans doute étais-je déjà bien fatiguée de gouverner pour lui avoir permis d'acquérir ainsi, insidieusement, au fil des jours, un tel pouvoir ! Tu vois bien que je ne dirige plus rien, que je ne contrôle plus rien. Je n'ai même pas su empêcher la mort de tes amis. Tous les ministres ou mandarins modérés ont été traqués, exécutés comme des chiens. Hsu Ching-cheng et Yuan Chang, pour prix de leur courage et de leur fidélité, ont perdu leurs têtes.

– Moi non plus, je n'ai rien osé dire, mon Impératrice. Un vent de folie soufflait sur le Grand Conseil. Tous ceux qui se seraient opposés à Li Ping-heng ou au prince Tuan y auraient laissé leur vie, mais il aurait été plus honorable pour moi de soutenir publiquement mes amis. Or je n'en ai rien fait.

Il laissa passer un petit silence et reprit d'une voix sourde :

– Après ma mort, qui pourrait encore veiller sur toi et

sur l'Empereur ? Je ne supporterais pas l'idée de te laisser seule et sans appui.

– Je sais, Jung Lu, et dire que, pour l'opinion mondiale, je suis cette vieille femme ivre de pouvoir et de carnage qui a déjà sacrifié toute sa propre famille à ses appétits destructeurs et qui veut encore la guerre, alors que je n'ai plus aucun pouvoir... Que va-t-il se passer maintenant ? Que faut-il faire ? Dans quelques jours, les Alliés seront ici. Ce sera à nouveau le pillage de tout ce qui nous est si cher, de mon palais d'Eté si difficilement reconstruit et sans doute aussi de la Cité interdite. Crois-tu que ce soit la fin de l'Empire ?

– Non, c'est impossible ! Cette idée m'est insupportable. Il faut fuir à nouveau, mon Impératrice, même si l'idée te révolte. Tant que l'Empereur et toi-même serez saufs quelque part dans l'Empire, la dynastie sera préservée. Laissons la colère des Alliés se calmer toute seule, faute de nouveaux combustibles pour l'alimenter.

– Je suis trop âgée pour me jeter à nouveau sur les routes, Jung Lu. Je n'ai plus l'énergie et la santé qui étaient miennes jadis sur le chemin de Jehol. Et puis, où aller ? Certainement pas à Jehol, ce serait là qu'on nous chercherait en premier lieu.

– J'ai pensé à Xian, l'ancienne capitale de la dynastie des Tang.

– Si loin ?

– Nul ne doit savoir où se trouveront l'impératrice douairière et l'Empereur. Il faut partir, Petite Orchidée. Il faut sauver le trône.

Quand il lui donnait son nom de jadis, Tseu-hi restait incapable de lui résister. D'ailleurs, elle savait qu'il avait raison, même si elle se sentait lasse à mourir et dépourvue du moindre désir. Elle lui prit la main et la serra dans la sienne. Pour lui, elle aurait encore du courage, encore un peu...

– Laisse-moi deux jours, Jung Lu, le temps de faire mes bagages et de sauver ce que j'ai de plus précieux au palais d'Eté, mes livres surtout. Toi, je te charge de rassembler ce que tu peux dans les divers palais de la Cité interdite, les plus beaux objets, les manuscrits et les tentures les plus rares, les jades et les ivoires les mieux ouvragés, ce qui te semble le plus important à préserver de notre art. Fais tout charger en secret dans des voitures, des charrettes et dirige-les vers la route de Jehol. Je t'en prie, informe la Cour que nous partons à nouveau pour Jehol et dis aux plus curieux que notre destination sera Kuanshih. Toi, reste ici jusqu'à l'entrée des Alliés dans Pékin pour être sûr qu'il n'arrive rien aux habitants des légations. Ensuite, rejoins-nous vite. Combien d'hommes prévois-tu pour nous escorter ?

– Je t'en donnerai trois mille environ. Je préfère trois mille hommes dont je suis sûr que le double si ce sont de mauvais soldats indisciplinés s'adonnant au pillage.

C'était étrange, ce paysage si rieur en ce début du mois d'août, alors que la guerre avait déjà commencé plus au sud. Ici, ce n'était que calme et sérénité infinie car Tseu-hi s'était acharnée à refaire du palais d'Eté un lieu d'enchantement et de raffinement. C'était sa revanche sur la brutalité du pillage perpétué jadis par lord Elgin.

Le 10 août, l'impératrice douairière, l'Empereur, ses épouses et concubines, de nombreux ministres et mandarins et la majeure partie de la Cour se jetaient sur les routes en direction du Nord. Tseu-hi voyageait seule avec sa nièce, l'Impératrice, en voiture couverte. Même si elle se sentait épuisée, durement secouée par le trot des chevaux, elle serrait les dents sans se plaindre. Elle avait déjà connu l'exil et en était revenue grandie, impératrice douairière... Peut-être, cette fois encore, lorsque les Barbares auraient constaté que les habitants des légations avaient peu souffert de ce que la presse occidentale appelait déjà le « siège de Pékin », tout finirait-il par se calmer ? Alors, elle reviendrait avec son fils adoptif et ils tenteraient tous deux de reprendre peu à peu en main les rênes du pouvoir en régnant avec ce qu'il restait des éléments modérés du gouvernement, une fois le prince Tuan enfin écarté. Lorsque la guerre serait perdue – et Tseu-hi ne voyait pas comment il aurait pu en être autrement –, le parti des Têtes de Fer, enfin amoindri, humilié, cesserait de se montrer si arrogant. Tout cela n'était peut-être que des rêves, mais elle voulait encore y croire, pour Kuang Hsu, pour que son fils eût enfin un règne heureux.

Une fois passé Kuanshih, à vingt miles au nord de Pékin, la longue caravane obliqua vers l'ouest, en direction de la ville fortifiée de Hsuan-hua.

Tseu-hi n'apprit que bien plus tard, une fois revenus d'exil, la teneur de la lettre que lui envoya, le 11 août, le généralissime Li Ping-heng. C'était un message désespéré, qui reconnaissait enfin son impuissance à faire face à une situation impossible :

J'ai fait retraite de Matou à Changchiawan. Ces derniers jours, j'ai vu plusieurs dizaines de milliers de soldats chinois bloquer les routes. Ils s'enfuient sitôt l'ennemi en vue. Quand ils traversent villages et villes, ils ouvrent le feu sur les habitants et les pillent, si bien qu'il ne reste aucun vivre pour l'armée régulière sous mon commandement. Nous devons alors les poursuivre avec pour seul résultat d'épuiser hommes et chevaux. Depuis ma jeunesse jusqu'à mon plus vieil âge, j'ai connu toutes sortes de guerres, mais je n'avais jamais rien vu de tel. Jusqu'à ce que soit restaurée la discipline et organisé le retrait de ces troupes indisciplinées, nous ne pouvons rester nulle part. La situation devient incontrôlable. Je n'ai pas le loisir de regrouper mes armées et de les faire se déployer en ordre de bataille mais j'œuvre de mon mieux pour reprendre en main les fuyards et combattre jusqu'à la mort, en souvenir des bontés qu'ont eues pour moi Vos Majestés et comme me l'imposent les devoirs de ma charge.

Au sud de Pékin, l'exemple des fuyards se communiqua bientôt aux armées encore un peu disciplinées. Les hommes n'obéissaient plus à leurs chefs quand ils ne les tuaient pas en leur tirant dessus à bout portant. Désespéré, le vieux généralissime, qui s'était montré si inflexible et si sûr de sa victoire lors du dernier Grand Conseil, s'empoisonna, bientôt imité par Yu Lu, le vice-roi du Chihli. Dès lors, il n'y avait plus personne pour s'opposer à l'avance des Barbares.

Le 14 août, les armées alliées, qui n'avaient pratiquement subi aucune perte, étaient en vue de Pékin. Ce fut alors que la dernière armée impériale encore en poste dans la capitale, celle de Jung Lu, quitta enfin Pékin pour rejoindre son empereur et son impératrice douairière. Il avait été décidé que chaque nation alliée entrerait par une porte différente afin d'occuper en même temps toute la capitale de l'Empire. Aux Russes la porte *Tungchich*, aux Japonais la porte *Chihhua*, aux Américains le *Tungpien*, aux Anglais la *Shakou*... Quand le général américain Chaffee fut au pied des murailles violettes de la Cité interdite, il ordonna à ses troupes de tirer sur les vieux palais millénaires. A sa surprise, il trouva en face de lui, et prêts à faire feu, les Français commandés par le général Frey et appuyés par le ministre Pichon.

– Qu'est-ce à dire ? hurla Chaffee.

– Il n'a jamais été question de détruire la Cité interdite comme le fut jadis le palais d'Eté, répondit froidement le général Frey. Si vous voulez la bombarder, il faudra d'abord nous passer sur le corps.

Assez confus, l'Américain prétendit qu'il s'agissait seulement d'une erreur de tir, ce que les Français feignirent de croire.

Pourtant, dès le lendemain, les scènes de pillages commencèrent un peu partout, d'abord dans le palais du prince Su où il ne restait pourtant pas grand-chose à voler, puis à l'intérieur même de la Cité interdite. Chaque palais, chaque temple, chaque pagode, chaque kiosque fut minutieusement exploré puis vidé de son contenu. On emporta tout ce que l'on put, les précieux vases de jade ou de porcelaine, les tapis, les tentures, les broderies, les meubles et les bijoux, tout l'argent découvert dans des caches. Et chaque général des différentes nations de s'attribuer aussitôt le plus beau palais pour y dormir et y amasser ses nouveaux trésors. Ce fut ainsi que le délicieux temple des Cinq Cents Bouddhas fut brûlé. Incendié aussi le pavillon

Ying-tai de la Mer du Sud où Tseu-hi et son fils adoptif avaient accoutumé de se réunir pour décider ensemble des destinées de l'Empire. Le général Chaffee, encore lui, fit percer des fenêtres dans le grand temple du Ciel et en fit casser toutes les précieuses tablettes des ancêtres. Même les pasteurs et missionnaires s'y mirent, le plus rapace étant sans doute le Révérend E.G. Tewksbury qui s'installa dans le palais du prince Yu et entreprit de le vider de tout ce qu'il contenait, des caves aux greniers... Même la bibliothèque de l'académie de Hanlin, qui renfermait entre autres merveilles le dernier exemplaire existant de la précieuse encyclopédie *Lo Ta Tien de l'an II*, en quatre-vingt-quinze volumes, toute l'histoire et le savoir de la Chine, fut pillée ou partit en fumée [1]...

Puis le pillage continua au palais d'Eté. Il n'y avait plus aucune armée impériale à Pékin et nul ne savait ce qu'il était advenu de l'impératrice douairière et de l'Empereur...

Ce fut à Hsuan-hua que le Grand Conseiller Kang I fit un soir mander à son chevet l'impératrice douairière. Ce qui aurait été inconcevable à Pékin et que le *Li* aurait interdit n'avait plus beaucoup d'importance sur le chemin de l'exil, où la première préoccupation, chaque nuit, était

1. Cette encyclopédie *Lo Ta Tien* fut composée du temps de l'empereur Yung Lo sous les Ming et complétée en 1408. Il n'en existait plus que deux exemplaires, l'un à Nankin qui fut détruit par les Taiping, l'autre à l'académie de Hanlin qui fut partiellement brûlé. Quelques rares exemplaires furent ensuite restitués à la Chine par les nations qui les avaient volés...

de savoir si l'on allait dormir au chaud et si l'on aurait de quoi manger à sa faim. Le vieil homme était couché, une masse de couvertures de soie recouvrant son corps amaigri. Il faisait une chaleur étouffante dans sa chambre et pourtant, il frissonnait. Son épouse et ses concubines, ses enfants, agenouillés à son chevet, sanglotaient. Tous se levèrent pour adresser les profonds saluts rituels à l'impératrice douairière lorsqu'elle entra, puis ils quittèrent la pièce.

Même si Tseu-hi avait eu souvent bien des différends avec le Grand Conseiller, plus hostile qu'elle à la présence des Barbares dans l'Empire, tout était oublié à cette heure. Il y avait si longtemps qu'ils se connaissaient, qu'ils essayaient de gouverner au mieux cet Empire impossible à gérer.

– Tu veux donc me quitter à présent, mon vieil ennemi ? Si tu savais combien je suis lasse aussi de tenter encore de gouverner, combien cette vie me pèse...

– Ne parlez pas ainsi, Majesté, ou bien je n'aurai plus aucun courage. Pardonnez-moi de vous offrir ce triste spectacle mais je voulais revoir une dernière fois mon Impératrice avant d'entreprendre le long voyage pour le pays de mes ancêtres. Je sais à présent que j'avais tort de m'opposer ainsi à l'inéluctable présence chez nous des Barbares. Cette ultime guerre était une folie. Dites-moi que vous me pardonnez.

– Il est si difficile de savoir où se trouve la vérité. Tu as fait ce que tu croyais devoir faire et tout est bien...

Il eut un sourire heureux, quoique exténué, tandis que Tseu-hi lui prenait la main. Longtemps, elle demeura en prières à son chevet, demandant à son cher Bouddha

Kouan Yin d'épargner au Grand Conseiller une prochaine réincarnation. Pour lui, c'en était assez, la Roue de la Vie pouvait enfin cesser de tourner.

Au matin, le Grand Conseiller Kang I n'était plus. Même si l'on était en fuite, même si l'on craignait à tout instant de voir arriver un détachement de soldats étrangers, Tseu-hi tint à lui offrir de belles funérailles. Et l'on resta jusqu'au 25 août à l'abri des remparts de Hsuan-hua, le temps que la première période de deuil fût achevée.

Ensuite, l'on continua de suivre la Grande Muraille en s'enfonçant toujours un peu plus profondément vers l'ouest et les confins de la Mongolie-Intérieure. C'était un paysage hallucinant et sauvage. L'on passait parfois par des gorges profondes, puis par des plateaux arides balayés par un vent violent. Les hommes et les bêtes peinaient chaque jour un peu plus. L'immense et tortueuse caravane se traînait sur les mauvais chemins. On n'avait pas toujours de gîte où dormir, on se passait souvent d'un vrai repas. Vaille que vaille, l'on parvint pourtant à Kalgan, puis à Tatung, dans le Shanxi. De là, on plongea vers le sud et l'on atteignit le 10 septembre Taiyuan, la capitale de la province.

L'impératrice douairière, l'Empereur, ses épouses et leurs serviteurs s'installèrent dans l'ancien palais du gouverneur, Yu Hsien, qui n'était pas là pour les recevoir. Comme Tseu-hi s'en étonnait, son Grand Eunuque lui expliqua à voix basse :

– C'est de ce palais que Yu Hsien a ordonné un massacre général des missionnaires de la région.

Tseu-hi était accablée. Un nouveau massacre alors que les Alliés étaient à Pékin et n'attendaient qu'un prétexte pour tout détruire. tout brûler... D'une voix tremblante, elle demanda :

– Que va-t-il se passer quand les Alliés l'apprendront ? A nouveau, j'en serai tenue pour responsable. Quelle folie et quelle stupidité ! Yu Hsien peut se vanter d'avoir bien servi l'Empire...

Il était en fuite, ce qui valait mieux pour lui. Pour l'instant, elle ne pouvait rien faire pour le punir.

Tseu-hi n'avait pas trop mal supporté les fatigues du voyage, mais Kuang Hsu avait terriblement maigri et ne dormait pour ainsi dire pas. Parfois, il tenait des propos incohérents et insultait ceux qui passaient la porte de sa chambre ou de sa tente si l'on n'avait pas trouvé de maison où dormir. L'impératrice douairière, inquiète pour lui, ordonna que l'on fît halte quelques jours dans la ville, le temps que la fièvre de l'Empereur se calmât. Elle dormait à présent près de lui et faisait garder par les hommes les plus sûrs de Jung Lu la porte de sa chambre. Dans son délire, il ne cessait d'invectiver le prince Tuan et de le charger de tous ses maux. Ce n'était pas faux, mais pas utile non plus que le prince l'apprît, d'autant plus qu'il venait de s'octroyer le titre de Grand Conseiller qui avait été celui de Kang I. Pour l'instant, le gouvernement n'existait plus et la soif de pouvoir du prince Tuan semblait à Tseu-hi bien dérisoire. L'important était que Kuang Hsu recouvrît ses forces. Pourtant, elle voyait bien que les hommes de son escorte, ceux de Jung Lu, étaient peu à peu remplacés par des étrangers qu'elle ne connaissait pas...

Madame Wang et madame Wi se relayaient avec l'impératrice douairière ou la jeune impératrice au chevet du malade et nul autre, hormis le Grand Eunuque, n'était admis à pénétrer chez lui.

Ce ne fut que le 1er octobre que l'impératrice douairière jugea son fils assez rétabli pour reprendre la route. On quitta donc Taiyuan pour se diriger vers Xian. Cette fois, on pénétrait dans l'Ouest profond, l'ancien territoire des Zhou venus occuper le pays un millénaire avant le Christ, comme auraient dit les Barbares, mais Tseu-hi elle-même avait pris l'habitude de compter les années selon leurs coutumes. C'était là aussi qu'était né le premier Etat légiste avant l'essor de la puissante dynastie des Han, les premiers souverains à avoir gouverné selon les préceptes de Confucius, vers l'an 194 av. J.-C. Plus tard, les Tang avaient finalement succombé aux multiples assauts des hordes de l'Ouest, mais la ville s'était relevée au XVe siècle, sous la splendeur des Ming.

En dépit de sa peine de se trouver ainsi exilée pour un temps qu'elle ne pouvait mesurer, en dépit de ses inquiétudes quant à un avenir incertain et de ses craintes de se trouver presque sans protection sur un territoire entièrement contrôlé par le général Tung Fu-hsiang dont le moins que l'on pût dire était qu'il ne faisait pas partie de ses amis, Tseu-hi, qui avait tant lu sur la prodigieuse Xian, était heureuse de la voir enfin.

Elle voulait faire le tour des remparts, mais surtout visiter le temple de Confucius édifié sous les Song et sa prodigieuse « bibliothèque de pierre », cette incomparable forêt de stèles portant, figée dans la matière, un peu de l'histoire de l'Empire,

Le 11 novembre, Jung Lu et son armée arrivaient enfin devant les hauts remparts presque intacts de Xian, Le général Tung n'avait pas osé s'opposer à son avance ni lui livrer combat. Enfin, Tseu-hi et Kuang Hsu retrouvaient leur protecteur et toutes les données changeaient,

Tseu-hi tint à recevoir en privé celui qui ne l'avait jamais déçue. Quand il entra dans ses appartements, il la trouva parée, reposée – elle voulait lui plaire encore et, grâce à lui, elle retrouvait son envie de rester séduisante. Elle le prit dans ses bras et le serra contre elle.

– Enfin, tu es là. Les troupes du général Tung ayant peu à peu remplacé tes hommes, j'avais l'impression de n'être, avec l'Empereur, qu'un otage aux mains du prince Tuan. J'ai craint sans cesse que nous ne soyons assassinés.

– C'était une folie que de m'avoir demandé de rester à Pékin, mon Impératrice.

– Il fallait jusqu'au bout veiller au salut des habitants des légations. S'il y avait eu un massacre, l'Empire aurait été aussitôt mis à feu et à sang par les armées des Alliés. Qu'en est-il de la Cité interdite et de mon pauvre palais d'Eté ?

– J'arrive de Paoting et j'avais chargé plusieurs de mes hommes d'observer ce qu'il se passait et de m'en avertir chaque jour. Hélas, l'académie de Hanlin et le grand temple ne sont plus. Ils ont brûlé...

– Et les livres ?

– Partis en fumée ou volés. La plupart des palais, temples et pagodes de la Cité interdite ont été pillés, vidés de leur contenu. Les palais hors les murs sont ceux qui ont le plus souffert, certains ont brûlé aussi.

– Et le palais d'Eté ?

– Pillé à nouveau mais on n'a cette fois pas touché aux bâtiments. Hélas, ton Bouddha de jade blanc, celui que tu priais chaque jour, a eu les doigts cassés...

Tseu-hi se détourna pour lui cacher qu'elle pleurait. Elle s'en voulait de cet instant de faiblesse, alors que tout aurait pu être bien pire. Aussi lui dit-elle avec affection :

– Nous reconstruirons une fois encore ce qui a été détruit. Le plus important, c'est que tu aies pu jusqu'au bout protéger et sauver les légations [1]. Jung Lu, il te faut sans tarder t'assurer de la personne du prince Tuan. Je te fais, au nom de l'Empereur et en mon nom, Grand Conseiller à la place du prince Tuan qui est destitué de ses titres et prérogatives. Tu es en outre généralissime de toutes les armées impériales. Donne l'ordre au général Tung de faire mouvement avec ses troupes vers le Shaanxi et avertis-le que, par un décret impérial daté de ce jour, son armée est désormais limitée à deux mille cinq cents hommes. Réintègre les autres soldats dans tes propres rangs.

Il était heureux de voir qu'elle réagissait si vite et si bien. Le prince Tuan comme le général Tung avaient en effet laissé passer l'occasion. Ils n'avaient pas osé trucider l'Empereur et l'impératrice douairière car celle-ci, même en étant quasiment leur prisonnière, avait continué de leur en imposer. Maintenant, pour eux, il était beaucoup trop tard. Jung Lu, avec son armée, tenait la ville et tout le gouvernement en exil de l'Empire.

---

1. Même si George Morrison, pourtant immobilisé par sa blessure à la fesse, raconta à sa manière pour le *Times* les héroïques combats des légations de Pékin – de combat, il n'y en eut d'ailleurs pas –, même s'il haïssait l'impératrice douairière, s'obstinait à croire l'Empereur prisonnier de sa mère adoptive et dépeignait Jung Lu comme le « bourreau de Pékin », ce fut bel et bien ce dernier qui sauva et ravitailla les légations, qui chassa les Boxers et sut contenir les Tigres du prince Tuan comme les armées du général Tung Fu-hsiang.

– Sais-tu, mon Impératrice, que le vice-roi Li Hungchang a enfin quitté Canton pour Pékin ? C'est lui, m'a-t-on dit, qui traite au nom de l'Empire avec les Alliés. Il faudra en passer par ses conditions.

Tseu-hi eut un sourire d'infinie dérision. Li Hungchang, son mauvais ange, l'assassin présumé de son fils Tung Chih, l'homme le plus puissant de l'Empire, était enfin parvenu à ses fins. Il ne cesserait donc jamais de chercher à l'humilier. Surtout, il en voulait encore à l'Empereur de lui avoir jadis fait perdre la face en le destituant de son poste de vice-roi du Chihli, le plus prestigieux de l'Empire, la source de revenus immenses...

– Je ne lui ai pas envoyé moins de onze messages, télégrammes ou courriers à cheval, pour le supplier de revenir avec ses troupes m'assister à Pékin, mais il avait toujours un bon prétexte pour différer sa venue, les trains qui ne marchaient plus, sa santé qui n'était pas bonne... Grâce au contrôle total des télégrammes que lui offrait sa créature, ce Sheng surnommé Télégramme Sheng, il a pu couper Pékin du reste du monde. Ensuite, il ne lui a guère été difficile de manipuler la presse étrangère, donc l'opinion mondiale. J'avais bien dit à Kuang Hsu qu'on ne pouvait impunément s'attaquer à un tel homme, mais je sais que l'Empereur a voulu aussi me venger en l'humiliant. Maintenant, nous allons le payer cher. Sais-tu, Jung Lu, que j'ai même lu dans un article du *Daily Mail* de Shanghai en date du 5 juillet[1] que l'Empereur et moi-même étions

1. Cet article du 5 juillet fut repris par le quotidien londonien, le *Illustrated London News*, puis par toute la presse européenne, russe, japonaise et américaine...

morts, empoisonnés par le prince Tuan ? Li Hung-chang s'y entend mieux que personne pour manipuler l'opinion... Maintenant qu'il est à Pékin, que va-t-il se passer ?

– Tu ne tarderas pas à l'apprendre, mon Impératrice. Je sais qu'il prépare la liste de tous ceux dont il veut la vie. Mais ne sois pas trop inquiète, lui non plus n'apprécie guère les Têtes de Fer qui l'empêchent de mener à bien ses multiples trafics. Li n'aime que l'argent et le pouvoir qu'il lui donne. C'est aussi un vieil homme malade – il a soixante-dix-sept ans – qui n'aurait plus l'énergie de reconstruire son empire si la dynastie venait à être détrônée. Il n'est ton ennemi que dans une certaine mesure. Laisse-le faire seul le sale travail et nous débarrasser des Têtes de Fer.

Tseu-hi eut un soupir. Elle se sentait lasse à mourir de tous ces règlements de comptes et pressentait, dans un avenir très proche, encore beaucoup de sang versé.

Jung Lu, fort de la présence de ses armées qui encerclaient la vieille capitale des Tang, arrêta donc sur l'heure le prince Tuan, son cousin le prince Chang, leur aîné le prince Tun II – le vieux prince Tun était mort – et le cadet, le duc Lan. Ying Nien, le vice-président du ministère des Revenus, fut déchu de deux rangs et Yu Hsien, le gouverneur responsable des massacres des missionnaires, exilé au Turkestan. Le même jour, la liste des Têtes de Fer dont le vice-roi Li Hung-chang voulait la mort parvint à l'impératrice douairière. C'étaient les Têtes de Fer qu'elle avait fait arrêter, auxquels Li avait ajouté le Grand Conseiller Kang I dont il ignorait la fin, et Chao Shu-chiao, le président du ministère des Châtiments, un ami du prince Tuan que Tseu-hi n'avait pas l'intention d'épargner.

Dans sa missive à l'impératrice douairière, le vice-roi Li s'abritait pudiquement derrière les exigences des Alliés, qui réclamaient douze exécutions que Tseu-hi ne comptait pas lui accorder. Pour nombre de ces irréductibles Têtes de Fer, l'exil et la privation de leurs rangs, revenus et privilèges lui semblaient amplement suffisants. D'ailleurs, elle n'avait guère envie de susciter des désirs de vengeance parmi les grands clans mandchous. Il fallait au contraire restaurer l'autorité de l'Empereur, même s'il ne s'intéressait plus à grand-chose et ne prenait plus aucune part aux décisions [1]. Cette fois, Tseu-hi, avec l'aide de Jung Lu, avait définitivement triomphé des Têtes de Fer qui lui avaient si longtemps imposé leurs volontés et dont l'attitude extrémiste à l'égard des Barbares avait été cause d'une nouvelle guerre. De même qu'autrefois à Jehol, elle sortait vainqueur de l'épreuve. Aidée à nouveau par Jung Lu, elle avait repris les rênes du pouvoir.

Les conditions du traité de Pékin acceptées de part et

1. Si le président du ministère des Cérémonies, Chi Hsiu, et le fils du Grand Secrétaire Hsu Tung, Hsu Cheng-yu furent décapités en février 1901 sur la place du marché aux légumes de Pékin, rue Greengrocer, les princes Chuang, Ying Nien, Hsu Tung et Chao Shu-chiao eurent le privilège de pouvoir se suicider. Le général Tung Fu-hsiang que rejoignit Yu Hsien, fut dégradé mais eut le droit de rester dans sa province du Gansu. Le général Tung, le prince Tuan et le duc de Lan furent exilés à Urumqi, la capitale du Sin-kiang située non loin de la frontière russe. De là, le général Tung rejoindra ensuite sa ville de Ninghsia où il mourra en février 1908, à l'âge de 69 ans. Quant à Pu Chun, le fils du prince Tuan que les Têtes de Fer avaient pensé asseoir sur le Trône du Dragon, il partit fin novembre 1901 rejoindre son père en exil, mais revint en 1904 à Pékin où il fut gardé en résidence surveillée.

d'autre – Tseu-hi n'avait pas tellement le choix, même si les Alliés réclamaient cette fois quatre cent cinquante millions de *taëls* d'argent d'indemnités pour une guerre qu'ils avaient encore « oublié » de déclarer –, on songea au retour dans leur capitale de l'Empereur, de l'impératrice douairière, du harem impérial, du gouvernement et de la Cour. Tseu-hi exigea que son retour à Pékin fût triomphal. Il était en effet de la plus haute importance que l'Empereur et sa mère adoptive entrent avec les honneurs dans la Cité interdite.

Il y avait sept cent miles de route de Xian à Pékin. Il fallait d'abord se rendre dans la ville de Cheng Ting-fu, d'où l'on prendrait le train, qui n'allait pas jusqu'à Xian. A nouveau, la longue caravane de chevaux, de chariots de toute sorte forma un convoi sur les mauvais chemins. A nouveau, ce furent les bivouacs peu confortables et les repas improvisés, mais Tseu-hi s'en moquait, à présent qu'elle avait enfin triomphé de ces Têtes de Fer si réactionnaires, qui avaient osé penser à déposer son fils sans heureusement aller jusqu'au bout de leur action, à présent que Jung Lu était là pour l'escorter avec toute son armée. Enfin, elle rentrait chez elle avec son fils adoptif sain et sauf, après un exil de quatorze mois !

Jung Lu avait bien fait les choses. A Cheng Ting-fu, un train composé de vingt et un wagons confortables pavoisés des bannières impériales – le jaune d'or sur lequel étaient brodés le Dragon et le Phénix, emblèmes de l'Empereur et de l'impératrice douairière – prit le relais. Les princes épargnés par la purge ainsi que la garde impériale, à cheval, escortaient le train du triomphe.

Après un voyage sans histoire qui enchanta Tseu-hi, toujours avide de nouveauté, mais épouvanta l'impératrice et la plupart des eunuques et dames de cour, l'on arriva enfin à Pékin. Là attendait une foule vêtue de ses plus beaux atours, composée de deux mille princes et mandarins. On forma aussitôt un premier cortège autour du palanquin où avait pris place Kuang Hsu. Lui aussi se sentait heureux de revenir dans sa ville, alors qu'il n'y croyait plus beaucoup et s'attendait chaque jour à être détrôné ou secrètement assassiné. Une fois de plus, sa mère adoptive, grâce à Jung Lu qui était à présent Premier ministre, avait su triompher de toutes les embûches et abattre chacun de ses ennemis.

Les fanfares mandchoues, les porteurs d'ombrelles, les princes chevauchant à la suite de son palanquin formaient l'habituel et chatoyant spectacle. Celui qui caracolait seul près de sa portière était bien sûr Jung Lu, auquel l'Empereur adressa un signe d'amitié. Sans lui, aurait-il jamais revu Pékin ?

Le second cortège était celui de Tseu-hi, follement acclamée car on lui était reconnaissant d'avoir su préserver la dynastie. Pour la première fois, Tseu-hi l'avait exigé, la foule des Pékinois avait été autorisée à monter sur les toits et à regarder passer les deux palanquins impériaux. D'ailleurs, Tseu-hi avait bien l'intention de moderniser la Cour et d'assouplir cette insupportable rigidité du *Li* qui l'avait jusque-là coupée du reste du monde. Autour de la porte *Chien-men* étaient massés les diplomates et journalistes étrangers, ainsi que les femmes des légations que Tseu-hi tint à saluer de son palanquin. Pour masquer les traces des boulets de canon et des balles qui en avaient bien endommagé les murs, la *Chien-men* était drapée de bannières claquant joyeusement au vent.

Le premier moment d'euphorie passé, il fallut s'organiser vaille que vaille dans une Cité interdite dévastée par le pillage et le vandalisme. Dans le propre palais de Tseu-hi avaient aménagé le diplomate allemand von Waldersee et ses concubines. Ils avaient tout saccagé, tout emporté. Il n'y avait pas moyen de demeurer là. Si son cher pavillon du Ying-tai n'avait pas brûlé, Tseu-hi, qui y dormait souvent, surtout parce qu'il était situé hors les murs, s'y serait, installée. Or il n'y fallait plus songer. Ce n'était qu'un tas de cendres. L'impératrice douairière fut donc contrainte de passer comme elle pouvait sa première nuit avec ses servantes et ses dames de cour dans le côté nord-est de la Cité interdite, moins touché que le reste. Elle choisit l'ancien palais de l'Empereur Chien Lung.

Aussitôt qu'on se fut à peu près arrangé de la nouvelle situation, tandis que des ouvriers se hâtaient de remettre les lieux en état, Tseu-hi reçut son Premier ministre, Jung Lu.

– Tu m'avais toujours dit, lui expliqua-t-elle avec ce sourire trop rare qui l'émouvait tant, qu'il n'était pas bon pour l'Empire que ses représentants vivent ainsi à l'écart du monde. Tant que les Têtes de Fer étaient au pouvoir, je ne pouvais les contrer de front. A présent que tu m'as aidée à triompher, j'ai décidé d'accorder dans quelques jours une audience privée aux principaux diplomates alliés. L'Empereur et moi les verrons à l'intérieur même de la Cité interdite. Ensuite, je recevrai une seconde fois les femmes des diplomates, mais sans apparat. Il faut absolument rectifier notre image, prouver à nouveau que l'Empereur est en bonne santé, que je ne le tiens nullement prisonnier, que je ne le drogue pas comme s'obstine à l'écrire encore ce journaliste du *Times* qui affirme vraiment n'importe quoi. J'ai confiance en ces femmes étrangères...

L'audience avec les diplomates eut donc lieu et elle eut du moins le mérite de rassurer les Alliés sur la santé et la liberté dont jouissait l'Empereur.

Plus que les diplomates, celui que Tseu-hi rêvait depuis si longtemps de rencontrer était son cher Robert Hart, « notre Hart », comme elle l'appelait avec une familiarité presque tendre sans l'avoir jamais vu. Elle lui fit porter une invitation par l'intermédiaire du *Wai-wu-pu*, le nouveau ministère des Affaires étrangères qui avait remplacé le *Tsungli-yamen* depuis son retour à Pékin. Il y avait quarante et un ans que Hart dirigeait le service des douanes. Il l'avait toujours bien servie. Sa clairvoyance, sa parfaite connaissance de la langue et des usages mandchous ou chinois lui avaient maintes fois permis de conseiller utilement l'impératrice douairière et d'aplanir ses rapports avec les Occidentaux. C'était grâce à lui qu'elle avait enfin compris que tous les Barbares n'étaient pas les brutes qui avaient jadis incendié son cher palais d'Eté et, plus récemment, mis à sac la plupart des temples et palais de la Cité interdite.

L'audience eut lieu au cours du mois de février 1902. Tseu-hi avait tenu à ce que Kuang Hsu y assistât, ce à quoi l'Empereur avait volontiers consenti. Sa présence permettait à l'impératrice douairière de se passer d'un interprète, puisque son fils adoptif parlait à présent parfaitement l'anglais. Surtout, elle était heureuse lorsque Kuang Hsu manifestait un intérêt pour quelque chose.

Robert Hart fut reçu dans l'un des salons privés de l'Empereur, au palais d'Eté. C'était plus familier et plus agréable que les immenses salles d'audience si impressionnantes de la Cité interdite. Toujours dans son souci d'alléger l'étiquette, Tseu-hi avait fait remplacer les deux trônes par de simples fauteuils. On lui servit une collation à l'occidentale. Ce n'étaient pas l'impératrice douairière et l'Empereur recevant en grande pompe un Barbare, mais l'entrevue tant souhaitée de trois amis qui pouvaient enfin se voir. Tseu-hi se sentait bizarrement émue en guettant la porte qui allait s'ouvrir devant cet homme bon et intègre, dont elle s'était souvent sentie si proche sans le connaître. Tous deux avaient le même âge : soixante-six ans. Tous deux avaient aimé la Chine d'amour ave un étrange mélange d'exaspération pour son immobilisme et de passion pour cette force toujours à l'affût.

C'était un homme qui paraissait son âge qu'introduisit le Grand Eunuque. D'ailleurs, ce dernier aussi avait vieilli, ce dont Tseu-hi s'aperçut avec douleur ce jour-là. Il avait grossi et commençait à ressembler aux autres membres du malheureux « peuple puant ». Quant à Robert Hart, ce long séjour dans l'empire du Milieu l'avait épuré, comme émacié. Il ne ressemblait plus beaucoup aux photos que Tseu-hi connaissait. On disait que le siège de Pékin l'avait beaucoup éprouvé, car il avait alors douté de la sincérité de sa vieille amie comme des motivations de ses compatriotes. Ce faux conflit, ce faux siège, cette fausse guerre où seules les victimes chinoises avaient hélas été bien réelles l'avaient profondément affecté. Il en portait les stigmates.

L'Empereur comme l'Impératrice s'étaient levés pour l'accueillir – on était bien loin du cérémonial de naguère ! Tseu-hi marcha vivement vers lui, son beau sourire adoucissant un visage souvent glacé. Lui tendant les mains, elle le conduisit elle-même vers le siège qui lui était réservé – le même que le sien et celui de son fils adoptif. Kuang Hsu traduisit au fur et à mesure ses paroles.

– Je suis si heureuse de vous rencontrer enfin, cher Robert Hart. Il y a longtemps que je souhaitais cet instant, mais l'étiquette ne le permettait pas. Habitez-vous toujours la belle maison proche de la concession anglaise dont on m'a montré des photos ?

A cette question, le visage de Robert Hart se durcit et il répondit un peu plus sèchement qu'il ne l'aurait voulu :

– Ma maison a été brûlée par les Boxers avec tout ce qu'elle contenait, mes collections et mes papiers...

Tseu-hi eut un soupir avant de lui confier :

– Mon ami, nous avons tous beaucoup perdu avec cette folie des Boxers. Il aurait fallu arrêter ce mouvement bien plus tôt, mais les Têtes de Fer le soutenaient... Je voudrais tant que vous acceptiez ma participation à la reconstruction de votre maison. Mon Grand Eunuque arrangera la chose tout à l'heure.

Robert Hart acquiesça sans répondre. Il avait tort de se montrer si amer. Elle avait plus perdu que lui. On lui avait d'abord détruit son cher palais d'Eté, puis sa résidence dans la Cité interdite. A deux reprises, elle avait été contrainte à l'exil. Sans cesse, elle avait été dénigrée, calomniée par la presse étrangère qui en avait fait un monstre assoiffé de sang et même la geôlière de son propre fils adoptif. De quoi pouvait-il se plaindre ? La vie de cette femme n'avait été qu'une longue succession de luttes, de deuils et d'épreuves...

Peu de temps après l'entrevue avec Robert Hart eut lieu la *party* avec les femmes, qui fut un franc succès pour l'impératrice douairière. Cette fois, Tseu-hi avait décidé de les recevoir avec l'Empereur de façon presque familière. Elles seraient toutes assises sur des divans couverts de soie bleue – une couleur plus douce que l'éternel jaune impérial –, y compris elle-même, l'Impératrice, les princesses et les plus jolies dames de cour. Elles boiraient le thé ensemble, sans contrainte et sans étiquette.

Mrs Sarah Conger, qui avait remplacée lady Ethel MacDonald rentrée en Angleterre, même si elle était d'un naturel plus réservé, plus critique qu'Ethel, se déclara charmée par la gentillesse et les sourires de Tseu-hi, par sa courtoisie et sa grande beauté. L'impératrice douairière avait dépassé la soixantaine, mais son visage, lisse et fin, semblait celui d'une femme de quarante ans. Quant à l'Empereur, ces dames le trouvèrent très beau, quoique bien mélancolique.

Le 27 février 1902, ce fut dans sa propre chambre du palais d'Eté enfin redevenu habitable que Tseu-hi tint à organiser une seconde *party*. Elle se sentait à son aise avec ces femmes qui avaient fini par comprendre qu'elle n'était pas le serpent sanguinaire décrit par George Morrison ou ses amis, Bland et Backhouse, tout aussi affabulateurs que lui. Elle n'avait pas de rôle à tenir, ce qui n'était pas le cas avec des diplomates masculins plus gourmés. En outre, cela l'amusait de voir ces femmes, de comparer leurs coiffures, leurs bijoux, leurs toilettes si différentes des siennes, de tenter de comprendre ce qu'elles avaient pu percevoir de la Chine[1].

Sarah Conger osa même lui faire une suggestion assez inhabituelle.

– Majesté, lui dit-elle, nous souffrons toutes, mes compagnes et moi-même, du portrait peu flatteur que fait de votre personne une certaine presse. C'est si ridicule, si injuste...

Tseu-hi eut un sourire triste en caressant sa petite chienne Shadza, qui avait familièrement sauté sur ses genoux. Il y avait bien longtemps que la presse étrangère ne cessait de la calomnier. Or elle voyait mal comment remédier à cette image désastreuse qu'avaient d'elle la plupart des Occidentaux.

– Je le sais bien, répondit-elle enfin. Il n'y a que vous, mes amies étrangères, qui puissiez témoigner de la vérité, affirmer que je ne ressemble pas à un serpent ou à une sorcière, comme on dit je crois chez vous...

1. Voici ce que dit Sarah Conger de cette *party* au palais d'Eté : « Nous fûmes reçues dans la pièce la plus privée. Sa Majesté semblait très heureuse et tira elle-même une riche draperie, révélant le *kang* (le lit), qui prenait tout un mur de la chambre. Devant le lit, il y avait une étagère emplie de merveilleux jades et de précieux ornements, plus sept petites horloges qui marchaient toutes. Sa Majesté s'assit sur le *kang* et nous invita à en faire autant. Elle prit sur l'étagère une statuette en jade représentant un enfant et me la donna en me priant de ne pas protester. » Indignée par la description que fit George Morrison, qui n'y était bien sûr pas, de cette *party* où il peignait Tseu-hi comme un monstre grimaçant affligé d'un goitre, Sarah Conger incita l'impératrice douairière à accepter que l'on fît son portrait.

– Il y aurait une autre solution, Votre Majesté, qui aurait au moins le mérite de montrer au monde votre vrai visage. Peut-être, ensuite, les médisances cesseraient-elles enfin ?

– A quoi pensez-vous donc, Mrs Conger ?

– A faire peindre votre portrait par une artiste étrangère de grand talent que je connais. Il s'agit de miss Katherine Carl, fille d'un militaire allemand et d'une jeune femme irlandaise, mais elle est à présent naturalisée américaine.

Tseu-hi la regarda avec stupéfaction, puis elle éclata de son joli rire qui savait toujours autant charmer.

– Quel scandale cela serait ! Mais l'idée me plaît, ma chère Sarah. Pouvez-vous prier cette jeune fille de venir me trouver ? Pour ne pas trop scandaliser tout de même le Conseil du Clan, toujours si à cheval sur l'étiquette, j'espère que cette artiste acceptera de se conformer aux règles de notre art chinois. Vous savez que les portraits officiels supposent certains vêtements, certaines poses.

– Ne pourriez-vous faire abstraction de ces contraintes, Majesté, et laisser Katherine Carl vous représenter selon son cœur ?

– Ce doit être possible.

– Il faudrait donc que cette artiste puisse bien vous connaître et vous voir en dehors des séances de poses officielles...

– Si elle y consent, elle pourra demeurer et résider au palais d'Eté aussi longtemps qu'elle le souhaitera. Je lui ferai aménager un appartement agréable où elle jouira de toute l'indépendance souhaitable et pourra partager mon existence au même titre que n'importe quelle dame de cour.

Même dans ses rêves les plus fous, Sarah Conger n'avait jamais pensé voir s'ouvrir à une Occidentale cette cour si mystérieuse et si fermée de l'impératrice douairière. Toutes les autres femmes des différentes légations semblaient aussi stupéfaites qu'elle. Tseu-hi prit affectueusement la main de Sarah et lui expliqua :

– Grâce à vous, mon amie, je comprends enfin que cet isolement absolu dans lequel nous vivions fut la cause de bien des malentendus entre nos pays. L'Empereur et l'Impératrice doivent à présent descendre de leur piédestal pour devenir accessibles à tous. C'est pourquoi j'ai voulu que les habitants de Pékin fussent enfin autorisés à contempler leurs souverains. Croyez-moi, ce ne fut guère facile... Avez-vous aussi trouvé une solution, chère Sarah, au problème de l'interprète ? Si mon fils maîtrise bien votre langue, moi, je parle hélas trop mal anglais pour pouvoir m'en passer, et je voudrais une personne de confiance, discrète, de préférence une femme. Il faudrait bien sûr qu'elle eût aussi une parfaite connaissance de notre langue...

Ces deux dernières phrases furent prononcées dans un anglais un peu hésitant par l'impératrice douairière et dites à voix presque basse afin de ne pas heurter l'interprète officiel, un vieux mandarin fort capable mais qu'elle soupçonnait de renseigner un peu trop exactement le Conseil du Clan sur tout ce qui se disait lors de ces *parties* qu'elle aimait tant. Le fait que les propos échangés si librement avec des femmes étrangères fussent ensuite rapportés à des tiers était insupportable à Tseu-hi. Se penchant vers elle, Sarah Conger lui confia :

– J'ai trouvé celle qu'il vous faut, Majesté. Il s'agit d'une jeune femme eurasienne de vingt ans, miss Derling Yu. Elle sait le chinois depuis son plus jeune âge et parle couramment l'anglais comme le français. En outre, son frère est photographe !

Sarah Conger ne lançait pas cette précision à la légère. Elle savait que l'impératrice douairière, fascinée par les inventions occidentales. adorait en particulier la photographie. Tseu-hi, qui n'avait pas fini d'étonner ses invitées, déclara enfin :

– J'ai également décidé de faire électrifier le palais d'Eté[1] !

La présence constante des deux jeunes femmes étrangères dans le palais d'Eté scandalisa bien sûr la Cour comme le Conseil du Clan, mais Tseu-hi n'en avait cure, à présent que les Têtes de Fer avaient été matées et qu'elle régnait à nouveau. Surtout, Kate Carl et Derling Yu apportèrent un

---

1. Kate Carl résida au palais d'Eté de début août 1903 à mai 1904. On lui doit un beau portrait de l'Impératrice plus véridique et plus humain que ses autres représentations officielles. Elle rédigea en outre des mémoires intitulés *With the Empress Domager of China*, publiés en 1905 et dédiés à Robert Hart. Dans ce livre, elle décrit ainsi Tseu-Hi : « C'est une charmante petite femme au lumineux sourire. Elle était pleine de tact et de considération envers son entourage avec qui elle entretenait d'excellentes relations. C'était à la fois une enfant et une femme forte, aux qualités viriles. » Quant à Derling Yu, qui se fit faussement passer pour la « princesse Derling », elle fut durant le même temps l'interprète officielle de l'impératrice douairière. Son frère, Yu, fut le photographe particulier de l'impératrice douairière de 1903 à 1905 et on lui doit d'innombrables portraits de Tseu-hi représentée avec ses dames de cour et même avec son Grand Eunuque, Li Lien-ying. Ce fut ce même Yu qui modernisa et électrifia le palais d'Eté à a demande de Tseu-hi.

vent de modernisme et de gaieté à une cour vieillissante, toujours engluée dans les règles trop rigides du *Li*, même si Tseu-hi ne cessait de les assouplir. Plusieurs fois, elle et l'Empereur prirent leur repas en présence des deux jeunes femmes, chose inconcevable jusqu'alors, l'Empereur, l'Impératrice, l'impératrice douairière et les princes de sang devant toujours manger seuls, ce qui faisait de leurs repas une sinistre corvée. L'Empereur, qui parlait à présent un anglais très courant et même élégant, était ravi de s'exercer dans cette langue avec ces femmes agréables. Avec elles, il sortait enfin de son éternelle prostration et de cette apathie qui désolait tant Tseu-hi. La « princesse » Derling surtout semblait beaucoup lui plaire. Elle avait, réuni en elle, tout le charme des deux races : l'apparente fragilité de la femme chinoise, ses airs de poupée innocente joints à l'aplomb et parfois à l'insolence occidentale. Bref, Kuang Hsu était sous son charme et redevenait le jeune homme enthousiaste qu'il avait été. Bien sûr, l'Impératrice détestait cordialement Derling, ce dont Tseu-hi se moquait assez. Sa belle-fille n'avait pas su se faire aimer de son époux, elle l'avait laissé jour après jour s'enfoncer dans la dépression. Alors, tant pis pour elle s'il en préférait une autre...

Le vieil ennemi de Tseu-hi, le redoutable Li Hung-chang, qui avait mené en secret toute la politique chinoise depuis des années, qui avait encouragé la révolte des Tai-ping, puis la prise du pouvoir dans la Cité interdite par les Têtes de Fer, celui qui avait manipulé l'opinion mondiale en alarmant les Alliés pour les inciter à marcher sur Pékin n'avait pas longtemps joui de son dernier et éclatant succès.

Il était mort à Pékin à l'âge de soixante-dix-huit ans, le 7 novembre 1901, laissant son immense empire à son dauphin, le général Yuan Shih-Kai. Cet homme brutal, qui avait réprimé dans le sang la révolte des Boxers et en avait tué, disait-on, plus de dix mille, régnait à présent sur toute la Chine du Nord-Est. Alors que Li avait toujours préféré pousser ses pions dans l'ombre, le général Yuan, moins subtil que Li et plus grossièrement ambitieux, aimait le pouvoir pour le pouvoir. De même que l'avait fait jadis le prince Ching, il ne cessait de couvrir l'impératrice douairière de cadeaux plus somptueux les uns que les autres, ce qui ne lui coûtait pas grand-chose, puisqu'il jouissait à présent des immenses revenus du Chihli, la plus riche des provinces chinoises,

– Ne comprends-tu, mon Impératrice, lui répétait Jung Lu, que Yuan est un homme cupide et sans scrupules, qui veut à tout prix s'insinuer dans tes bonnes grâces par ses cadeaux ?

Tseu-hi le regarda de son air le plus malicieux. Elle le trouva vieilli et s'en affligea. Jung Lu avait à présent un teint jaune et bilieux, sa main tremblait et sa démarche avait perdu sa magnifique aisance de jadis.

– Serais-tu jaloux, mon cher Jung Lu ?

– Je trouve seulement l'arrogance du général Yuan insupportable. Tu lui as donné trop de pouvoir, Majesté.

– Ce n'est pas moi, tu le sais bien, c'est Li Hung-chang qui en a fait son dauphin et lui a laissé son immense fortune et ses alliances.

– Tu pouvais le contrer, ne pas lui accorder la vice-royauté du Chihli...

– Nous aurions alors encore été en guerre, tu le sais bien.

– Je suis malade, Tseu-hi, je sais que je n'en ai plus pour longtemps. Quand je serai parti, qui veillera sur toi et sur l'Empereur ? Ces cadeaux stupides que te fait le général Yuan te grisent un peu vite. A quoi te sert une automobile, alors que le *Li* ne permet pas qu'un simple chauffeur soit assis en ta présence ? Et comme ni l'Empereur ni toi ne savez conduire, l'automobile se rouille dans sa remise. Et ce train qu'il t'a offert pour te rendre jusqu'aux tombes Qing, n'était-ce pas une absurdité ?

– Yuan m'a offert vingt-cinq miles de voie ferrée, une locomotive et trois wagons, ce n'est tout de même pas m'acheter que de me donner cela.

– Je te connais mieux que personne, mon Impératrice. La mélancolie de l'Empereur t'afflige tant que tu as besoin d'affection et tu te laisses séduire par quelques présents. N'oublie pas l'ambition démesurée de Yuan. Pour lui, l'Empereur et toi êtes deux obstacles sur la voie triomphale qu'il veut suivre.

– Tu vois tout en noir, mon ami, mais je t'en prie, ne me quitte pas...

Jung Lu, pourtant, ne s'était pas mépris sur les progrès de la maladie dont il souffrait – un cancer. Dès le début du printemps 1903, il s'éteignait dans son palais de Pékin. Avec sa mort, c'était toute la jeunesse de Tseu-hi qu'on lui volait. C'était le compagnon d'une vie entière qui la quittait. Elle s'aperçut alors combien elle était seule et vulnérable. Enfin, elle était devenue une vieille femme. Même son âge l'avait rattrapée alors que, durant longtemps, elle avait gardé presque intacte sa merveilleuse beauté. Cette fois, elle ne pouvait plus cacher son chagrin, elle ne l'essayait même pas. Sa santé lui était indifférente. Elle eut une première attaque, une seconde, une troisième qui lui paralysa temporairement la moitié du visage. Le nouveau Premier ministre succédant à Jung Lu fut le prince Ching, que ne tarda pas à acheter le général Yuan en lui envoyant pour le féliciter cent mille *taëls* d'argent. Même le journaliste du *Times* George Morrison était passé du côté du général Yuan en acceptant de devenir son chargé de relations publiques !

Il était temps pour Tseu-hi de penser à sa succession, d'autant plus que Kuang Hsu ne désirait pas exercer le pouvoir et se désintéressait de plus en plus des affaires de l'Empire. D'accord avec lui, elle désigna comme prince héritier le petit Pu-Yi, fils aîné encore au berceau du prince Tchun II, le jeune frère de Kuang Hsu qui n'avait alors que vingt ans.

Ce fut un déchirement pour l'impératrice douairière et surtout pour l'Empereur lorsque les deux jeunes étrangères quittèrent le palais d'Eté à quelques jours d'intervalle, au tout début de l'année 1905. Kate Carl devait retourner en Amérique, sa propre famille réclamait Derling.

Un nouveau sujet de préoccupation empêchait Tseu-hi de trop ressentir le vide causé par le départ des deux femmes. A nouveau, le problème de la Mandchourie se posait d'une façon aiguë, les Russes refusant de quitter cette province comme ils s'y étaient engagés. La guerre russo-japonaise battait alors son plein et Tseu-hi ne cessait de redouter que la Chine ne fût à son tour entraînée dans le conflit... Port-Arthur était pris par les Japonais, après un siège meurtrier de trois cent vingt-neuf jours, le 2 janvier 1905. Toute la garnison russe fut faite prisonnière par les Japonais...

Tseu-hi aimait tant la photographie qu'elle accorda bien volontiers au peintre Hubert Vos la permission de prendre des clichés d'elle pour peindre ensuite son portrait. La première séance eut lieu le 20 juin 1905, à cinq heures du matin, au palais de la Mer du Sud, sis au pied des murailles pourpres, mais hors de la Cité interdite.

L'heure fixée par l'impératrice douairière ne laissa pas d'étonner le peintre, qui ignorait que bien des audiences impériales commençaient dès trois heures du matin. Ce fut le prince Tsai Chen qui vint le chercher en automobile à son hôtel pour le conduire au palais où Tseu-hi avait passé la nuit. Il fut suffoqué par sa gentillesse et sa simplicité. Elle se plaisait complaisamment à ce qu'il lui demandait, prenait la pose comme il le souhaitait, changea même de robe à sa demande pour essayer une autre teinte. Pendant trois jours consécutifs, sans paraître ressentir la moindre fatigue, l'impératrice douairière subit avec bonne humeur les longues séances de pose, puis elle demanda à Vos d'effectuer, d'après les photos prises, deux portraits différents : le premier la représenterait telle qu'il pouvait l'imaginer à vingt-cinq ans, lorsqu'elle était toute jeune impératrice. Il serait destiné à figurer comme portrait officiel et resterait à Pékin. L'autre, d'inspiration libre, demeurerait en possession du peintre [1].

---

1. On doit à Hubert Vos les ultimes portraits photographiques de Tseu-hi à 70 ans, visage immuable et encore parfait. Le portrait inspiré

Sous l'influence de son frère, le prince Tchun II qui se préoccupait à juste raison de l'influence grandissante du général Yuan, l'Empereur consentit à retirer au général sa charge de vice-roi du Chihli, ainsi que son ministère des Affaires étrangères. Or l'impératrice douairière trouvait que le prince Tchun se prenait un peu vite pour le régent du royaume au nom de son fils Pu-Yi, alors que l'Empereur et elle-même étaient encore bien vivants ! Ce fut pour cette raison qu'elle accorda l'audience que lui demandait le général Yuan.

– Un jeune homme ambitieux de vingt ans, qui ne connaît rien à l'Empire, qui n'est même pas très cultivé, acquiert chaque jour une plus grande et pernicieuse influence sur l'Empereur sous le seul prétexte qu'il est son frère, lui dit-il. L'Empereur m'a fait perdre la face en me retirant le Chihli et les Affaires étrangères. Croyez-vous que cela soit juste, Majesté ? En quoi ai-je failli ? N'ai-je pas toujours été le meilleur garant de la dynastie ? Croyez-vous normal d'humilier ainsi un homme qui approche de ses cinquante ans ?

– Non, général Yuan. Tu dis vrai : le prince se croit un peu vite maître des destinées de l'Empire, ce qui n'est pas bon. Je désapprouve ces mesures prises sans mon consentement par l'Empereur et te remercie de ta confiance. Dès aujourd'hui, je te rétablis dans tes charges et tes pouvoirs.

Pour bien marquer à Yuan Shih-Kai qu'elle ne voulait

---

de ces photos se trouve actuellement au musée d'Art Moderne de New York, l'autre étant demeuré à Pékin.

en aucune façon l'humilier, l'impératrice douairière organisa le mariage de la fille de Yuan avec le fils du Grand Conseiller Chang Chih-tung. Elle fit plus encore. Pour l'anniversaire des cinquante ans du général Yuan, qui eut lieu avec un faste inouï en septembre 1908, dans l'ancien palais de Pékin de Li Hung-chang qu'il avait également hérité, l'impératrice douairière, l'Impératrice et l'Empereur étaient présents, honneur sans précédent...

Subitement, la santé de Kuang Hsu, qui n'avait jamais été très vigoureuse mais que Tseu-hi avait réussi à stabiliser à force de soins, se détériora. Il ne put présider au mois de novembre 1908 les rituels sacrifices aux ancêtres marquant le début de l'hiver. Tseu-hi se rendit à son chevet le 12 novembre et fut douloureusement frappée par l'extrême faiblesse de son fils. Même sa chère madame Wi ne savait plus que faire pour lui rendre ses forces. Tseu-hi s'assit à son chevet et prit dans les siennes une main fine et si faible qu'elle en eut le cœur navré.

– Je crois que, pour moi, le terme approche, ma vénérée mère, lui dit-il avec cette affection qui ne s'était jamais démentie entre eux.

– Ce docteur Chu Kwei-ting, que m'avait recommandé le général Yuan et qui te soigne depuis le 10 septembre, a pourtant bon espoir de te voir te rétablir promptement.

Kuang Hsu eut un sourire d'infinie dérision et serra doucement la main de sa mère avant de lui confier dans un souffle :

– Prenez garde au docteur Chu Kwei-ting, ma mère, je vous en supplie. Moi disparu, vous serez l'ultime obstacle sur la route de Yuan Shih-Kai. Mon frère est bien jeune encore pour veiller aux intérêts du petit Pu-Yi...

– Parle, Kuang Hsu, je t'en prie, que soupçonnes-tu ?

– Un empoisonnement, ma mère. Je meurs d'un empoisonnement. Ne t'en veux pas, je n'avais plus goût à la vie depuis le départ de Derling. Je fus sans doute un mauvais fils et un exécrable empereur, je t'en demande pardon.

– Et moi, je n'ai pas su te rendre heureux.

– Je vous dois au contraire, mère, mes seuls jours de bonheur.

En regagnant ses appartements, l'impératrice douairière chancela soudain avant de s'affaler au pied de son lit. Elle avait eu une nouvelle attaque, plus forte que les autres, et se souvint avoir absorbé le matin même une potion que lui avait donnée le docteur Chu. Elle fit aussitôt venir son Grand Eunuque, Li Lien-ying. Madame Wang l'avait mise au lit et il la trouva bien pâle, contre ses oreillers.

– Je vais être hélas incapable de me lever demain pour me rendre au chevet de mon fils. Et je veux, Li, que le docteur Chu quitte immédiatement le palais d'Eté pour n'y jamais revenir. Que pensent les autres eunuques de la maladie de l'Empereur et de la mienne ? Ils sont toujours si bien renseignés...

– On parle d'un double empoisonnement, Majesté. Ce ne sont que des rumeurs, mais elles sont assez alarmantes pour que j'aie pris sur moi, avant ton ordre, de congédier le docteur Chu.

– Rends-toi en toute hâte au chevet de l'Empereur pour t'enquérir des progrès de son mal, écouter, s'il peut encore parler, ses ultimes souhaits, lui redire tout mon amour de mère...

Le 14 novembre 1908, à huit heures du soir, Kuang Hsu s'éteignait après avoir reçu l'ultime visite de Li Lieng-ying et lui avoir transmis ses dernières volontés. Il envoyait tous ses vœux de prompt rétablissement à sa mère et souhaitait que son corps fût exposé au pavillon de la Longévité Tranquille, loin de l'habituel apparat accompagnant d'habitude la dépouille d'un empereur.

Tseu-hi, sentant qu'elle ne lui survivrait guère, chargea Li Lieng-ying de réunir dans sa chambre ses Grands Conseillers, les différents membres du Conseil du Clan et le prince Tchun II. Madame Wang avait auparavant été chargée de la parer, de la coiffer et de la maquiller comme devait l'être l'impératrice douairière de l'empire du Milieu. Tseu-hi n'avait pas que des amis au sein du Conseil du Clan et elle ne voulait pas leur donner la joie d'assister à son déclin. Elle avait déjà calligraphié de sa main le nom du petit Pu-Yi en le désignant comme son successeur, et enfermé le message dans la Boîte de Jade, mais elle tenait à nommer devant de nombreux témoins le prince Thun II comme le futur Régent et son fils, presque encore un bébé, comme son héritier.

Enfin, les principaux dignitaires de l'Empire furent introduits dans la chambre de l'impératrice douairière. Elle avait rassemblé ses ultimes forces pour leur offrir un visage serein que ne déformait plus aucune douleur, grâce à l'opium qu'elle avait pris. Elle leur parla d'une voix forte et précise, si bien que ceux qui l'avaient crue à l'article de la mort se demandèrent si on ne les avait pas trompés. Puis elle pria le prince Tchun de faire approcher de sa couche l'enfant-roi, afin qu'elle pût le toucher. Elle considérait avec émotion ce tout petit garçon, encore si jeune et si innocent, sur lequel allaient peser de si lourdes responsabilités. Elle n'était guère certaine de lui offrir un beau présent en faisant de lui son héritier et le nouvel Empereur.

Bien sûr, le général Yuan Shikai n'avait pas été convoqué au chevet de Tseu-hi. Pour toute la Cour, il était l'assassin de l'Empereur et peut-être aussi de l'impératrice douairière, fait qui ne pourrait bien sûr jamais être prouvé, on ne dissèque pas les corps des Fils du Ciel [1].

Tseu-hi voulut ensuite prendre congé de l'Impératrice, qui ne serait jamais impératrice douairière, des concubines impériales, de ses dames de cour, puis de ses servantes et de ses eunuques. Très affaiblie par ces dernières cérémonies si épuisantes, elle fit ensuite venir madame Wang et sa sœur, madame Wi, les embrassa toutes deux en leur faisant don d'une forte somme d'argent, afin qu'elles pussent quitter le palais d'Eté et acheter ensemble une maison, comme elles le souhaitaient. Puis elle voulut demeurer seule avec Li Lieng-ying qui sanglotait en portant dans ses bras son pékinois préféré, Shadza.

Madame Wi l'avait tant gavée d'opium que l'épouvantable mal torturant ses entrailles s'en était allé. Tseu-hi se sentait partir doucement, aux pays de ses rêves, au pays des Sources Jaunes. Elle fit pourtant un effort pour prendre la main du Grand Eunuque et la serrer de toutes ses forces en murmurant :

---

1. Pu-Yi lui-même affirme dans ses *Mémoires* que, pour la Cour et surtout pour les eunuques contrôlant en fait tous les détails de la vie quotidienne au palais, la responsabilité du général Yuan dans ces deux morts survenues à dix-neuf heures d'intervalle ne faisait aucun doute.

– Je n'ai pas été assez vigilante et ne me suis pas assez défiée de la folle ambition du général Yuan. Le vice-roi Li Hung-chang était tout de même un adversaire d'une autre stature. Même s'il n'a cessé de nous nuire, à l'empereur Kuang Hsu et à moi-même, il avait fini par nous respecter à sa façon....

– Autrefois, il avait pourtant fait empoisonner ton fils naturel et la princesse Jung An. Il avait aussi tenté de te tuer...

– Autrefois... C'est vrai... Il y a si longtemps. Tu connais la cachette de ma cassette. Tout ce qu'elle contient t'appartient, Li.

– Je ne veux rien, Petite Orchidée.

– Yuan est un adversaire puissant, tu auras besoin d'or et d'argent à profusion pour le contrer. Si je l'osais, je te demanderais...

– Tout ce que tu veux, mon Impératrice.

– ... de veiller sur le petit Pu-Yi. Quel avenir le trône lui réserve-t-il, Li ? Le général Yuan le laissera-t-il seulement en vie ?

– Je consacrerai ce qu'il me reste d'existence et de forces au jeune empereur, Majesté, en souvenir de toi, du long chemin que nous avons parcouru ensemble.

– Je m'en vais, Li. L'opium me brouille un peu l'esprit mais il a su apprivoiser la douleur. Tout est bien. Occupe-toi aussi de ma chienne Shadza, les bêtes sont si absurdement fidèles... Serre-moi la main, Li, je ne sens plus tes doigts.

Toute sensation l'abandonnait doucement. Elle revoyait par éclairs des passages de sa vie, choisissant ceux qui avaient été heureux et chassant les autres. L'opium savait aussi gommer les regrets et les chagrins. Sa main ne pesait presque rien dans la large paume de Li, puis elle se crispa un peu. Ce fut Li Lien-ying qui lui ferma doucement les yeux tandis que la petite chienne gémissait contre la main de sa maîtresse. Li contempla celle qui avait enchanté sa vie et lui confiait la lourde tâche de veiller sur un enfant, empereur d'une dynastie chancelante.

Ainsi, elle était morte, la grande impératrice qui avait tenté, sa vie durant, de préserver la Chine. Elle s'était éteinte le 15 novembre 1908, à trois heures de l'après-midi, après avoir eu la douleur de perdre celui qu'elle avait toujours considéré comme un fils...

La suite de l'histoire

1908. Pu-Yi devient empereur de Chine à l'âge de trois ans, après la mort de l'empereur Kuang Hsu et, le lendemain, de l'impératrice douairière Tseu-hi. Ce sera le dernier empereur de Chine.

1911. Yuan Shih-Kai, exilé à la mort de l'Empereur et de Tseu-hi, est rappelé en octobre 1911 pour combattre l'insurrection républicaine. Il devient Premier ministre avec les pleins pouvoirs.

1912. Le prince Tchun II, le Régent, est forcé par Yuan Shih-Kai d'abdiquer au nom de son fils en février.

1913. Yuan Shih-Kai est proclamé président de la République en octobre. Il suspend alors le Parlement.

1914. Yuan Shih-Kai donne une Constitution à la Chine en gardant pour lui un mandat de président pour dix ans. La Chine perd le contrôle du Tibet et de la Mongolie. En septembre, le Japon déclare la guerre à l'Allemagne et saisit ses possessions dans le Shantung.

1915. Yuan Shih-Kai rétablit l'Empire à son profit en octobre.

1916. Mort de Yuan Shih-Kai. Une révolte dans le Sud porte à la présidence Li Yuanhong. Les seigneurs de la guerre deviennent tout-puissants.

1919. Le traité de Paris, qui accorde au Japon les territoires de l'Allemagne en Chine alors que ce dernier pays fait partie des Alliés vainqueurs, entraîne un mouvement de révolte des étudiants et de la bourgeoisie.

1921. Fondation du Parti communiste chinois à Shanghai.

1921-1924. La République est proclamée à Canton, Sun Yat-sen en devient président avec l'appui de l'URSS. Il fonde le parti du Guomindang tandis que le général Chiang Kai-shek forme les cadres de son armée.

1925. Mort de Sun Yat-sen.

1927. Avec l'appui des Triades, Chiang Kai-shek prend la tête du Guomindang, marche vers le nord et massacre le 12 avril les syndicalistes de Shanghai. Les communistes se replient à l'intérieur du pays et fondent l'Armée rouge sous la direction de Mao Zedong.

1928. Chiang Kai-shek réduit les seigneurs de la guerre et unifie ce qu'il reste de la Chine en prenant Nankin pour capitale.

1931. Le Japon annexe la Mandchourie et y fonde l'Etat du Manzhouguo avec Pu-Yi pour Empereur, tandis que les communistes créent une République soviétique chinoise, capitale Ruijin, avec Mao Zedong comme président.

1934. Chassée de Ruijin par les nationalistes de Chiang Kai-shek, une armée communiste avec 90 000 soldats et 30 000 civils commence sa Longue Marche jusqu'à Yan'an, dans le Shaanxi.

1945. Les Japonais, qui ont perdu la guerre, doivent quitter la Chine en août. Nationalistes et communistes se livrent une lutte sans merci.

1949. Pékin tombée aux mains des communistes en janvier, Chiang Kai-shek démissionne de la présidence de la République. Après la prise de Nankin et de Shanghai, les nationalistes s'exilent à Taiwan. Le 1er octobre, Mao proclame la création de la République populaire de Chine sur la place Tianan-men à Pékin.

Bibliographie

BALAZS, E., *La Bureaucratie céleste*, Paris, Gallimard, 1969.

Bibliothèque du Voyageur, *Le Grand Guide de Pékin*, Paris, Gallimard, 1997.

BLAND et BACKHOUSE, *Tseu-Hi, impératrice douairière ou la Chine de 1835 à 1909*, Paris, Hachette, 1912.

BODARD, Lucien, *La Chine de Tseu-Hi à Mao*, Paris, Gallimard, 1968.

BODARD, Lucien, *La Vallée des Roses*, Paris, France Loisirs, 1977.

BOURGERIE, Raymond et LESOUEF, Pierre, *La Guerre des Boxers (1900-1901) Tseu-Hi évite le pire*, Paris, Economica, 1998.

BRIZAY, Bernard, *Le Sac du palais d'Eté, seconde guerre de l'opium*, Paris, Editions du Rocher, 2003.

BUCK, Pearl, *Impératrice de Chine*, Paris, Livre de Poche, 1959.

CAO XUEQIN, *Le Rêve dans le pavillon rouge*, Paris, Gallimard, 1981.

CARL, Katherine A., *With the Empress Domager of China*, Tientsin, Société Française de Librairie et d'Edition, 1926.

CHANG HSIN-PAO, *Commissionner Lin and the Opium War*, Cambridge, Harvard University Press, 1964.

CHENG, François, *L'Ecriture poétique chinoise*, Paris, Seuil, 1977.

CHESNEAU-BASTIDE, *Histoire de la Chine*, Paris, Hastier, 1974.

CHOU, Eric, *The Dragon and the Phoenix*, New York, Arbor House, 1970.

DEHAU, Etienne, *Chine*, Paris, Editions de Lodi, 2003.

DAN SHI, *Mémoires d'un eunuque dans la Cité interdite*, Paris, Editions Philippe Picquier, 1995.

DORN, Franck, *The Forbidden City*, New York, Charles Scribner's Sons, 1970.

ELISEEFF, Danielle, *La Femme au temps des empereurs de Chine*, Paris, Stock, 1988.

ELISEEFF, D. et V., *La Civilisation de la Chine classique*, Paris, Editions Arthaud, 1979.

FRANÇOIS, Auguste, *L'Œil du consul, Auguste François en Chine (1896-1904)*, Paris, Editions du Chêne-Musée Guimet, 1989.

FLEMING, Peter, *The Siege of Peking*, New York, Harper and Brothers, 1959.

FORBES, Archibald, *Chinese Gordon*, New York, John B. Alden, 1884.

GERNET, Jacques, *Le Monde chinois*, Paris, Armand Colin, 1972.

GRANET, M., *Danses et légendes de la Chine ancienne*, Paris, P.U.F., 1982.

GROUSSET, R., *Histoire de la Chine*, Paris, Payot, 1994.

Guides Bleus, *Chine de Pékin à Hong Kong*, Paris, Hachette, 2003.

Guides Bleus Evasion, *Pékin-Shanghai*, Paris, Hachette, 2002.

HALDANE, Charlotte, *The Last Great Empress of China*, New York, Bobbs Merril C°, 1965.

HART, sir Robert, *The Romance of a Great Carreer*, Londres, Hutchinson & Company, 1910.

HUNTER, Bluebell, *The Mandchu Empress*, New York, Dial Press, 1945.

HUSSEY, Harry, *Venerable Ancestor, The Life and Times of Tzu Hi, 1835-1908, Empress of China*, New York, Garden City, Double Day and Co, 1949.

LUGNERE, Marianne, *Moi, Tseu-Hi impératrice de Chine, maternelle, illustre et vénérable, promise à la longévité*, Paris, Casterman, 1990.

MACDONALD, lady Ethel, « My Visits to the Dowager Empress of China », *Empire Review*, avril 1901.

MORRISON, John Lylen, *The Eight Earl of Elgin*, Londres, Hodder & Stoughton, 1928.

PIMPANEAU, Jacques, *Chine*, Arles, Editions Philippe Picquier, 1989.

PEYREFITTE, Alain, *L'Empire immobile ou le choc des mondes*, Paris, Fayard, 1989.

PU-YI, *J'étais empereur de Chine*, Paris, J'ai Lu, 1987.

RICHARD, Timothy, *Forty-five Years in China*, New York, Frederick A. Stokes, 1916.

SEAGRAVE, Sterling, *Dragon Lady, the Life and Legend of the Last Empress of China*, New York, Alfred A. Knopf éditeur, 1992.

SEGALEN, Victor, *Le Fils du ciel*, Paris, Garnier-Flammarion, 1985.

SERGENT, Philip W., *The Great Empress Dowager of China*, New York, Hutchinson & Co, 1910.

SOULIE DE MORANT, G., *T'seu-Hi impératrice des Boxers*, Paris, Editions You-Feng Libraire éditeur, 1997.

STEENS, E., *La Cité interdite, vie publique et privée des empereurs de Chine*, Paris, Editions Paris-musées, 1989.

VARE, Daniele, *The Last Empress*, New York, Garden City, The Sun Dial Press, 1936.

WARNER, Marina, *The Dragon Empress, Life and Times of T'zu-hsi. Empress Dowager of China*, Londres, Weidenfeld and Nicolson, 1972.

Y, JIN, *Mémoires d'une dame de la cour dans la Cité interdite*, Arles, Editions Philippe Picquier, 1993.

DU MÊME AUTEUR

Aux Éditions Albin Michel

LA MAGNIFIQUE, roman.

RASPOUTINE, LE FOL EN CHRIST, roman.

Chez d'autres éditeurs

UNE FAUSSE SORTIE, roman, René Julliard.

UNE ÉTOILE QUI DANSE, roman, René Julliard.

L'OMBRE CLAIRE, roman, Pierre Belfond.

MÉTRO CHARONNE, roman, Olivier Orban.

LES DIEUX ET LES CHIENS, roman, Pierre Belfond.

L'ŒIL D'OSIRIS, roman, Pierre Belfond.

PEAUX D'HOMMES, essai, Paul Vermont.

UNE CROISIÈRE EN ENFER, roman, Pierre Belfond.

MONSIEUR LE MARQUIS, roman, Pierre Belfond.

D'AZUR ET D'HERMINE, roman, Pierre Belfond.

LES MIRAGES DE NAPLES, roman historique, Robert Laffont.

LE DERNIER DUEL, roman, René Julliard.

THÉRÈSE D'AVILA, IVRE DE DIEU, roman historique, Robert Laffont.

L'ÉLUE DU PALAIS, roman, Pierre Belfond.

MES VÉNÉNEUSES, nouvelles, Séguier.

LA COCARDE NOIRE, roman historique, Plon.

GRANDES ET PETITES HISTOIRES DU CAFÉ, nouvelles, Pégase.

Composition IGS
Impression Bussière en avril 2005
Éditions Albin Michel
22, rue Huyghens, 75014 Paris
www.albin-michel.fr
ISBN : 2-226-15983-5
N° d'édition : 23405. – N° d'impression : 051639/4.
Dépôt légal : mai 2005.
Imprimé en France.